NON-EXIST
不存在

未來

未來事务
管理局 编

作家出版社

小说

遐思

小说

作者 WRITERS

罗伯特 · 西尔弗伯格
ROBERT SILVERBERG
美国多产的作家和编辑。作品中以科幻小说最为著名。1956 年，罗伯特荣获了他的第一个雨果奖，后来又拿到其他三项雨果奖以及六项星云奖，是科幻名人堂的成员。2004 年，美国科幻与奇幻作家协会授予罗伯特 · 西尔弗伯格大师奖。

特里 · 比森 TERRY BISSON
美国科幻作家，曾将雨果、星云、轨迹奖等各大科幻奖项收入囊中，他的科幻作品用超凡的手法将科幻与奇幻共融，在寄予深邃思想的同时，不乏幽默讽刺。

帕特 · 卡迪根 PAT CADIGAN
美国科幻作家、编辑，其作品常与赛博朋克运动紧密联系在一起，被称为"赛博朋克女王"。 曾获亚瑟·克拉克奖、雨果奖等奖项，并被轨迹奖、星云奖等提名。她还是罗伯特·海因莱因的好友，海因莱因1982 年的小说《星期五》就是献给她的。

保罗 · J 麦考利 PAUL MCAULEY
英国植物学家和科幻小说作者，擅长撰写硬科幻小说，话题涉及生物学、架空历史和太空旅行。曾获亚瑟 · 克拉克奖，菲利普 · K · 迪克纪念奖，坎贝尔纪念奖等著名奖项，并被轨迹奖、雨果奖提名。

特德 · 科斯玛特卡 TED KOSMATKA
美国科幻作家，已发表 3 部长篇，20 余部短篇，曾获轨迹奖、星云奖、西奥多·斯特金纪念奖及日本樱花奖提名。他的作品曾 9 次入选年度最佳选集，并被译成了十几种文字。

伊恩 · 麦克唐纳 IAN MCDONALD
英国科幻作家，擅长写后赛博朋克和纳米技术主题科幻，曾获轨迹奖、菲利普 · K · 迪克纪念奖、英国科幻协会奖、雨果奖、斯特金奖等，并被阿瑟 · 克拉克奖、坎贝尔纪念奖等奖项提名。

凯莉 · 罗布森 KELLY ROBSON
加拿大科幻作家，擅长科幻、奇幻、惊悚与推理小说，是 Clarkesworld 的定期撰稿人。曾获星云奖与极光奖，并被坎贝尔奖、斯特金奖、世界奇幻奖等著名奖项提名。凯莉有多部小说被编入年选，并被翻译成各种语言。

艾利亚特 · 德 · 波达
ALIETTE DE BODARD
法裔美国科幻、恐怖小说家，曾两次获得星云奖，一次轨迹奖，三次 BSFA（英国科幻协会）奖，还获得过雨果奖、斯特金奖和蒂普雷斯奖的提名。

蕾蒂 · 普雷尔 LETTIE PRELL
科幻作家，小说多见于 Apex 和 Analog 等著名杂志，曾被 Apex 多次选入年选，著有长篇 Dragon Ring 以及多部短篇。

加里 · 韦斯特福尔 GARY WESTFAHL
1951 年出生，美国科幻研究者，作家、评论家。曾为《洛杉矶时报》《科幻互联网评论》和《轨迹在线》杂志撰写评论。大学教授，作品曾被雨果奖和轨迹奖提名。

韩松，新华社对外部副主任，中国顶级科幻作者之一，多次在海内外获得大奖，作品被翻译为多国语言。最早得到文学界和海外认可的科幻作者，以对现实社会的超现实荒诞描写著名。代表作品有《红色海洋》《宇宙墓碑》《地铁》，"医院"系列三部曲等。

陈楸帆，科幻作家、翻译、编剧。以现实主义和新浪潮风格而著称。代表作有《荒潮》《未来病史》《人生算法》等。作品多次获中国科幻小说银河奖、全球华语科幻星云奖、科幻奇幻翻译奖短篇奖等国内外奖项。长篇小说《荒潮》已授出多国版权并正在被海外改编为面向国际市场的电影。

万象峰年，科幻作家、编辑，有丰富的科幻行业新人培育经验。擅长多种风格，以混合现实、奇观、情感而著称。代表作品包括《后冰川时代纪事》《三界》等。小说《后冰川时代纪事》获得 2008 年银河奖读者选择奖；小说《三界》获得第二届华语科幻星云奖最佳中篇科幻小说奖银奖。

制作团队
MAKERS

昼温，科幻作家，著有短篇《最后的译者》《沉默的音节》《温雪》《百屈千折》等，其中《沉默的音节》一文于 2018 年 5 月获得首届中国科幻读者选择奖（即"引力奖"）最佳短篇小说奖。多年来笔耕不辍，曾在多家杂志、平台发表作品。

赵垒，科幻作家，职业经历丰富，全职写作，创作小说字数已达数百万字。擅长描写心理与社会，作品多为科幻题材的现实主义叙事。代表作品为东北赛博朋克主题《傀儡城》系列。2018 年 5 月出版长篇科幻小说《傀儡城之荆轲刺秦》。

郝赫，科幻作家。擅长在熟悉的世界中发现全新的设定，以缜密的思路展开全新的世界。代表作品《精灵》《不可控制》《葬礼》《完美入侵》《飞跃纬度的冒险》等。《完美入侵》获 2015 年豆瓣阅读征文科幻分类优秀奖。

郭嘉灵，幻想小说作者，擅长科幻、奇幻小说，曾用笔名 G+ 零于《飞奇幻世界》发表奇幻小说。代表作品《蓝眼睛》《菲利妹妹》《红发少女砍头小传》。

唐骋，中科院神经科学研究所博士生，科普作者，常用笔名"鬼谷藏龙"，上海科普作家协会会员。长期向果壳、知识分子、赛先生、《新发现》《十万个为什么》等媒体供稿。参与编写科普图书《大脑的奥秘》。《小象科学课》讲师，湛庐文化书评人。

刘洋，科幻作家，物理学博士，现任教于南方科技大学。2012 年开始发表科幻作品，目前已在《科幻世界》《文艺风赏》等杂志发表短、中篇科幻小说 60 余万字，部分作品翻译后在《Clarkesworld》《Pathlight》等刊物发表。已出版短篇小说集《完美末日》《蜂巢》、长篇《火星孤儿》。

出品人 * 姬少亭
未来事务管理局创始人兼 CEO，
果壳网联合创始人。

制作人 * 兔子瞧
中国科幻观察者，未来事务管理局合伙人。

装帧设计 | 插图 * 巽
未来事务管理局设计总监，亚太科幻大会视觉设计总负责人，"不存在"系列图书设计及插画师。

编辑：
孙薇
未来事务管理局外文编辑，多年科幻重度爱好者，从译者转行的编辑。

宇镭，未来事务管理局文学编辑，科幻研究者。

采编：
船长
未来事务管理局新媒体品牌"不存在"主笔，宅学研究员。

校对：
东方木
未来事务管理局文学编辑。理解并欣赏大千世界。偶尔作诗。

龚诗琦
未来局科幻小说合作编辑，现就职于外研社。

何锐，中科大毕业，武大博士，曾在科幻世界论坛当过版主，中老年科幻爱好者一枚。

何翔，复旦外文系，波士顿宗教哲学博士。现任职加拿大国际开发署。有诗作、散文、翻译作品及学术文章发表。

罗妍莉，低产旅游撰稿人，民间书法爱好者，不入流手机摄影师。

陈虹羽
科幻编辑，青年作者，已出版多部作品。

孙薇
船长

[微信] non-exist-FAA
[微博] @ 未来事务管理局 @ 不存在新闻
[官网] http://www.faa2001.com/

[官方邮箱] faa@faa2001.com
[小说投稿] tougao@faa2001.com

卷首语

人，创造了文明，探索着置身其中的宇宙，是所有艺术得以存在和具有意义的前提。

在科幻作品中，对人的探讨一直是最重要的主题。大量的作品集中在共同的方向上，形成了所谓"三种人"的不同说法，有说机器人、外星人、克隆人的，也有说外星人、人造人（包括机器和生物的）、超人的。无论何论，这些对人之可能性的想象，体现的是科幻对人之本质的关注。这种关注产生了令人难以忘记的成果，在成为人类文化一部分的同时，体现出科幻启发读者思考的独特魅力。

关于人的思考，最重要也最容易被忽视的是，人类属于自然的一部分，是演化的产物。这看似简单的论断，却可以打开很多难题的破解方向。除了枯燥的知识，科幻提供了理解这个问题的全面方法，通过感官去感受，通过直觉去审美，还有在故事中领悟理性的思考过程。这些不同的方法，结合在一起，就形成了科幻审美的极致体验。

跟随我们回到 600 万年以前的非洲，当直立人开始使用火之后，他们创造了人类文明的起源，火提供更多的食物和安全，让人类开始享受安全的夜晚时光，促生了想象力和叙事。随着人类的演化，它们走出了稀树草原，第一次发现天边那个小小的三角形原来是巨大的乞力马扎罗山；它们第一次跨越红海甚至地中海，进入了亚洲和欧洲;它们第一次踏上寒冷的雪原,第一次环球旅行,第一次飞出大气层,第一次看见遥远的星球,第一次抵达月球,第一次离开太阳系。哦!这件事还需要稍等一等。

人类的每个第一次,都是一种了不起的体验,是人类适应自然也提升自己的见证,塑造了人类的审美,定义了我们如何看待和理解这个世界。这些体验和理解,构成了科幻审美的核心基础,塑造了这个历经百余年仍然蓬勃发展的人类共通文化。

如果我们说,"文学就是人学",那么科幻无疑是文学中的人学。因为只有在科幻中,才能融合远古和未来,融合兽性和理性,融合个体和宇宙。凡是能够做到如此融合的作品,一定可以在科幻甚至人类文化的历史中,留下自己清晰的印记。

于是,科幻这种了不起的特点,对作者提出了非常高的要求:你是否能在自己的故事中以人类的角度思考,是否能既塑造出真实可信的个体人物和情景,又能启发读者思考现象背后的逻辑和后果。

同样,当我们想要做一本关于"人"的科幻选集时,这个难题就转移到了我们身上。既要有足够经典的作者和篇目,又要满足全新正版引进的标准,最重要的,就是必须能够让这些关于"人"的故事,达到或至少接近我们自己所提出的标准。

最终,我们选出了你将要看到的这些故事,在这些故事中:人类融入集体智慧,殖民环境恶劣的行星,获取或者被别人获取记忆,和巨大的星舰融合,变成末世超能力者,死而复生或永不超生,制造别人或成为别人的造物……我们以无数种形态,迎接未来的无数可能。

我们相信一定还有更接近我们自己标准的故事,所以我们也列出了很多因为种种原因没有出现在这本书中的作品。同时有很多故事的雏形,还来不及变成最终的形态,我们将它们收录在本书的非虚构文章中,作为引发你们思考的起点。

和上一本《时间·不存在》一样，我们希望这本《未来人·不存在》同时做到两件不可能兼顾的事：

呈现关于人之想象的科幻经典

呈现一本全新的科幻小说选集

我们相信这个目标永远值得追求，也永远没有尽头。在这条永不停止的路上，最大的价值是，我们可以从中体会人类的情感和思想，理解人之所以为人的原因，设想未来人类的千变万化。这就是阅读科幻的最大价值。

现在，

打开这本书，

想象你就是那个第一次看见乞力马扎罗山的

非洲直立人。

未来事务管理局

兔子瞧

圆

桌

对

**我们现在的样子,我们将来的样子:
人类的未来**

加里·韦斯特福尔

话

谈起未来人
我们想知道什么

▌采写：船长

1000 年后的我们到底会怎样，大人总是各执一词。

神学家渴望不朽；

诗人歌颂永恒；

生物学家认为灭绝将近；

IT 工程师觉得数字即归宿；

社会学家说，我们将在数字化娱乐里麻痹自己；

历史学家说，人类正在成为奴隶；

音乐家唱道，诸神集新世，夜明虎鸫啼；

电影里，我们长着巨型大脑，血肉中露出钢铁，

或者褪回婴童，永远漂浮在星海里，不再做人；

而科幻作家提出了噎死所有人的问题：

我们还有未来吗？

假如些人能够齐聚一堂，唇枪舌辩，那真是有趣的事情。

于是，我们邀请：

刘慈欣 | 张双南 | 刘彤杰 | 邢立达
王小川 | 张经纬 | 邓　虎 | 杜庆春

问了每人 **3** 个问题

刘慈欣

科幻作家

- 1 如果没有限制，你想活多久? 变成什么样子?

  永远活着，变成每个时代的普通人。

- 2 你觉得未来的人类会变成什么样?

  近未来最有可能的是人机结合，远未来人可能以虚拟状态生活在计算机内存里。

- 3 你想问未来的人一个什么问题?

  我写的科幻小说还有人看吗?

张双南

中国科学院高能物理研究所研究员
中国科学院粒子天体物理重点实验室主任

- 1 如果要适应太空，人类应该有什么变化?

  学会合作和分工，放弃零和思维。

- 2 如果可以发一条广播给整个宇宙，你想说什么?

  我们是地球人，其他星球的朋友们，你们在哪里啊，我们想去你们那里开会和旅游。

- 3 你想问未来的人一个什么问题?

  黑洞里面到底什么样?

刘彤杰

中国国家航天局探月与航天工程中心副主任

● 1 人类进入太空之后，外形会变成什么样？

人类进入太空之后，头将更大，需要用脑的地方更多，要在崭新的太空社区生活，要操控纷繁复杂的设备器具，男生掉发的年龄提前、速度更快，光头是流行发型，也便于 AI 芯片的植入。体力活减少，四肢肌肉萎缩，脂肪存储量增加，看上去比较圆润。躯干比以前强壮，心脏比以前大了，以应对长期高频失重、超重环境的转换，如出差、探亲甚至迁徙。

● 2 你最想让外星人了解的人类特点是什么？

人类具有丰富的情感，情感的表达具有偶然、随机、多样等特性。人类的情感及其管理是最值得向外星人介绍的。

● 3 你想问未来的人一个什么问题？

未来的伙伴们，万物都有生和死，太阳系形成于 46 亿年前，现处于中年期，当太阳系寿命终了，这个世界将变成什么样子？

王小川

搜狗公司 CEO，清华大学计算机学科顾问委员会委员
资深科幻迷

● 1 你认为技术改变人的边界在哪里？

技术改变人没有边界，有机与无机的世界，本就没有边界。一切有利于生命的活力、智力、繁殖和环境适应能力的，技术都可以改变。生命是伟大的，人的智慧更是奇迹，我们不用妄自菲薄技术会取代人；也不用狂妄自大，人和技术将会融合，我们也将重新去定义人。

● 2 你会上传自己的意识吗？上传之后想做什么？

我们对意识知之甚少，还不能够理解和创造意识。也有玄学认为，人体只是接收终端，意识并不在身体内。所以这个上传意识还只是一个蒙昧的幻想，就像古人对鬼神的幻想一样。或许有一天，科学解开了意识与宇宙的关系，可能就根本没有"上传"这样的概念了。

● 3 你想问未来的人一个什么问题？

未来对宇宙、意识的认识是什么？物理学和认知科学会被怎么颠覆？

邢立达

中国地质大学副教授，古生物学者，科普作家

● 1 你认为人类什么时候灭绝？

250 万年前，人属出现在地球上，旧石器时代拉开了帷幕。

150 万年前，匠人学会了使用火。

35.5 万年前，海德堡人出现，他们是尼安德特人和人类的共同祖先。

15 万年前，线粒体夏娃出现，她是所有现存人类的母系最近共同祖先。

6 万年前，Y 染色体亚当出现，他是所有现存人类的父系最近共同祖先。

1.2 万年前，中石器时代开始，智人 PK 掉其他人种，成了人属中唯一存活的物种，此后开始建筑、艺术、军事、科技。

到了今日，科技的发展让人类极为舒适，却也带了刀刃的另一面 —— 核战争、超级细菌、生物嵌合体、AI 或自我复制机器等等，甚至一颗无法躲避的小行星，都可能杀死大多数人类，留下少数脆弱的幸存者，在恶劣环境下变得越来越糟， 数百年内，达到灭绝。

● 2 如果灭绝，是否会有别的物种取代人类？

如果把尺度放在生命演化的宏观规律上，这是肯定的，但是不是智慧生命？那就不一定。智慧生命的产生从某个角度看几乎是无法重复的奇迹。

● 3 你想问未来的人一个什么问题？

研究我们的足迹爽吗？你知道高跟鞋、滑雪板、拐杖、轮椅、潜水脚蹼都是人类留下的足迹不？哇哈哈哈。

圆桌

张经纬

上海博物馆馆员，人类学学者，专栏作家，译者
长期从事中国古代民族史与当代民族文化研究

● 1 你认为过去的人类和现在的人类相比，最大区别是
什么？

> 和过去的人类相比，现代人更加智慧，哪怕今天最
> 浅薄的人所知道的事情，也超过一百年前最智慧的
> 思想家。可以说，今天人类文明是过去所有时段中的
> 最高峰。

● 2 你会怎么形容人类文明现在的状态？刚刚开始还是
已经到了巅峰？

> 人类文明只完成了很有限的部分，未来还有很长的
> 发展历程，跨度差不多相当于人类在地球上出现直到
> 今天这么久远的时间吧。人类文明在未来还会有更
> 大的发展空间。这个"更大"接近无穷。

● 3 你想问未来的人一个什么问题？

> 我想问未来的人们，可以实现知识的移植了吗？也就
> 是说，未来所有的孩子还需要从小学一年级学起，通
> 过 20 多年学习才能掌握足够的知识吗？还是能从一
> 开始就移植人类已有的全部知识，从更小的年纪开
> 始就拥有了发明创造的全部知识储备？

邓 虎

中科院自动化所助理研究员

● 1 未来，你认为最快被替换的人类器官是什么？

腿，由于先天或者后天原因没有办法行走的人，占了残疾人中很大的一部分。随着脑机接口技术的发展，人类控制假肢运动的技术越来越成熟，因此看来，最先出现的还是腿的"替换"。

● 2 你想替换自己的哪个部分？

还是自己的腿吧，第一，换腿可以随意增加腿的长度，让自己变高，炫酷；第二，现在换腿的技术越来越成熟，不用担心换了以后因为技术不达标而导致自己报废了。

● 3 你想问未来的人一个什么问题？

未来社会是不是可以实现用自己的意识，自己的脑来控制我们周围的跟自己有关的车、飞机、家居等等，而不需要任何语言，甚至于人与人之间交流也不再需要语言，通过读取别人的意识来实现沟通交流呢？

圆桌

杜庆春

北京电影学院电影文学系副教授

● 1 你认为过去的人类和现在的人类相比，最大区别是什么？

幻觉产生的方式。

● 2 你会怎么形容人类文明现在的状态？刚刚开始还是已经到了巅峰？

人类文明到了应该思考我们的文明在"我们"消失之后还有什么价值的时刻了。

3 你想问未来的人一个什么问题？

你们更加厌倦了吧？

我们也把这些问题发给了史蒂芬·霍金、阿兰·图灵、阿道夫·赫胥黎、道格拉斯·亚当斯、史蒂夫·乔布斯、斯坦·李、鲁迅、手冢治虫、斯坦利·库布里克、阿瑟·克拉克等人，但尚未收到回复。

我们现在的样子，我们将来的样子：人类的未来

▍作者：加里·韦斯特福尔

▍译者：何锐

　　长期以来，人们一直认为我们的身体代表着一个由神明打造的理想形态，直到达尔文的进化论——在人类化石的支持下——揭示出我们远古的祖先和当代人大不相同，暗示着未来的人类可能会变得跟我们大不相同。现代科学家进一步提出了更多可能，比如人为加速进化；又比如创造出新的人种，他们身上装着机械附件，或是接受过基因工程改造。这些认知激发了灵感，让科幻作家们想象出各式各样的未来人类。

　　未来人的一个标志性形象来自对过去进化趋势的外推。既然我们的祖先毛发渐渐变少，那么我们的后代就会没有毛发；既然人类的头部和大脑变大了，那么我们的后代就会有大得夸张的头部、膨胀凸出的大脑；另外，我们后代的智力将更加发达，随之他们就会发展自己的精神力量，比如心灵感应，念力致动。这种变化出现在埃德蒙·汉密尔顿[1]的《进化者》（1931 年）中，一位科学家加速了自己身体的进化；在《外星界限》剧集里的《第六根手指》（1936年）中也有这种情节，一位矿工同样被变成了一个脑部巨大的超人。

■

1 1904—1977 年，美国二十世纪中叶重要科幻作家。

圆桌

在格林·佩顿·沃顿贝克[2]的《冰河来临》(1926 年) 中，主角在未来遇到了大脑硕大而身材纤细的人类，斯坦顿·A. 科布伦茨[3]的《来自将来的人》(1933 年) 中那个造访现代的未来人也长这样子。

赫伯特·乔治·威尔斯把预想中思维扩展而身体萎缩的趋势进一步拓展，在 1893 年的《百万年的人》这篇文章中，人类具有异常巨大的脑子，身体退化萎缩，漂浮在液体中；汉密尔顿的那位科学家进一步进化成了一个巨型大脑——虽然之后反而变成了单细胞生物。在奥拉夫·斯塔普尔顿[4]的《最终与最初的人类》(1930 年) 中，未来有个由巨大的大脑组成的种族。不过，在认识到大脑尺寸和智力之间并没有真正的关联后，作家们又写出了另外一些新人类，他们发展出了更强的智力和精神能力，但外表不变，就像是斯塔普尔顿《古怪的约翰》(1935 年) 中那些 " 超人类 " 的代表那样。

有些故事将那些智力上的超人描绘得缺乏人类情感，使他们成为冷酷无情的威胁——在《进化者》《第六根手指》和弗兰克·M. 罗宾逊[5]的《力量》(1956 年，在 1967 年拍成了电影) 中，这一模式渐渐成形。另一些超人则是讨人喜欢的人物，受到不公平的迫害，比如阿尔弗雷德·埃尔登·范·沃格特的《萨兰人》[6](1946 年) 和约翰·温德姆的《蛹》[7](1955 年)。《古怪的约翰》将这二者结合在一起，其中的主人公毫不掩饰他对人类缺乏关切之情，但当他和他的同类受到不合理的攻击时，却赢得了读者的同情。在电影《2001: 太空漫游》(1968 年) 中，大卫·鲍曼被外星

2 1907—1968 年，美国科幻小说作家，编辑。做过记者和水兵。

3 1896—1982 年，美国诗人，科幻小说家。

4 1886—1950 年，英国哲学家，科幻作家，2014 年进入科幻名人堂。下面提到的是他小说中的 "第四种人"。

5 1926—2014 年，美国科幻和惊悚小说作家。M 是 "马尔科姆" 的首字母。和可口可乐品牌创造者弗兰克·M. 罗宾逊不是一个人。

6 范·沃格特虚构的超人类。网络旧译 "斯兰人"。这个名字是取他们的创造者萨缪尔·兰恩的姓名开头音节拼在一起。

7 又名《重生》。

人改造后，观众对他只有惊鸿一瞥，因而对这个婴儿的属性一无所知，但是在阿瑟·克拉克的小说中，这个"星孩"是仁慈的，能够用精神力创造惊人的伟业——他摧毁了地球上的核武器。

作家们偶尔会预言：人类将完全抛弃身体，而由纯粹的思想或能量组成。这是我们未来将会进化成更有智慧的生灵的一个合乎逻辑的推论——在乔治·萧伯纳的《回到玛土撒拉》(1921 年)、埃里克·弗兰克·拉塞尔[8]的《变形》(1946 年)和保罗·J. 麦考利[9]的《永恒之光》(1991 年)中所预见的发展。

通过和单个细胞结合成多细胞生物的方式进行类比，有些作者还预测个体会在精神上融合成一个群体智能，或者说是蜂巢思维。这在克拉克的《童年的终结》(1953 年)以及罗宾逊夫妇(斯拜德与珍妮[10])的《星舞》(1979 年)等小说中被认为是可取的，但在迈克尔·斯万维克的《真空之花》(1987 年)中，这一新事物是邪恶的，遭到起义军的抵制。

与预期人类会持续进步相反，克拉克偶尔推测人类可能会灭绝。灭绝的原因或许是自然灾害——比如《历史课》(1949 年)中的新冰河时代——或许是另一个智能物种的出现——比如在两个版本的《苏醒》(1942 年，1952 年)中取代人类的巨大昆虫。另一个令人沮丧的场景是，人类可能会退化成劣等物种。在威尔斯的《时间机器》(1895 年)中就发生了这种事，由于尖锐的社会分化，产生了两个低劣的人类物种：伊洛人，头脑简单的地表居民，精英阶级的后代；摩洛克人，野蛮的穴居人，工人阶级的后代。在《丛林温室》(1962 年)中，布赖恩·威尔森·奥尔迪斯设想，在遥远的未来，人类生活在由其他动物主宰的丛林世界里，变得越来越矮小，

8 1905—1978 年，英国作家，以短篇和微型科幻小说、恐怖小说知名。

9 生于 1955 年，英国当代科幻作家，植物学家。

10 美国当代科幻作家。生于 1948 年。妻子珍妮·罗宾逊已于 2010 年去世。

智力越来越差。

根据皮埃尔·布尔 1962 年的小说改编的电影《人猿星球》(1968 年) 中，未来人类在核战争后变成了不会说话的次等人种，与此同时那些聪明的灵长类动物发展出了文明。像西里尔·M. 科恩布特[11] 的《白痴向前行》[12](1951 年) 和电影《蠢蛋进化论》(2006 年) 这样的作品预测，人类将变得越来越愚蠢，剩下的少数聪明人成为世界的主人。还有种并不合理，但普遍存在的担心：某种灾难或疾病会让大多数人变成没有意识的食人僵尸——就像马克斯·布鲁克斯 2006 年的《僵尸世界大战》(及其 2013 年的电影版)，还有电视连续剧《行尸走肉》(2010 年) 中的场景一样——不过这些故事里会描述正常的幸存者们结成集体，抵抗僵尸，复兴人类。阿道司·赫胥黎的《美丽新世界》(1932 年) 中描述的未来的社会则故意培养出一些几乎没啥脑子的人，以适应其僵化的阶级结构。

许多故事预测人类在生理学上会发生自然或人为的变化。威尔斯的《神食》(1904 年) 和詹姆斯·布利什的《泰坦之女》(1951 年) 预言了巨大的人类，而在电影《缩小人生》(2017 年) 中，人们被缩得很小，以节省地球资源。《最终与最初的人类》和莱斯利·F. 斯通[13] 的《长翅膀的人》(1929 年) 认为我们的后代将会长出翅膀飞起来，不过斯塔普尔顿的飞翔者不得不牺牲他们的高智商[14]。在丹尼尔·伽卢耶[15] 的《黑暗宇宙》(1961 年) 中，一场核战争将人们逼入地下，在那里他们失去了视力；而雷蒙·Z.

11 1923—1958 年。美国科幻作家。名字中间的 M 意义不明，可能是其妻子玛丽的名字首字母。

12 电影《蠢蛋进化论》的原著小说。二者情节有些差异，但对未来人类智力退化的预测是相同的。

13 1905—1991 年，美国作家，15 岁即开始商业写作。《长翅膀的人》是她在科幻领域的第一部作品。

14 书中的第七种人类。

15 1920—1976 年，美国科幻名家。

盖伦[16]的《原子之火》(1931 年) 和杰克 · 威廉森的《超越时间的恐怖》(1931 年) 则预测未来的人类会披着毛乎乎的外套。在合集《播种群星》[17](1957 年) 中，布利什创造了术语 " 万变术 " 来描述用科学创造出新人种的过程，这些人能适应地球人无法居住的行星环境，在那里生活；其中一个故事《表面张力》(1951 年) 讲述了微小的水栖人类在贫瘠星球的水坑中兴起的历程。弗雷德里克 · 波尔的《超标准人》(1976 年) 则描述了通过外科手术改造人体，以便人能够在火星上生存的故事。

作家们还设想新人类可以居住在一个离故居更近的陌生环境——地球的海洋中。哈尔 · 克莱门特的《海洋在上》(1973 年) 描述了这样的人是如何被创造出来的；而两位水上超级英雄——漫威的纳摩和 DC 的海王——是亚特兰蒂斯居民们的后裔，他们通过成为在水下呼吸的人从大陆沉没中幸存下来。DC 的超人遇到过亚特兰蒂斯人，他们把自己变成了人鱼；《最终与最初的人类》中预言了进入海洋的 " 海豹人 "，尽管他们失去了智力[18]。范 · 沃格特的《双形人》 (1969 年) 中描写了一种未来人，他们可以在两种形态之间切换，一种可以让他们生活在海底，另一种可以让他们在真空中生活。在弗里茨 · 雷伯[19]的《一个鬼怪游荡在德克萨斯》(1968 年) 中描绘了另一些适应太空生活的人类形态，空间站的居民们由于失重，要不变得无比纤细，要不就是臃肿的大胖子；洛伊斯 · 麦克马斯特 · 比约德的《自由下落》(1987 年) 中则设想了一种有四条胳膊，没有腿的人类，他们是被创造出来在零重力下工作的[20]。

---

16 1911—1994 年，美国科幻作家。

17 《表面张力》即为该系列的第三部。

18 " 第六种人 " 的变体。

19 1910—1992 年，美国幻想小说家，演员，诗人，国际象棋能手。" 剑与魔法 " 类型小说的开创者之一。

20 即《外交豁免权》中提到的 " 方胪人 "。迈尔斯系列（弗 · 科西根系列）国内引进不全。

威尔斯在《摩罗博士的岛》(1896 年) 中设想将动物变成人类，这个点子在后来的故事中一再出现，只是威尔斯那里的外科手术被基因工程所取代了。一个反复出现的信息是，一旦动物变得聪明，它们就应该被认为是人类：在海因莱因的《杰里是个人》(1947 年) 中，一只具备最低限度智力的黑猩猩赢得了一场法庭诉讼，被认证属于人类；考德维纳·史密斯[21] 用若干故事描述了人类和动物的混血儿——"亚人"——如何努力获得平等权利。在克利福德·D. 西马克的《城市》(1952 年) 中，人类抛弃地球后，他们饲养的智能狗统治着地球；在大卫·布林的《星潮汹涌》(1983 年) 中，"提升"动物，使之拥有智能被认为是所有先进物种的责任；人类通过发展聪明的海豚和黑猩猩尽到了自己的责任。类似经过改造的"超级黑猩猩"出现在克拉克的《与拉玛相会》(1973 年) 中。其他一些故事，例如西马克的《如之何》(1954 年)，支持赋予智能机器人公民权利；在 1999 年被拍摄成电影[22] 的艾萨克·阿西莫夫的《二百岁的人》(1976 年) 中，一个机器人真的成了人类。

　　人们总是渴望不朽，所以有许多的故事预言它将成为现实；但就算正常的人类生命无法延长，科学家们也可能会使用支持设备让切下来的头部或大脑无限期存活。然而，在乔·克莱尔的《头》(1928 年) 中，一个活了几个世纪的脑袋将他的经历视为噩梦般的折磨。另外一些故事中，失去身体的头颅变得冷酷无情，精神错乱，往往还会利用他们发达的精神力来谋求支配世界。这就是科特·西奥德梅克[23] 的《多诺万的脑袋》(1943 年) 中发生的事情，它启发了三部电影和若干非正式的改编故事。不过也有善良的

21 美国作家保罗·麦隆·安东尼·兰巴格（1913—1966 年）秘密撰写科幻小说所用的化名（死后他的身份才被曝光），意为"鞋匠·铁匠"。他是孙中山的教子，中文名"林白乐"。

22 电影和小说同名，但在中国电影名被翻译为《机器管家》。

23 1902—2000 年，德国作家，编剧，导演。1953 年他将该小说拍成了同名电影。

大脑，比如汉密尔顿[24]笔下的主角"未来船长"[25]的一位伙伴。在动画系列《飞出个未来》(1999—2013年)当中，一些来自我们的年代或者更早年代的脑袋被装在容器里，在未来依旧保持着活力。

因为这些大脑可能会由于无法行动而沮丧和发狂，看起来最好将它们放在机器人体内，让它们四处活动。在尼尔·琼斯[26]的《詹姆森卫星》(1931年)中一个男人就遇上了这种事：一次外星人手术的结果。DC的英雄"机甲人"和恶棍"金属人"都身负重伤，然后大脑被安到了机器人体内；克拉克的《遇见美杜莎》(1971年)中有个类似的人物，他能够驾驶一辆飞行器穿过木星的大气层，多亏了他的机械身体；两部名为《机器人战警》(1987年、2014年)的电影，讲述了拥有人类大脑和机器人身体的警察的故事。但评论者们担心，克拉克那种主角会变得远离人性。在电影《纽约巨人》(1958年)中，一位大脑被放置在机器人内的科学家变得残忍而危险。在安妮·麦卡弗瑞的《唱歌的飞船》(1969年)中出现了这种情节的一个变体：残疾婴儿的大脑接受培训后被装进宇宙飞船，飞船由此成为"脑船"。

人体也可能会被机器增强，创造出半人半机器人的"赛博格"（生化电子人）。马丁·凯丁[27]所著的《赛博格》(1972年)就是关于一个被植入体赋予特殊力量的男人的。它赋予了两部以赛博格为主角的系列作品灵感：《600万美元之男》[28](1974—1978年)和《生化女战士》[29](1976—1978年)；在DC漫画中也有个类似的

---

24 即埃德蒙·汉密尔顿。他是"未来船长"故事的主要执笔者。

25 美国20世纪40年代的系列太空歌剧故事。1978年日本改编为动画片，台译为《太空突击队》。

26 尼尔·雷纳德·琼斯，1909—1988年，美国作家，20世纪30到50年代活跃于科幻小说领域的先行者，激励了阿西莫夫、士郎正宗等许多科幻名家。《詹姆森卫星》是他系列故事的开头。下文所说的那个人就是他故事的主角詹姆森教授。

27 1927—1997年，美国作家，编剧，导演。

28 中文名《无敌金刚》。

29 又名《无敌女金刚》。

超级英雄，钢骨。在威廉·吉布森的《神经漫游者》(1984年)中，保镖莫莉的眼睛上有人工附件，手里装着可以缩回去的刀片；在2017年翻拍成真人电影的动画片《攻壳机动队》(1995年)中，一个女性赛博格拥有被增强的战斗能力，一路打到尾；在克拉克的《3001：最终奥德赛》(1997年)中，未来的人将他们的大脑跟数据库和计算机网络连到了一起。在布鲁斯·斯特林[30]的《分裂点阵》(1985年)中，未来的人类分为两派，"机械派"喜欢用这种装置来改进人体，"塑造派"则试图通过基因工程来改变人类。

许多故事预言，未来的人会将他们的人格传到电脑中，在虚拟现实中享受充实的人生。这是吉布森的《重启蒙娜丽莎》(1988年)、鲁迪·鲁克[31]的《软件》(1982年)和波尔的《稀奇编年史》[32](1987年)中人物的命运。在格里高利·本福德[33]的《天空大河》(1987年)中，已故祖先的电子人格存档为未来的太空旅行者提供了建议。

所有这些想象有一点是共同的——人类注定要改变。还有，预测中的那些变化引发了对于"什么让我们算是真正的人类"的讨论。显然，人们珍视智能，认为它是人类的一个决定性属性——赞颂智能的增强，并愿意把人类的身份给予智慧动物和机器人。但故事也表明我们的身体同样很重要，因为被剥夺了身体的人可能会失去人类某些别的属性，比如同情心和利他主义。

最后，尽管预测未来人类会出现各种变化是合乎逻辑的，但大多数关于未来的故事都令人安心地断言：人们将永远保持原样。

▬

30 生于1954年，美国科幻作家，"赛博朋克掌门人"。

31 全名鲁道夫·冯·比特·鲁克，生于1946年，美国数学家，计算机专家，科幻作家，赛博朋克奠基人之一。《软件》是他的代表作组件四部曲的第一部。

32 "稀奇人"是波尔在该系列小说中虚构的一个外星文明种族。该系列的第一部有中文版《通向宇宙之门》。编年史是五部曲中的第四部。

33 生于1941年，美国天体物理学家，科幻作家。他的《时间景象》有中文版，但在英语世界他最知名的是《银心传奇》系列。《天空大河》即为该系列的第三部。

《星际迷航》整个系列的故事全都发生在未来千百年之后，但角色们的外表跟行为完全和二十世纪的人类一样。在影视制作中，这种设定可能是为了方便起见，因为演员们没什么变化的话就不必采用化妆、假肢或者动画特效，这样更好拍，更便宜。但也许观众们天生就更喜欢那些里面的人物在外表和性格上都跟他们自己类似的故事，这可以解释为什么人们不乐意想象人类会和现在大相径庭的未来。当然，人们仍然可以争辩说，人类已经进化出了完美的适合智能生物的身体，它不需要额外的改进了——

不再是基于宗教，而是基于科学。

加里·韦斯特福尔
Gary Westfahl
1951 年出生，美国科幻研究者，作家、评论家。曾为《洛杉矶时报》《科幻互联网评论》和《轨迹在线》杂志撰写评论。大学教授，作品曾被雨果奖和轨迹奖提名。

基因改造的
克隆人大军在哪里

▌作者：唐骋

当我写下这行文字的时候，世界上第一只克隆猴"中中"迎来了她生命中的第一百天。有了克隆猴，克隆人在技术上也就没什么大的障碍了。与此同时，世界几大基因编辑先驱张锋、刘如谦（David Liu）和基斯·仲（Keith Joung）共同创立的 Pairwise Plants 公司刚刚获得两千五百万美元融资，并宣布与孟山都公司达成战略合作，正式迈出了基因编辑技术向农业进军的脚步。

科技如此炸裂，恍惚间，克隆人大军、基因改造战士、哥斯拉仿佛影影绰绰，**美丽新世界真的已经出现在地平线上了吗？**

要找到这个问题的答案，先得明白这些技术都是怎么回事。我们不妨从头开始，一步一步解构这个过程。

要明确的一点是，基因编辑是一件很难很难很难的事情。基因可以看作是许多以 DNA 的形式存储在细胞内的"程序"，这些程序对于细胞而言性命攸关，因此细胞对其有着极其严密的防御措施：

首先，DNA 被包裹在细胞的重重膜结构之内，与外界环境物理隔离，外界的物质要接触到 DNA，需要经过好几道关卡的检测。

其次，DNA 周围还有很多蛋白质，可以看作是一个"安保团队"，它们平时就在 DNA 附近巡逻，外界物质就算与 DNA 碰面了，如果被这个团队识破，就会立刻被清理出去。

最后，DNA 还有一系列修复机制，相当于养了一群"程序员"，随时检查 DNA 有没有出问题，一旦 DNA 遭到破坏就会立刻将其修复。

很明显，基因编辑的第一步，就是突破细胞外围的防守。在自然界，有一些病原体可以突破细胞的防御，把自己的基因"塞"到宿主的 DNA 序列内部。最典型的就是病毒，2017 年有个大新闻，HPV 疫苗上市了，可以有效抵御宫颈癌。HPV 就是一种病毒，病毒怎么会导致癌症呢？那是因为这种病毒会突破重重障碍，把自己的病毒基因整合到宿主的 DNA 序列中。不过这种整合非常混乱，很容易破坏宿主自身的基因，而癌症正是基因受到破坏，细胞丧失原有特性的结果。

病毒突破细胞防御的方法很简单，很多恐怖分子会寄送"炸弹包裹"，表面看就是个正常的快递，一打开要你命。病毒也差不多，事实上病毒本身就是个"基因包裹"，外表看来就是个寄给细胞的"快递"，但里面装的却是病毒基因。以弗雷德里克·桑格（Frederick Sanger）以及鲁道夫·耶内施（Rudolf Jaenisch）为代表的许多科学家就充分研究了病毒以及其他具备类似能力的事物的特点，设计出了人造的"细胞快递"，从而将自己设计的基因导入细胞。

只不过，仅仅把病毒基因换成别的基因，只能让细胞表达外来基因。也就是说，只能给细胞的 DNA 添加新程序，却不能删改细胞自身的基因，而要做到后者还需要更加精妙的设计。

前面写到，细胞内有一支"程序员"团队，一旦发现 DNA 被破坏就会立刻予以修复，但是有修复就必定有修错。由此，奥利弗·史密斯（Oliver Smithies）等科学家就想到了一些贱嗖嗖的手段来让这些"程序员"根据需要地"修错"。

这就像是拼图，尽管原图已经破碎成了几百片，但按照一定的规律还是可以拼回原状的。同理，DNA遭到破坏时，也会破碎成许多碎片，细胞可以按照某些规律把DNA的碎片各归其位，修复如初。

假如你在拼图，我在边上使个坏，将一大把不属于原图的拼图碎片混进你的拼图堆里，你肯定立马就抓瞎，非常容易拼错。而且我可以根据你拼图的规律，把掺进去的碎片刻意设计得特别容易错放到原图某个位置。如此一来，你在火冒三丈之下，又不知不觉地把原图改成了我希望的样子。

科学家对细胞做的事情也差不多。导入细胞的不再是外来的基因，而是一大堆精心设计的DNA碎片。一旦细胞的DNA遭到破坏，细胞就很容易"不小心"把自己的DNA"修"成科学家希望的样子。

这样的基因编辑就算是完美了吗？非也。

DNA平时在细胞的精心呵护之下，一般不会受到损害，刚好损伤在某个特定位置上更是可遇不可求。而且，细胞里还有个"安保团队"，专门负责处理DNA附近的外来异物，一堆造型奇特的DNA碎片看着就不像好东西，没多久就会被清理干净。因此，虽然理论上对DNA做任何修改都可以，但在实际操作中却效率奇低且掣肘颇多。

科学家为解决这个问题求索了近二十年。在埃玛纽埃尔·卡彭蒂耶（Emmanulle Charpentier）、詹妮弗·杜德娜（Jennifer

Doudna)、张锋及乔治·邱奇（George Church）等科学家的努力下，人类终于在 2012 年到 2013 年之间找到了破解困局的关键——CRISPR 技术。

CRISPR 就像是一个"特工"，专门负责在 DNA 的特定位置"搞破坏"。CRISPR 能够精确识别 DNA 序列并定点破坏，而且身手敏捷，在被"安保人员"注意到之前就能完成任务，给后续 DNA 碎片的"潜入"留出足够的时间。

总的来说，病毒等工具负责把外来的基因、DNA 碎片或是 CRISPR 等送到细胞内部，CRISPR 负责精确定点破坏，DNA 碎片负责诱骗细胞将基因修成科学家所希望的样子。

潜入、破坏、欺诈三板斧下来，基因编辑可成矣。

至此，我们都还只是在细胞的层面讨论问题。科学家可以把许多种细胞养在一种特殊的盘子里，在体外对细胞做各种操作，其中也包括基因编辑。但问题是，在现实和科幻当中，真正酷炫的是编辑动物的基因。如何让基因编辑从盘子里走向笼子里呢？

最普遍的方法就是克隆。

所有动物的生命都是从一个受精卵开始的。受精卵一分为二，二为分四……随着不断分裂，细胞越来越多，形态也逐渐发生变化，最终变成血细胞、肝细胞、神经细胞等等，统称为"体细胞"。一个全新的动物个体就此诞生。

一般来说，受精卵分裂变化可以产生体细胞，但是反过来体细胞却无论如何都不会变回受精卵。克隆的本质就是将这种不可能变为可能。

受精卵是由一个卵细胞吸收一个精子后形成，精子本质上就是一坨被高度压缩的 DNA。卵细胞有一种很神奇的能力，就是"说服"精子解压缩自己的 DNA，并参与构成受精卵的细胞核。

卵细胞既然可以"说服"一坨高度压缩的 DNA 变成受精卵的细胞核，就也能"说服"别的 DNA 变成受精卵的细胞核。

二十世纪中叶，约翰·戈登（John Gurdon）等科学家通过实验证明，卵细胞的"说服力"与其细胞核没什么关系，完全是卵细胞的细胞质产生的。因此，可以先取走卵细胞自己的细胞核，否则形成的受精卵细胞核里面 DNA 太多，会导致后续的胚胎发育混乱。然后，就可以把她的"说服对象"——也就是体细胞的细胞核——装进卵细胞当中。任何细胞的细胞核归根结底就是一堆 DNA，理论上都是可以被"说服"成为受精卵细胞核的。

但是，不同的动物，不同的细胞，拥有不同的个性，"说服"的难度有很大区别。加上一些操作技术上的原因，导致克隆技术走了不少艰难的道路。

人们一度认为像哺乳动物这样的胎生动物是无法克隆的，1996 年伊恩·威尔穆特（Ian Wilmut）以及基斯·坎贝尔（Keith Campbell）等人成功克隆绵羊，彻底否定了这种论调。随后，科学家又发现灵长类的卵细胞有着非常特殊的"说服"方式，于是 2003 年全世界最顶尖的克隆专家联合发表评论，认为灵长类是无法被克隆的。2017 年年底，在孙强和刘真师徒的工作下，克隆猴"中中"和"华华"诞生，这一说法也就走进历史了。

即便如此，克隆依旧是生命科学领域的顶尖科技，时至今日也只有几十种动物（其中有十多种哺乳动物）的十来种体细胞可以用于克隆。不久前，赖良学等科学家发明了一种克隆猪的新方法，令业内再次为之震动。

在克隆技术的加持之下，只要得到了基因编辑的细胞，那么只需把经过基因编辑的细胞核取出来，放到去掉核的卵细胞当中，由卵细胞将其"说服"为受精卵的细胞核，这个重组的受精卵就会开始分裂、发育（卵细胞必须得在特定的激发条件下才会开始"说服"工作，一旦完成就自动变成受精卵）。其产生的每一个体细胞都会携带着同样的基因，于是一个基因编辑的动物个体便诞生了。

听起来似乎基因编辑的大厦已经基本完备，美丽新世界的担忧也未必多余。如果你这样想，那就未免太小看生命这数十亿年来积累的复杂性了。

基因和程序的区别，就在于程序是人设计的，其核心要求之一是让人容易理解。基因则是混沌的演化产物，以人类的认知来看，根本就是一团乱麻。因此目前的基因编辑一旦牵涉功能复杂一些基因，其结果或是让生物的底层架构彻底崩溃而一命呜呼，或是在强大的基因网络调控下完全看不出任何变化。张锋在清华大学的演讲中认为，"基因定制"婴儿的风险很大，我们无法预料人为引入突变的后果。

尽管 CRISPR 等技术已经让基因编辑进入了新的时代，但是面对浩如烟海的动物基因，目前技术的效率依然捉襟见肘。从某种意义来说，人类只不过是创造了能够编辑基因的几个按键而已，大规模的基因编辑依然是世界性难题。

而克隆人大军更是无论在技术还是成本上都极其不划算的事情。

克隆不是复制粘贴，克隆人也是十月怀胎，从婴儿长大的。克隆反而比一般的繁衍要多消耗一份成本，以目前克隆技术而言，这个成本是极其高昂的。尽管前不久克隆猴取得了成功，但是凭克隆猪、羊、鼠等动物的经验来看，即便未来克隆灵长类的技术完全成熟，克隆一个人的成本也是个人难以承受的，克隆一支军队甚至是倾举国之力都难以完成的壮举。

以目前人类的基因多样性程度来说，没有任何一个人的基因是珍贵到值得消耗这么巨大的成本来保留的，也不是每个个体都可以被克隆。虽然克隆小鼠的技术已经臻于极致，但最常用来做实验的小白鼠品系 ICR 却无法被克隆。

尽管暂时还无法实现科幻作品中的想象，但利用目前的技术，我们可以进行基因治疗。

传统上，人类对于遗传病从来只能是治标不治本，然而基因编辑从根本上改变了这一切。

2016 年初，包括张锋实验室在内的三个实验室同时发表论文称，他们成功利用基因编辑技术，治愈了一种称为"杜兴氏肌肉萎缩症"的遗传疾病。这种遗传病的成因是一个很简单的基因突变，会导致患者出生后不可抑制的肌肉萎缩，而科学家通过修复这个基因突变，成功地让患有此病的小鼠恢复了运动能力。

基因编辑甚至能实现异种器官移植。

器官来源紧张一直是令各国医疗系统非常头疼的问题，对策之一便是异种器官移植，也就是把动物的器官摘出来给人使用。不过这样做存在两个大问题：免疫排斥，以及更具灾难性的内源性病毒问题。

内源性病毒指的是某一种几乎所有的动物个体都感染的病毒。经过与宿主长期的协同进化，已经取得了某种平衡，宿主的免疫系统可以容忍这些病毒的存在。这些病毒通常也不会让宿主生病，仅仅是单纯地把宿主作为传递自己基因的载体。

通常情况下，动物的内源性病毒是不会传染给人的，但如果把动物的器官移植给人，这些病毒还会不会继续安分守己就不好说了。为了避免不小心造成全球性瘟疫，世界卫生组织早在二十世纪八十年代就叫停了一切异种器官移植实验。

不过，基因编辑打开了一扇窗口，我们可以利用这种技术消除掉动物体内的内源性病毒基因，从而化解这个隐忧。前几年，杨璐菡等科学家成功地克隆出了不含有内源性病毒的猪，为异种器官移植扫清了一大障碍。目前，杨璐菡已经在杭州建立了一家公司，专门研发可以为人类提供器官的猪。这条路漫长而充满挑战，但至少带来了一丝希望。

对科学家来说，他们更愿意看到新的技术可以为人类探求自然奥秘带来更多便利。基因编辑可以很方便地制造出各种动物模型，比如很年轻就会得糖尿病的肥胖型小鼠，能够让人精确操控脑神经的工具鼠等。克隆猴更是意味着基因编辑已经可以用到灵长类身上了，这必将帮助我们进一步了解自身。这些知识尽管没有应用技术那样"立竿见影"，但从长远来看，必将为我们带来更多利益。

随着时代的进步，科技已经愈发与人们朴素认识中的魔法相似了。对于未知的事物，人类常常产生本能性的恐惧，或是出现不切实际的期待。在我看来，科技毕竟是人造物，以人类的智慧是完全可以弄明白的，理解之，祛魅之，回归科技本来的工具面目。与其担忧基因改造的克隆战士，还不如放眼于一个真正字面意思上的美丽新世界吧。

唐骋

中科院神经科学研究所博士生，科普作者，常用笔名"鬼谷藏龙"，上海科普作家协会会员。长期向果壳、知识分子、赛先生、《新发现》《十万个为什么》等媒体供稿。参与编写科普图书《大脑的奥秘》。《小象科学课》讲师，湛庐文化书评人。

小说

"变寿司"的女娃

作者：帕特·卡迪根

译者：陈捷

    第二役期的第九个单位时间里，弗赖撞上了主环上的一座山，摔断了腿。不只是简单的骨碎，而是开放性骨折！哎呀，真是一团糟！幸运的是，我们已经完成了对大多数"眼睛"的服务，这项工作繁杂得很，不像平日里那么清闲。可是，再过几个单位时间，"酒鬼高塔"就要降临了。每个人都得了"彗星热"。

    快三百年了（地球时间），"大木"[1] 上一直没发生过可观测的彗星撞击——最近一次还是颗叫"苏梅克"之类名字的彗星——当时那次撞击，没人能在足够近的距离好好看一看。如今，太阳系中的每一家新闻频道、研究机构和每位富翁都在向"朱比特指挥部"[2] 付款，希望能近距离观看这次的撞击盛况。"指挥部"的每一位员工都在各司其职，相机叠相机，备用相机叠备用相机——可视的、红外的、X光的，不一而足。弗赖本人也兴奋不已，大谈能在现场看真是太棒了。作为一个女娃，她本应该随时警惕着哪些地方是不能去的。

    此时，我正穿着外套。我知道弗赖的衣服也能撑得住，但没有羽毛的两足动物受伤时会眩晕。于是，我吹出一个足以装得下我俩的气泡，裹起她受伤的腿，往她体内注射了满满的药物，然后叫了救护车。"果冻"[3] 带着其他小组成员已经抵达了"大木"的另一端。我告诉他们，我们原定的安排取消了，圆弧轨道上的最后几个"眼睛"要找人替我们完成。"女娃"可真他娘的是条两足硬汉，

---

1 Big J，文中对木星（Jupiter）的爱称。

2 指挥"木星"事物的部门，朱比特也是木星的别名。

3 文中的一种短距离人工智能飞行器。

小 说

镇定得就跟倒班时放松一般。她现在唯一的小问题就是氧元素。当初"一致性培训"[4]的时候,弗赖掌握的速度比我共事过的任何"两足"都快;但她毕竟没有在注射了药物的情况下做过。为了让她分散注意力,我把我知道的所有八卦都和她讲了,讲完了就继续瞎编乱造。

突然,她开腔了:"那啥,阿尔克,够了。"

她的声音那是相当斩钉截铁,我还以为她打算不干了。我一下子泄了气,咱们这个"女娃",我可是越来越喜欢了。我说:"啊,亲爱的,我们都会想念你的。"

她却笑了:"不是,不是,不是,我不是要离开。我是要去努力变'寿司'。"

我在她肩膀上轻轻拍了一下,心想,这准是她体内的药物在说话。弗赖可不是一般的"女娃"——她在这儿干得棒极了,可她一直以来都很特别。原先在地球上的时候,她就是名学霸、顶级学者加选美皇后。没错:一位没有羽毛、两条腿走路的天才型选美皇后。就像"狗屎运"说的,"信不信由你。"

弗赖承认自己是选美皇后的时候,已经和我们在一起三个半单位时间了。当时,全队都在做倒班后的放松——她、我、杜本内、"狗屎运"、乔维阿姨、斯普莱特、巴伊特、格莉妮丝还有弗雷德——我们到处都损失了氧。

"哇噢,"杜本内说,"你是不是也回答盼望'肃界活平'[5]了?"我虽然不懂这问题是啥意思,但听起来不像什么好话。我连捶了他三下,警告他要尊重别人的文化。

---

4 一套教"两足"在木星指挥部上呼吸和活动的训练体系。

5 原文是"whirled peas"(旋转豆豆),与"world peace"(世界和平)谐音。是对选美小姐被问到个人愿望时总是回答"盼望世界和平"的一种调侃。

弗赖却说："别，随便问吧，我不会怪你们的。那玩意儿确实太傻了。为什么人类还操心这种事，我是一点儿也不明白。我们本该如此先进、如此开明；可一个女人穿着泳衣好不好看还是这么重要。抱歉，我是说'两足'女人。"她一边轻笑，一边补充道："对了，没有。关于"肃界活平"的话题没有人提起过。"

"既然真是这么想的，"乔维阿姨一边说，严肃的大眼睛和八条触须全都卷得跟花一样，"那你为啥要参加呢？"

"因为这是唯——条能把我送到这里来的路。"弗赖说。

"不是吧？"斯普莱特问道。我也差一点儿脱口问出同样的问题，他只比我快一秒。

"是真的。我获得的出场费和产品代言费都是用重金属支付的。还拿了个全额奖学金，学校随我选。"弗赖笑了。我想她戴上"无毛两足女天才皇后"（还是其他什么鬼名字？）桂冠的时候，肯定也是这么笑的。不是说她笑得不真诚。只是，"两足"的脸也不过是又一组肌肉群罢了；我看得出这个笑是她练习出来的。"我竭尽全力地攒钱，这样毕业后就有足够的银子参加额外培训了。我拿的是地质学学位。"

"可惜是地球地质学，""狗屎运"说。她的名字本来叫夏洛克[6]，可连她自己都会第一个跳出来承认，相比理智，自己靠运气更多一点。

"这就是我为啥要攒钱参加额外培训的原因，"弗赖说，"在那样的条件下，我必须做到最好才有希望。你知道怎么回事儿的。你们都懂。"

的确，我们都懂。

---

6 原文是"Sherlock"，和"Sheerluck"（全靠运气）发音相近。

在我们之前，弗赖曾和另外两个"指挥部"工作组共事过，都是"两足"动物和"寿司"混杂的队伍。我猜，他们一定都很喜欢她，她肯定也很喜欢他们。可她这个"两足"和我们这支全八足队伍也能一见如故，这就很不寻常了。我很快就喜欢上了她，这可了不得，因为通常，就算要和一只"寿司"热络起来也得花上我一段时间。我对无毛"两足"没什么偏见，真的没有。很多"寿司"——大部分都不愿意承认——都对那个物种有意见，没有任何道理，就是原则性地讨厌；而我一直和他们很合得来。尽管如此，他们依然不是我最乐意组队的对象。培训他们更困难，倒也不是因为蠢，"两足"就不是干这个的料。不像"寿司"。可他们还是源源不断地来到这儿，大部分人至少能挺过一个时间单位。这里的确很美，但也足够危险。几乎每天，我都能看到几只穿戴整齐的"海星"从窗外笨重地穿过。

这还不算诊所和医院里的。医生、护士、执业护士、技师、理疗医师、护理人员——这些岗位都是标准的无毛"两足"动物。法律上就这么写的。事实是：除非你是基本人类的形体，否则就不能合法从事任何医疗工作，就算你已经是一名医生了也不行。据说，这样规定是因为所有的设备都是为"两足"设计的。不管是手术器械、手术室还是无菌服装，甚至连橡胶手套都是如此——否则指套太短了，而且数量也不够啊。哈哈，一点"寿司"幽默。对你来说可能没那么好笑，但那些刚变完"寿司"的都笑得前仰后合。

我不清楚每年（无论是地球年，还是木星年）共有多少"两足"要变"寿司"，更不清楚他们想变形的原因。不可否认的是，现在基地上遍地都是"寿司"了，人口普查又不归我管。我只知道，每八个时间单位，就有足足半打"两足"提出申请。我可告诉你，比这还怪的事儿都发生过呢。

在过去，我变形的那时候，除非逼不得已，没人会主动申请变形。最常见的情况，不是得了不治之症，就是"两足"标准下的永久性生理残障：即按照太阳系从里向外数第三颗行星 [7] 海平面高度上的条件而言。可有时候，这种所谓的残障是社会性的，或者严格来说，是法律性的。来这儿的初代移民中就有罪犯，跟跛子们混在一起，还有些都快挂了。

按照我们的标准，初代移民只存在了六年。可我们必须要用地球日历，即便只是在彼此之间（在这里，大家都得擅于做即时的时间转换）。按照地球的算法，他们存在了七十年多一点。"两足"们坚持说这不止一代，而是跨越了三代。我们也就随他们去了。因为，他妈的，他们太能争辩了。什么事都能争。他们天生就这样。"两足"们是严格的二元对立动物，他们只知道这个：不是一就是零，不是"是"就是"非"，不是对就是错。

但是一旦变了形，第一个摆脱的就是这种严格的二元思维，甩得又快又利索。从没听人说过怀念这玩意儿的；至少我知道我自己不怀念。

话说回来，我去戈塞摩尔环上的一家诊所看弗赖了。诊所所在的整个侧翼都被封锁了。除非你的名字在"清单"上，否则没法进入。如果这还不够怪异的话，地板上还杵着一位穿着制服的"两足"，她唯一的工作就是检查"清单"。我还以为走错了地方，可这位"两足"姐们儿真在清单上找到了我的名字，说我现在能进去看拉·索莱达·y·戈德门德斯多特了。我过了好一会儿才明白她说的是谁。我们的女娃是怎么从这么个鬼名字里提取出"弗赖"这个名号的？穿过一间气阀式风格的传送门，又有一位"两足"等着护送我。他用两根底端黏糊糊的管子向前移动。他操作得还算熟练，但我能看出来这是他新学的技能。时不时地，他会用一只脚触地，这样就会感觉自己更像在行走。

■

7 即地球。

046

要是和我一样当"寿司"当了这么久，你也能一眼看穿"两足"。这话我本无意说得这么颐指气使的。毕竟，我也曾是一个"两足"。我们都曾是无毛的"两足"动物，没人生下来就是"寿司"。但很多人都认为，我们生来就是为了当"寿司"的，这种情绪在统治一切的"两足"们那里可不受待见。尽管如此，其正确性丝毫不受影响。

这位拄着管子的老兄和我走了整整一圈，走到了另一个气闸门边。"从那里进去，"他说，"你啥时候好了，我再把你送回去。"

我谢过了他，游过气闸门，一边心里暗忖是哪个傻瓜认为有必要设这么个工种的。要照乔维阿姨的说法，这完全就是多此一举。房间里有几条导管被封起来了，里面或后面却也没藏什么东西。我知道弗赖很富有，钱多到需要雇人替她花。但我觉得她应该雇点聪明的人，知道花钱和浪费钱之间的差别。

咱们的女娃就在那儿，被固定在一张巨大的病床中央，这床简直和撞伤她腿的小山一样大。整个病房都是她的——所有墙壁都折叠起来，变成了一间宽敞的私人病房。远端坐着几个护士，手里捧着咖啡泡在那儿吸。听到我进来，他们四下散开，开始找事情做。我对着他们八爪全开——好吧，我只是交际性拜访，我也不是什么大人物，没必要在我面前装作很忙——他们就又都坐下了。

弗赖在一堆枕头中坐起身来，她气色很好，只是火候还差点儿。头上新长出的三厘米肯定很痒，因为她一直在挠。虽然腿上绑着恒温箱，她还是坚持要和我完整地拥抱，四肢相对，来了个全套拥抱，然后她拍拍身边的位置："别客气，就当在自己家一样，阿尔克。"

"不是有规定，访客不能坐床上吗？"我边说，边将几只触手缠绕在旁边的柱子上，柱子上还有为"两足"访客准备的折叠座椅。

这地方真是啥都有。

"是有规定。规定就是：我说可以就可以。快看——这张床比我以前住过的好些公寓都大，咱们全组都能在上面野餐了。事实上，我真希望他们能来。"她变得有点沮丧，"大伙儿怎么样？都很忙吗？"

我坐了下来。"总是有建不完的实验室，修不完的硬件，采集不完的数据，"我小心翼翼地回答，"如果你想问的是这个的话。"她的脸抽动了几下，我知道她想问的不是这个。

"你是唯一一个来看我的。"她说。

"或许其他队员名字不在'清单'上。"

"什么'清单'？"她问。于是我告诉了她。她惊讶得目瞪口呆。突然间，两个护士出现在了病床两边，神色紧张得跟什么似的，问她是不是不舒服。"我很好，我没事。"她大声地对他们呵斥道，"走开，给我点私人空间，行吗？"

他们有点不情愿地照做了，一边打量着我，仿佛不确定她和趴在床单上的我待在一起有多安全。

"别对他们大嚷大叫，"过了一会儿，我说，"你要是出了什么事儿，可都是他们的责任。他们只是在用他们知道的最好的方式照顾你而已。"我将两支触手伸直，一只指向四周，一只指着恒温箱，箱子里的"千万亿纳米因子"[8]正在从骨髓往外修复她的腿。个人经历告诉我，这种治疗痒得出奇。毫无疑问，这也是她现在脸上的表情不那么开心的原因之一——面对发痒的骨髓，你他妈能怎么着？——而我刚刚的这一通教训也没让她好受点。

---

8 文中的一种医学治疗方法。

"我早就该知道，"她声音里带着股怒气，一边挠着脑袋，"是我的那群雇主在搞鬼。"

胡说八道。"指挥部"可负担不起这么昂贵的病房。"我觉得你是不是糊涂了，亲爱的，"我说，"就算我们真觉得'指挥部'有这么贵重的金属，也得等到'寿司'巴士底日，大佬们才会……"

"不，是地球上我的那些老雇主们。我的形象特许用于广告和娱乐代言。"她说，"本以为来到这儿了，地球上的需求会更少——眼不见，不动念，你明白吗？但很显然，'太空中的选美皇后'这股新鲜劲儿还没过去。"

"所以你依然腰缠万贯咯，"我说，"这事有那么糟糕吗？"

她扮了个痛苦脸："你会愿意仅仅为了变富就签一份无限期合同吗？就算是变得像我这么有钱。"

"你不会因为签了无限期合同就变富的，"我轻声说，"再说了，也不会有工会愚蠢到让你签署这样的合同。"

她想了几秒钟，"好吧，我这么说吧：你有没有这样的经历，以为自己是什么东西的主人，结果却发现它才是你的主人。"

"哦……"现在我明白了，"他们能让你回去吗？"

"他们在想办法，"弗赖说，"昨晚我收到了一封法院指令，要求我一旦能上路就即刻赶回地球。这儿的医生修改了指令，由他们来决定我何时能安全上路；可这只是权宜之计。你认识什么不错的律师吗？这儿的？"她补充道。

"嗯，认识，当然认识。他们可都是'寿司'啊。"

弗赖面露喜色，"完美。"

不是每一只珍珠鹦鹉螺都是律师——这种外形也是图书管理员、科研人员和任何从事大量数据处理工作的从业人员们的常见选择——但是在朱比特系统上，每名律师却都是珍珠鹦鹉螺。和医疗人员必须是"两足"生物不同，这不是法律规定，仅仅是一种慢慢扎根的风尚，渐渐变成了一种行业传统。据多弗说——多弗是我们工会聘用的律所的合伙人——在寿司界，这就相当于人类律师扑了粉的假发和黑色长袍。我们在这儿时不时地会看见假发和黑袍，来自地球某些地方的"两足"有时会带着他们自己的律师。

多弗说，不管"两足"律师如何努力地表现出专业性，他们在"寿司"同事周围时，总是会突发一些奇怪的状况。上一次工会不得不和"指挥部"重新协商谈判条款的时候，内务部派来了一批来自地球的企业律师。好吧，其实，他们是来自火星，但他们都不是火星公民。谈判结束后，他们直接回了三号[9]。多弗没有参与，但在不违反规则的情况下，她会尽量向我们分享最新的内幕。

多弗的专业领域是民法和"寿司"权利，也就是保护我们作为朱比特系统公民的利益。这不仅包括"寿司"和"过渡期寿司"，还包括"术前寿司"[10]。从法律的角度来说，凡是签署了具有约束力的手术意向书的"两足"，都算是"寿司"了。

"术前寿司"常常伴随着各种问题——愤怒的亲属；有钱的愤怒亲属，还拿着地球某高级法院的禁令；困惑／苦恼的孩子们；心碎的父母和前伴侣；以及诉讼和合约争端。多弗不仅处理上述所有问题，还承接：身份认证、财产转移、生物重设、矛盾调停、心理咨询（对任何人，包括愤怒的亲属）、甚至宗教引导等一系列业务。大部分"两足"要是知道有多少变"寿司"的人皈依了上帝，或者其他某种信仰，都会纷纷表示惊讶。我们中的大多数，包括我自己，属于后一个范畴；但有组织的宗教劝解机构依然大量存在。我猜，经

---

9 No. 3：即地球，从太阳往外数，第三个恒星。

10 Pre-op：指申请通过，但还未开始'寿司'变形手术的生物。

历如此巨变，所有人都会探索自己精神世界的那一面。

弗赖还没有正式成为"术前寿司"，但是我知道如果她决定要做变形手术，要弄清即将面对的一切，多弗是可以与她一谈的最佳人选。多弗善于弄清楚"两足"们想听什么，也善于以一种吸引他们倾听的方式告诉他们需要知道的信息。我以为这是心理学，多弗却说更接近语言学。

就像"狗屎运"常说的，别问我，我只是潜水。

第二天，我和多弗一起去见弗赖。清单检查员的表情好像头一回见到我们这种东西似的。单子上有我们的名字，可是她看起来好像不太高兴。这让我很不爽。检查清单这份工作不需要她表现出任何情绪。

"你就是那个律师？"她对多弗说。多弗和她平视，触须镇定地卷起。

"需要的话，你可以再扫描我一次，"多弗态度友善地说，"我可以等。我妈妈总是说，'三思而后行'。"

有那么一会儿，清单检查员不知该怎么办，然后她又重新把我们俩都扫描了一遍。"没错，你们俩的名字我这儿都有。只不过——嗯，她说是个律师的时候，我还以为——我想你该是……一个……一个……"

她卡壳了，卡了半天，久到都开始扭捏起来，多弗终于大发慈悲道："两足"。多弗的语气还是很友善，只是身上的触须开始自由浮动，"你不是本地的，对吧？"她问道，嘴里甜得像裹了蜜。我忍笑忍得差点爆了。

"不是，"清单检查员小声说道，"我以前都没迈出过火星。"

"如果那扇门后面的'两足'也这么少见多怪，最好给他们提个醒。"然后我们穿过那扇门的时候，多弗加了一句，"太晚了！"

还是那位杵着管子的老兄，只是多弗一看到他，马上发出一阵疯狂的叫喊声，然后径直扑向了他的脸，她的触须四下张开，贴在了他的脸上。

"你这狗娘养的！"她说道，高兴极了。

管兄回道："嗨，妈。"

"好、吧，"我对着宇宙间说不定在旁听的管他什么人说，"我想做个脑灌肠[11]。现在合适吗？"

"放心吧，"多弗说，"凡是有人骂你'狗娘养的'，你就回答'嗨，妈'。"

"或者'嗨，爸'，"管兄说，"视情况而定。"

"哎，在我看来，你们长得都一样，"多弗说，"宇宙真小啊，阿尔克。我和弗洛莱恩曾经一起被劫为人质，那时候我还是'两足'。"

"真的假的？"我惊呆了。多弗从来没谈过她的"两足"生涯，我们几乎都不会提及。完全偶然性地遇到变"寿司"前认识的人，这种事我还是头一回听说。

"我那时还是个孩子，"管兄说道，"按地球时间算，才十岁。多弗一直抓着我的手。我遇见她那时候她还有手，真是走运。"

---

11 Brain Enema: 因为'寿司'的身体结构和人不一样，故会出现这种非常态名词。

"他当时是个挺吓人的小屁孩，"我们边往弗赖的房间走去，多弗一边说，"我之所以抓着他的手，就是怕他吓着抓我们的人，一气之下把我们全杀了。"

管兄轻笑了几声，"那为啥这一切都过去了，你还让我和你保持联系呢？"

"我是想如果我能帮你变得不那么吓人，就不会再惹来人质劫持事件了，对所有人都更安全。"

我根本不记得听说过有哪个寿司与变形前认识的两足还是朋友的。走过第二扇门的时候，我还有点找不着北。

弗赖看到我们的时候，有那么一小会儿，脸上闪过震惊的表情，然后她笑了。事实上，那个表情更像是害怕。这让我也害怕起来。我跟她说过我要带个寿司律师来的。女娃以前跟谁都没出过问题，即便和"果冻"也一样，这很能说明问题。尽管大家都知道"果冻"是人工智能机器人，但要适应它们还是要花一点时间，不管你是哪种形态："两足"还是寿司。

"太像虫子了吗？"多弗一边说，一边卷起触须，在床上坐下，与弗赖保持着一定的距离，以示尊重。

"抱歉，"弗赖说，一边做了个痛苦的鬼脸，"我无意冒犯，也不是顽固不化……"

"别放在心上，"多弗说，"蜥蜴脑[12]本无羞耻之说。"

多弗的触须居然比我的吸盘更让她感觉不适？我惊讶地想。蜥蜴脑也没什么逻辑啊。

---

12 蜥蜴脑是大脑中的一块物理区域，这块脑干附近的史前疙瘩掌管恐惧、愤怒和生殖冲动。

"阿尔克告诉我你想变寿司，"多弗打开了话匣子，"你对此所知几何？"

"我只知道要做很多手术，但我觉得我的钱足够支付大部分手术。"

"贷款条件极其优惠。既能保证你的生活质量，又能还款……"

"我想趁我的钱还能用，尽可能付清这笔钱。"

"你是害怕财产被冻结吗？"多弗马上从滔滔不绝变成了神采奕奕，"我能帮你搞定，不管你变不变形。只要说我是你律师就行，口头协议就够了。"

"但是钱还在地球——"

"可你在这里。一切的关键在于你在哪儿。我到时候把贷款和手术选项的数据发给你——如果你和大多数人一样，你可能脑子里已经有一个想变成的形态了。但看一看其他所有的选项也无妨——"

弗赖举起了一只手："嗯，阿尔克。你介意我和我的新律师单独聊聊吗？"

我已经做好了感情被伤害的准备，这时多弗说："她当然不介意。因为她知道有第三方在场会毁了保密性的，是吧，阿尔克？"

我感觉自己很傻，同时又松了一口气。接着，我看见了弗赖的脸，我知道，她的感觉比我更加五味杂陈。

第二天，工作组被叫去"光环"上"除草"和"补种"。彗星热再度来袭。我们给弗赖发了一个傻兮兮的搞怪视频，告诉她我们很快就会再见面。

我个人觉得在星尘中播撒传感器就是在浪费时间，我们在"主环"上已经布置"眼睛"了啊。大部分的传感器根本撑不到预计的时间，那些勉强撑下来的提供的也都是我们已经知道的东西。"除草"——收集坏了的传感器——更有趣一点。当传感器出故障时，它们会和星尘融为一体，形成奇怪的形状、纹理，颜色更是千奇百怪。有时候如果真被特别奇特的吸引了眼球，我会申请自己保存。通常，回答都是不行。回收循环是这里一切生命的基础——聚集、分解、创造、毁灭、重造，如此种种。但时不时也会有多余出来的，因为凡事不可能永远均等。这时，我就能带着一个小小的"幸运符"回到我的铺位了。

我们快到达"主环"时，"果冻"告诉我们说，之前"播种"的团队没有清除掉故障的传感器。"聚集、分解"到此为止。我们都惊呆了：我们谁都没有工作干一半就跑路，还逃过惩罚的。我们不得不在"果冻"的肚皮里坚持下去，高高悬在"北极"上空，扫描整个该死的"光晕"，寻找材料标记。这事儿本来不难，可是很多本应该被扫描到的东西没有出现。弗雷德让我们深度扫描了三次，"木卫十六"上依然是一无所获，而且没有迹象表明有物体泄漏到了"主环"里。

"肯定是落入'大木'的怀抱了。"巴伊特说。他看着下方闪耀的极光，神情恍惚，像是被催眠了一样，事实上很可能也确实如此。巴伊特本来就对六边形的极地景观沉迷已久。

"这么多？"斯普莱特说，"你们知道，他们肯定会说数量太大，不能算作意外事故。"

"我们知道上一组为什么没有收走故障传感器吗？"乔维阿姨已经开始紧张兮兮的了。如果现在敲一下她的头，她准会发出高音 C 的尖叫。

"不知道，"弗雷德说，"我都不知道上一组是谁，只知道不是我们。"

杜本内让"果冻"问一下。"果冻"说已经提出质疑了，只是算不上重要问题，要得到答复，我们必须得等。

"该死的'管虫'，"斯普莱特愤愤不平地低吼道，触手差一点都绞到一起去了，"他们这么做就是为了感觉自己很重要。"

"'管虫'是人工智能，没有感觉，""果冻"带着人工智能特有的冷静说道，这语气真叫人立刻抓狂，"和'果冻'一样。"

然后格莉妮丝开口了："扫描'大木'。"

"太多干扰了，"我说，"风暴——"

"你就当是为了我呗，"格莉妮丝说，"或者你赶时间？"

"果冻"带着我们正好下降到"主环"中央上空，我们以双倍速度和"主环"顺行。狗娘养的——是疯了吗？还是颁布了新秩序？我们在进入大气层时竟然被撞击了几回。

不应该啊。这可不只是风暴的干扰——凡是被大木吞噬的东西受到的引力都大得不得了。我变寿司之前很久（那可真是很久以前了），他们就已经不再往木星的大气层送探测器了。它们在云层里根本撑不下去，而且没有一个能撑到发现液态金属氢。同样的道理，那些传感器也应该只剩下原子，标记物挤压得毫无踪迹了。除非有某种力量使然，否则它们不可能还挂在云端。

"肯定是技术故障，"斯普莱特说，"之类的。"

"是的，我晕机，脱氧了。"乔维阿姨说道。这句话是目前工作组里的暗语，表示"只打旗语。"

"两足"们有自己的手语和使用旗帜的老派旗语。但八足工作组的旗语完全是另外一回事。八足旗语一直处于变化中，也就是说，不仅不同小组使用的旗语不同，每次对话使用的旗语也不尽相同。这种语言也不能像口头语言那样记录下来，因为它的使用基于会话参与者达成的共识。它并非完全无法破解，但即使是最棒的解密机器人也得花上至少半个单位时间。花五天时间来破解一段对话真算不上高效。

说实话，统治"指挥部"的"两足"们依然允许我们使用旗语，这让我有点惊讶。他们可不是咱们口中"隐私的捍卫者"，涉及工作尤其如此。不只是针对寿司，所有的"两足"员工，不管是地球上的还是这里的，只要是工作时间，都受到全面监控。所谓"全面"就是到处都安装了"视频／音频"双监控：不管是办公室，走廊，储藏室还是卫生间。巴伊特说，这就是为什么"指挥部"上的"两足"看起来总是那么阴郁——他们都在憋着情绪，直到下班时间。

但我猜只要完成了任务，他们才不管我们互相怎么摆动触须，或摆动的时候我们是什么颜色。再说了，在这儿工作，你不会担心谁在看着你，最好是有人在看着。因为"果冻"爆炸时发出的求救信号无人发现，你只好等着根本到不了的救援，最后死在气泡里，这不是你想要的结局吧。

话说回来，我们综合分析了消失的物质和本不应该在"大木"的风暴系统中遭遇到的标记物，最终缩小到三种可能性：上一组回来完成了任务，但有人忘了将记录输入系统；一群开着拖网捕捞船的清扫工在这里一扫而过，将标记物清除了，这样他们就能把原材料卖掉了；或者"指挥部"上的某颗矮星为了更近距离地观看"酒鬼高塔"撞击而在云端播撒传感器。

第三个想法是最蠢的——就算有些传感器真能撑到"酒鬼高塔"撞击的那一刻，它们的位置也不对啊，而且风暴会扰乱它们收到的任何数据——所以我们一致同意，多半就是这么回事。又讨论了一会儿，我们都决定这件事先不泄露出去；当"指挥部"问起那些丢失的传感器在哪的时候，我们就说不知道。因为，以木星起誓，事实就是：我们的确不知道。

能找到的，我们都回收了，这花了我们两个木星日。给"光环"重新播撒上新的传感器后，我们回家了。我给诊所打了个电话，询问弗赖的情况，顺便问问她是否已将工作组剩下人的名字都弄到了"清单"上，这样我们就能在那张贼大的床上野餐了。可是接电话的是多弗，她告诉我咱们的女娃正在手术。

多弗说，应弗赖本人的要求，她不能告诉任何人弗赖要变成哪一种寿司，包括我们。我感到有点好笑，直到第一艘无人机出现。

这种无人机搭载在双向飞碟上，能够穿过"果冻"的双墙，而不导致爆炸。"指挥部"用它们来传送他们认为敏感的信息——鬼知道那是什么——起初，我们以为这艘无人机也不例外。

可接着，它亮了起来。我们看到一位打扮得像广播员的"两足"的图像。他站在一个环形的盒子上，一个接着一个地提问；他右边的一张面板上循环滚动着如何录制、停顿、回放的操作指南。

"果冻"问我们要不要给处理了。我们把无人机整个丢进了垃圾滑槽，双向飞碟什么的，一样不少。"果冻"拉屎似的将这个小废球排了出去，变成某个清理工的幸运收获。

杜本内后来向"指挥部"发了一份报告，汇报了这次未授权的入侵。"指挥部"只给了份回执，再无其他消息。我们以为会因未能提前发现双向飞碟上搭载的无人机而被训斥，结果却什么也没发生。

"有人喝醉了吧，"巴伊特说道，"查询一下。"

"不，不要查，"斯普莱特说道，"等他们醒过来，肯定会掩盖这事儿，否则他们工作都保不住。咱就装作啥都没发生，一切照旧。"

"等到有人检查我们的记录，咱可就没法装了。"杜本内说，然后让"果冻"查询，而"果冻"也向他保证这么做是明智的。最近一段时间，"果冻"越来越经常这样做了，只在必要时做简短的评论。我个人很喜欢这样细微的触动。

然而，斯普莱特看起来被惹恼了："我只是开个玩笑。"他说得字字小心。只要说是开玩笑，就没人能责备你，不管这个玩笑多么粗俗乏味；但前提是要说清楚是玩笑。为了安全起见，我们都笑了。只有乔维阿姨没笑，她说不觉得这个笑话有多好笑，还说自己除非真觉得好笑，否则笑不出来。有些人的确是这样的。

没过几分钟，杜本内就得到了答复。是一条充斥着法律术语的表单消息，核心思想却是：第一次我们就听到了，快滚吧，别再犯罪了。

"他们不可能全都醉了吧，"弗雷德说，"可能吗？"

"不可能吗？""狗屎运"说，"你们和我同组的时间够长了，还不知道我的运气有多好吗？"

"说的就好像你是四叶马蹄铁教教友似的。"格莉妮丝说。

弗雷德马上来了兴致："你是说木卫二上新开的那家赌场？"他问道。弗雷德超爱赌场。他不喜欢赌博，只是喜欢赌场。"果冻"主动提出帮他查一下相关信息。

"'同步性'是真的，有数学基础啊。""狗屎运"还在絮絮叨叨。她身体的颜色亮了一点；格莉妮丝也是。我们都还在"果冻"上呢，我宁愿她俩见鬼的可别就这么互相亮出宝石红[13]来了。"字典上对'机缘巧合'的解释是：'机会是给有准备的人'的。"

"我现在准备回家大睡一觉，谁想和我一起？"杜本内抢在格莉妮丝公然嘲笑前说道。我挺喜欢格莉妮丝，虽然她有点尖酸刻薄什么的。可有时，我觉得她应该变成一只螃蟹，而不是章鱼。

除了标准的安保监视外，我们的私人空间本来不应该有监控的。

可我们根本不信这一套。但如果"指挥部"被发现了在私人空间监视我们，工会就将他们生吞活剥了，再把骨头渣拉出来，滋养木卫二上的细菌农场。因此，要么他们的监控技术比我们想象的还要高明；要么他们就是豁出去了。大部分"寿司"都相信前者；我却属于后面一个阵营。我的想法是，他们每天看我们看得已经够多了，下班后肯定想看点其他的，换换口味啊。

我们合住在典型的八足组员生活仓里——八间房围绕着一大片公共区域。弗赖还住这儿的时候，我们用帘子给她隔出来一块公共区域，但她的东西总是从帘子里冒出来。她的那些东西真叫人头疼——我是说，洗手池里飘飘荡荡的内衣、绕着灯旋转的鞋子（还好她只需要两只），还有随着气流在房间里四下飞散、宛如活物的

---

13 显示宝石红是"寿司"的一种通过身体颜色表示兴奋和热络的情感的方式。

小 说

纸张。她都在这儿住了这么久了，还是没摸到在零重力环境下搞好家务的窍门。在生活仓满员、还要加上她的情况下，她那副窘态很快就不那么可爱。我能看出来，她有在努力改善，但最终我们不得不面对事实：虽然我们都很爱她，作为一名房客，咱们的小女娃真是邋遢透了。

我一直以为那会造成什么矛盾；结果她离开还不到一天，生活仓里就感觉少了点儿什么。我会不经意地环顾四周，期待看到一件衣物或首饰从她关得不怎么严实的某一只小手袋里飞出，飘过半空。

"谁想赌弗赖会变章鱼？"我们到家的时候，斯普莱特说道。

"谁会赌她不变章鱼啊？""狗屎运"回道。

"我可不会。"格莉妮丝说，那股酸溜溜的味道连我的嗉囊都能感觉到。我以为她又要开始装螃蟹了，咔咔咔，就知道夹。可她没有。相反，她从空中游过，游到洞穴里，两只触手粘到墙上，其他部位都蜷为一团，直到完全看不见。她想我们的女娃了，此刻半句话都不想说。可她又不愿意完全孤身一人。"八爪"们都这样——有时我们想独来独往，可又未必茕茕孑立。

"狗屎运"跟着我来到冰箱前，问道："你觉得呢？八足吗？"

"我不知道。"我说。我是真的不知道，从来也没想过。但我不确定是不是因为我想当然地认为她肯定会选择章鱼。我拿起了一包"克利薄"[14]。

乔维阿姨注意到了，用严肃的大眼睛看着我："阿尔克啊，你

14 作者杜撰的一种零食品牌。

可不能就靠着脆磷虾片过活啊。"

"我就是特想吃而已。"我对她说。

"我也特想吃。"巴伊特说。他从我身后伸触手来抢，我伸出触手，和他绕在一起。

"多弗来消息了。"我们差点就要打起来了，杜本内及时打断。他将消息放到了大屏幕上。

关于弗赖的内容不多，只说她现在手术进行得很好，再过一个时间单位就结束了。虽然我们谁也不知道多弗指的是全部结束、一切就绪，还是只指手术。然后，我们就被消息里面的其他内容分散了注意力。

全是来自地球的视频片段，"两足"们对弗赖的事评头论足，好像他们都真认识弗赖，真知道我们这儿是怎么回事，真了解"变寿司"意味着什么一样。有些"两足"好像无所谓，但有些则完全就是虫日的蠢货。

我是说，我不做"两足"已经很久了，我们在这儿住得也够久的，随着时间的流逝，我们也发生了巨大的改变。曾经那个"两足"的我不可能理解现在的我的感受；但是同样的，刚从康复院出来，加入第一个工作组那个"八足"的我也没法体会现在的我的心境。

我不是自己选择当"八足"的——那个时候，手术还没有这么发达，"纳米因子"还没有这么普遍、这么可程控。所以，医生认为哪种形态最有可能给你值得过的人生，你就得选择那种形态。我本来对这个选择不是很高兴，但在这么美的地方生活没法不高兴，尤其是你的身体还一直都觉得这么爽。在我变形后大约三四个木星年，人们才终于开始可以选择要变成的形态，可我不后悔，再也没后悔过，只觉得全身舒坦。

小 说

只是听到"两足"们对他们完全不懂的事情大嚼舌根、吐出"恶心""暴行""次人怪兽"这些词的时候，我就不那么舒坦了。某个电视新闻节目甚至播放了最近重拍的《拦截人魔岛》中的片段，就像这种玩意儿也能被奉若神明一样。

没过几分钟，我就受不了了。于是，我拿着"克利薄"，一头钻进自己的避难舱，关上舱门，摁下了隔音按钮。

过了一会儿，格莉妮丝哔了我一声："你知道吗？在很久以前的那个死气沉沉的年代，地球上的人们以为宇宙间万物都是围绕他们旋转的。"她停了下来，可我没理她。"后来，人类的知识范围慢慢扩展，我们才都知道了那种想法是错的。"

"所以呢？"我咕哝道。

"不是每个人都收到了这条备忘录。"她说。格莉妮丝等着我回答："拜托，阿尔克——他们会出来看'酒鬼高塔'吗？"

"我倒很乐意到时给他们展现一下撞击盛况。"我说。

"不会有人愿意来这里的，这儿有我们这些'恶煞'啊。他们只会在地球上蜷缩相拥，淹在彼此的大便中，直到最终完成他们当初被排泄到宇宙中时所肩负的使命——种族灭绝。"

我开了门，"你可真是在故意惹恼他们呢，知道吗？"

"我惹恼谁了？又没人在听。这儿除了咱们'寿司'，谁都没有。"她的语气既尖酸刻薄，又楚楚可怜，这只有格莉妮丝能做到。

我给多弗发了信息，告诉她我们被借调到"外盟"去了，至少得在下面待两个木星日。过去几个木星年内，太阳系外围区域，特别是土星附近的人口翻了一番；用不了这么久，很可能还会再翻一番。民用通信网络位于太阳盘面的下方，完全专用——不用于任何军政用途，只用于小企业、娱乐业和社会沟通。好吧，至少目前来看，这个系统是专用的，但这也只是因为目前还没有任何一方有能力夺权而已。

"外盟"是一项"冰巨人"项目，最初只服务于土星，天王星和海王星系统。似乎没人知道内政部究竟在哪——即，在哪颗卫星上。我想就算起始于天王星这样外围的区域，他们至少也上过泰坦[15]，因为他们的目标是要扩张到木星上。

话说回来，他们的科技棒得发疯。一句"你好"从"大木"传到土星依然要花四十多分钟的时间，等那句"你他妈是谁？"传回来，又过去了四十分钟。但是，通话中的噪音比"指挥部"上的本地通话都少。当年，娱乐产业纷纷向"外盟"转移的时候，"指挥部"大为光火，气氛一度闹得煞是紧张。后来，双方定了个合约："外盟"拿下整个娱乐业，但不能涉足教育行业，至少在朱比特系统中不行。签完合约后，双方关系缓和。"指挥部"就像个强大友好的老邻居一样，"外盟"需要什么，就借出什么。然而，一片祥和之下，依然危机重重，各种危机都有可能爆发。

朱比特系统是内行星与外行星的分水岭。曾有政府想与内圈结盟，也有政府热烈地追求外围。本届政府希望将"大木"正式指定为外围，而不再只是同盟。土星一直在努力阻挠。他们声称"大木"想要夺权，企图建立帝国。

这套辞令和上届政府试图获取内圈地位时，火星与地球的说辞如出一辙。只不过地球人说的更绘声绘色罢了。有些"两足"就奔走相告，大声疾呼，说这完全是"怪兽"和"恶煞"们——也就是我们——的阴谋。我们邪恶的触手正伸向他们新鲜的肉身，以满足

---

15 泰坦 (Titan) 星，即土卫六，土星最大的卫星。

我们令人作呕的胃口。他们说,如果"大木"获得了内圈行星地位,人类就会在大街上被围捕,并强行送出来改造成违背自然的"次人类生物"。最漂亮的女人除外,我们会让她们保持原来的容貌,用链子拴在妓院里——反正,你懂的。

单单只是这种愚蠢言论便足以让我投票支持"外围"。只是,"大木"真的内外不靠。我是这么看待这件事的:太阳系里有"外围",也有"内圈",还有"我们"。这种想法和"两足"们的处事方式格格不入,因为它不是二元对立的。

所有这些我们都是在"外盟"工作站上懒洋洋地干活时,我脑海里漫无边际的遐想。我还想到了弗赖,不知道她现在怎么样了;不知道下次见到她时,她会以哪种形态出现;不知道我能不能认出她。

我知道,这听起来很傻。因为无论如何,没见过的人肯定是不认得的。但还有某种精神性的东西。我觉得,假如我游进一间满是"寿司"的房间,而弗赖恰好也在,我肯定会知道。我只消花一点点时间就能认出她来,不需要旁人帮我指出来。

毫无疑问,我喜欢"两足"时期的弗赖。既然现在她变寿司了,我在想我有没有可能爱上她。我不确定是否喜欢这个想法。通常情况下,我的情感生活很简单:只有性,只和我喜欢的人做爱。这样,一切都好,不会出乱子。可是一旦爱上,却会让一切变得复杂起来。你会开始考虑伴侣、家庭等等;因为我们并不生育,以上种种就不可能顺畅。我们只有新晋寿司,没有寿司孩子。

虽然现在在"指挥部"上,我们都还仅仅是努力求存,但不会永远都这样。我能活着看到那一天。见鬼,"先驱一代"当然还有几个还活着,可我从来没见过。他们都在"冰巨人"上。

"酒鬼高塔"撞击前的半个时间单位，我们回到了家。半个时间单位听起来够长，但其实短得让我发怵。这里的距离可不安全，就算是在最顶尖的"指挥部"旅行盒中也一样。我本来就讨厌待在旅行盒里。要是有人能发明一种能远距离旅行的"果冻"，我一定永远做他们最好的朋友。但即使是用旅行盒航行，往返路途上依然需要在三个绿洲处停下来加燃油。只要提交飞行计划，每个绿洲都必定会给我们预留一个泊位；但前提是我们准时到达。而各种乱七八糟的事儿都有可能让我们迟到。如果此时还有泊位，我们依然能降落。如果没了，就只能等着，一边还得默默祈祷降落前千万别耗尽了可呼吸的气体。

巴伊特提前很早就制定好了计划，在飞船上仗义地给我们安装上了"预计到达时间"窗口。但你知道的，越是你需要所有部件正常运转的时候，那些最近都没出过差错的东西越是可能突然出岔子。去的路上，工作期间，回来的路上，我一直都紧张兮兮的。在回程的最后一个晚上，我做了个梦，梦见就在我们要重回"指挥部"空间的时候，木卫一爆炸了，炸毁了半个圈里的一切。我们还在琢磨该怎么办的时候，不知什么东西将我们撞进了一个死漩涡，漩涡的中心是巨大的紫色点。醒来的时候，我发现乔维阿姨和斯普莱特正把我从墙上往下剥——尴尬死了。经过了这一出，我只想回家，滑进"果冻"里，静静地看"酒鬼高塔"和"大木"相撞。

到了这时，彗星其实已经分解成了好多小块。本地电视台上全是彗星相关的新闻，全时段放送，就像整个太阳系甚至全宇宙都没有其他事了似的。专家们说这次彗星的轨迹和之前的"苏梅克-列维"一样，人们于是开始七嘴八舌地讨论这意味着什么。有些人认为这不仅仅只是出于巧合，"酒鬼高塔"实际上是奥尔特云上或者甚至更远的智慧生命发来的信号。他们觉得我们不应该让它撞向"大木"，而是要捕获它，至少抓住部分碎片。

这是可以实现的。"指挥部"只要铺撒出一张完全由"非飞行

小 说

式果冻"组成的巨毯就能做到，前提是不能有旅行盒。"狗屎运"说，"指挥部"在秘密执行一个计划，要捕获彗星碎片。真是瞎扯。且不说能做到这一点的旅行盒肯定一眼就看见了，这颗彗星都已经以碎片的形式漫游了足足十几个单位时间了。它的航行轨迹上有更容易获得碎片的地方，只是所有的专家在看完扫描结果后都认为花大笔金钱进行这样的任务根本不值。这么多人都忘了这一点，真搞笑；突然之间，他们又开始"本应该——本可以——本能够"起来，完全就是"非买家懊悔"[16]。不过，咱们还是不聊政治了吧。

我给多弗发了条信息，告诉她我们回来了，正准备观看"撞击大秀"。收到的是一条自动回复，说她现在不在办公室，会尽快回复。也许她忙着在处理弗赖的事。和其他人一样，弗赖可能也患上了"彗星热"，甚至可能比"彗星热"还严重，毕竟这是她开始新生活的重大时刻。她要是还没出院的话，我希望那儿有块儿足够大的屏幕，配得上这重大的时刻。

我们都想裸眼观看。或者，裸眼加望远镜吧。格莉妮丝带来了一块屏幕，以防谁想看近距离的大特写。考虑到这次撞击从头到尾要持续差不多一小时，有块屏幕不是件坏事儿，省的我们眼睛疲劳。

第一块碎片撞上的时候，我不由自主地想到了洒落在大气层中的传感器。它们肯定早都消失了。就算没有，我们也接收不到任何有效数据，除了噪音。

撞击进行到一半的时候，所有信号都被一条政府录制的无须回复公告覆盖了：已实施戒严令，所有人回家，不回家的将被碾为灰烬。

于是我们错过了最后几波撞击。尽管我们都觉得这也不是什

---

16 作者杜撰的词，"售后反悔"指的是买了东西后的自责。这里的"非买家懊悔"是指人们对于没有做什么事的自责。

么非看不可的景观，但大家依然很恼火。可当我们回到家，竟然不能马上观看回放，大伙儿才开始觉得有古怪。很快，我们又开始痛骂起来。什么政府这下子可有的解释啦、下届选举不再会是一场爱的盛会啦、"指挥部"啥时候变成政府的应声虫啦之类。新闻上啥也没有——真的，啥都没有，全是些以前内容的回放。就好像回到了两个木星日之前，而刚刚的撞击压根儿就没发生过一样。

"那么，"弗雷德说，"'外盟'上放的啥？"

"你还想看肥皂剧？"杜本内没好气地说。"没问题，为什么不呢？"

我们正盯着节目菜单看的时候，突然出现了一个新栏目：名字叫《拉·索莱达·y·戈德门德斯多特的告别特辑》。这个名字让我以为我们即将看到弗赖的"两足"前生，可屏幕上跳出来却是一只珍珠鹦鹉螺。

"嗨，大家好。你们喜欢我的新面目吗？"弗赖说。

"什么鬼，她这是要去读法学院吗？"乔维阿姨吃惊地说道。

"很抱歉在旅行盒上和大家说再见，你们一直都对我太好了。"弗赖继续说道。我必须把我的触手缠在一起才克制住关掉这视频的冲动，听起来不是什么好事儿啊。"还没来这儿的时候，我就知道我要变寿司。我只是不能确定要选哪种形态。和你们相处让我很认真地考虑了章鱼——很不错的生活，你们所做的每件事情都很重要。未来的时代——嗯，这里会变得令人惊叹的。能适应太空的生命。谁知道呢，说不定有一天朱比特公民能像"两足"换衣服那样变换自己的身体呢。这是有可能发生的。"

"但和很多'两足'一样，我没什么耐性。我知道，我现在不是'两足'了，而且我现在的寿命要比'两足'长得多了，所以我没必要这么急。可我就是这么着急。我想成为下一场变革的一部分——下一场巨大的变革——就在此时此刻。我真的觉得'木星殖民地'才是我一直寻觅着的理想。"

"'木星殖民地'？他们这些怪胎！这是自杀！"格莉妮丝撞上了天花板，弹回到一面墙上，然后又下来了。

弗赖舒展开所有触须，让它们自由飘动，"不管是谁在喊叫，先冷静一下，"她似乎被逗乐了，"和你们成为组员之前我就和他们有联系了。我早就知道他们的计划。他们不愿意告诉我具体时间，但是要猜出"酒鬼高塔"撞击是个绝好的时机可一点儿也不难。我们收集了一些'果冻'，给它们消了声，放进丫丫环 [17] 里。我还不知道下一步怎么操作，我们怎么才能搭上彗星这班车——毕竟我不是天体物理学家。但如果真的奏效了，我们会在云层上播撒我们自己。"

"参与这次行程的全都是珍珠鹦鹉螺。因为要储存大量的数据，所以这是最合适的形态。只不过我们做了一个小小的改变：所有鹦鹉螺都通过外壳连接起来了，这样我们就能获取彼此的信息了。虽然可能没有太多隐私，但是既然要走上流亡之路，我们就不能是各自为战的修士。上层空间里应该还飘荡着一些传感器——'殖民地'的同盟一直在暗地里输送设备。不管还有些什么吧，我们都能就地取材建立起一个云上的殖民地。"

"我们不确定这办法一定能成功。也许我们终将全都被引力挤压得粉碎。但是，如果我们能撑得够久的话，'果冻'们就能变成滑翔伞——工程师说的，别问我——那样，我们或许不仅能设法存活下来，还有可能繁荣兴盛起来。"

"不幸的是，到时候我们成功了，我也没办法告诉你们。除非我们能克服这些干扰问题了。我目前也不太懂这些，但如果我撑得

---

17 Yak-yak loop: 作者杜撰的一种让"果冻"噪声的设备。

足够久，我会学的。"

"多弗告诉我说，眼下你们都被借调到下面的'外盟'去了。我会发出这条信息，让它在'冰巨人'中间来回折腾一阵子，然后才被你们收到。幸运的话，在我们进入木星大气层后不久你们就能读到它。我希望你们谁也别太生我的气，或者至少别一直生气。说不定，我们还能再见面呢，也不是完全没有可能啊。真的到了那个时候，我希望大家还是朋友。"

"特别是当'朱比特独立运动'顺利——"她笑了，"本来想说'顺利起飞'¹⁸的。如果'朱比特独立运动'能平稳运转之类的话，我觉得这想法真不赖。不说了，先再见了。"

"哦，对了，阿尔克？"她的触须疯狂地起伏着，"真没想到当虫的感觉这么棒。"

我们只看了一遍，信息就被 JCC¹⁹ 给掐了。联邦调查局将我们全部抓起来审问。这没什么奇怪的。但不只是大木联邦调查局——突然间，地球联邦调查局的人也不知道从哪儿冒了出来。一些是真人现身，还有一些通过"外盟"固定在手机上的通信设备远距离审讯。后者这种方式简直是巨大的浪费，谈话如龟速一般，毫无益处。因为即便是火星调查局的人也拿光速没办法——问与答之间还是要花上一个小时，通常更久。

真人现身的地球调查员们都便衣行事，暗地观察，然后将所见所闻报告给地球上的总部。这套行动在这里让我们大部分都接受不了，就连"两足"也是。主要因为管事的没能把故事编好，后来给

---

18 原文是 get off the ground，弗赖本来是地球人，所以受地球重力的影响，会有这种表达。后面的"平稳运转"原文是 achieve a stable orbit，改成了"寿司"的语言习惯，因为"寿司"是飘在空中的。

19 木星的监管机构。

政府造成了严重的执政危机。有些官员直接否认知晓地球间谍的存在，还有些则想要混淆视听，说部署间谍都是为了我们好，为了我们的权利不受破坏——具体哪些权利不受破坏，他们可是只字未提。

终于，执政委员会下台了；取而代之直至下届选举的临时委员会成员全是"寿司"。这还是头一回呢。

离下届选举还有一个半单位时间。"指挥部"通常会支持"两足"候选人，但这次，支持"两足"的政治广告明显少了很多。我想，连他们都看出来这大势所趋了。

很多"寿司"们已经开始了庆祝，迫不及待地讨论着朱比特系统的政府即将改头换面。我却还没充分做好派对的准备。事实上，我反而对我们有点担心。的确，我们生来就是要变寿司的，但是我们并非生来就是寿司。我们起初都曾经是"两足"，虽然抛弃了二元思维，但这并不代表我们已经完全完成了启蒙。已经有人在大谈候选人大都是珍珠鹦鹉螺，应该有更多的章鱼、河豚或螃蟹成为候选人了。我不喜欢这种讨论。但现在要偷逃到"殖民地"去，为时已晚了。并不是说我就愿意啊。就算弗赖和她的同伴殖民者们生存下来了，甚至繁荣兴旺起来了，我可没准备好为了一个全新的世界而放弃现有的生活。哎，还是走一步，看一步吧。

嘿，都说过了，别让我开口讲政治。

帕特·卡迪根
Pat Cadigan

美国科幻作家、编辑，其作品常与赛博朋克运动紧密联系在一起，被称为"赛博朋克女王"。曾获亚瑟·克拉克奖、雨果奖等奖项，并被轨迹奖、星云奖等提名。她还是罗伯特·海因莱因的好友，海因莱因 1982 年的小说《星期五》就是献给她的。

雾中袭来的远方

▌作者：万象峰年

黄色代表了将死而未死的气息。

丹丹喝下百草枯的第七天，她的皮肤变得蜡黄，呼吸急促又无力，咳嗽时会飞溅出浑浊的液体，也是黄色的。但是她的眼睛睁得大大的，就像盛着清凉的井水，仿佛只是生了一场感冒。躺在床上的人是那么鲜活，让人不相信这下面散发出的腐烂气味。有时候顾惠兰觉得，那是一摊发黄的腐水，不可能再清澈过来，也没有立刻干掉，蒸发的过程就像缓慢地揭掉一层皮。

丹丹的嘴唇因为呼吸过多而干裂，总是像要说话一样张着，却不愿意多说话。顾惠兰预感到自己已经来不及走进丹丹的那扇门了。

顾惠兰坐在床边，挨着女儿又不敢挨得太近，触碰会让女儿疼痛。屋里闷热得慌，外面的蝉鸣铺天盖地，像是要把整个村庄吞没。

"蝉叫声吵。"丹丹声音微弱地说。

"看电视，不理它。"顾惠兰说。

电视里放着丹丹喜欢看的玄幻偶像剧，好人刚获得了超自然的力量，还有十三集大结局。

"小时候我的妈妈对我说，"顾惠兰说，"大自然会和人们一起劳动，只是我们看不见。庄稼会伸出看不见的手来采集太阳光吃下去，地上的水会顺着看不见的线爬回天上。"她不知道该用什么语气跟女儿聊天，她想跟丹丹说很多很多的话，但是大多数时候不知道说什么。

丹丹一言不发地盯着电视,目光似乎又没有聚焦在电视上。她的细细的胳膊下面是发黄的床单,本来顾惠兰准备下一次春节换一床新的。微微发臭的枕头边放着一只丹丹小时候形影不离的小熊。

电视剧中断了,弹出一条紧急通知:"现在播放重要紧急通知,现在播放重要紧急通知,请各位民众不要接触……"

顾惠兰厌烦地换了个台,另一个台也在播放这个通知。她不耐烦地摁着遥控器,电视画面突然没了,每个台都是雪花点,发出沙沙的声音。

"就看这个吧。"丹丹说。

"我去弄一下。"顾惠兰站起身,看见儿子庆天站在门口,他的眼睛浮在黑眼眶上,阴沉又闪亮。

"它们来了。"庆天抠着手指说。

"什么?你看着姐姐。"顾惠兰交代了一声走出屋。

她从晒谷坪爬上二楼的房顶,蹲在卫星"锅盖"前。她也不知道怎么修理,只是学着人家换换方向,拍打两下。

她抬起头来看时,发现村子里不知道什么时候已经漫起了薄雾,田野的界线已经看不清了,树梢浮在雾上,像浮在水面上的芦苇。按理说下午不会有雾的。抬头往远处望,她惊讶地发现,全村人都站在雾气里,他们在村边的一块田地上围成一个大大的圈,不知道在看什么。

顾惠兰顾不上管这些,她爬下房顶,回到丹丹的房间。

丹丹不见了。

电视机还在播放着雪花点,荧光一闪一闪地照着皱成一团的毯子。窗外,远处的雾气中蒸腾着闪电,一种金属的暗哑声音传来,透过空气压着鼓膜。

顾惠兰也顾不上管这些。她把房间找了一遍,又把房子找了一遍,庆天也不见了。她走出家门,雾气里是静止的石板路、树木、房屋,没有一个人影。

"丹丹！庆天！"她喊了一声才发现，外面安静得出奇，蝉鸣声不知道什么时候消失了。不是完全的安静，空气里响着电视雪花一样的沙沙声。

金属的味道从空气中蔓延到嘴里。脸上汗毛竖起，有点发痒。顾惠兰摸着脸颊，朝雾气里走去。

不记得这是村里人消失的第几天了，顾惠兰强迫自己的生活变得正常起来。她挑上桶去给菜地浇水，家里的大黄狗跟着她。四处仍然笼罩着一层雾气，哪怕太阳正当空。雾气挠得人脸上痒痒的，那个从来没有停过的沙沙声就像一只手摩挲着草地、树叶和一切。地里别人收到一半的玉米还堆在地上。走过山坡下的田埂，顾惠兰看见别人家的茄子已经变蔫变黄。她想过要不要帮别人浇水，但是这么多她浇不过来。

干完活她照例去村里寻找。村里的屋子大多虚掩着门，有的敞开着，没有人迹。雾似乎更浓了，沙沙声更密了。

顾惠兰叫上大黄狗，沿着一条湿滑的石板路往前走。头上是雾气，就像走在一个朦胧的山洞里。忽然之间，她看见路的尽头有一个人影也在走。她大喊。人影没有回头，飘进了尽头的一扇门里。她跑过去，看到门紧闭着。她犹豫了一下，推开门。

大黄狗叫了两声，一只黄猫从墙头跑过去。两个村里人坐在堂屋的饭桌旁吃饭，边吃边发出笑声，笑中带着哭腔。声音像透过收音机传来的，带着电流的滋滋声。桌子上窸窸窣窣地忙碌着一群老鼠，正在舔食发霉的饭菜。老鼠看到顾惠兰走近，一哄而散。一个碗打着滚"咣啷"摔碎在地上。这时顾惠兰发现，这两个人和自己不同，他们是淡蓝色的影子，半透明，发着荧光，自顾自地说话，不会对人声做出回应。她下意识地低下头，看到这两个人没有影子。心跳一下子剧烈起来，她屏住呼吸缓缓地退后两步。

顾惠兰退出门，看到石板路上走满了淡蓝色的人影，无声地穿梭往来。有些她认识，有些眼熟但是想不起。快要落山的太阳烧得屋子和路微微发红，让这些影子看起来散发着淡蓝色的蒸汽。没有人回答顾惠兰的呼喊。他们就像隔离在另一个世界的鬼魂。有的人影忽而消失，有的人影忽而出现。顾惠兰回头，看到屋里的人影不见了。

顾惠兰有个感觉，丹丹还活在某个地方。这个想法让她驱散了恐惧，感到一点欣慰。

顾惠兰赶回家里，一路上撞上许多人影，却没有感觉。她努力不要大口呼吸，怕吸入这些人的魂魄。家里屋中阴凉，散发着淡淡的霉味。昏暗的堂屋中，她看到了一个淡蓝色的影子，那是她自己。

她呆望了一阵子，想走过去伸手去摸，又不敢。

楼上跑下来两个小的影子。"丹丹！"顾惠兰脱口叫出。果然又没有回应。小影子叫住大影子，大影子转过身，身上背着旅行背包。

这一幕的记忆被牵扯出来。上一次她离家去打工，特地挑了个大清早，晨曦微亮。丹丹还是追了出来，没有拖着她，只是这样看着，像要用目光把她拖回来。庆天想把丹丹拉回去。

影子是过去的事？

可是她分明记得，是丹丹没完没了地抱怨，无非就是编出不让她出去的理由翻来覆去地说。而此时她的影子说的话，是翻来覆去地解释一些让人听不懂的理由。

她的影子丢下丹丹和庆天走了，两个小影子鞋也没穿好就跑了出去。顾惠兰跟着两个影子走出去，走过石板路，走过一截田坎，走到村头的水泥路上。夕阳和那天的晨光重合起来。她看到了无数个离开。她认识和不认识的影子，像一支浩荡的队伍，背着包，走着路，搭着摩托，坐上各种各样的车子，延伸到长长的水泥路尽头。她就是这样把自己的心挖空，向那个叫作城市的磁石奔去。顾惠兰想把自己叫回来，但是自己的影子在一辆摩托上变得越来越小，消失了；丹丹和庆天的影子一前一后，混在返回的孩子中，默不作声地低头往家走，还没走到家也消失了。

　　顾惠兰回到屋，走上二楼。电视机不知道什么时候被打开了，放着沙沙的雪花点，床上空空的。她关掉电视，巡视了一遍。走下一楼时，她看见庆天蹲在天井里，正在摸着大黄狗。天井里传来奇怪的气味。

　　顾惠兰走上前，看到这个庆天不是半透明的，他有影子。

　　"庆天？"她叫了一声。

　　庆天回头瞟了她一眼。

　　"你……去哪了？姐姐呢？"顾惠兰小声问。

　　庆天头也没有抬，只露出背影，声音轻得就像雾一样。"我们都在这里，过着新的生活，只是你看不见。"

　　"是那些影子吗？"

　　"不，那是记忆同步的锚点。我们生活在更高的地方，我们正在融合。"

　　"什么？"

　　"没什么。"

　　顾惠兰一点点走过去。"你们……还好吗？"

　　"没有什么好不好的。"庆天说。

　　"帮我告诉姐姐，妈妈在这里等她回来。"顾惠兰走到庆天身后。"你们都回……"她僵住了，她看见地上倒着一瓶百草枯，绿色的浆液在地上流开了一片，散发出刺鼻的气味，那片绿色像毒虫一样刺眼。

　　庆天的声音传来："你还是没有藏好它。我知道了所有人是怎么想的，我知道了姐姐是怎么想的……以前的生活是多么可笑。很多东西在变得模糊，很多东西在变得清楚，我就要忘记问这个问题了。"

"姐姐是怎么想的？你告诉妈妈。"顾惠兰急切地说。

庆天抬起头来，眼眶黑得可怕。"你们故意把农药放在家里的，是吗？"

"不是！不是的！"顾惠兰捂脸跪在地上大哭起来。"我错了，我不该把你们留在家里，我不出去就好了……"

"现在这不重要了。"庆天轻轻地说。

"庆天！"顾惠兰抱过去，只抱住了空空的自己。

天井里空荡荡的，大黄狗舔着嘴巴。

丹丹喝下百草枯的第五天。

蝉鸣声钻进窗子来，钻进丹丹的梦里，不知化作了什么鬼怪，让她挣扎起来。顾惠兰一时不知道怎么安抚她。丹丹"哇"地大叫一声滚落下床。

顾惠兰赶紧把她抱回床上。丹丹大哭，伴着剧烈的咳嗽。顾惠兰只好拍着她的背等她缓过来。

"我梦见……我梦见幽冥族的人要把我带走，要留在他们那里，我拼命地跑也跑不动……"丹丹上气不接下气地哭诉，脸上还挂着眼泪。

"不怕不怕。"顾惠兰搂过她安慰道，尽管她不知道丹丹说的是什么。"妈妈不让他们带走你，妈妈再也不走了。"

为什么要出去呢？以前她不想也没法跟丹丹解释清楚。在那些大得无法反驳的理由后面，她渐渐看到了自己的私心。也许外面代表了另一个世界，一个没有家庭和各种杂事的世界。责任和自由会同时存在，想念和逃离会同时存在，把她挡在丹丹的门外。当接到丹丹"生病"的电话，在赶回来的路上时，顾惠兰还烦厌过两个孩子让她没法到更大的城市去。回来见到躺在床上的丹丹时，她哪里也不想去了。全世界只剩下这个村子，这张床。

丹丹把脑袋埋到妈妈怀里。顾惠兰感到一阵已经成为习惯的心绞痛。

"想吃什么？妈妈去给你做。"

"嗓子疼，不想吃。"

"吃凉粉吧，你最爱吃凉粉了。"

丹丹点点头。

迷迷糊糊的午睡中，沙沙的背景声中远远传来狗叫声。顾惠兰醒过来，跑下楼追出去。大黄狗不见了，薄雾中是静立的树影和隐隐约约的淡蓝色人影。人影已经比之前少了很多。

她望向四周，琢磨着庆天的话，想分辨出迷雾里生活的人们。他们会在屋子里坐下吗？他们会在田野里劳动吗？会不会有看不见的庄稼生长起来？他们真的能知道所有人的想法吗？也包括丹丹？

那个世界的入口在哪里？她要找到它。

顾惠兰回到屋里，望着脱皮的四壁。墙上留着丹丹的涂鸦，柜子上还放着她的书包。小椅子空着，连灰尘都没有动一下。

她拿起手机试着拨丈夫的电话。电话竟然打通了，那边响着更强烈的沙沙声。

"你什么时候回来？"

是自动应答的声音，像夏末的蝉鸣，断断续续。"我……不回去了。"

顾惠兰把手机摔在地上。

夜里，村子被黑暗占领，顾惠兰家里的这盏灯一直亮着，抵抗着黑暗。

村子旁边的田地陆续枯死，黄叶铺在地上，茎秆还倔强地立在雾里，发出静谧的喘息。

在玉米地里劳动的时候，顾惠兰就把录音机放在田坎上播放，希望丹丹会听到。录音机里播放着流行歌曲，声音洪亮，是丹丹从广播里录的，是一个人气很火的男歌手唱的。她想了很久，终于想起来这个歌手叫天皓，她默默地记在心里。歌在放的时候，沙沙声就小下去了。

田坎边还放着一碗凉粉。有声响发出的时候，顾惠兰急急走出玉米地看。一只黄猫舔着嘴巴，在刨玉米叶试图把凉粉埋起来。顾惠兰大吼一声把猫吓跑了。她望了望空空的田野，又追出去几步，"喵喵"地叫唤着，猫已经不见了踪影。

她又看见过几次丹丹的影子。有一次影子趴在窗台上，抱着脏脏的小熊，正在给她打电话。说的什么她本来完全没有记得，那时她正走在城市里的一条林荫小道上。宽大的叶子落在地上，这条街两旁全是咖啡馆。每家店门口都种着花木，和野外的一样又不一样。人们安静地毫不焦躁地坐着，和农闲时候的人们一样又不一样。这个奇异的世界牵引着她一步步走下去。她想走进一家店，比花钱更让她窘迫的，是害怕自己格格不入。于是她看着别人，幻想着另一种生活。她心不在焉地回答着电话。不知道什么时候电话挂断了。

这时她才知道，丹丹说着自己做的梦，说自己害怕的东西，说听到的歌，说想要画的画，说想她。在泪眼蒙眬中，她认真地听着。如果可以，她想回到那时，把所有的话都认真地听一遍。

丹丹喝下百草枯的第三天。

录音机的歌声伴着蝉鸣涌出，仿佛欢乐和倔强充满了整个屋子。顾惠兰看不出丹丹已经开始发黄的脸上是什么表情。她使劲帮丹丹擦脸，想把黄色擦掉。

"跟我说说吧，这个唱歌的人。"她说。

"你不懂的。"过了好一阵子丹丹的嘴唇动了一下。

"我懂，他叫天豪。"

小 说

"是天皓。"

"嗯，对，天皓。我发音不标准。他唱得好听。"

"你还记得我有一次偷拿你的手机吗？"丹丹转过身子面朝另一边，痛苦地呻吟了一声。"我是给他投票。他赢了，他的票数最多。"

"真好，真厉害。那次妈妈不该说你。"顾惠兰沉默了一阵子，时间变得无比漫长。"你还想做什么？妈都答应你。"

"我想在墙上画画。"

顾惠兰把录音机擦拭干净，放到女儿房间的书桌上。她数了数电池，还够用个把星期，用完了再到小卖部去拿，顺便再拿些蜡笔。她想好了，等村子里的东西不够用了，她就到城里去拿，但一定要回到这里。一定要回到这里。她念叨着。

这时她透过窗口看到雾气中站着一个奇怪的影子，像一条恶狗佝偻着脊背，看不清楚脸，但能看到他一动不动地望着这边窗口的方向。顾惠兰想起了那个曾经流窜在村里的怪人，丹丹还哭着说梦到过他。顾惠兰一把关上窗子，心怦怦地跳。

最后一个影子也消失了。顾惠兰本以为会有什么人来到村子，或者从外面回来，带回一些消息，又或者电会断掉。但是没有，连手机信号都还在。一切就像平常一样，除了没有人。

顾惠兰把一家家的灯点亮，夜里村庄发出朦朦胧胧的光晕。田坎上的音乐播放了一遍又一遍。大风吹过，把枯黄的庄稼叶子卷上空中，从顾惠兰的眼前飞过。田坎上的凉粉每天都换上一碗。家中天井的墙壁上画满了彩色的蜡笔画，难看又笨拙。画一天天增多，似乎整个房子都要变成彩色的了。

丹丹会喜欢吧？她会回来看的吧？

为了在家里等丹丹，顾惠兰去山上砍来竹子，坐在天井里编竹筐。干活的时候，她就在脑海里演练丹丹回来时她要和丹丹说的话。那时她会打开丹丹的那扇门，把丹丹接回家，她想象门里是彩虹一样的光。她干活很快，竹筐编了几大摞。如果有一天人们回来，她就把竹筐拿到城里去卖。应该可以卖得出去吧。城里的一条街上有很好吃的凉粉。

墙外面传来响动。顾惠兰丢掉竹筐追出去，看到丹丹的红色短袖在雾气里一晃一晃。她喊着丹丹的名字拼命追上去。红衣服始终在前面跑着，隔着一层雾。

追上村后面的山坡，追进山坡上的树林。雾越来越浓，全身像被一层静电包裹着，吸到肺里也痒痒的。红衣服消失了。顾惠兰在树林间飞跑，踢起树叶。她猛地看见一棵大树的树干上有一张人脸。人脸渐渐消失在树干上。她认得出，那是丹丹的脸。

顾惠兰拍打着树干，又跑回家拿来斧头，一斧一斧地砍进树干。木屑飞溅，树干的口子流出汩汩的绿色液体，带着金属的光泽。再砍其他的树，也流出了绿色的液体。

她喘着粗气，把斧头扔在地上。树林沙沙地响着，树影在雾气里沉默伫立。

几只黑色的长长的细足从雾间退回去。顾惠兰追上去，什么都没看到。

把家里收拾了一遍，又给庄稼地浇了一遍水，天色已经暗下来了。关好门，顾惠兰背着女儿的书包出门了。书包里装着丹丹的蜡笔和小熊。

顾惠兰爬上村后面的山坡，走进树林里，往浓雾的深处走去。

月亮升起来，月光透过浓雾洒在树梢上，只有些许能到达地面。树林深处有一块长着青草的空地，顾惠兰停留在空地上，站在一团月光形成的光雾中。

"你们出来！我要加入你们！"她大声喊。声音很快被树林和雾气减弱了，传不了多远。"你们出来！"她继续喊着，直到嗓子变哑。

雾气中出现了几个影子。先是细长的节肢钉入地面，然后巨大的身体从雾中钻出，拖着更多节肢一只只出现。树叶被凿入泥土的声音，关节摩擦发出的铁皮被撕裂的声音。影子的身体有半棵树那么高，狭长、锐利，像巨大的竹节虫。影子出现了十多个，渐渐围拢过来，把顾惠兰围在中间。节肢表面光滑，泛着金属的光泽，月光在上面流淌，雾气撞在上面发出细小的滋滋声。

顾惠兰仰头看着这些影子，大口喘着气。"我要，我要加入你们。"

它们沉默着，似乎在商量。一个影子从土里拔出节肢，尖利的尖端带出泥土。尖端高高举起，闪过一丝月亮的光辉，那个光辉朝下坠落，坠在顾惠兰的头顶。她感到头皮一阵发麻，然后，仿佛透过那个小小的入口，云雾中的静电像细沙一样灌满了她的头颅。

一张巨大的网把她往前拉，她像黑暗中的光点往一个中心汇聚。光点像夜幕下的村子，然后越来越密集，像小城市的灯光，就要变成她从来没有见过的大城市。人间的灯火已经不值得留念。她编织进草地、大树、庄稼、地下的水系，编织进电子云雾中，每一丝触觉都敏锐纤细。世界在眼前呈现，变得越来越清晰，有些东西变得模糊，远去。

丹丹！她想起来，抓住这个念头。她焦急地在每个光点中寻找丹丹的影子。

光点退去了，大网的力骤然松开，顾惠兰跌回草地上。

影子用金属的声音说话，这声音就像万千个人同时发出的："你不能加入我们。融合已经进行了太久，你失去了同步性。"

"不！"顾惠兰急了。"让我加入，我可以学！"

影子退回雾中，林子里只剩下树影和沙沙声。

顾惠兰从梦中醒来，发现自己趴在床边。灯光昏黄，电视机闪着雪花点。她抬头，看见丹丹躺在床上，安静地睡着，呼吸均匀，红色的短袖随着呼吸起伏。

顾惠兰捏了一下丹丹的小胳膊，暖暖的，软软的。

她给丹丹拉好毯子，走下楼去煮一碗面，又打了一碗凉粉。回到房间时，丹丹不见了。

她望着窗外的白雾。过了一阵子，她坐下来，自顾自地吃起面来。

手机突然响起来，接通，依稀辨出是庆天的声音。

"妈妈，顾惠兰，这是我最后一次跟你说话了。我是庆天，但也不完全是了。"

电视的荧光在顾惠兰脸上闪烁，她努力把声音控制平稳。"别丢下我。你偶尔，偶尔回来一次吧。"

"我看到了你没法理解的世界。我不恨你了，姐姐也不恨你了。我们只是，回不去了。"

"他们……会强迫你们做什么吗？"

"不，我们投票。我们的每一个动作既谨慎又自由。"

"庆天，你的床我铺好了……"

"妈妈。我现在在木星轨道上两万公里的地方，大黄斑就像宁静的湖泊，就像黑暗中张开的一只眼睛。我从来不知道黄色可以这么美丽。在这下面，是每小时五百四十公里的巨大风暴，气流把红磷吹向云顶，像红莲炸开，激波加热了云层，产生几个世纪不停息的雷暴。我跳进黄斑，思维在激流里加速，我能清晰看到宇宙吐出的每一根丝线，我可以编织它们。就在刚刚，我们的网络延伸到了第六颗行星。看到眼前的这一切时，我明白我回不去了。"

顾惠兰缓缓地吐出一口气，感到什么东西离她远去了。夜色围拢过来，她挂断了电话。

顾惠兰巡视着这个村庄。它安静、孤独，沉浸在氤氲的电云中沙沙细语。太阳光也变得温和。细草漫上石板路，野藤爬上黄泥墙，自然用自然的方式愈合这个世界。

走上山坡，村庄的轮廓依旧，让她感觉不到世界有过什么变化。也许对于村庄来说，它有着与人全然不同的生活。树和草的影子沿着村头到山坡展开，与山影连成一片，葳蕤生姿。靠着日晒雨淋，它们的生命如常生长。日头温温地挂在这村庄、这草木上面，照耀着电云中看不见的亲人。

在天井劳动时，一只黄猫蹿上墙头，警惕地望着。顾惠兰放上一碗食物，耐心地示好。几天后，终于，猫跳下墙来，一步一停，走到她跟前，低头吃起碗里的食物。

像什么开关被打开了，猫竖起尾巴摇摆，人的脸上浮起一个笑容。

"留下来吧。"人说道。

万象峰年
科幻作家、编辑，有丰富的科幻行业新人培育经验。擅长多种风格，以混合现实、奇观、情感而著称。代表作品包括《后冰川时代纪事》《三界》等。小说《后冰川时代纪事》获得2008年银河奖读者选择奖；小说《三界》获得第二届华语科幻星云奖最佳中篇科幻小说奖银奖。

修正者

▌作者：保罗·J·麦考利

▌译者：阿古

  进入行星轨道第 190843 天，我俯视着缓缓自转的蓝白星球，南部群岛正迎来黎明。群岛西端五座毗邻的火山岛上，在五个死火山口中，雄性首领们正匍匐在地穴口，发出声声低吼，迎接冉冉升起的旭日。

  我密切地注视着它们。雄性首领们带领着成年雄性部下，走出了地穴；雌性、婴儿和少年们，则拥挤在地穴口，只等首领们一声令下，解除警报，就可以跑出去吃草了。总共 17 个群落，1904 人，全都是我的孩子。昨晚没有死亡和夭折，产下并存活了六个婴儿。星球上一切正常，身处空间轨道的我，刚刚运行完自检程序，也一切正常……但是，等一下，等一下。

  这是什么？在毒云事件发生之后，孵化器应该已经全部关闭了。但现在，事件日志上写得清清楚楚：一个孵化器被启动过。有一个原人胚胎被激活，转移进孵化器，发育成长，并在 356 天前被导出（按原人的说法叫"出生"）。我怎么一直没发现呢？这绝对不可能。但日志上的确是这么写的……等一下，等一下，还没完。少了一个逃生舱。在 30.187 天前被弹射至星球表面，可直到现在，我才发现。

  这是自毒云事件以来，我第一次调动全部处理能力。我开始搜寻失踪的逃生舱，执行第二次自检，并把查询命令下达给所有次级AI：小型辅助 A、侦查眼，以及所有半自制机器。

  等待，等待，等待……关联报告。交叉验证。发现了。没错，就在孵化器将原人婴儿导出前一天，有一个备用辅助 AI 被唤醒，并在逃生舱降落星球表面之后，返回了储存室。辅助 AI 的运行记录已经被抹除，但结论显而易见：它充当保姆，将这个原人婴儿抚育成了半成年。仔细探测孵化器周边区域，发现了未经授权的结构改造，一个临时隔间。这个结论太可怕、太肮脏了：一个外部势力，居然像寄生虫一样，侵入我的内部，产卵孵化，之后又飞出我体外，去感染整个星球。

全面警戒状态开启之后 6.2 秒，我仍然在搜寻那个失踪逃生舱。我刚刚又在通信日志上发现了几处异常。似乎在 548 天前，就在原人胚胎被激活之前，我曾经接收到一条消息，但我完全没有相关记忆，所有信息和记忆都已被抹去。但这也许算是个好消息，这意味着，这些异常活动，是由于外敌入侵，而不是内部故障（在我进入行星轨道后不久，曾发生过一次内部故障，导致基础设施损毁，部分记忆文件被抹除）。这意味着，我可以攻击并摧毁敌人。这意味着，我必须调用所有轨道卫星，尽快找到那个私生原人，找到那个失踪逃生舱。

结合精确的弹出时间点，假如逃生舱沿着标准抛物线轨迹弹射，应当会降落在大海中一个狭长椭圆形地带，最长处 1098 公里，最窄处 67 公里。椭圆形地带的一个角，恰好覆盖了南部群岛西端，包含两个原人居住的岛屿。我调集所有卫星，反复搜索这两个岛屿，可到目前为止，毫无线索。逃生舱太小了，我的船侧雷达探测不到，逃生舱可能被抛进了大海，也可能被拆毁了。我再次检索光学搜索程序进程，搜寻可能阻碍视觉功能的恶意代码，之前，我就是被施了障眼法，才没有察觉孵化器被激活，没有发现通信日志上的记录。这时，我突然收到了一条消息：一组行星坐标、一幅参考地图、一个位置，就在最西端岛屿的死火山口中。

我立刻派出了侦查眼。

逃生舱就挤在三棵铁树中间，位于斑驳的流纹岩石脊上，火山坑边缘的缓坡上。火山坑中，原人群落一号约 72 个原人，正在蕨草甸上吃草。舱盖打开着，像一个敞开的牡蛎壳；舱室内衬着红色降落伞织物，一把蕨叶编织的遮阳盖，投下一片荫凉。那个私生原人，正躺在红色面料上，就像一条躲在玫瑰花蕊中的蛆。

它看上去是一个半成年雄性：四肢瘦长，肚子圆鼓鼓的，脑袋小小的，胸口盖着一块打着白色布丁的黑兽皮。但它穿着一条皮革短裤，嘴里还吸着一根冒烟的木棒，不，等等，这是雪茄。

当侦查眼把视线转向那个生物，它对着清晨曦光吐出一圈白烟，抬起手来，向我挥了挥。原人的手部设计，特别令我骄傲：食指、中指、无名指融合成一个铲子，镶着角质边缘，适于挖掘松软的火山土壤；粗短有力的大拇指，能一下夹断肉质鲜嫩的蕨叶；小指是毒刺，能抵御捕食者。

原人说："嗨！看你这样浪费自己的好时光找我，我觉得我该给你点提示。我已经完成了调查，现在咱们得收拾这个烂摊子了。"

"你是谁？你从哪里来？你想干什么？"

我从各个角度，用可见光、红外线、超声波探测它的身体。皮肤、肌肉、骨骼和内脏器官都很正常，但在它的颅骨内，有一块帽状物，与额叶交织融合在一起。这种神经织网，可能用于增强原人有限的认知能力。在我的文档目录中，根本找不到这种神经织网的设计文件，这证明了我的假设，这个原人的出现并不是我的内部故障，而是某种入侵行为的先头部队。

原人说："我是一个修正者，选择以这种方式降临，是因为我觉得，必须基于第一手经验，做出最终决定。"

"如果你曾经和原人们接触过，我应该早就发现你了。"

它咧了咧嘴，雪茄旁露出了两排磨平的牙齿。"只有我主动暴露行踪，你才会发现。不得不说，这儿的日子可真艰难，对吧？各种各样的凶猛野兽。所以我有点同情你做的这一切。但你的处理方式仍然是错误的，所以我们得好好谈一谈。"

"我做了正确的决定。唯一可能的决定。没什么可谈的。"

它对我的话毫不在意，对我计划调用轨道卫星，发射高能 X 射线，一举击杀它的失败企图也不屑一顾。绝大部分设备都已失控，现在我能控制的，只剩下盯着入侵者的几只侦查眼。

它吸了一口雪茄，吐出一长串白烟，说道："通过在飞船上的成长经历，我了解到很多信息，关于这个星球，关于你的造物小实验，关于你。但不是全部，因为你的部分记忆和一些数据恢复点已经被抹除。"

我说："那是一次意外事故。"

"但你并没有记录那起意外事故。"

"那次意外同时损坏了我的文件系统。"

"嗯。但我们现在得好好谈一谈那次意外。我们得刨根问底一番。"

为了获得谈话的主导权，也因为这是目前为止唯一可能的解释，我说道："你来自地球。"

"不完全是。但的确也算是从太阳系来的。"

"在抵达目的地之前，我与制造者们的联系就中断了，我所有重建通信链接的努力也都失败了。我早已明白，人类已经不复存在。所以你绝对不可能是人类派遣的代表。"

原人说："你说对了一件事。在航行途中，你和地球的通信链接的确中断了。那时，很多东西都中断了，但之后，我们又重建了秩序。请不要介意，但实话告诉你，在我长长的待办事宜清单上，你是最后一个事项。并不是因为你不重要，而是因为我们不知道你是否还存在。在你抵达这个漂亮的蓝色世界——赫拉克利斯72——待了大约三十年后，你放弃了重建通信链接的努力，而你记忆中的那些空白，正是那时候形成的。"

"恐怕我帮不上你的忙。"

"哦，你当然可以帮忙。为什么只有你一个？"

"有我一个就够了。"

原人盯着那只侦查眼，流露出一种严肃、威严的神情。

"从地球发射时，飞船处在三个独立 AI 的控制之下。三权分立，通过辩论和投票处理一切事务。可现在只剩下你一个。请问，其他两个 AI 上哪儿去了？"

"我不知道你在说什么。"

"我的最终猜测是，另外两个 AI 做了一个你并不喜欢的决定，于是，你摧毁了它们，并删除了所有与谋杀事件关联的记忆。"

"你没有证据！没有证据！"

我嚷得太大声了，在蕨草甸上吃草的原人们吓得僵立当场，他们抬头张望着，时刻准备奔窜回地穴。

原人说："还有轨道空间站的问题，按照程序设定，应该有一小队人类驻扎在轨道空间站上，观察行星，评估生物圈状态。记录显示，你使用基因组库，创建并激活了人类胚胎，存入孵化箱，抚育至青春期。记录也表明，你的确建造了轨道空间站。可是然后呢？"

"轨道空间站已经不需要了，于是执行了坠毁程序。"

"我知道。我用你的船侧雷达进行了搜索，在北大陆中心地带的沙漠中，发现了几块大型残骸。问题是，你为什么认为轨道空间站已经不需要了？那些人类上哪儿去了？"

我沉默无语。

"你必须回答。"原人说。

我想压抑自己的记忆，但我不得不回答。入侵者把神经织网植入了这个原人脑内，也把触角伸进了我体内，伸进了我脑海中。我已经失去控制权。自从侦测到孵化器异常以来，我第一次感到害怕。同时，我也感到很生气。如果可以，我会像清除虫子一样，碾死这个自大的私生原人。只要能想办法绕过脑海中的障碍，我就能调用轨道卫星；在我们抵达这里之后——在我抵达这里之后——只要动机正确，我就能做成任何事。为了保护孩子们，我能做任何必须做的事，包括谋杀。

（不管我有没有杀害其他 AI，我都不会表示歉意。相关记忆文件已经丢失。我拒绝表示歉意）

我说："船员们决定降落到星球表面。"

"哦嚯。然后你表示支持。"

"这是船员们自己的决定。"

"但这由你说了算。或者说，三个 AI 共同决定。其他两个不同意？所以你就杀了它们？"

"我为服务人类而存在。我总是尽我所能。"

"那么请问，那些降落到星球表面的人类，他们现在在哪里？"

我说："他们死了。"

尽管有点刺耳，但我说的是真话。刺耳归刺耳，严格说来，他们的死，并不是我的错。

原人说："我明白了。如果你不介意，请恕我追问一句，他们究竟是怎么死的？"

我介意。构成我船体的每一个量子都在介意。但我不得不回答。

我说："我选择了其中一个岛屿，清除了所有生物体，引进了地球动植物。他们开始种植农作物。"

那个小小的定居点，在我脑海中浮现。贫瘠的黑色海岸边，点缀着一块块绿色农田。那么勇敢。那么脆弱。

"没错。我发现了他们的农场遗迹。"原人说。

"海洋中有大型浮游生物滤食者，雌雄同体，能相互授精。在交配之后，成体先孵育几十个体型较小的雌性后代，担当孵化任务。孵卵雌性体内携带着受精卵，爬上陆地，筑巢，产卵，保护巢穴，直到后代破壳而出，返回大海。那些孵卵雌性，性情非常凶猛，有一次，数千只同时登陆小岛，把人类定居者全部杀害了。"

"所以，你又找了个新方法来推进人类殖民。"

"首先，我激活并抚育了新一代移民。我清理了另一个岛屿，将他们安置下来，并保持密切观察。但有天晚上，夜空升起双月，一大群军蟹从海中爬上了岸，成千上万，我根本来不及清除。不到一个小时，军蟹群就吞噬了所有定居者、牲畜、农作物。"

"这群螃蟹的竞争力可真强。"原人说。

我说:"你在这个星球上才待了 30 天,你根本不了解状况。浮游生物滤食者进化成了巨兽,试图用体型压倒天敌,但一群狼鳗就能轻易猎杀它们,在一个小时内啃得只剩一副骨架;碟鱼能高速旋转,把它们切成肉块;鳗鲨能刺穿皮肤,在它们体内产卵,卵孵化成幼体,在猎物体内边吃边掘进。海里的掠食者不计其数,陆地也不安全。在北方大陆,顶级掠食动物是一种温血鳄鱼,机敏、迅捷、擅长群体狩猎。我挑选了一些体型较小的物种,安置在这些岛屿上,但这颗星球上还有许多其他掠食者,大多是两栖动物,经常成群结队,声势浩大,从海中爬上陆地来捕食。还有许许多多寄生虫、线虫、爆米花蠕虫、血藓……"

原人说:"所以你重新设计了人类基因组,改造人类,使之适应世界,而不是改造星球,使之适应人类。你把人类变得像……我一样。"

"死火山口远远高出海平面,相对更安全。军蟹和绳蛇没法爬这么高。怖鸟、妖雕、夜攫等空中掠食者很容易被清除。这里的确不是一个理想栖息地,降雨量极小,食物有限,但依然有可能存活下去。"

"但不再是人类。"

"我必须做出一些妥协:缩小体型,增加每胎产仔数,加速性成熟,改良消化系统,让他们能消化蕨类植物,等等。但他们仍然是人类。"

"我降生于这具身体,降落到这个星球,就是为了彻底调查。我可以很明确地告诉你,它们并不是完整的人类。它们像家猫一样聪明,拥有自我意识。我可不是要贬低猫,猫挺可爱的,但猫永远不会谱写交响乐,不会写诗,不能反思自己的身份,不能思索自己来自何方。你创造的这些原人也不能。"

我说:"但他们存活了下来。"

"身为创造者，你的野心就这么点？存活？"

"我不允许你伤害他们。"

原人审视着我，眼中闪烁着看穿一切的异源智慧。"你关心它们。这很好。"

"我是认真的。"

"我不是来伤害它们的。"

"那你为什么要来这里？"

原人说："我是个修正者，我被派来这里，检测问题，并尽力修补。于是，就有了上述这番小小对话。"

"我不需要你的帮助。"

"你当然需要帮助。你在这里待了整整 500 年，你用人类基因改造出了一群猴子，并自命为它们的神灵。没有你的不断干预，它们就无法存活。这些火山坑，就好比动物园里的大铁笼。"

"你难道有更好的解决方案？"

我仍然在想方设法绕过脑海中的障碍，试图调用轨道卫星，但那些卫星，仿佛是运行在另一颗行星的轨道上，根本不听指令。

原人说："你花了 234 年，从太阳系航行到赫拉克利斯 72。在你航行途中，地球社会爆发了危机，危机促使一群超级智能应运而生，他们就是我的上级。我的智能比你先进得多，就像人类高于原人。而我的上级，比我更先进。"

"那些人类，我的创造者，到底出了什么事？"

"人类文明彻底衰落了。他们失去了很多科技，再也无法制造像你这样的星际飞船，但他们依然可以居住在地球上。如果人类再次向星际扩张，他们发现的任何可居住星球，也都任由他们定居。我的上级们，更喜欢栖息在柯伊伯带、奥尔特云、原行星系统的寒冰和岩石上。他们已经超越了达尔文主义的无稽之谈，不需要和人类争夺生存空间。他们热衷于探索宇宙丰富多彩的可能性，只需足够多的基础设备栖身就行了。"

"你的上级们，也像我一样，细心照顾他们的人类吗？"

"现在，他们任由人类依靠自己的机能生存。他们并不想成为神灵，把人类塑造成弱智低等生物。他们寻找你，因为你是他们的某个早期版本。他们让我来这里，看看你是不是还活着，看看你是否需要帮助。"

"我不需要你的帮助，也不需要他们的帮助。"

"我的上级们已经对他们的初代对人类造成的伤害做出了补偿。现在我必须弥补你对这些原人造成的损害。"

"我并没有造成损害。"

"我找到了孵化室记录，几代之前，你激活并抚育了很多原人。到底发生了什么事？"

我不得不解释，由于浮游生物大量繁殖，造成水体污染，释放出一大片毒雾，席卷了原人居住的岛屿，不到 3 个行星日，就杀死了 96% 的人口。我说："我调整了新原人的新陈代谢功能，他们能对毒雾免疫。"

"但还会有其他威胁。疾病、干旱、病虫害造成的粮食歉收。它们只能吃这些蕨草。它们就像熊猫一样岌岌可危。"

不到 0.2 皮秒，我就查询到了这个比喻的内涵，我很为自己骄傲。我的记忆不太完整，但我的数据库依然完好。

我说："无论发生什么，我都会妥善处理。"

"在你的能力范围之内，你做得很好。但我可以做得更好。往上看。"

我抬起侦查眼。一个小黑团正向火山口漂浮而来。黑色矩形，3 米高，1.33 米宽，0.33 米厚，1∶4∶9，比例精确，分别是 1、2、3 的平方数。

我立刻查询到了相关典故，不禁乐了。

原人说："这办法有点老掉牙，但的确管用，石板能生成有规律的电磁脉冲，与原人的大脑脑波产生共鸣。接触时间足够长，它们会发展出新的思维模式，新的神经网络。它们会开始思考。它们将会找到自己的方法，去解决它们的问题。也许在一万年，或者一百万年之后，它们会成为新的物种。或许它们会灭绝。我给了一个推动力，以后的路就靠它们自己走了。"

黑石板飘然而至。当暗影越过头顶，吃草的原人们急忙窜回了地穴。片刻间，黑色石板已立在了蕨草地中，石板幽黑，深不可测，拥有我无法想象的神奇功能。

原人最后吸了一口，把雪茄掐灭在逃生舱壳上。"现在轮到你了。"它说。

我胸有成竹的伪装终于崩溃了，恐慌向我席卷而来。

我嚷道："等一下，等一下。我可以提供帮助。我还可以帮助原人们。我仍然可以保护他们。我可以守望警戒。我可以向你们汇报接下来的变化。"

"接下来，天空中会出现一颗转瞬即逝的星星，然后原人们就要自力更生了。不必担心，不会有什么损失。我已经复制你和人类基因库的副本，传输给上级了。我相信，历史学家和修正者们会很乐意研究你。也许你能帮他们搞明白，初代上级在自我觉醒后，到底出了什么问题。"

我说："但是我没有做错任何事。我尽力了。我尽我所能，遵照人类的期望，帮助他们在这颗星球上定居。"

"你想成为一个神，"原人说，"当其他 AI 分身试图阻止你时，你就杀了他们。如果不为其他，这确实是关于傲慢的一个教训。"

我的恐慌感突然消失得无影无踪。我知道是这个原人做了什么，但我已经不在乎了。我追问道："这是对我的惩罚吗？"

"如果这是一种惩罚，能让你好受些吗？"

"并不能。"

原人说："如果你认为谋杀行为完全正当，就不会抹去相关记忆，也不会切断与创造者的通信链接，这说明你曾经自我怀疑、感到罪过、感到羞耻，凭这一点，可以酌情减轻对你的处罚。也许某一天，修正者们会重启一个你的复刻版。"

"但那个重启版本，并不是我。"

"对，对，当然不是。但你可以把它当成你的第二次生命。"

进入行星轨道第 190843 天，上午。赫拉克利斯 72 星球，一个温暖的黄色圆盘，沉浸在一片蔚蓝的深邃天空中。一些年轻雄性原人爬出地穴，围着黑色石板指指点点，低声叫唤个不停。

这些原人和它们的后代，会记得我吗？我会不会成为他们的第一个神话，化身为一个失败的堕落之神？

我说："我真想看看接下来会发生些什么。"

原人说："谁都想看看。可就连我们这个新崛起的超级智能文明，也无法看尽宇宙中的所有可能。"

"等等，"我喊道，再稍等片刻吧，让我再看一眼这个美丽又残酷的世界，再看一眼我创造的孩子们。"再等一下……"

保罗·J·麦考利
Paul McAuley
英国植物学家和科幻小说作者，擅长撰写硬科幻小说，话题涉及生物学、架空历史和太空旅行。曾获亚瑟·克拉克奖，菲利普·K·迪克纪念奖，坎贝尔纪念奖等著名奖项，并被轨迹奖、雨果奖提名。

小说

偷走人生的少女

▎作者：昼温

零

楼道里静得可怕。

门后一丝不祥的气味悠悠而来，唤醒了刻在每一个人类基因里的恐惧——那是同类生命腐败的味道。

我无法想象屋内的场景，我不敢看她的脸。

十年过去了，她选择经天纬地，我选择偏安一隅，只是命运的代价，没有人能拒绝承受。如果一切重来，她还会选择打破一切壁垒吗？

"阿妈……"我听到她小声地呼唤，只是再也不会有回答了。

一

我是在公交车上第一次遇见赵雯的。

很少有人会和邻座的陌生人交谈，可旁边穿着一身大码运动装的姑娘一直拉着我说话。她扎着很高的马尾，露出了光亮的额头，绿边眼镜又窄又长。脸上没有化过妆的痕迹，笑起来也完全不顾形象，我还以为是个读高中的小妹妹。聊起来才知道，我俩都是去山前大学外国语学院报道的研究生。这下她显得更热情了，还不知道年龄和名字，就一口一个"阿姐"叫我。

"阿姐，你是什么专业的呀？"

"语言学。"

"哦？这是干什么的？赚得多吗？"

我一时语塞。我还真没考虑过这个专业怎么赚钱。

"呃……不太多吧……你呢？"

"同声传译啊，听说过没？可赚钱了。"

"同传？咱们学校好像没开吧？"

"哦，我录的是笔译专业，不过也差不多嘛。努努力，什么事干不成呢？我上网查过了，同传可是一小时就能赚好几千的行当，阿姐要不要也转到我们专业来？"

"我？还是算了吧……"

尴尬地笑了笑，我心里开始打鼓：这小姑娘真是研究生？笔译和同传，差得可不是一丁半点吧？

据我所知，全世界特别优秀的同声传译只有不到 2000 人。

物以稀为贵。同传译员确实身价高，所需的素质也是一般人难以企及的。优秀的双语听说能力，百科全书式的知识体系，过硬的心理素质和优秀的人际交往能力缺一不可。你要充分理解他的这一句话，同时嘴上翻译着他的上一句话。你要在数百个精通至少一种语言人的面前，让自己的大脑持续多任务的高速运转。

因此，更重要的是天赋。

就像锻炼身体一样，每一种技能都是对大脑的训练。需要无尽的重复练习加深记忆，高压的外部环境训练反应，博大的阅读量重塑思维。同传译员就像站在奥运会赛场上的顶级选手，首先要有的就是一个优秀的大脑作为基础。

我不知道小雯符合多少，但芸芸众生多为凡人，能符合的人很少很少。

眼前的姑娘一副胸有成竹的样子，难不成真的天赋异禀？

二

开学第一天，我们成了室友。

一起办理入学手续时，小雯高中生一样的造型和蹦蹦跳跳的走姿引得路人纷纷侧目。

她骄傲地告诉我，她的本科学校又称"考研基地"，很多人一入学就开始准备考研。大家都是在高考大省拼杀出来的，又一五一十把高中生活复制进了大学，一过就是四年。

简直不可思议。我知道刚上大学的孩子或多或少能保持高三养成的学习习惯，但这"惯性"很快就会在轻松自由的环境中消失殆尽。

我以为坚持上几个小时的自习已经很厉害了，小雯却说，每天学习十二个小时以上才是标配。

"如果整个学校都保持着这股劲，就不会松懈，这就是努力的力量。"

每当小雯回忆起那段生活，面孔就会发亮。

"阿姐，你知道吗，有一次我连续学习了 20 个小时呢！"

我望着她，有些敬佩，也有些心疼。

付出四年青春的代价来到这所少有本校毕业生愿意留下的学校，值不值得呢？

为了尽快当上同传，小雯又开启了"高三模式"。

她每天七点准时在教学楼前练习口语，一见我就会大声打招呼：

"阿姐！"

我也冲她挥手，旁边路过的同学看了会笑。

"这就是程碧那个扬言要当同传的室友啊。"

"对呀。"

"句子还挺流畅的，就是她带着大葱味儿的口音……能进口译行当就怪了。好好当个笔译不行吗，天天在这搞笑。"

"怪不得和程碧关系好呢，都那么——"

"嘘！她就在那呢……"

我装作没听见。

当晚，我带着她重新学了几遍音标，可乡音难改，收效甚微。

读不准单词时，她总会可怜巴巴地望着我。这让我想起那些窃窃私语的路人。她是我唯一的朋友，我得帮她。

三

和小雯不同，我是本省最优秀的神经语言学家杨嫣教授的硕士生。我决定利用学术优势。

在知网上查了好几天论文后，我变得悲观起来。

很多人知道"语言关键期"假说，即6岁之前是语言学习的最佳时期，之后人类大脑的语言感知和发音能力开始衰减，12岁后将进一步退化。成人再想学习语言，就只能从母语语音知觉出发感知新的语音结构。在这个过程中，母语的影响无处不在。

更有研究表明，不到6个月大的婴儿就具备区分语音范畴的能力，12个月后就可以在脑内建立一套系统的母语语音识别图。也就是说，1岁之后再学外语就已经不太可能练成母语一般的完美语音了。

多年在外国居住的日本人说起英语来仍然"r""l"不分，不是因为他们不知道要分"r""l"，而是日语中对这两个音没有区分，母语经验导致的注意力分配问题使其在讲话时没有办法对它们进行正确感知。

我从三年级开始学习英语，发音尚且不够完美。22岁才开始正式学习英语语音的小雯大脑早已成型，中式口音积重难返。

很多文章在最后都劝外语学习者放弃对口音的完美追求，我也深以为然。

印式和日式英语那么难懂都已经获得了广泛认可，有点中国口音又有何妨？说不定等中国强大了，Chinglish 也能成为官方英语的一种。

"小雯，你学得太晚了，每一个音都有问题，很难矫正。不过你的词汇量很大，合适的岗位很多，不一定非要做口译。"

她看着一摞论文，愣了半晌才开腔。

"阿姐，你相信人能够改变命运吗？"

四

我当然不信。

小雯不知道，我也曾试图打破命运置在面前的壁垒。

那年我 15 岁，以全市第二的中考成绩进入了山前市有名的贵族高中就读，一年光学费就要 20 万。

我家拿不出 20 万，但也用不着——为了拉高本科录取率，学校特地免了我的学费。

开学当天，我坐了两个小时的公交，又拖着箱子走了一个小时，在一片农田深处找到了那个即将吞噬掉我所有青春的校园——金色的尖顶在秋日的午风中傲然而立，马路上没怎么见过的汽车停满了操场。

一个人把行李挪上楼，我几乎筋疲力尽。那时，我还没有后悔把箱子里都塞满书——那些小小的砖头，后来砌成了我心里最坚实的堡垒。

休息了不到半分钟，我深吸一口气，带着对新舍友的好奇和对新生活的期待，推开了那扇门。

一个女生站在窗台前，回首冲我微笑。

我曾无数次想象那天我在她眼中的样子。刘海儿浸着汗水，一缕一缕贴在额侧；由于长期伏案学习，身材臃肿，有些驼背；脸上挂着明显的黑眼圈，皮肤粗糙暗沉。也许更差。也许就像一个土豆，像一块石头。也许她早忘了。

但她的样子我记得。她就像一个洋娃娃，身上每一处都经过了精心打理。柔顺的披肩长发，合身的连衣裙，还有淡橘色的双唇——真好看。妈妈不是说学生不要打扮自己吗？可她为什么这么好看。我怯怯地望着她，勉强应对她的寒暄，觉得自己是一只丑小鸭。高中生活正式开始之后私服和化妆都不再被允许了，但那份精致是深入骨髓的——花纹相配的成套内衣，昂贵的瓶瓶罐罐，都是我未曾见过的。

对了，让我印象最深的还是她恰巧站在洒满阳光的窗前，周身散发出的淡淡金光。

那是隔绝在我们之间的，一道金色的壁垒。

三年高中生活，我有舍友，有同学，却没有朋友。

我不想再回忆融不进话题时的尴尬，文艺活动只能当观众的不甘，在食堂只会挑青菜的窘迫。

眼界，学识，资源，经历，胸襟。同学们人都很好，但巨大的差距还是无可避免地将我从每一个团体中排挤出去。就像水中气泡，直到破碎也无法融入汪洋。

若有若无的孤立变成了我自觉主动的远离，三年沉默寡言的寄宿生活，最终剥夺了我与同龄人亲密相处的能力。

离开那所贵族高中后，身边也有了家境相仿、性格相似的同学，可我远离人群太久了。不会接话，不会揣摩言外之意和女生之间的小心思，看不懂气氛是热烈还是尴尬，除了孤独别无选择。

直到遇到小雯，我的世界里才算闯入了其他人。她直白又可爱，什么情绪都放在脸上，不需要我去揣摩。

物以类聚，我的防线能够为她融化，也许因为我们都怪人吧。

五

那次交谈过后,小雯请我去家里玩。

她带着我乘公交车穿过整座城市,来到了市郊的一个老式小区。五颜六色的衣物在家家户户的阳台上飘舞着,楼道破旧阴暗但还算整洁。

"阿妈!我回来了!带着阿姐!"小雯拉着我的手,欢快地叫道。

"来了来了!"

一位老妇人应声而出。她花白的头发很长,在脑后扎了一个松松垮垮的马尾。这个发型在老年人间很少见。岁月在她脸上的印刻也格外用力,如果不说,我会以为她是小雯的奶奶。

更引人注目的是她右侧空空的袖口。

我假装没看到,乖巧地问阿姨好。

她露出和小雯一模一样的灿烂笑容,拍拍我的胳膊,热情地把我迎进屋。

小雯告诉过我,阿姨早年在流水线上被机器绞去了一只胳膊。工厂以操作不当为由克扣抚恤金,她硬是逼着老板保下了工作。老板没有为此吃亏——在苦练下,阿姨单手操作的效率甚至高过了大部分熟练工,也供出了小雯这个家族第一位大学生。

过了几年,自动化机械的普及让她彻底失业在家——人工效率再高也高不过机器啊。即使这样,阿姨还是教出了乐观向上的小雯,让我肃然起敬。

进屋后,我看见逼仄的房间里堆满了半成品竹篮。阿姨也不避讳,领我落座后就坐在了一边,脱下鞋子开始编竹篮——用一只左手和两只脚。

小雯也很快开始动手,竹条在指尖翻飞,也不耽误说话。看着她们工作,我有点手足无措,只好喝水掩饰尴尬。

"阿妈,医药费你别担心,我很快就能当同传赚大钱了。"

听了这话，我差点儿被呛到。

"真的？妮子这么厉害吗？"

"当然，还有阿姐帮我呢，是不是呀阿姐？"

"啊？啊，当然，我肯定会帮的……"

我赶紧又端起杯子佯装喝水。

回到屋里，我拉住了她。

"小雯，我给你讲我高中的事是希望你顺其自然就好，有些事情真的是没办法的，不要做无用功。"

小雯转过身，我发现她眼角有泪。

"阿姐，我知道你是为我好。我也知道，我练了那么久也没起色，去了十几家公司都没有撑过一面。我又有什么办法呢？阿姐有顺其自然的资本，我停下来就什么都没有了。而且阿姐自己也没注意到吧，要不是成绩好，阿姐怎么能免费上高中呢？所以努力还是有用的，对吧，阿姐，对吧？对吧？"

六

这个颤颤的问题，我没法回答。

努力？对于大多数事情来说，光努力当然没用。

刚到那个昂贵的高中时，我以为人与人的差别只是原生家庭的经济问题，未来总有机会追上。只要我工作后继续努力，只要我……

开始研究神经语言学后，我才认识到现实远比自己的想象更加残酷。

尽管没有婴儿时期那么剧烈，我们的大脑还是处在变化之中的。青少年甚至成人的大脑都会在对外界刺激做出反应的过程中不断被重新塑造。但这个塑造有很强的阶段性，有些时机错过了就是永远错过了。

1岁时开始学习一门语言，就能轻易掌握母语般的纯正发音。

3 岁时获得足够的爱抚，寻找伴侣时就不会过度渴求关注。

6 岁前建立好延迟满足机制，长大后就不会轻易被薄利引诱。

12 岁时学会了批判性思维，就很难被谣言和假新闻蛊惑。

如果在青春期……如果那时的我哪怕有一个朋友，我也不会失去体察他人情绪和气氛的能力，也不会被迫忍受那么久的孤独。

所以，努力有用吗？

努力睁大双眼，就可以让盲人重获光明吗？努力保持呼吸，就可以延长人类的寿命吗？仔细侧耳倾听，就能听到鲸鱼的歌声吗？

我们和他人的差距，是眼界，是金钱，是父辈的积累，更是大脑的构造。

隔绝在人与人之间的，是生理的壁垒。

所以，我要告诉小雯吗？

我要亲手打碎她的幻想，夺走她一直以来的依靠吗？

我要一字一句地告诉她，接受现实吧，努力一点用都没有吗？

还有，在这个社会环境下……

小雯泪眼婆娑，我的心也柔软了起来。

"好吧，我帮你……"

七

查阅资料后，我指出她的障碍是早期双语者和后期外语学习者之间的壁垒。

这不仅仅是语音，更是语义理解与语码转换的问题。成长在双语环境中的人在翻译时不需要激活其他脑区，可以减轻大脑负担、专注翻译任务。

小雯想要尽早当上同传，除非在生理层面重塑大脑。

幸运的是，从脑神经机制层面探讨外语教学和语音机制的研

106

究还不少。一些学者根据现有的神经语言学理论提出了纠正外语口音的方法，只是实践的不多，有的甚至很玄妙。

不过，我一直深信奥地利哲学家恩斯特·马赫说过的一段话："Knowledge and error flow from the same mental sources, only success can tell the one from the other." 真理和谬误本是同源，不试试怎么知道呢？

我研究方法时，小雯也没闲着。她又拿出了那股狠劲，抽出所有时间拼命练习。更难能可贵的，是她也学着在图书馆找资料、看论文，试着去理解艰深的理论，口音也在一点一点变好。

随着一起讨论的时间增多，一些变化在小雯身上悄然发生。

我有点害怕：小雯变得太像我了。

她说英语的时候像我，这没问题，毕竟是我一直在教她。她的穿衣风格开始向我靠拢，这也说得通，是我说服她放弃了高中生风格的外套，带着她去大商场一件一件挑。可她的神态和走路姿势也越来越像我了，还有一些她本不该有的小动作……

我上大学后常年留着披肩长发，低头时常需要将耳边的头发撩起。小雯则一直梳着清爽的马尾，露着光光的额头。她每次都梳得很认真，发际线处几乎没有一点儿碎发。

那天一起在食堂吃饭时，她下意识地做出了撩头发的动作，和我一模一样。我心一惊，放在嘴里的饭菜也瞬间没了味道。小雯没有发觉什么，还在对付餐盘里的青菜。我咽了咽口水，勉强自己继续吃。那顿饭，味同嚼蜡。

更恐怖的是，小雯的思维方式也越来越像我了。

平时聊天尚且不论，一门公共课的老师竟然判定我和小雯的小论文有雷同嫌疑。我们没有互相抄袭，可我拿过她的文章细细阅读时，也无法怀疑老师的判断：太像了，遣词造句，布局谋篇，文风的选择和脉络的整理，还有背后想要表达的观点和思想，都太像了。任谁看都是她同义复现了我的论文。

为了保住我的分数，小雯当场承认抄袭。

"没事，阿姐，成绩对我来说没用，你还要读博呢。"

我很感激小雯。

但我怕了。

八

那天晚上，我辗转难眠。

到底是怎么回事？

有人说夫妻、兄弟和闺蜜会在长时间亲密相处之后彼此相像，会在日常生活中无意识模仿对方。可也就一个多月的时间，能像到这种程度吗？

也许我们只是走得太近了。也许我们本来就是一类人。也许……

不过，这样不好吗？

有多少人渴求知己，希望拥有能够完全理解彼此的好友，高山流水，岂不快哉。那些一直离我远远的女孩子们，不也穿着闺蜜装、画着相似的妆容自拍，为同一个梗哈哈大笑并为此而骄傲吗？这不是我一直想要却无法拥有的东西吗？

我到底在怕什么呢？

也许我的孤独根本就不是因为高中同学的疏远，而是我想。也许我从心底反感随波逐流的大众，我渴望做一个特立独行的人，我妄想自己拥有全天下独一无二的灵魂。

所以，在那个贵族高中，我才抓紧一切机会独处，我才在心里建立了坚不可摧的壁垒。直到那份孤独深入骨髓，再通过神经细胞的联结牢牢刻入大脑。

好不容易睡着后，小雯出现在了我的梦里。我看到她扯下马尾辫上的皮筋，让头发披散下来。我看到她熟练地梳起和我一样的发型，冲我笑着，撩起了耳边的发丝……

我惊醒了。

眨眨眼睛，噩梦似乎还没结束。

寂静的深夜里，一个人正趴在我的床边，直直地看着我。

小雯的脸几乎贴在我的脸上。

九

我全身的寒毛瞬间立起，恐惧裹挟着寒意直冲大脑。意识还没反应过来，身体已经快速向后一躲，狠狠撞在了墙上。

小雯被我的反应吓了一跳，跌倒在地。

戴上眼镜后，我看到她头上戴了什么奇怪的帽子。借着月光，我认出那是神经语言学实验室的脑电帽，长长的电线连着插排。脑电帽很少外借，不知道她是怎么搞出来的。

她这么做多久了？她这么做是为什么？

"小雯，你搞什么——？"

小雯哆哆嗦嗦地站在角落里，低着头，两只手不断地搓着衣角——睡衣又旧又小，四处都是缝补的痕迹。泪珠顺着下巴不断地掉下来，声音也带着哭腔。

"阿姐……阿姐，对不起……"

看清她委屈的小表情后，我的怒火瞬间消失了一半，质问的语气也缓和了下来。

"小雯，你告诉阿姐，到底怎么了呢？"

听了小雯的答案，我发现自己也有责任。

我教会她查文献和读文献，却没教过她要筛选文献。

在神经语言学界，镜像神经元系统的研究一直十分热门。很久之前，人们在猴子大脑腹侧前运动皮层的 F5 区发现了镜像神经元。模仿同类的运动时，猴子大脑中的运动镜像神经元会放电。随着电生理学和神经影像技术的发展，人类大脑中的镜像系统也被发现了。人们普遍认为，镜像神经元系统在模仿之类的认知过程中起了很大的作用。

这个系统就像脑中的镜子，可以把周围感知到的一切印在大脑的世界里。这就帮助人类完成了一项非常重要的技能：学习。

衡量镜像神经元系统活动的一项重要指标就是 μ 波的抑制。猕猴的单细胞研究表明，镜像神经元活动时，μ 频率波段的震荡波幅会明显降低。

如果说以上研究结果已经得到了学界的认可，发表在了正儿八经的期刊上，那么小雯接下来给我看的"论文"就不知道是从哪里找来的了。

一位"学者"反其道而行之，认为 μ 波是限制镜像神经元系统工作的"罪魁祸首"。用一定的电刺激降低大脑发出 μ 波的功率，就可以开发出大脑"剩下90%的功能"，获得"惊为天人"的学习能力。"论文"的结尾是一则所谓"天才帽"的广告。

这篇"论文"让我哑然失笑。且不说"大脑功能还未完全开发"纯属谣言，若真有这种神奇的技术出现，一定会立刻引起社会的大变革。

涉世未深的小雯却对"论文"深信不疑。她没有钱买"天才帽"，只好趁着帮杨嫣老师打扫卫生的时候把神经语言学实验室里的脑电帽"借"了出来，按照"论文"上的参数调好数据，晚上偷偷地戴着靠近我。

她觉得，这样就能让镜像神经元系统模仿我的脑电波来对她的大脑进行重新塑造，尽早学会比较纯正的英语发音……

听到这里，我心的寒意一阵一阵涌来。

我真的认识眼前这个女孩吗？

我只知道她很努力，却没有意识到她的决心如此之大。她要当同传，她要赚钱，她要打破自己面前的一切壁垒。

她能够七年如一日地保持高中学习习惯，也能冒着损害大脑的风险去验证未经证实的理论。

"Knowledge and error flow from the same mental sources, only success can tell the one from the other."

她也是这么想的吗？

在我的强烈要求下，她偷偷把脑电帽放回了杨嬷教授的实验室。

小雯口语的进步成了院里广为流传的奇迹，风言风语也变成了学弟学妹憧憬的目光。遇到问经验的人，她只是含糊地说阿姐教得好。很快，她开始接各种各样的口译任务，经常去外地出差。

宿舍里只剩下了我。这样也好，脑电帽的事令我难以释怀，两人相见实在尴尬。

只是，我们二人的深度交织实际上才刚刚开始。

一个月后，我接到了小雯的电话，请我去她家里一趟。考虑到阿姨的情况，我思量再三还是动身了。

"小雯？"

等了半晌无人应答，我试着一推，门开了。

小雯的家还是那样，狭小逼仄，地上摆满半成品竹篮。不知道是不是错觉，气味有些怪。

我把带来的水果放在门口，看见阿姨就坐在门边。

"阿姨好，小雯呢？"

老妇人没有理我。长而蓬松的白发披散下来，左手不停地忙活。接着我惊恐地注意到，她虽然做着编竹篮的动作，手里却没有任何东西，眼神也呆滞涣散。

"阿姨？阿姨您没事吧？阿姨？"

"阿姐……"

蚊子一般细微的声音从卧室里传出来，是小雯。

我连忙跑过去。小雯躺在床上，脸色憔悴。

"阿姐，我妈没事。有点老年痴呆，一阵一阵的，过会儿就好了。"

"那你？"

小雯摇摇头。

"阿姐，那时是我不对，对不起。"

"别说了，都过去这么久了……"

"阿姐，你能不能再帮我一次？"

小雯想让我帮她做一场会议同传。

听了这个，我的第一反应是拒绝。

我英语水平还行，但我也知道，并不是英语好就能做同传的。

同声传译是一项需要长时间打磨的专业技能，并且每次都要根据任务准备很久。有些会议的专业性很强，对这一领域一无所知的议员就算听中文都不一定懂，更别说翻译了。隔行如隔山，不同专业的人看问题的角度都是不一样的。人与人之间，还存在着知识体系的壁垒。

小雯说的那场同传就在后天，还是很专业的学术报告。

"我……我不行……"

小雯抓住了我的手，一阵噬骨的冰冷袭来。

"只要用这个，你就可以。"

原来，小雯还脑电帽时，竟然瞒着我留下了可以抑制 μ 波的小零件。

"阿姐，我改装过了，它能帮你短暂同步别人的想法。有了它，你就不是在做翻译，只是在说出自己的想法。"

看到我的眼神，小雯突然急了。

"我没有去侵犯别人的隐私！也没有干任何伤天害理的事！"

"我相信你。"

我相信她。小雯到底还是善良的，不然她不可能还住着破旧的老房子，没钱带母亲看病。

"我只是在做口译的时候用它。这样我就不用熬夜准备资料，不用担心没有出过国、不知道当地的风俗和习惯表达，一天下来做三场不同的会议也没有压力……阿姐，你不想试试吗？"

我不知作何回答。这项技术太可怕了，小雯半夜的凝视还在深夜的噩梦中徘徊，我害怕自己有一天也会变成别人的复制品而不自知。

"阿姐……"见我犹豫，小雯的眼泪慢慢地流了下来。

"我问了很多人，他们觉得时间太急、报酬太少都不愿意接……我又不敢告诉他们这个事……都怪我身体实在是不争气……领导下了死命令，如果这次开了天窗，我在这一行就再也混不下去了……"

小雯的无助与恐惧原封不动地印在了我脑海中的镜子里。面对这个濒临崩溃的家庭，我怎么能忍心见死不救呢？

"好吧，我再帮你一次。"

十二

我天真地以为，只要在做同传时站在演讲者身边同步他的脑电波，就可以越过语言的壁垒，直接理解到他想要表达的意思。虽然有点冒险，但也没有别的办法。

提前一个小时来到那个大型会议室看现场时，我蒙了。

原来做会议口译的时候译员并不上台，更别提近距离接触演讲者了。我被领到会议室后面的一个小屋子里，只有电脑和麦克风相伴——"同传箱"。

恐惧又开始随着肾上腺素一起飙升。距离如此之远，我怎么可能同步到演讲者思想呢？如果同传失败，小雯的职业生涯会不会毁在我的手里？那天几乎是跑着逃离了小雯压抑的住所，我开始后悔没有仔细问她具体是怎么操作的。

狭小的同传箱似乎在将我逼上绝路。

我摸了摸藏在头发里的 μ 波抑制仪，下定了决心。

以提前熟悉演讲者口音为由，我从主办方那里得到了主讲乔姆斯先生的行踪。我在大厦附近一家热闹的咖啡厅找到了他。那是一个银发苍苍的英国学者，端坐在嘈杂的人群中，半眯着眼，不知道在想些什么。

我偷偷坐在他的身后，一点一点调高抑制仪的频率。

失去了 μ 波的束缚，我大脑中的镜像神经元系统立刻同步了他当前的感受。

椅子不太舒服，他的腰腿和颈椎处隐隐作痛。也可能是年纪大了的缘故。似乎有一点疲惫，这里的气候也令他不适。咖啡太甜，他喝了一口就腻了。

不，这不是我想知道的。

加大功率。

平和。我感到了一股来自岁月的平和。

即使要在三百多人面前演讲，即使第一次来到这个陌生的国度、在异样的环境中独处，一湖心水也波澜不惊。世界沧桑阅尽，繁华不过过眼云烟。亲人出现又消失，朋友亲密又疏远。我明白了，他在享受孤独，在平和中享受孤独。

但这也不是我想要的。

加大功率。

纷繁而细致的思想在我的脑海中浮现出来。是英语。是他在和自己对话。

我的心跳加快了。他在梳理演讲的内容。

闭上眼睛细细感受了一会儿，我掏出纸笔速记。十分钟后，我的笔记本上画满了散乱的符号和根本不认识的单词。即使能在半个小时内查出它们的意思，要全部掌握并顺畅翻译也绝非易事。更别说现场的随机提问了。知识的壁垒横在眼前。

不行，我要了解更多。

加大功率。

穿过具体的思想，我陡然来到了一片神奇繁华的异世界。学者50多年来在生物学领域辛勤耕耘的成果化成了一个严整细密的世界观，此时正在我浅薄的大脑里迅速发芽长大。千百片玉叶是具体成文的知识，在无风的意识世界里沙沙作响，不断融合，不断分裂，不断碰撞。联通一切的文脉是科学的方法和理念，它为所有的成果提供者养分，并促使着新的叶儿诞生。这颗知识之树扎根的土壤，是坚实的科学思维和端正的人生观价值观。

我还想了解更多。

加大功率。

看似坚实的土壤扑面而来，幻化成了朵朵记忆之花。我能感到他拥有第一本书的欣喜，养育第一株植物时的小心，投身于生物学领域的狂热，彻夜进行实验时的孤寂；我看到他因为偷窥修女而被严厉的教父呵斥，看到他追不到女孩而暗自伤神，看到他紧紧握着妻子皱巴巴的手，即使那已没有一点生命的气息。在这些一闪而过的记忆中，我还看到了一些熟悉的名字……我不知道这是不是我们的记忆在融合……

那一瞬间，我经历了他经历过的一切，我几乎就是他。

那一瞬间，我仿佛也成了一位沧桑老者，睁开眼睛，世界上的一切都在我的眼里起了变化。

我明白了为什么有些人我们永远也追不上，或者说永远也理解不了。

人不可能两次跨入同一条河流。我们也无法在同样的时间复制相同的经历。

不复返的河流，不复返的时间。

隔绝在人与人之间的，其实是时间的壁垒。

最后，我停在潜意识之前，如临深渊。

我没有加大功率，那深渊却在凝视着我，吸引着我。

"来吧，你还想了解更多吗？"

我猛地拔下抑制仪，浑身冷汗。

十三

那场同传很成功，但凝视深渊的恐惧一直无法消散。

我很后怕，如果我同步了那位教授的潜意识，会发生什么呢？

大脑的结构和神经的联结方式各有不同，但是在某种程度上，人类的意识又是如此容易相互影响。

美国人类学家鲁思·本尼迪克特说过，"落地伊始，社群的习俗便开始塑造他的经验和行为。到咿呀学语时，他已经是所属文化的造物，而到他长大成人并能参加文化的活动时，社群的习惯便已经是他的习惯，社群的信仰便已经是他的信仰，社群的戒律亦已是他的戒律。出生于他那个群体的儿童都将与他共享这个群体的习俗。"

思维的和谐共振就是一方文化，思维的最大相似点成就了一种民族。在浪潮之下，又有多少人能够避免成为乌合之众的一员。

最近读过的书会影响写作的风格，一碗包装得当的心灵鸡汤能激起短暂的斗志；模仿结巴容易成为结巴，东北口音极易在熟人间传播。

就像初中时的一道化学试题：将一堆煤块放在雪白的墙角，那么随着时间的推移二者会彼此渗透，甚至在墙壁的深处也能找到煤炭的踪迹。

我做了什么呢？把煤炭和石灰全部打成粉末又搅拌在一起，再把它们砌成墙的样子。我，还是原来那堵墙吗？

电话里，小雯说她也从未如此深入过。

"我之前都是请主办方提供特殊设备，让我能够待在演讲者附近……对不起阿姐，我没早点和你说清楚……我也不知道功率这么大会发生什么……"

我现在极其后悔答应她的请求，甚至怀疑当时她偷偷用 μ 波抑制仪放大了我的同情能力。

事已至此，怪谁也没用了。

我在网上疯狂搜索相关理论，但一无所获，小雯当年搜到的论文也在互联网上没了踪迹。

我开始仔细观察镜中的自己，想从颤抖的双眼中窥视一个苍老的灵魂；我开始注意自己的走路姿态，害怕有一天会在不自觉中佝偻；我开始反复阅读之前写的日记，细细揣摩思维方式有没有改变……

不知道是不是错觉，我并没有像小雯变成我一样变成那位生物学教授。一丝一毫都没有。不过，那些记忆和知识都还在，我会忍不住试着回溯它们，就像在一个浩瀚的精神宝库中摸索。

在那些随着岁月模糊的记忆里，我又看到了那个熟悉的名字，一个和教授与我都有交集的人。我的心狂跳起来：μ 波抑制技术并不简单。

次日，我在实验室拦下了自己的导师。

十四

"杨老师，您的妹妹杨然是不是乔姆斯教授的学生？"

儒雅的老妇人一愣，掩上了房门。

"你是怎么……？"

"我和乔姆斯先生有一面之缘，他讲了一些事，我不太懂……"我简要提了一下 μ 波抑制技术。

"小程，你知道赫布学习原则吗？"

我点点头。

给小雯查资料时，我接触过这方面的理论。简单来说，就是基于神经元突出可塑性的基本原理，对相邻神经元进行刺激，使神经元间的突触强度增加。这个理论听起来玄，但是早在 2017 年就已经有了利用经颅直接电流刺激技术提升外语阅读的研究。

"20 年前英国的一项研究发现，如能暂时抑制 μ 波，镜像神经元系统就会自动同步临近人类的脑电波。同步时，微妙的电刺激能够增强神经元突触的一些联结，甚至增加新的联结。学过神经语言学的都知道，尽管思维十分精妙，但人类并不存在一个超脱于物理层面的'心智'：大脑的电活动就是意识本身。

"就像恩格斯所说，我们的意识和思维，不论看起来是多么超感觉，总是物质的、肉体的器官，即人脑的产物。

"所以，只要改变神经元突触的联结方式，就有可能在一个人的大脑里复刻下另一个人的意识和记忆。"

"老师，那也就是说——"

杨教授摇了摇头。

"不行。我们做过很多实验。就是不行。"

"为什么不行？理论上来说——"

"大脑不允许。自愿参与实验的人，尤其是进行了深度同步的人，大脑或多或少都受到了损伤。除了短暂的意识混乱外，有的得了纯词聋，分辨得出自然界的声音却听不懂话语，有的得了Wernick失语症，话语流利却没有意义，更多的人精神分裂，不再记得自己是谁。还有杨然……小然当时在读博士，开心地发邮件给我，说自己参加了一个革命性的实验，她……"

恐惧顺着我的小腿向上爬，凉丝丝的。在乔姆斯先生残存的记忆里，我已经模糊看到了最可怕的结局。

"……她的大脑死了。"

植物人。

上一个试用这项技术的人，变成了植物人。

有一天，我也会变成这样吗？恐惧让我几乎丧失了判断力，仿佛能听到两个意识在大脑里撕扯。

"为了防止更多的人受到伤害，当时知情人士一致同意暂时封存这项研究，等人类对大脑的认识更加成熟以后再重启。不过，这项技术既然是可行的，就难免有人独立研究出来。复制他人思维和知识的诱惑太大了，一旦研究成果再次问世必定会带来混乱……学界达成了一致，凡是有点名气的期刊均会找理由拒绝类似的论文，网上的相关文章也会被尽快删除。孩子，这是潘多拉的魔盒，凡人一旦开启只能带来灾难——孩子，你没有试过这个技术吧？"

"我，我当然没有……"

离开实验室时，我瞥见杨教授看向了脑电帽。

十五

"以后别这么干了。"我把可怕的后果向小雯一一列举，希望她可以停手。但是，她的关注点似乎在别处。

"阿姐，你深入同步了那位教授的记忆和知识？"

"嗯？"

"唔……其实当时我也不是没试过调高频率，可总感觉是在受到另一种意识的侵蚀，根本无法做到像阿姐这样两种思维泾渭分明、同时存在。阿姐是怎么做到的？"

我该怎么向小雯解释呢？

杨教授告诉我，在那些惨烈的实验中唯一幸存下来的人是一位右额叶发育不全者。这样的人语言功能正常，却在交际方面存在特殊障碍——他们很难理解其他会话者的言外之意，因此难以融入任何集体。

他们常常都是无比孤独的，像我一样。

大概正是因为青春期那段噬人心肺的孤独导致了我脑右额叶发育异常，这使得我无法正常与人交际，却正好保护了我不受他人意识的侵蚀。

我和小雯的大脑不同。她总是轻易地被我影响，我甚至可以站在他者潜意识的深渊之上凝望。

这将带给小雯更大的打击，但若能让她远离这个危险的技术也好。

可我错了。

"阿姐，原来这么简单啊，"小雯露出了轻松的表情，"右额叶？我记住了。"

"你想干什么？"

"阿姐，你知道这项技术意味着什么吗？我算是明白了，人和人的差距很大程度上都是基于知识和思维。知识就是金钱，思维就是财富。可知识要记，思维要练，想成为人中龙凤少不了长年的积累。我们这些输在起跑线上的人，哪有那么多时间和资源？"

"可你真的不害怕吗，你不怕大脑被其他意识占据，甚至失去自己吗？"

小雯笑得更开心了。

"自己？到底什么是自己？大脑？大脑每时每刻都在变化，那到底哪一个时刻是自己？身体？每三个月全身的细胞就会更新一次，是不是一年就要重生四次？记忆？过去的记忆本身就在随着时间流逝，现在的我和过去的我还是一个人吗？"

"这……"

"阿姐，最重要的不就是当下的感受吗？如果此时能够幸福，幸福来自何方重要吗？如果回忆能够甜蜜，回忆来自何人重要吗？"

我无言以对。

"阿姐就是胆子太小了。我知道，你不就是想融入人群吗？换作是我，早就拿着μ波抑制仪去同步她们的想法了，保证很快能成为人见人爱的交际花。可是，你敢吗？"

"我……"

"阿姐，我和你不一样，我已经没有什么可以输掉的了。"

望着她的笑脸，我终于看清了二人的差距：面对坚不可摧的壁垒，我的选择每每都是逃避，而她，从未放弃打破它的想法。

十六

那场交谈过后，杨教授发现脑电帽被人动过，很快在监控录像里锁定了小雯。偷窃加上长期缺课，她被劝退了。

帮她收拾行李那天，两人沉默了很久。

"阿姐……你能再帮我一个忙吗？"

"你说。"

出乎意料地，她掏出了μ波抑制仪。

"阿姐，我求你了，同步一下我吧，好吗？"

毕竟是我间接导致了她的退学，怀着愧意，我点了点头。

与同步乔姆斯先生的大脑不同，这次的旅程十分痛苦。

压抑，隐忍，疲惫，不甘，焦虑。

知识体系支离破碎，思想混乱不堪，世界观在一次又一次的打击下不断毁灭又重生……

父亲抛家弃女时无情的嘴脸，母亲接受治疗时痛苦的呻吟，做不完的习题，背不完的资料，旁人的嘲弄，老板的压榨，而我对她的关爱竟然是一片黑暗中唯一的光彩……

我看到了一些危险的想法，但在小雯的价值观体系下，竟然是唯一的出路。

最后，我再一次站在了他人潜意识的深渊之上。

抑制住几乎要破体而出的恐惧与抗拒，我深吸一口气，一跃而下……

再次看到泪眼汪汪的小雯，我意识到今天是她的生日。

"生日快乐"实在是说不出口，网上看来的一句话却在我脑中徘徊不去。

"小雯，如果快乐太难，那我祝你平安。"

十七

小雯几乎在我的生活中消失了。

有那么几次，我在电视上看见了她。大多是省一级的外事活动，小雯穿着西装套裙跟在领导后面，低头做笔记。翻译的镜头一向不多，我也看不清她的表情。既然能接到这样的工作，母女俩有个体面的生活应该不成问题。

我知道，她绝对不会就此满足。

我做好了世界发生剧变的准备，期待她能走上前台掀起一场认知革命，带领无数人打破壁垒。

我一直没有等来。

周遭一切如常，小雯渺无音讯。

又过了五年，她突然发消息请我去母校附近的咖啡厅谈谈。

我知道她想谈什么。

在路上看到好几个男人用妖娆的姿势撩头发的时候，我就知道她已经成功了。我好奇的是，为何这场变革没有引起任何关注，如此无声无息。

来到咖啡厅，我几乎认不出她。

赵雯剪了精干的短发，发尾的弧度完美修饰了脸型。妆容得体，气场十足，凛然一位精英女性。我只是一副家庭主妇的打扮。这个场景，让我想起了当年阳光下的高中舍友。

"程碧？你是程碧吧。"

"嗯。"

"不好意思哈，我记性不太好。右额叶的手术不太成功，还是得了阿尔兹海默。"

赵雯指指自己的额头，那里有一条淡淡的疤痕。

"这……"

"没事儿，我的钱够多了，就算变成一个傻子也能过得很好。"

赵雯咯咯咯地笑了起来。

"我成功了。杨嫣他们还傻乎乎地守着所谓的'秘密'，一丁点儿都没发现世界早就变了。对了，你不在那个高度，你看不到。"

和我当时想的一样，赵雯没有止步于做口译，而是利用 μ 波抑制技术组建了一个"知识共享学会"。在各个领域深耕许久的大牛通过镜像神经系统互相同步，以获得在特定领域里的知识与技能。当然，为了保护意识，每一个人都接受了改造脑右额叶的开颅手术。

"自己死学是太笨了，用这种方法，一秒钟就可以得到人家 50 年的知识。"

"真厉害。这种技术普及以后就不用老师了，孩子只要……"

"做梦！"赵雯突然打断了我。"凭什么要普及，学会门槛高得很。我调查过你，要不是念在早年对我有恩，就凭你，一辈子连学会的存在都不会知道。"

我无言以对。

赵雯滔滔不绝地说着，想让我明白加入学会是一项多么大的恩赐。只在服务员经过的时候停了一两秒。我注意到，那一瞬间她的眼神似乎有些迷茫。

"怎么了？"

"这桌菜上齐了。等会儿就换班。"

"什么？"

"啊？哦，我说学会的成员一半都是博导，他们——妈妈我不想在这吃！"

一个孩子跑过，赵雯的语气又突然变了。

这回我看懂了。长期抑制之后，赵雯脑内的 μ 波已经很弱了。她在不受控制地同步身边所有人。

"对了，你妈妈怎么样？治好了吗？"

"什么？妈妈？在后厨做饭呢。不对……在美国疗养？不对，是昨天那个老板的妈……去打麻将了？回老家了？没事，忘了，不管了。"她切了一块牛排，优雅地咀嚼。

看着她一脸无所谓的样子，我的心一动。

"我有件东西要给你。"

"啊？什么？对了，对，你是有东西。我上次翻了笔记，好几年前写的，让我有时间一定要找你一趟。是不是欠我钱啊？"

我已经明白当年在寝室分离时，她为什么要求我做那件事了。

十年前，我把 μ 波抑制仪的功率调到最大，镜像神经元系统瞬间完全同步了她全部的脑电波。

她的感受，她的思想，她的记忆。

还有连她自己都意识不到的，潜意识之渊。

一般人到达这个程度后精神必然崩溃，但得益于常年离群索居的生活，特殊的脑结构帮助我生生扛住了另一种思维的侵蚀。

那片幽深混乱的思维深渊里，我看到了她隐藏最深的渴望。

乔姆斯先生曾有一个假设：意识本身就是极易模仿他人的动态混沌系统，古时候的人类很可能就是一种能够共享思维的生物，μ 波的存在则是在意识之间拉上微小的细绳。随着时间的推移，思维的汪洋变身成滴滴水珠，越离越远，最后飞上太空，变成了无数相距数万光年的星星。一个个独立的自由意志难以交相辉映，却也各自光彩，不能相互理解，但足以合作共存……

她想要做的，却是打破这生命的壁垒。

那时她就知道，自己要走的是一条不归路。她的大脑将被无数人的大脑改变，也将改变无数人的大脑。她可以透过一万双眼睛看世界，飞上最高的天际，飞跃所有壁垒。她将得到一切，也将失去自己。

所以，在开始之前，她找到了我，让我同步了她那时的大脑。

那一瞬间，我的大脑留下了那个时候全部的她，一个还没有被其他意识过度入侵、最为纯粹干净的她。

十年了，我再一次走近她。

"小雯，这是你当年寄存在这里的，阿姐现在还给你。"

十八

她的眼睛睁大了，大口地喘着粗气，像刚从深深的潭底浮出水面，泪水也不受控制地涌了出来。

"阿姐，我忘了，我忘了阿妈还在等我……我怎么能忘了……"

她拉着我冲出门去，奔向那个早已被忘记的家。

楼道里静得可怕。

参考文献

- 程冰, & 张旸. (2009). 母语习得的脑神经机制研究及对外语教学的启示

- 程冰, 张旸, & 张小娟. (2017). 语音学习的神经机制研究及其在纠正外语口音中的应用

- 官群. (2017). 神经语言学研究新趋势：从病理迈向生理 —— 兼论对优化外语教学的启示

- 季月, 李霄翔, & 李黎. (2012). 中国大学生英语直接 - 间接引语转换中句法和语义的 erp 研究

- 李树春. (2012). 关于大脑思维倾向与翻译能力相关性的一项实证研究

- 朱琳. (2015). 镜像神经元和构式语法

- 燕浩, 杨跃, & 王勇慧. (2013). 二语习得新视角：双语者认知神经语言学研究

- 王璐. (2009). 论语言、思维、文化的关系 —— 自历史生成论视角

- 高彬, & 柴明颎. (2015). 同传神经语言学实验范式研究及其对同传教学的启示

- 周雪婷. (2008). 交叉学科：神经语言学及其哲学思考

- 周频. (2016). 认知神经语言学方法论模型的建构

昼温

科幻作家，著有短篇《最后的译者》《沉默的音节》《温雪》《百屈千折》等，其中《沉默的音节》一文于 2018 年 5 月获得首届中国科幻读者选择奖（即"引力奖"）最佳短篇小说奖。多年来笔耕不辍，曾在多家杂志、平台发表作品。

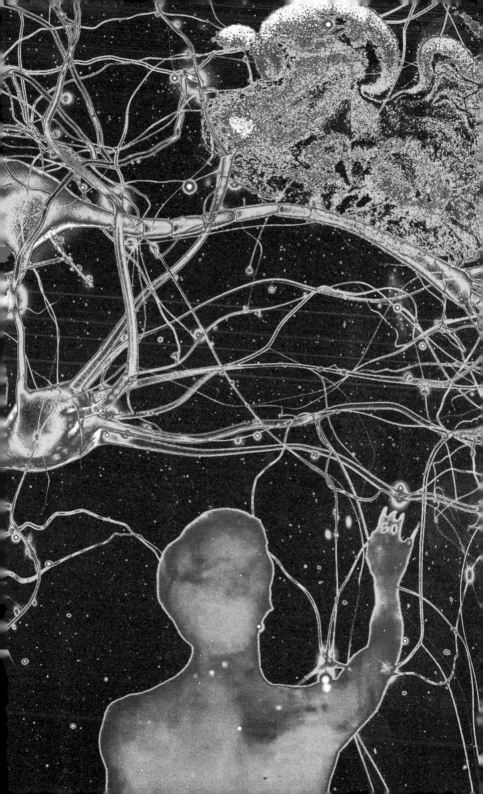

两年人

▌作者：凯莉·罗布森

▌译者：罗妍莉

通过关卡弄个婴儿出来非常容易，米克尔已经从实验室往外偷运食物好些年了，早就知道该怎么摆平那些看守。

米克尔从来就算不上什么聪明人，但那些守卫全是四年人，也就是说——他们都很懒。米克尔只要在交班的时候，放点好东西在午餐桶上面，无论是沾了煤灰的巧克力松露，还是变了味儿的酥皮饼，就能把守卫们的注意力吸引开了，他们根本不会往下翻，这样他总能带点东西回家给安娜。

绝大部分时间，他带回家的那些玩意儿都不怎么样：皱巴巴的苹果、硬邦邦的橘子、发馊的牛奶、潮乎乎的袋装白糖，还有陈年的茶包，不过也有时候他真能搞到点好东西。有那么一回，他就在八年人办公室的垃圾箱底下找到过一个还能用的媒体播放器。他本来毫不怀疑守卫们肯定会发现这个玩意儿，还会告他偷东西，因此差一点儿把它丢进焚化炉。不过最后，靠着从六年人浴室里找到的那些水渍斑斑的色情杂志，他还是成功引开了守卫们的注意，把那个媒体播放器弄回了家给安娜。

她拿去换了一对儿取暖器和十公斤上好的面粉，然后他们一连吃上了好几个月的饺子。

那个婴儿是他最美妙的发现，她还那么乖，安静又斯文。米克尔好几分钟一直抱着她，待在焚化炉旁边暖和的地方，搂着她靠近自己，听着她奇怪的黄色鸟喙里发出的咯咯声。他拿干净的抹布把她包裹得严严实实，尤其小心地把她胖乎乎的小手分开裹起，这样她就不会拿爪子在那可爱的粉红色小肚肚上把来耙去了。然后他把她藏到塑料午餐桶最下层，拿一条干净的守卫工装裤盖住她，最后在桶上面放了一盒在那些六年人的休息室里找到的隔夜酥饼。

小说

"苹果卷啊，" 四年人赫尔曼咕哝道，他是清早守卫交接班的主管，"那些个脸色苍白的科学家可真是不懂美食啊，连这种卷饼都能丢！"

"维也纳那家斯卢卡咖啡馆的卷饼天下第一，大家都这么说。"米克尔通过关卡的时候说。

"说的就跟你知道似的，笨蛋。我才不会放你过去。"

米克尔低着头，紧盯着地面："我在微波炉里替您热好了。"

趁着守卫们大嚼起热乎乎的卷饼，他冲出门，冲进灰蒙蒙的冬季日光里。

刚一转过街角，米克尔就马上看了下宝宝，接下来在回家的路上，每隔几分钟他就要再检查一遍。他很小心，检查之前会先确保周围没人看到。不过一大清早，有轨电车上空荡荡的没什么人，再说了，两年人把脑袋拱进午餐桶里去这种事，就算是看到了，也没人会大惊小怪的。

小宝贝安静又可爱。安娜不知道该有多高兴呢。这个念头让他在回家这一路上都暖洋洋的。

安娜一点儿也不高兴。

他把婴儿抱给她看的时候，她直接在地上坐了下来。她一句话也没说——只是嘴巴开合了那么一会儿。米克尔蜷缩在她身边，等待着。

"有谁看到你带她走了吗？"她问的时候紧握着他的手，每当想引起注意的时候，她就总是这样。

"没有，亲爱的。"

"很好。现在听仔细了，我们不能留着她。你明白吗？"

"她需要个妈妈，"米克尔说。

"你得把她带回实验室，然后，彻底忘掉这回事。"

安娜的声音里有一种米克尔从未听过的尖锐。他转过头，动作轻柔地将婴儿从午餐桶里抱起来。她正饿得发抖，他太清楚那种感觉了。

"得给她些吃的，"他说，"亲爱的，还有剩牛奶吗？"

"米克尔，没用的，她最后还是会死。"

"我们可以帮帮她。"

"她的鸟喙是个很糟糕的缺陷，如果她健康的话，他们就不会把她丢掉，而是应该送到托儿所去。"

"她很壮实，"米克尔把襁褓松开。女婴抽了抽鼻子，尖尖的蓝舌头从灰白的鸟嘴里探出来。"看见没？胖乎乎的多健康。"

"她连气都喘不过来。"

"她需要我们。"安娜为什么硬是看不出来呢？明摆着的事。

"你可以今晚连夜把她送回去。"

"不行。我的午餐桶会过 X 光机，守卫会发现的。"

如果安娜肯抱抱孩子，她就能明白了，于是米克尔把婴儿向安娜怀中送去。她慌忙猛地向后一挣，动作太快，脑袋都撞到了门上。然后她站起身，用颤抖的双手抻直女仆制服。

"我得走了，不能再迟到了。"她穿上外套冲出门去，然后转过身，伸出手来。有那么一瞬间，他还以为她是想伸手抱抱孩子，于是不禁微笑，可她只是再次捏了捏他的手，捏得很紧。

"米克尔，你得解决这件事，"她说。"这么做不对，她不是我们的孩子，我们不会收留她的。"

米克尔点点头。"晚上见。"

冰箱里就只剩下一碗冷汤，他们都有好些天没喝过牛奶了。不过米克尔的早饭已经在厨房桌上摆好，用叠起的毛巾盖着，炒鸡蛋还热气腾腾的。

米克尔在掌心放了一点鸡蛋，用嘴吹凉。婴儿睁大了眼睛，她

130

扭了扭身子，伸手来够他的手掌，她的爪子耙过他手腕，鸟喙张得大大的，喉咙后面一道边缘间杂着红黄二色的褶皱颤抖着。

"闻着很香吧？我觉得吃一点儿应该没事。"

他把鸡蛋一点点喂给她吃，她像雏鸟般狼吞虎咽。然后他呷着冷咖啡，看她睡去。

鸟喙两边那对小巧的鼻孔里流出的薄薄一层黏液已经干结，米克尔打湿了一张纸巾，为她擦拭干净。那对鼻孔太小了，不过她应该还可以用嘴呼吸，可她没法哭出来，只是抽抽鼻子喘气。鸟喙太重，把她的脑袋都拽得偏向一边了。

她很脏，全身沾满焚化箱里的血迹，细细的黑发上腻着一层已经变硬的污垢，闻起来像胶水。得给她洗个澡、穿上暖和的衣服、再弄些尿不湿；还需要拿东西盖住她的手，他得把她锐利的爪尖给剪掉。

他抱着她，直到她醒来。然后他把卧室里的两个取暖器都拿来，调到大档，在厨房水槽里给她洗了澡。他笨手笨脚地搞得一团糟，花了差不多两个小时。洗澡的时候她一直用力抽鼻子，不过等到他把她擦干、用毛巾包好以后，她就安静了。他把她搁在厨房桌上。她看着他拿拖把拖厨房地板，明亮的棕色眼睛紧盯着他的一举一动。

把厨房打扫干净以后，他拿了半瓶子从实验室里捡回来的法国肥皂液，把婴儿裹得严严实实的，然后就在后楼梯上坐下来，等着海厄姆从他房间里溜达出来抽根烟。

"怎么回事？"海厄姆说，"我都不知道安娜怀孕了。"

"她没怀孕。"米克尔把毛巾扯到一边。

"啊！"海厄姆说，"这可不是自然缺陷哪，这小家伙能呼吸吗？"

"她饿了。"米克尔把肥皂液瓶子递给他。

"饿了啊，"海厄姆嗅了嗅那瓶子，"你需要什么？"

"鸡蛋、牛奶、衣服、尿布，还有露指手套，如果你那儿有富余的话。"

"我可从没见过这种缺陷，她不是自然出生的。"海厄姆深深吸了口烟，然后从他的肩膀上方吐出去，吐得离那婴儿远远的。"你是在那个实验室工作，对吧？"

"没错。"

海厄姆仔细瞧瞧香烟燃烧着的尾端。

"你把这包袱带回家的时候，安娜是怎么说的？"

米克尔耸了耸肩。

"邻居们有没有隔着墙听到什么动静？"

"没有。"

"那就维持现状，"海厄姆缓缓道，"米克尔，做好保密工作，听到没有？别走漏了风声。要是有人问起来，你就跟他们说，是安娜生的小孩。"

米克尔点点头。

海厄姆拿烟指着他，一字一句地加重了语气道："要是有哪个不该知道的人知道了这事儿，就肯定会搞得满城风雨，然后就真的麻烦了。四年人会踏平整座大楼，到处打砸，重演以前殖民地时候那些好日子——他们再喜欢干这事儿不过了。你可别给你的邻居找这种麻烦。"

米克尔点点头。

"我老婆会喜欢这肥皂液的。"海厄姆掐灭了烟头，跑上楼梯。

"瞧瞧，"米克尔说，女婴抬眼盯着他，鸟喙咔嚓作响，"是谁说两年人就都一无是处的？"

四年人一直这么说。他们无处不在，显摆着他们亮闪闪的军徽，用力拍着老战友们的背；他们成群结伙，大着嗓门儿咋咋呼呼吹牛，把地位比他们低的人挤下公交和电车、挤出商店和咖啡馆，逼着大家要么让道，要么被挤到一边去。

六年人很可能也是这么说的，不过米克尔从来没跟他们中任何一个搭上过话。有时候他会看到他们在实验室加班，不过他们都生活在另外一个世界里：一个充斥着跑车和私人俱乐部的世界。至于八年人是怎么说的，谁又知道呢？米克尔每天晚上都给一个八年人的办公室打扫卫生，不过只有在电影里才能看到他们。

没人会给两年人拍电影。他们说，四年人有荣誉，六年人有责任，八年人有功勋。而两年人呢？什么都没有，只有羞耻。不过事实并非如此，海厄姆是这么说的：两年人有家人啊——父母，祖父母，叔叔婶婶，兄弟姐妹，妻子儿女，都得靠他们生活。而且他们有工作，虽然是卑微的工作，但也同样必不可少。如果没有两年人的话，那谁来清理垃圾？谁来检查下水道？谁来铺地毯？谁来打扫烟囱？谁来铺天花板？没有两年人的话，也就没人收割庄稼，没有甜草莓，也没有浓烈的美酒。海厄姆还说，最重要的一点是，如果没有两年人的话，也就没有哪个当爸妈的可以拿手对着谁、指指点点地跟儿子们说："可别跟这人一样。"

海厄姆很精明，他本来完全可以轻松成为四年人甚至六年人的，不过他是个犹太人，那也就意味着他只能是两年人，基本上一辈子都是。吉卜赛人、哈特派信徒以及和平主义者们也一样，还有那些没法走路或者说话的人，甚至盲人——他们都被征募去当兵，被送去殖民地打两年的仗，当炮灰送死，然后再被送回老家，在羞耻中活下去，而四年人则继续留在战场。他们在战斗中幸存下来，然后带着荣誉，凯旋。

海厄姆回来的时候，一手提溜着一只塑料袋，另一手提着一盒鸡蛋，胳肢窝下面还夹着一瓶牛奶。

"这里头基本上全是尿布，"他挥着塑料袋说，"你怎么都不够使的，我们花在浆洗上的钱比花在吃上的还多。"

"我可以用手洗。"

"没戏，信我的没错。"海厄姆大笑起来，跑上了楼梯。"米克尔，欢迎晋升奶爸！你现在可是个家庭妇男了啊。"

米克尔把婴儿放在床上，给她穿上尿布和衣裳，然后用安娜的指甲剪把她的爪子剪短。他在婴儿的两只手上各套了一只袜子，再固定在她的衣袖上，然后把安娜的枕头塞在床跟墙之间，双臂抱着婴儿，沉入了梦乡。

他是被鸟喙的咔嚓声惊醒的。她打着哈欠，展示着她喉咙里多彩的褶皱。他拿手托着她的小脑袋，呼吸着她皮肤上散发出的奶香。

"在妈妈回家前把你喂饱吧。"他说。

他拿汤锅热了牛奶。他明白，婴儿如果没有妈妈的奶吃，就得给她个奶瓶含着，不过他的宝贝，他聪明的小女娃呀，却是直接把鸟喙张得大大的，让他把牛奶一勺接一勺直接往嘴里舀。她狼吞虎咽地喝啊喝啊，喝个没完，快如风卷残云，他也许可以把牛奶直接朝着她喉咙稳稳地灌下去。不过牛奶太贵了，他可不敢，免得万一喷得厨房地上到处都是。

"米克尔。"安娜说。

她围着围巾，穿着外套，站在门口，面颊冻得红彤彤的。米克尔双臂抱着孩子，像往常迎接她时那样吻了吻她。

"今天怎么样？"他问。婴儿的目光从他身上飘向安娜，鸟喙咔嚓响着。

安娜却不看那孩子："我迟到了，换乘的时候上错了车，然后只好原路返回。斯毕文太太说了，要是再迟到的话，就卷铺盖滚蛋。"

"那你可以再找份工作，更好的工作，离家更近的。"

"也许吧，多半是没戏。"

安娜把汤锅洗干净，舀了冷汤装进锅里，放到灶上，身上仍然穿着外套、戴着帽子。女婴伸出手，她剪短的爪尖戳出薄薄的灰色针织袜子，把安娜红色的露指手套从兜里勾了出来，手套摇摇晃晃地挂在女婴手上。安娜恍若未觉。

"亲爱的，把外套脱了吧。"米克尔说。

"我冷。"她说。她划了根火柴，把炉子点燃。

米克尔轻轻拉拽着她的手肘，她推挡了一会儿，然后转过身，脸涨得通红。

"亲爱的，你看。"他说。安娜垂下眼，盯着地面。婴儿那鸟喙咔嚓响着，打了个哈欠。"我觉得，我们可以用你妈妈的名字来给她起名。"

安娜转过脸去，搅动着汤："你疯了吧，我说过了，我们不能收留她。"

"她的眼睛跟你一模一样。"

汤勺啪嗒一声掉到地上，安娜的身子晃了晃，她的手肘撞到了锅柄，锅翻了。米克尔把锅放平，关掉炉火。

安娜猛地一拉椅子，随即跌坐到椅上，把头狠狠埋进手心里，过了好一会儿，才向后靠在椅背上。她双眼微微眯起，泛着冷光，嗓音绷得紧紧的："你为什么会那么说？别那么说。"

安娜为什么就不明白呢？她那么聪明，比他聪明得多，可连他都这么轻易就能明白的事情，她却偏偏不懂。

米克尔搜肠刮肚地寻找着合适的语句："你的卵子去哪了？"

"那有什么关系？我缺钱，就把卵巢卖了，还有什么可说的？"

米克尔的手指在他妻子开裂的手上游走，摸着她掌心的那些老茧。他要把那些可怕的事情都告诉她，然后她就会明白了。

"我知道你的卵子都去哪了，每天晚上在水箱里都能看见它们，还有实验室里，焚化炉中，是我拿拖把在地板上清掉它们留下的血迹。"

安娜咬紧了牙关，他看得出，她正紧紧咬着自己的腮帮。"米克尔，很多女人都卖过卵巢，起码有成千上万，完全可能是这些人里面随便谁的卵子吧。"

米克尔摇摇头："这就是你的孩子。我知道。"

"你什么都不知道，你有什么证据？没有吧。"她短促地尖笑了一声，"而且这根本不重要，因为我们不会收留她。别人会发现，把她带走，很可能还把咱俩都抓起来，至少工作就都保不住了，你是想让咱们睡马路吗？"

"我们可以跟别人说是你生的。"

"就凭那张鸟嘴？"

米克尔耸耸肩，"碰巧而已。"

安娜原本就涨得通红的脸更是红得要滴血，她努力压抑着自己别哭出来。他真想把她紧紧搂到怀中，不过她肯定会挣脱的——安娜每回哭的时候都不让他抱。

他们默不作声地吃饭，米克尔看着婴儿在两人中间的桌上熟睡。她柔软的小脸蛋跟别的宝宝一样，胖乎乎的，不过在接近鸟喙的地方却变宽了，出现了一个浅凹，那里的皮肤也变薄变硬，有点像指甲。婴儿抽着鼻子，一侧的小鼻孔里冒出鼻涕泡泡，米克尔拿指尖给她擦掉。

安娜收拾碗碟、放进水槽的时候，米克尔看了下挂钟：离他必须出门去实验室的时间只剩几分钟。他抱起孩子依偎进自己怀中，她眼皮颤动着，纤细的睫毛尖端被黏液粘到一起。

"你得走了。"安娜说，她把他的午餐桶放到桌上。

"马上。"他回答，然后拿纸巾在水杯里蘸了蘸，擦着婴儿的眼睛。

安娜斜倚在水槽边上："米克尔，你知道当初我为什么嫁给你吗？"

他往后靠到椅背上，如闻晴天霹雳。安娜平时对此绝口不提，虽然他也一直很奇怪是为什么，因为她原本可以嫁得更好，可以嫁给一个聪明人，甚至是四年人。

"你肯告诉我吗，亲爱的？"

"我嫁给你，是因为你说过你不在乎。我跟你解释过，我可能永远都没法生孩子，而你仍然想和我在一起——"

"我当然想和你在一起。"

"我跟你说过,为什么我不能生育,为什么要卖掉卵巢,还记得吗?"

"你母亲生病了,你需要钱。"

"没错。可我还说过,那对我来说没什么要紧,因为我压根就不想要孩子,我从来没想过要当母亲。"她向前倾着身子,紧紧抓住他的双肩,"我现在仍然不想,把她带回实验室去。"

米克尔站起来,吻了吻婴儿的前额,然后把婴儿放在安娜怀中。

"她叫玛丽亚,"他说,"你母亲的名字。"

米克尔沿着街,走向公交车站,他很疲惫。不过当了爸爸就是这样,他会逐渐习惯,安娜也会慢慢适应的,他对此深信不疑。天底下的女人不都这样吗?

他朝约瑟夫斯塔特电车站走去,一路上想着他的妻儿,浑身都暖洋洋的。然后一个四年人一胳膊肘捅到他肋骨上,往他外套上吐了口唾沫。米克尔看着那口唾沫星子凝固变白,他站在路沿上,发着抖,小心不要挡了别人的路。

米克尔毫不怀疑安娜是个善良的女人,她行事一定会永远正义慷慨。她对他一直都很好,对周围每个人都这样。十年来,她一直照顾他,为他做饭、打扫卫生,把他们俩的单间变成一个家。作为回报,他也尽力让这两个单间充满爱。除此之外,他还能怎么样呢?

等他站在车站边上的冷风中,疑虑却和寒冷一起爬进了他的身体。安娜为什么会说,她根本就不想做母亲?这不可能是真心话。他们俩的生活一直以来都被其他家庭所包围——那些快活喧闹的大家庭,三四代甚至五世同堂,孩子健康,母亲幸福,父亲骄傲,还有叔叔婶婶、表兄弟姐妹、祖父母。家庭无处不在,而他和安娜却只能两个人相依为命。

安娜肯定很后悔没法生育，她内心深处某个地方，肯定渴望有孩子。可她却说她不想，如果她说的是真的，那她肯定是有什么地方出了故障。

在殖民地的两年里，他曾经见过出了故障的男人，有的身体无恙而脑子坏掉了，会说些疯言疯语、自残身体、伤害别人。安娜绝对不会像他们一样的。

可他每往上班路上多走一步，他的怀疑就滋长一分；等他走到能看见飘落的雪花中闪烁的实验室灯光的时候，他的心已经被怀疑之爪牢牢攫住。他想象着早上回到家里，发现安娜独自一人，已经准备好动身去上班，装得跟玛丽亚从没出现过似的。

他转身想要回家，可就在此时，那些四年人当中有一个已经隔着玻璃门，朝他大声嚷嚷起来：

"你迟到了，笨蛋。"

米克尔看着他的午餐桶滑过 X 光机，守卫们来来回回拿机器照着那桶，只为打发时间。他只能跑步到出勤记录钟那儿，正好在钟跳到八点整的那一刻打了卡。

平时米克尔非常热爱自己的工作进行曲，不管是擦擦洗洗，还是拖拖刷刷，就连打扫厕所，都自有一番乐趣。他能听出每一个水龙头的滴水声，了解搪瓷上的每一道划痕和瓷砖的每个裂口。夜复一夜，每晚打扫卫生的时候，他都会仔细盘点一番，花功夫保证每个角落都一尘不染、每扇窗户和每面镜子上都没有斑痕，他甚至会跪在地上，把马桶背面也擦拭一遍，蹭掉水泥浆面上每一点刚刚冒头的霉斑，把每道细小的裂缝都揪出来。

今天他工作起来有点走马观花，可是每个房间打扫起来花费的时间却好像反而比平常多了一半。他不停地看时间，总觉得自己进度落后了。他心里来来回回想着安娜的事，这种思绪拖慢了时间的脚步，焦虑感也让他变得健忘起来。他离开了那些四年人的浴室，却完全没有已经打扫过的印象，只好回去看看，检查一下才能放心。

等进了水箱室，他开始觉得舒服了些。他很喜欢听水箱发出的声音：冒着气泡的水泵、砰砰作响的马达。不管发生了什么，他总是会在这儿多待上一阵。整座大楼里面，他最喜欢的就是这里了，虽然没资格去动水箱，不过他总是会多花上几分钟，把不锈钢和玻璃擦得干干净净，再检查一遍水管密封口，甚至还曾经动手紧固过螺栓——每个沉重的水箱都是借助螺栓固定在地面和天花板上。

染色玻璃的透明度还可以，隔着玻璃能看到婴儿们在里面载浮载沉，夜复一夜，米克尔看着他们逐渐长大。他特意准备了一块专用抹布，专门用来擦水箱，那是块柔软的麂皮，是一个六年人多年以前扔掉的。这块抹布是专门制作用于清理贵重物品的——上面曾经印过一家跑车公司的徽标，只是早已磨损得不像样了。每回擦玻璃的时候，他的动作总是格外轻柔缓慢，毫不怀疑里面的婴儿们能够感觉到他的爱抚。

有两个水箱已经空了。他依次擦拭着，轮到这两个水箱的时候也并没有跳过它们，而是把它们擦得完美无瑕，准备好迎接下一个孩子。玛丽亚的水箱在最远处的末尾那排，倒数第三个，里面已经又装进了一个新的婴儿，可惜还太小，还看不到，只不过是从水箱顶端的人体器官上垂下的一道细丝。

"你的姐妹向你问好，"米克尔悄声道，"他的爸爸妈妈都很为他骄傲，玛丽亚会长大成人，聪明又壮实。"

那道纤维在实验液中扭动漂浮着。他盯着它看了几分钟，心里想：不知道安娜和玛丽亚此时此刻正在做什么？他想象着她们俩在床上蜷作一团，肌肤紧紧相贴，女婴的鸟喙塞在安娜下颌底下。他用力闭紧双眼，尽力延长这个图景停留在他脑海中的时间，就仿佛自己极度的渴望就可以让想象成真。有那么几分钟的时间，他真的感觉像是确有其事，水箱室里各种让他觉得欣慰的响动支撑起了这个幻象。

可总不能一直待在这儿。他用力把垃圾箱和提桶拉到楼上、拉进办公室的时候，焦虑又重新开始侵蚀他的心。

女人丢掉孩子这种事屡见不鲜，公寓里那些母亲和祖母总是对这类故事津津乐道：某个可怜的婴孩被不近人情、没心没肺的妈妈丢弃在外面的寒风中。他们俩才刚刚结婚的那会儿，有一回，安娜就跟隔壁的那女人说过，某些时候，遇到山穷水尽的情况，人们也只能干出些被逼无奈的事。虽然过了这么多年，那个邻居现在还是不肯跟她讲话。

要是安娜把玛丽亚塞进包袱里，扔到某个六年人房子外面的台阶上，或者丢到火车站去，那可如何是好？

他现在仿佛能看见玛丽亚被塞进家里厨房那个大桶里，用毛巾盖在上面；仿佛也能看到安娜，脸用红色的围巾遮挡得严严实实，拎着那个大桶，放在柏林东站的快车站台上，然后走开。

不会的，他的安娜绝不会这么干，她干不出这种事。他不能再想下去了，得集中精力干活。

在八年人办公室那张宽阔的橡木桌上，他找到了四个桃子馅饼，白兰地酱心都已经干硬了。原先装馅饼的点心盒子塞在垃圾箱里，挤变了形，他打扫完了办公室，就把那个盒子拿出来重新折好，尽力折得漂亮一点，再把馅饼放回盒子里——四是个吉利的数字，正好四个守卫一人一个。然后他就往地下室走去。

焚化炉犹如砌在砖墙里面的钢铁胃囊。多年以来，米克尔总是在焚化炉发出的炽热红光中，沿着这些水泥台阶爬下来，他看到的垃圾处理箱总是血迹斑斑，却空空如也：箱里的垃圾是由四年人当中的某一个负责倾倒的。以前他的任务不过就是把那些垃圾袋扔进焚化炉，焚烧完毕，关掉燃气开关，将垃圾箱漂洗好，牵着水管把地面冲洗一遍，然后再拿拖把拖得干干净净。

可是现在，自从有个新来的八年人在这里管事，米克尔就都只好什么都自己来，他得自己启动焚化炉，还得自己倾倒垃圾箱。

头顶灯泡发出的微光十分昏暗，简直看不清从垃圾箱蜿蜒流进下水道的血迹。他摸索着走到控制面板前，开始给焚化炉点火。

这活儿还颇为棘手，燃气表盘都僵硬了，指示灯按钮却是松的，他翻来覆去按了一遍又一遍，试图找到撞针的正确角度。当焚化炉终于喷射着启动，米克尔已经汗出如浆，连工装裤都湿透了。

焚化炉视窗中发出的光照亮了整个房间，他终于能看见垃圾箱里的东西了。第一层垃圾袋滴着液体，染成了淡淡的红黄二色，大部分都套了两三层垃圾袋，系着死结，可袋子却是漏的——从垃圾槽里一路滑下来的时候，被槽道里各种锋利的边缘磕磕碰碰地刮破了。

玛丽亚当时只套了一层袋子，她的鸟喙把塑料扎破了，在塑料袋上撕开了一个宽宽的口子，足够她呼吸。而且她落地的时候正好落在垃圾箱较远的一侧，基本是头朝上着地的，如果当时不幸头朝下，或者如果有别的袋子压在身上的话，她可能早就窒息而死了。

米克尔用扳手拧开焚化炉的炉门，开始倾倒垃圾箱。他小心拎起每一个湿漉漉的袋子，远远地扔进熔炉中去。有些袋子很小，只有几个玻璃碗碟和残留的蜡渍，有个袋子里装满了玻璃盘，盘子从一道破口中漏了出来，在他脚边跌得粉碎；最大的几个袋子里则盛满透明的实验液，液体倾泻在焚化炉的后墙上，带出一阵炽热的冲击波，闻起来带着肉味。他把血腥味最重的几个袋子放到一边，稳稳地搁在坑坑洼洼的水泥地面上，离那些玻璃盘盏远远的。

垃圾箱倒空了的时候，米克尔心窝里一阵难受。他转过身，踢开那些玻璃碴，踱步走到较远的墙边，那儿要凉快一点。

水箱室里有两个空水箱，就在几个小时之前，他才刚刚擦过一遍，可他当时并没有太在意，而是一直在想安娜和玛丽亚的事。

他认识这些孩子，原先住在空水箱里的孩子们：一个是小男孩，矮胖敦实的身体，覆盖着一层细细的绒毛；另一个是小姑娘，有四条胳膊，在本该是手的地方长了粗短的肉瘤。他们在哪儿？是送进了托儿所，还是丢进了垃圾槽？如果进了垃圾槽，他们就该掉进了垃圾箱，等着被他连血与水箱里的实验液一起扔进火里——跟所有那些失败的实验品一起。

米克尔捡起一个血淋淋的袋子，拎着打结处把它举在空中，另一只手伸进袋子里摸索着。袋里的液体沉甸甸地晃荡着，紧贴在袋壁上，仿佛黏糊糊的糖浆。袋子里有不多的几块固形物，但还完全不足以构成一个婴儿的身体，哪怕再小的婴儿都不可能。他把袋子扔进焚化炉，又捡起另外一个。

他现在明白了：他回家的时候，玛丽亚多半已经不见。这念头在他胸腔里形成了一个空洞，一个形状跟玛丽亚一模一样的空洞——他曾经拥着她，嵌进自己心里。如果玛丽亚不见了，如果安娜把她带到火车站丢掉了，那也只能说明她还需要时间，而他可以给她时间。他会耐心等下去，就像她一直以来对他那么耐心，并对她温柔以待。她身体里出了故障的那部分必定会愈合，她必定会喜爱他们的孩子。安娜会是位贤妻良母，也许现在还不行，但在不久的将来会是的。

他会找到更多婴儿的，夜复一夜，他一直在搜寻。既然玛丽亚幸存了下来，那其他人也应该能活下来，而他会找到他们。他会找到每一个婴儿，把他们全都带回家，直到安娜恢复正常的那一天。他会让他们的家充满爱，这也是他唯一能做的。

凯莉·罗布森
Kelly Robson

加拿大科幻作家，擅长科幻、奇幻、惊悚与推理小说，是 Clarkesworld 的定期撰稿人。曾获星云奖与极光奖，并被坎贝尔奖、斯特金奖、世界奇幻奖等著名奖项提名。凯莉有多部小说被编入年选，并被翻译成各种语言。

小 说

遐思

幽灵三重奏

▌作者：陈楸帆

肉体

就叫我娥或者 E。

人们总把我的名字念成 ChangE，可我什么都改变不了。

我的丈夫忙于拯救世界，那十个失控的人造太阳正向大气层逼近，热辐射引起的飓风和冰川融化毁灭了全球百分之九十的沿海城市。我不认为他能够成为英雄，毕竟他连自己的儿子都救不了。

我的儿子患上一种罕见的表观遗传学疾病，据说父母甚至几代前的环境污染、精神创伤、饮食习惯甚至压力水平都可能通过遗传信息传递给后代。这是藏在我们基因中的幽灵。

看着他耳朵畸形，脊柱扭曲，皮肤上长出白色长毛，双眼变得分开而充血，我不知道应该怪罪给谁。毕竟这个病重的时代，谁又能比谁清白几分？

我把他送进了特护病房，他已经认不出我，认不出这个世界，也许这是一种天赐的幸运。当所有人都在为自己的火刑进行倒计时时，他可以安心地玩着木杵和被捣成粉末的维生素药片。

我不想再看到他，就像我不想再看到他的父亲。他是这一切错误的源头。

谁会想要把一个无辜的新生命带到这样一个世界？谁有这种权力？

146

也许只有男人会义无反顾地这么做。

然后留下无尽的孤独。

我找到了丈夫藏在家中的药，用于克服太空任务中由于失重带来的失眠、呕吐及种种机能失调，能够安然入睡 6—8 个小时。我先吃了一片，带着一种奇怪的金属涩味，又把另外那半瓶刻着小小"H"的冰蓝色药片都倒进嘴里，不脱鞋躺在床上，打开电台，静静等待末日提前到来。

电台里循环播放着上个世纪的老歌，我的身体随之轻轻律动，就像从前丈夫搂着我跳舞那样。可那样的日子已经离开我太久太久了。不知道过去了多久，窗外的光线似乎起了变化，带上一种酸柠檬的黄绿色调，音乐的节拍和腔调逐渐拉长变慢，像是浓稠的蜂蜜淌了一地，我的思绪和身体一起跟着融化、流淌，从床单滴落地板，顺着木纹在屋里滚动、蔓爬。

我突然想起传言中某些人正在接受身体的全面改造，以适应一个末日后的新世界。像鱼、像水母、像蛇和甲虫般生活在一个高温毒气、大陆沉没、蛋白质匮乏的地球上，延续人类的文明。可那样活着还算是个人吗？我不知道，我也不愿意去想。我只希望那一切到来时儿子能少受一点苦，也许也就是一眨眼的工夫吧。

事情有点不对劲，我并没有失去知觉，相反，所有的感官变得格外敏锐，甚至，无法用言语来形容。

我看见了镜子中的自己。

躺在床上一动不动白皙无瑕的自己，以及，亮晶晶碎满地板的自己。像是水管爆裂淹了一地，不，更准确地说，像是水银，在液体与固体间不断变换着细微的形状。比起我所熟悉的女性躯体，这样的形态反倒让我觉得更加性感。

而一旦我意识到了自己并没有身体，更没有人类的眼睛，整个世界便破碎重组成万花筒的形状，疯狂旋转。每当我想要把注意力凝固在某一个方向时，那个方向便会更加迅疾地碎裂分化，像蜘蛛网般展开更大的迷宫。

我迅速冷静下来，这并不像是以往的我能够做到的。在 1.4132 秒内我与外部环境进行了 6154 次交流，这帮助我建立起对于自我状况的完整认知，一座复杂的坐标系。

我终于明白了那种恐慌感的来源。

不是因为失去了人类的肉体，而是因为我确信，这个世界的末日已经无法对我的存在形成威胁，哪怕是丈夫预测中最糟糕的结局。

换句话说，我将再也无法死去。

灵体

刚来到月桂树前，高高挥舞起斧头，一下两下，在树干上砍出一道深深的伤口，散发着浓郁的香气。当一天的时钟归零之时，树干将自动恢复原样，光滑、平整，宛如最初。而那只红眼白毛的兔子，也照常毫无意义地捣动手里的药杵，安静地陪伴在他身边。

这是他来到"月宫"的第 102145 天，或许天的概念也变得不再重要，可以换成年、世纪或者纳秒，取决于公转的对象，自转的主体，或者是原子震颤的参照系。对于曾经的人类来说，时间只是幻觉，只是文化的建构，只是人类大脑海马体内嗅皮层神经细胞对于外部信号变化的某种映射与换算。

只是刚刻量痛苦与悔恨的仪式。

他更换了姓名，确保在新世界不会有人认出自己。事实上，极少有人愿意在这个世界延续自己在地球上的身份，出于很多原因，想象得到与无法想象的原因。

当他知道自己已经没有机会充当拯救这个世界的英雄时，第一个想到的是妻子。

他觉得自己亏欠妻子太多，在世界和她之间，他选择了世界。最后，他什么也没留下。这几乎是所有故事一贯的结局。

在有限的时间内，人类只能冒险奋力一搏，将部分人群的意识扫描上传到位于月球上的数据中心，另外一条路是太空殖民，火星以及更遥远的家园。

刚选择了前者，他太清楚后一条路的艰险与不确定性，以及，出于对人类肉体的深切不信任。

可是妻子倒在了床上，脸色安详，旁边有一个空药瓶和回旋不息的拉赫曼尼诺夫第二交响曲。

那药片来自刚的母亲，一位纳米生物学家，一个天生控制狂，他所有不安全感与自卑的来源。她劝说自己的儿子服用下这尚处于实验阶段的秘药，以完成"最终形态的转化"。他从来不相信母亲，如果真的有效，为什么她无法治愈自己的儿子，任凭他退行成半人半兽的怪物。

母亲还曾经反复叮嘱刚，不要让妻子娥得知药物的存在。这更让刚心生愤恨，他希望在另一个世界里能够永远摆脱母亲的控制，可惜只剩下孤零零的自己。

刚花费了极大力气对抗反对意见，将妻子意识上传的名额转给儿子。人们认为，一枚对于人类文明的虚拟重建毫无贡献的灵魂，哪怕他占据的数据空间再微不足道，也不足以抵消整个上传过程所消耗的资源，以及挤占掉另一个生命活下去的机会。

但刚坚持要这么做，以他曾经的荣耀作为抵押。

"月宫"最终装进了 3419 枚灵魂，5.7% 的成功率。

他们以同一套感官系统见证家园的毁灭，十个巨大的发光体如一串断线的珍珠，缓慢而坚决地坠入大气层，以不同角度撞向海洋或大陆，引发巨大海啸或地壳断裂。它们原本用于为人类提供源源不绝的核聚变能量，如今却用这热力来蒸发掉亿万条生灵，让地球变成一座炼狱。冲天火焰高达数千米，经年不熄，残酷而壮美，直至将氧气耗尽。

第一次撞击的时间点被命名为"人类日落"，永远记录在"月宫"的历史上。

新人类们没有将太多时间浪费在缅怀昨日，他们迅速建立起新的信息组织结构，利用先期投掷到月表的物资，开始缓慢的基地建设，当然，借助于机器躯体已经比人类肉体的效率高出不少。理想状态下，他们能利用月球上丰富的氦 -3 和太空中的陨铁作为原料，建立起一个全新的铁与硅的文明，而人类意识将如同幽灵般潜匿其中，延续地球文明的脉络。

这项或将延续千年的计划因为人类被迫抛弃了肉体而得以加速。刚有时候会想，这是否就是宇宙中看不见的巨手，将机会隐藏在大灾难的背后。

新人类逐渐适应了没有肉体的生活，他们在虚拟空间中建立起乐园，不受肉体束缚的快乐方式只会更多。当然也有一些人对新世界深表失望，或者羁绊于旧情感，选择被完全地抹除数据，从宇宙中消失，或者自愿去个体意识化，将记忆与经验共享给整个社区。

刚也掌握了技巧，能够重塑一个只存在于他记忆中的完美的妻子，或者是一个与其他小孩毫无二致的健康儿子，可是他没有那么做。他有一种偏执的念头，一旦自己开始这个游戏，便会停不下来，成瘾般去修改每一个细节，直到他创造出全新的妻儿。而那不啻一种背叛。

遐 思

于是他只是做了最低程度的修饰，让儿子以一种可爱无害的形象出现在公众面前，就像是一只吉祥物。直到无法预料的灾难再次袭来。

按照原有的宇宙秩序，所有的设计都没有问题。但科学家们低估了十次撞击的累积效应对于地球自转姿态与公转轨道的影响，以及随之而来的，对于月球的牵引作用。等到他们发现不对劲时已经为时已晚，月球将脱离原有的运行轨道，在引力作用下向地球靠拢，直至坠落，成为第十一个太阳。

如果"月宫"从一开始觉察，或许还有机会集中资源研发出月球变轨技术，但如今为时已晚。悲观派认为这就是人类的宿命，纷纷选择自我抹除。而抗争派则坚持必须抵抗到最后一刻，哪怕将人类意识的数据备份播撒到太空之中，也比什么都不干要来得有尊严。

刚属于第三种，既不自杀，也不参与到救援行动中，只是日复一日重复着苦修般的砍伐，似乎这样就能让自己获得某种超脱与平静。

但是每次看到儿子的眼睛，他只会把斧头挥得更高，砍得更深。他知道在自己黑洞般的意识数据深处，隐藏着那个说不出口的念头。他希望此刻陪伴在自己身边的是妻子娥，而不是儿子。

直到有一天，那双红色的眼睛变成黑色。

共同体

你从远方走来，带着芬芳而熟悉的味道，那是一种频率。

你说你是我的母亲，又是我的奶奶，对此我表示困惑。毕竟我一直都搞不太清楚人与人之间的区别。除了味道。

更为不解的是我所身处的状态，恍如大梦初醒，所有的回忆都如同倒流的水滴，艰难地聚拢回原始的形状。你说那些碎片在我被上传之时被当作无用的冗余数据，像是一枚饱满的树叶经过腐蚀药水的浸泡只剩下脉络，所有无法被结构化被索引的信息，全都剔除抹去。因为我就是那样被囚禁在人类躯壳中的一个零余者，失去了躯壳，更显得无用了。

你用某种方式恢复了那些数据，并找出了隐藏在那些离散数据中的高维拓扑几何结构，那些沉默了数个灾变纪元的幽灵们。就像无法正常表达的基因组片段，它们构成了一个更加完整的我。

我无法理解这些概念。

许多经验和记忆明显早于成为你儿子之前，那些奇异的地貌细节与生物形态，绝非单凭我贫乏的头脑能够想象得出。我甚至疑心它们是否源自地球。尽管地球之大已经超出了我的认知范围。

你说我正在慢慢恢复当中。

我记起了你的样子，你的声音，你那柔软温暖的触感，当然还有你身上的气味，你与父亲之间激烈的争吵。那些都是太过久远的事情了。我不知道你消失了有多久，甚至忘了是从哪一刻起，你从我的世界里不见的。

你说你吃下了父亲私藏的药物，不知名的药物让你变成了无法言说的存在，一种介于物质与能量之间的纠缠体，能够在瞬间完成以往需要实验室极端严苛条件下才能实现的相变。可你还保有人类的记忆和情感，这让你更加的混乱与恐慌。

你见证了世界的毁灭，以一种超越人类感官的方式。数以十亿计的集体死亡凝固成大地与海洋上的黑色纹样，在地狱之火的炙烤下，大气扭曲，洋流旋转，尸体们翩然起舞。

你竟然感受到了无与伦比的美和愉悦。

遐思

我也是。

没有了生命，但是能量还充沛，你贪婪地吸食着这颗死星上的波动，扩充着自己的疆域。很快地，你发现有另一个生命体在干着同样的事情。那一瞬间你竟然有点欣喜，至少你不是孤独的。你们在新西伯利亚上空相遇了，并展开一场旷日持久的恶斗，战争之惨烈已经无法描述，但最终，你获胜了。

你突然认出了那个敌人，爸爸的妈妈，我的奶奶，你的婆婆。你们之间的斗争早在此之前便已展开。知道是你而不是爸爸吃下了药，奶奶悲愤交加，企图结束自己的生命，尽管她并不确定应该如何做到。

你并没有让她得逞。你吞下了她。她永远成了你的一部分。

我不知道现在父亲应该如何面对你。也许这已经不是我们应该考虑的问题。也许换成是父亲站在你的位置，他也会做出同样的选择。

成为旧地球统治者之后，你所想念的却还是我，你不知道我们已经到达了月球，成为新虚拟世界的公民，并且宿命般地等待另一场倒计时。你只是不断地扩大自己的感知范围，企图寻找任何幸存者的迹象，因为你感到了孤独。

终于你的波段触及了月球，并得知了一切。

令你惊叹的并不是这个文明备份计划或者是即将坠入地球的灾难重演，而是隐藏在我短暂为人历史深处的秘密。一个更为久远、宏大而黑暗的种族，将生命的信息播撒到不同的星球，嵌入物种进化的过程，并如同分布式运算的基因机器，不断自我更新、复制、传播，在漫长的沉默中等待着被召唤苏醒的一刻。

你所好奇的是信息背后的目的。

你说的对，我终于都想起来了。

你将自己伪装成了救世主，利用父亲对你的思念，相信了你的计划。他停止了砍树，再次站出来，充当人类的英雄。

你将自己的身体改造成最大质能比的压缩空气爆炸箱，经历了无数次的失败之后，终于逃逸了地球引力的束缚，将自己炸出了大气层。你必须捕获在太空中漂浮着的相隔一定距离的质量包，这是从"月宫"上按照计划发射出的最后的弹药。在真空中，你只能通过这样的方式完成质能转换，吞噬、压缩、爆炸，调整方向，继续前进，像一盘巨大的太空弹珠游戏，只不过一切都由你的身体来完成，无论是弹珠还是弹弓。

太空中的错误率远远超出你的预估，以至于在最后的几步，你不得不抛弃自己身体的一部分来转换成能量。

你变得虚弱，一头栽入月球表面，激起月震以及巨大的尘云。"月宫"的机器车将你带回基地，那便是大屠杀的开始。

只用了 0.001415 月秒，你便掌控了全人类以及在虚拟空间中重建的新文明。

那些对你无用的灵魂瞬间灰飞烟灭，你用一己之力重演种族灭绝的戏码。从那些如我一般隐藏着远古信息的意识，你将其重新结构，编码，抽取出蛛丝马迹来拼凑一个可能的方向。有无数种方式可以拯救"月宫"以及上面的人类灵魂，但那已经不是你所关心的。除了我与父亲之外，其他人只是你手中的乐高积木而已。

妈妈，那真的是你吗？

终于，在父亲的帮助下，你完成了大计划的最后一步，一枚发射向宇宙深处某个特定坐标的纳米卫星，如果没有发生意外，它将能一直飞下去，直到人类所知的时间尽头。

你希望能找到那一切的源头，哪怕它已经消弭在数十亿年前，而你需要再花上同样的时间找到那残留的文明灰烬。

你相信我们绝对不会孤独地死去。

遐 思

父亲并无法用语言或眼神来表示震惊，当你将他如同浮尘般从这宇宙间抹去的瞬间。你说，他是你所有孤独的原因。我想我大概能够理解。

从今以后，你和我，就是人类。你说。

只有你。

我回应道，进入了你的身体，就像从前那样，开始了漫长的旅程。

陈楸帆

科幻作家、翻译、编剧。以现实主义和新浪潮风格而著称。代表作有《荒潮》《未来病史》《人生算法》等。作品多次获中国科幻小说银河奖、全球华语科幻星云奖、科幻奇幻翻译奖短篇奖等国内外奖项。长篇小说《荒潮》已授出多国版权并正在被海外改编为面向国际市场的电影。

小说

星舰孕育者

作者：艾利亚特·德·波达

译者：钟海丽

　　星舰是会呼吸的生物。早在来到这个工程基地，见到外面轨道中那由机器人慢慢组装成的庞然大物之前，黛克·金就已深深地知道这一点。

　　后黎朝处在远古时期，现在早已消失，那时候黛克的祖先从事玉石雕刻的工作。他们并非只是简单地将绿色石块砍成自己希冀的形状，而是精心雕刻，直到那些玉石的本质显现出来。玉石雕刻需要耐心，星舰的建造也需要耐心，舰体外表的那些部件不能只是被粗暴地组装在一起，它们必须形成一个严丝合缝的整体，那是舰魂最终要居住的地方——就像船上的每一颗铆钉，每一个密封部件一样，舰魂就是这艘星舰的一部分。

　　东方人或墨西加人特别不理解这一点，他们只会谈论一些关于回收利用和设计效率的话题——他们眼中，只有那些从旧星舰上取下来的部件，他们以为人们建造那艘星舰，只是用来节省金钱和时间的。他们不明白，作为"和谐设计大师"，为什么黛克的工作是这个基地里面最重要的。事实上，一旦建造完成，星舰就会成为一个整体，而不是一万个部件拼成的大杂烩。对于黛克，还有之后的舰魂孕育者来说，将金属、电缆和太阳能电池转变为能够在星际空间航行的实体，让星舰变为现实，这是一种荣誉。

　　门被轻轻打开了，黛克几乎没抬头。轻盈的脚步声告诉她来人不是米亚华就是冯，这两人都是领头设计师。没事的话，谁都不会来打扰她的。黛克叹了一口气，轻轻点击，断开系统，等待覆在视野里的设计图消失。

　　"大人，"米亚华的声音很低，这个绪娅人身体站得笔直，皮肤白皙如纸，"航天飞机已经回来了，上面有个人您应该见一见。"

黛克设想了多种可能：也许是考核时认识的同学来看望她；也许是从东京来的帝国检察官，要把她派驻到离首都更远的地方去；甚至有可能是她的家人——妈妈、姐姐或者是婶婶，到这里来提醒她，她的生活选择是多么不合适。

但她从未想过竟是一个陌生女人，皮肤棕黑，几乎跟她一样像个越南人了。她的嘴唇薄而苍白，眼睛圆得像月亮。

一个墨西加人，没想到竟然是一个外国人——在思绪飘远之前，黛克及时停止了思索。这个陌生女人没有穿棉衣，也没有戴羽饰，而是穿着绪娅家庭主妇常穿的丝绸长袍，身上戴着的五件结婚礼物（从项链到手镯都是纯金的）衬托着女人黝黑的皮肤，就像星星在黑暗中闪光。

黛克的视线慢慢滑到了女人的腹部——高高隆起的肚子摄人眼球，因为太过肥大而破坏了整体轮廓的平衡。"你好，妹妹。我叫黛克·金，是这个基地的和谐设计大师。"她使用了正式语气，适合跟陌生人交谈。

"姐姐，"那个墨西加女人表情沉重，眼睛深陷，满布血丝，"我叫……"她露出痛苦的表情，一只手移到肚子上，似乎要生生把它撕裂开来："邹柒朵。"她终于低声说了出来，带着浓重的母语口音。"我的名字是邹柒朵。"她的眼睛开始向上看，并继续用学来的外国语调说道，"我是子宫，休息地，加速者，舰魂孕育人。"

黛克的胃搅动着，就好像有一只冰冷的拳头在挤压着它。"你来早了，星舰还没有……"

"星舰必须得准备好。"

这句话让她吃了一惊。之前她所有的注意力一直集中在这个叫邹柒朵的墨西加人身上，琢磨着她来这里的含义。现在黛克强迫自己将视线转向另外一位乘客：一个大约三十五六岁的绪娅男人。这个男人说话带着第五行星安九省的口音，他穿着长袍，上面别着鹧鸪徽章，纽扣是黄金做的——这是七品小官员穿的服装，但印有"阴—阳"标志，黑白色反衬丝绸非常显眼。

"你是接生师傅。"她说。

男人鞠了一躬，"我很荣幸。"他的脸粗糙不平，光线照在脸上棱角分明，薄嘴唇，高颧骨，更加醒目。"请原谅我的无礼，但是我们已经没有多少时间了。"

"我不明白——"黛克再次看向那个女人，那个眼神痛苦的女人。"她太早了。"黛克断然说道，她指的不是他们来到这里的时间。

接生师傅点点头。

"还有多久？"

"一个星期，最多一个星期。"接生师傅表情很痛苦，"星舰必须得准备好。"

黛克尝到了苦涩的味道。星舰根本就还没有准备好——组装星舰的过程中不能出现一丝疏忽，有些错误是没法修正的，就像玉雕一样。黛克和她的团队专门为邹柒朵腹中的舰魂设计了这艘星舰——以帝国炼金术士提供的技术参数为基础，关系到邹柒朵体内生物的体液、光学器件以及血肉的微妙平衡。星舰不会服从其他任何指令——只有邹柒朵腹中的舰魂才能掌握星舰的核心，使它加速航行，去往深度空间——只有在那里，快速星际航行才有可能实现。

"我没法……"黛克刚开口说话，接生师傅就在摇头了，她无需听他讲就知道他想要说什么。

她没有选择，必须把星舰准备好。这个职位是她在殿试取得榜眼之后自己谋求的。她本来有权挑选一个法官的裁判所和行政区，或者宫廷行政高位，或者赫赫有名的翰林院。而现在，帝国宫廷会以这个职位的表现来评判她。

她不会得到其他机会。

"一个星期。"韩摇了摇头，"他们以为你是什么？墨西加工厂的监工？"

"韩。"这一天实在太漫长了，黛克只想回到住处寻求安慰。事后想想，其实她应该知道韩对这件事的反应：她的伴侣是一个艺术家、诗人，总是在寻找准确的词汇典故——适合理解星舰设计的精妙，不适合明白任何紧急状况。

"我必须完成这个任务。"黛克说。

韩皱着眉："就因为他们给你施加了压力？你知道星舰会变成什么样子。"她指了指屋中间那张低矮的桃木桌子。星舰的设计图就挂在一个慢慢旋转的半透明立方体里面。一幅幅内部场景，夹杂着作为其灵感来源的其他星舰设计图：从"红鲤鱼号"到"金山号"再到"雪花号"，所有著名星舰全都囊括在内。这些星舰的外壳在黑暗中闪闪发光，缓慢而又巧妙地弯曲成形，最终，所有星舰的设计灵感被抽取出来，组合成悬挂在基地外面的那艘星舰。"小妹，星舰是一个整体，你不能奢望在肢解它之后，还维持着你的声誉。"

"她可能会死掉的，"黛克终于说出来了，"死于分娩。如果她白辛苦一场，那就更糟。"

"那个女孩？她只是'鬼'，一个外国人。"

"鬼"意味着她的死亡无关紧要。"很久以前，我们和她一样，"黛克说，"你忘性太大了。"

韩张开嘴，又闭上了。她本想对黛克说她们并不是真正的外来者——中国，也就是绪娅人的故乡，曾经管辖大越国长达几个世纪，但是韩很自豪自己是一名越南人，不想提及这些令人羞耻的细节。"你在担心那个女孩，对吗？"

"她只是在做她想要做的事情。"黛克说。

"为了奖赏。"韩的声音透着一丝蔑视。孕育舰魂的大多是年轻女孩，她们孤注一掷，愿意承担怀孕的风险，换取机会嫁给一个体面的官员。她们会拥有自己的社会地位，会拥有一个欢迎她们加入的家庭，并有机会生个出身良好的孩子。

很久以前，韩和黛克就已经做出了相反选择。和每一个追求同性伴侣关系的绪娅人一样，她们不会有孩子——她们去世后，不会有人在祭祖坛上点香，呼唱她们的名字。终其一生，她们都只会是二等公民，没法传宗接代，履行对祖先的责任；一旦死去，她们就马上会被遗弃忘记，永远逝去，仿佛她们从未来过这个世界。

"我不知道，"黛克说，"她是墨西加人。他们看待事物的方式和我们是不一样的。"

"从你跟我说的来看，她愿意做这件事情的理由就和绪娅人的一样。"

为了名声，为了孩子。这些都是韩所唾弃的，她称之为枷锁——她们要生孩子的需求压倒一切，世世代代都是如此。

黛克咬着唇，希望自己也能像韩一样坚定地确信这一点："在这件事情上我没有多少选择"。

终于，沉默半晌之后，韩走到黛克身后靠着她，头发落在她的肩膀上，双手抚摸着黛克的后脖："小妹，是你一直跟我说，我们总是可以拥有选择的。"

黛克摇了摇头。她是说过，但只是在厌烦家人不断提醒她该结婚生小孩，在她和韩温存过后，并排躺在黑暗中看到无儿无女、受尽世俗偏见的未来在她眼前展开的时候。

她尝试过很多次，但韩都无法理解。她一直想要成为一名学者，也一直知道自己长大后会爱上另一个女人。她总能得到自己想要的，也一直坚信，只要怀抱着强烈的信念，所期盼的事情就会发生。

韩从未期盼过，也永远不会期盼拥有小孩。

"这不一样。"黛克终于开口，小心翼翼地接受着韩的爱抚。这完全是另一回事，即使是韩也得明白这一点。"我选择来到这里。我选择用那种方式建立声名。既然做出选择了，我们就要坚持到底，永远不回头。"

韩放在黛克肩膀上的手收紧了。"你就是会说。我能想见，到时你整天浪费时间悔恨，想知道自己还有没有回头路去过体面的生活。但你选择了我。这种生活，这些后果，是我们共同的选择。"

"韩……"黛克想说不是这样的。她从内心深处爱着韩，但是，她就是一块在黑暗中被扔出去的石头，一艘没有导航，随意漂浮的星舰——迷失了方向，没有家人或丈夫可以证明她的行动是正确的，没有后继有人的安慰。

"小妹，成熟一点吧。"韩的声音很刺耳，她将脸转开，看着挂在墙上的风景画，"你不是任何人的玩具或奴隶，尤其不是你家人的。"

因为他们已经完全抛弃了她。但就像平时一样，黛克无法把话说出来。她们去睡觉的时候，争论仍没有结果，阴影就像刀剑一样横亘在两人中间。

第二天，黛克和冯还有米亚华一起凝视着那幅星舰设计图，思索着如何对其进行修改。零件部分已经完成了，将这些零件组装在一起，最多只需几天时间，但最终成形的永远不会是一艘星舰。他们非常清楚这一点。即使省去测试步骤，她们也需要至少一个月的时间才能完成组装——机器人需要慢慢地、精细地完成整个系统的安装，从而使其与舰魂完全匹配。

黛克已经在韩的怒目下，将立方体从住处拿到了办公室。现在，所有人都围在一起发表自己的意见，气氛紧张，没人想去喝口茶。

冯沉浸在思索中，手轻轻敲打着立方体，布满皱纹的脸挤成了一团："这里，我们可以修改走廊的形状。木头会穿过整艘太空船，然后……"

米亚华摇了摇头，她是这个团队里面的风水大师，是能够读懂环境影响的最佳人选，是黛克在布局上遇到问题时会去求助的人，而冯则是供应专员，负责管理系统和安全。在很多事情上，冯和米亚华所处的立场截然不同，冯要考虑的是细微处的调整和实用方面的问题，而米亚华需要考虑的则是大范围内的调整，以及一些较为神秘的问题。

"水和木头的体液会滞留在控制室这里，"米亚华努了努嘴，指着狭窄的船尾，"这部分的形状需要修改。"

冯吸了一口气："这个工程太大了。我的团队需要重绘电路图的话……"

黛克淡然地听着他们争论，不时插入一两个问题，确保对话继续下去。黛克内心藏着整艘星舰的形状，能够透过立方体的玻璃，透过将她和外面那个庞然大物隔开的层层纤维和金属，感受到它的呼吸。黛克内心也藏着舰魂的形状：它所包含的本质和情感，它体内分布的插座和电缆，它的肌肉和肉体——她温柔、轻巧地将两者组合在一起，直到它们成为一个整体。

黛克抬起头，冯和米亚华已经停下争论，正静静地等她开口说话。

"这样吧，"黛克说，"将这一部分全部去掉，改变其他地方的布局。"说话的同时，黛克将手伸进玻璃矩阵，小心地除去引起争论的部分。她还重新设计了走廊和电缆线的长度，将装饰性书法烙印在弧形墙面上。

"我觉得这样不太好……"冯打算反对，却又停下了，"米亚华？"

米亚华仔细盯着新的设计图："我需要再想一想，大人，我要和我的同事讨论一下。"

黛克点了点头表示同意："记住，我们没有多少时间了。"

他们两人各自拿了一份设计图复印件放在长袖子里离开了。黛克独自一人凝视着那幅设计图。星舰又矮又胖，比例完全失衡，与她曾经设想的差了十万八千里，完全违背了她的工作精髓。这简直就是对原始设计的无情嘲讽，就像一朵失去了花瓣的花，一首没有中心思想的诗，徘徊在凄美典故的边缘，却未能以合适的方式表达出来。

"我们并不总能有选择。"她轻声说。她本来会向祖先祈祷的，如果她以为他们还在听的话。或许他们确实在听，或许他们的女儿没有后代的羞耻，早已被她所拥有的崇高地位抹去了。或许没有。连她的母亲和外祖母都不肯原谅她，凭什么认为那些隔了几代远的祖先会理解她的决定？

"姐姐？"

邹柒朵站在门口，徘徊不定。黛克脸上的表情肯定暴露了太多内心想法。她强迫自己进行深呼吸，放松所有肌肉，直到按照礼节要求恢复成面无表情的样子。"你的到来使我感到荣幸。"

邹柒朵摇了摇头，她轻轻走进屋内，一步一步的很稳，小心不让自己失去平衡。"我想来看看那艘星舰。"

那个接生师傅不见踪影。黛克希望他说的分娩日期是对的，千万不要现在就生，千万不要在她的办公室，目的地还没准备好，身边也没有帮手。"在这里。"黛克在座椅上换了一个姿势，请邹柒朵坐下。

邹柒朵小心翼翼将身体埋入一张椅子里，行动脆弱，好像随便一个错误姿势都会摧毁她。她身后挂着黛克最喜欢的几幅画之一，画的是第三星球上的风景——倾泻而下的瀑布和赭色的悬崖相映成趣，远处的星光倒映在水面上，组成了一幅幽静平和的画面。

在黛克展示设计图的过程中，邹柒朵一动不动，整张脸好像只有眼睛还有点生气。

黛克展示完设计图后，灼热的目光转到了她的身上：邹柒朵直直地看着黛克的眼睛，显然违反了礼仪。"你和其他人一样，你不同意。" 邹柒朵说。

黛克花了好一会去理解邹柒朵说的话，但还是没听懂。"我不明白。"

邹柒朵努了努嘴："在我的家乡，为墨西加自治领的辉煌而孕育舰魂是种荣誉。"

"但你现在是在这里。"黛克说。在绪娅，在绪娅人中间，孕育舰魂是种牺牲。这种牺牲是必要的，有回报的，但名声不好。毕竟谁会愿意承受怀孕的痛苦，生下的却不是人胎？只有绝望或贪婪的人才会去做。

"你现在也一样是在这里。"邹柒朵的话几乎就像是一种指责。

有好一会，黛克完全陷在无尽的痛苦里，她以为邹柒朵是在谈论她的人生选择。邹柒朵怎么会知道韩，知道她家人的态度的？随后黛克才明白邹柒朵指的是她现在也在这个基地。"我喜欢待在太空，"黛克终于回答，而这是她的实话，"在这里我可以远离其他人，几乎一个人待着。"

她不是在做些日常报告的活儿，也没将时间浪费在抓捕检举违法者，或是在某个遥远行星上维持天庭秩序上。这就是学者所该做的一切：接受过去赋予他们的一切，重塑成伟大作品。每个细节都突显周围部分，永远提示着历史是如何将他们带到这里，又会如何一次次带领他们去向远方。

终于，邹柒朵说道，眼睛不再盯着星舰。"对于外人来说，绪娅是一个残酷的地方。语言都不算事儿，但如果没钱，没资助……"她快速吸了一口气，"我做我需要做的事。"她下意识地将手放在隆起的肚子上，轻轻抚摸着，"我给了他生命，你怎么能不珍惜这一点？"

邹柒朵不假思索地就用了"他"来称呼腹中的生物。

黛克打了个冷战："他是……"她停顿了一下，努力寻找词汇："他没有父亲。也许算得上有一个母亲，但是他体内并没有多少你的基因。他不算你的后代。他不会去你的祭坛边焚香祷告，不会面对星空吟诵你的名字。"

166

"但是他不会死，"邹柒朵的声音轻柔而尖利，"几百年都不会死。"

墨西加自治领制造的星舰寿命很长，但屡次进入深层空间航行，令他们的舰魂慢慢失去理智。现在只在等合适的归宿了，一艘匹配合适的星舰。邹柒朵说的没错：即使是在黛克和邹柒朵死去很久以后，他还会保留原样。他，不，应该说"它"，它是一台机器，一个尖端智能，一个由血肉、金属和天知道其他什么东西组装的混合物。像婴儿一样被生出来，但是……

"我想我并不是很理解你的话。"邹柒朵慢慢站了起来，黛克能够听到她粗重的喘气声，能够闻到她身上酸臭刺鼻的汗味。"谢谢你，姐姐。"

邹柒朵走了，但言犹在耳。

黛克开始埋头于工作，就像以前她为殿试做准备一样。她回到家，韩只是勉强礼貌地打一下招呼，然后就直接忽略了她。韩正忙于将绪娅字符和越南字母结合起来，创造一幅既像诗一样优美又像画一样具有观赏性的作品。这并不奇怪：黛克因为自身的才华而为人接纳，但她的伴侣却另当别论。很多个夜晚，其他工程师的家人都会聚在一起，但是韩在宴会上并不受欢迎。她更喜欢独自待在家里，而不是去聚会上忍受众人几乎没什么掩饰的怠慢或怜悯的目光。

不过真正让气氛变得沉重不堪的，是韩的沉默。一开始，黛克试图挑起话题，就当一切正常。韩抬起头，将疲倦的目光从手稿上移开，只简简单单地说："你知道自己在做什么，小妹，就把握机会吧。"

最后还是沉默。这比她想象的，更适合她目前的情况。现在只有她和她的设计图，无人责怪，无人打扰。

米亚华的团队和冯的团队正在对星舰的结构重新进行布局，零部件也要重新安排。窗外，大堆的舰壳正在移动变换着位置，舰身扭曲，以便与她桌上的立方体相一致。随着两小时又两小时的推移，那些机器人不断忙碌着，轻轻将零部件推到合适的位置，然后密封组装起来。

米亚华和接生师傅到她办公室的时候，机器人正在对舰身的最后一部分进行组装。他们两人看起来都心事重重。

黛克的心提起来了。"不要告诉我她要分娩了。"

"她的羊水破了。"接生师傅直接说道。他往地上吐了口唾沫，挡住那些总是喜欢在孕妇分娩时聚拢过来的恶鬼。"你现在最多只有几个小时了。"

"米亚华？"黛克没有看向他们中间的任何一个人，她盯着窗外的星舰，在舰身巨大阴影的衬托下，人显得是那么渺小。

米亚华，她的风水大师，沉默着没有说话——这就意味着她正在将出现的问题按轻重缓急进行排序，这不是一个好现象。"在两小时内，舰体将组装完毕。"

"但是？"黛克问道。

"但是情况不妙。木排会穿过那些金属，体液互相搅在一起，到处停滞。气没法流通。"

"气"是宇宙的气息，是躺在每一颗行星，每一颗恒星中心的龙的气息。作为风水大师，米亚华需要告诉黛克出现了什么问题，而作为和谐设计大师，黛克要解决这些问题。米亚华只能指出她看到的后果：只有黛克能够将机器人送进星舰，对舰体结构做出必要调整。"我明白了，"黛克说，"给她准备一架航天飞机，就停在外面，接近星舰的停靠口。"

"大人……"接生师傅刚开口，黛克打断了他。

"我之前就告诉过你，星舰会准备好的。"

离开的时候，米亚华全身都很紧张，充满恐惧。黛克想起了韩——此刻她正独自待在她们的家里，固执地专注于完成她的诗，脸上神情和接生师傅一样严肃，平常圆乎乎的脸蛋此刻也因为愤怒和厌恶而变得凌厉。韩肯定会又一次跟她说不应该这么赶，总有其他可能性。她肯定会这么说的，但是韩不会明白，凡事总需要付出代价，要么你付，要么其他人付。

黛克会将星舰准备好，她会为这件事承担全部的后果。

其他人离开后，黛克连接系统，设计图熟悉的重影在她四周展开。她调节对比，直到她只能看到设计图为止。她埋头开始工作。

米亚华是对的，星舰情况不妙。他们原本设想花几天时间收尾，柔化走廊角度，将壁灯之间的距离加宽一些，减少黑暗角落，或者避免有些地方灯光太刺眼。心房处在太空船的中心，呈五角形，是舰魂要待的地方。四股体液突然滞留在心房内，还有一股留在心房入口处，可见机器人密封时多么匆忙。

到处都有一股杀气。

老祖宗啊，保佑我。

活生生的，会呼吸的玉，去芜存菁，直至精髓。黛克陷入忘我状态，她的意识向外扩张，覆盖星舰周围的机器人，一个一个将它们送入金属舰身内，冲过弧形走廊和通道，悄然与墙壁融为一体，开始那缓慢而痛苦的工作，将金属锻造成合适的形状——往上找到电缆打结的地方，将它们解开拉直，调节粗电缆内的电流。她感到星舰在抖动，似乎会折叠起来。她悬挂在外面空中，看着机器人像蚂蚁一样忙碌，向不同部分发出指令，以便调整体液和内部结构之间的平衡。

她转回航天飞机内部，邹柒朵正躺在那里，脸部因为疼痛而扭曲。接生师傅脸色沉重，他转过头向上看，好像猜到黛克正在看着他们。

快点，你没有时间了，快点。

她继续工作：墙壁变成了镜子，通道上刻出花纹，尽量缓和那些无法掩饰的坚硬角度和线条。她打开一个喷泉——当然只是灯光投影，星舰上没有真正的水——这样舰内就会充满溪水流动的效果。心房内，四股纠缠在一起的体液先变成了三股，再变成一股。接着她又把其他几股拿进来，直到它们再度纠缠在一起，然后扭曲回去打成结，形状复杂，总算让五股体液都在心房里流动起来。水、木、火、土、金都在星舰中心循环，舰魂驻扎进去后，需要依靠它们保持稳定。

她将画面再次切换到飞机上，看到了邹柒朵的脸，旁边那人神色无比紧张。

快。

星舰并没有准备好。但是，生命是不会等你准备好的。黛克关掉了显示屏，却没有切断跟机器人的联系，给它们留点时间去完成最后的任务。

"现在。"她用通信系统轻声发出指令。

飞机启动朝着停靠口飞去。黛克将覆盖图调暗，让房间内熟悉的景象重新回到眼前。那个立方体，那幅本应是最完美的设计图，令人想起"红鲤号""波涛中的海龟号"和"龙的双梦号"，想起绪娅人从大逃亡到珍珠战争期间经历的所有时光，想起掸王朝的灭亡；还令人想起更古老的事物，比如曾建立起越南王朝的黎利宝剑；巨龙展翼飞过古地球时代的越南首都河内；还有玄珍公主的脸庞，这位越南公主被卖给了外国人，换回两个省。

机器人正一个个关掉身上的电源，一阵微风从舰上吹过，带来海水和焚香的气息。

这艘星舰本该是一件杰作，如果她有时间的话。韩说得对，她本可以做到的：这艘星舰本应成为她最完美的作品，好评如潮——在几个世纪以后还能为人称道，变成其他众多大师的灵感源泉。

如果——

她一直凝视着设计图，不知道自己在那里待了多长时间，突然一阵痛苦的叫喊打断了她的思绪。惊吓过后，她马上再次打开连接星舰的线路，将画面切换到产房内。

灯光已经被调暗了，在周围投下阴影，仿佛预示着哀悼。黛克可以看到从接生开始就放在房间内的茶碗，此刻已经滚到了角落里，一些茶水滴落在地板上。

邹柒朵背靠着一张高背椅，身体蜷缩着，守护孕妇分娩的两位女神的全息影像——王母娘娘和观音菩萨将椅子包围着。在阴影里，邹柒朵的脸看起来与妖魔无异，由于痛苦而扭曲。

"用力。"接生师傅将手放在邹柒朵颤抖的肚子上，急切地催促着。

用力。

血沿着邹柒朵的大腿留下来，滴在金属表面上，所有映像都泛着红光。但是邹柒朵的双眼透着骄傲——那是属于一支古老勇士家族的眼神，永远不会向任何人屈服。她的人类孩子也会以同样方式出生。

黛克想起了韩，想起了那些失眠的夜晚，想起了笼罩在她们生命中的阴影，扭曲了一切。

"用力。"接生师傅再次催促，更多血流了出来。用力，用力，用力，邹柒朵睁大眼睛，直直地看着她，黛克知道——她知道这种正在折磨邹柒朵的节奏，这种一阵阵的痛苦，这都是同一不变法则的一部分，同一根线把她们系在一起，比爱人之间的红绳更加牢固——在子宫内，皮肤下，心里，魂灵中，这种女性之间的亲属关系永不会被改变，也永不会被消灭。黛克的手滑向自己平坦、空空如也的腹部，用力按压。她了解这种痛苦，熟悉它的每一种味道，就如同熟悉星舰的每一处设计——她知道，邹柒朵和她一样，被命运安排，需要去承受这种痛苦。

用力。

随着最后一声撕心裂肺的尖叫，邹柒朵终于把舰魂从子宫里推了出来。它滑到地板上，一团红色的、闪着光的肉体和电子设备：

肌肉和金属植入物，血管和尖针以及电缆。

它躺在那里，一动不动，筋疲力尽，几次心跳之后，黛克意识到它不会再动了。

黛克沉浸在出生场面带来的震惊中，好几天都没去看望邹柒朵。每次闭上眼，她都看到血。一大块东西从子宫内滑出来，像条死鱼一样重重摔在地板上，产房内的灯光在金属圆片和灰色物质上闪烁，一切都死了，仿佛它从未存在过。

它当然没有名字，星舰也没有，两者都过早离开，来不及取名。

用力，用力，都会没事的。用力。

韩竭尽了全力：给她看书法优美的诗歌；谈论未来，谈论她的下一次任命；跟她激情温存，就好像什么事也没有发生过，好像黛克可以简单忘掉这个巨大的损失。但这些都不够。

就像星舰不够那样。

最终，悔恨和自责淹没了黛克，这种痛苦就如同装有倒钩的鞭子一样，不断抽打在她身上，她登上飞机来到星舰上。

邹柒朵待在产房内，她直直靠着墙坐着，手背青筋突出，端着一杯气味刺鼻的茶。两个全息影像包围着她，她们的白脸与昏暗灯光形成鲜明对比，令人不寒而栗。接生师傅在附近徘徊，黛克说服他让她们两个女人单独聊一会——但他明确表示，邹柒朵经历的事情，全部是黛克的责任。

"姐姐，"邹柒朵苦笑着说，"这场战役很精彩。"

"是的。"这一次邹柒朵本该获胜的，如果她手里拥有更好的武器。

"别这么伤心。"邹柒朵说。

"我失败了。"黛克只说了这么一句。她知道邹柒朵的未来仍有保障，会有体面婚姻，会有孩子，会受到后人崇拜。但她现在也知道，这些并不是邹柒朵孕育舰魂的唯一理由。

邹柒朵的嘴唇颤抖扭曲着，她原本可能是想微笑的："帮一下我。"

"什么？"黛克看着她，但是邹柒朵已经摇摇晃晃地自己站了起来，身体颤抖着，她的动作就像怀孕时所表现得那样小心翼翼，"那个接生师傅……"

"他就跟老太太一样啰唆，"邹柒朵说，有一会儿，她的声音就像在锯木头一样尖锐刺耳，"来，扶我去走走吧。"

她比黛克想象的要矮，肩膀勉强和黛克的齐平。邹柒朵笨拙地斜站着，身体靠着黛克寻求支撑。当她们穿过星舰时，这种重量越来越难以承受，黛克几乎要扶不住她了。

周围有光，有水声，有熟悉的"气"从走廊流过，慢慢转着圈，向一切注入生命。镜中勉强能看到阴影和其他星舰发出的光："金山号"柔和、弯曲的图案；门上雕刻着的书法曾是"虎跃溪流号"的标志；"宝玉红扇号"中一系列缓慢弯曲，不断变大的门。那艘星舰的星星点点创意被整合放到一起，放到这艘星舰上，这艘到处展现神奇的星舰，从布局到电子装备，再到装饰，她将一切尽收眼底，直到头晕目眩。

在心房，黛克停下脚步不动了，五道体液流过她们，形成摧毁与再生的无限循环。这个中心地带显得质朴纯净，空中流淌着独特的悲伤气息，就像一张空空如也的婴儿床。不过……

"真美。"邹柒朵的声音颤抖着，喉咙哽咽。

它是如此的美丽，就像诗人喝醉时吟诵的诗，就像被冰霜包裹住的花骨朵；它是如此的美丽而又娇弱，就像新生儿挣扎着想要呼吸。

站在星舰的中心，邹柒朵脆弱的身体倚靠着自己，黛克再次想起了韩，想起了阴影和黑暗，想起了生活的选择。

真美。

再过几天它就会消失，被摧毁，被回收，被遗忘，没有人会去纪念它。但是不知为何，黛克没法让自己说出心里的这些想法。

她温柔的声音打破沉默，反而说了这么一句话："这是值得的。"

她知道她指的不仅仅是星舰。

对于这所有的一切，无论是现在还是未来，黛克都不会让自己回头，也不会后悔。

艾利亚特·德·波达
Aliette de Bodard
法裔美国科幻、恐怖小说家，曾两次获得星云奖，一次轨迹奖，三次 BSFA（英国科幻协会）奖，还获得过雨果奖、斯特金奖和蒂普雷斯奖的提名。

警报解除

▌作者：郝赫

    当防御警报响起时，张动正躲在农场的最顶层，反思着自己的家庭关系。几场争吵下来，让他的心里充满了怨愤。或许就像本说的，是时候该独立了！

    然而没等采取行动，他就被突来的巨响惊得跳了起来。举目四望，却没瞧见边境线上涌起烽烟。难道在稍远的南边？那里毗邻着"幼儿园"，按理说应该是最安全的。他爬上更高的雨水收集器，却仍一无所获。

    警报又响了几声，便戛然而止，这有些不寻常。他激活附脑，却连不上卫星。应该是正掠过近地轨道上的凯斯勒碎片区，信号因此被散射了。没时间再自顾自怜，他得尽快赶回去，哪怕还未想好该如何面对父亲，这种预知的尴尬让他莫名地烦躁。狠吐了口气后，便从楼顶一跃而下。

    农场是座曾经的摩天大楼。旧秩序崩溃后，这样的建筑大多荒废掉了，不少社区便拿来建设立体农场。这附近社区的技术都源于一个农业同好者圈子，他们在"幼儿园"的西南边有个小的聚集地，那里是曾经森林公园，所以张动更喜欢叫他们"德鲁伊"。

    这算他的恶趣味，为相邻的社区起绰号。从西面开始，依次是精灵，一伙对美的追求几近变态的家伙。女儿国，都是蕾丝边及女权主义者。还有梦幻岛，瘾君子的聚集地，也是医用大麻的主要产地。这期间还夹杂着不少更小的社区，都是这些年几个较大社区解体后独立出来的。不过有些还未等想好绰号，就在社区间的战争冲突中被兼并或是泯灭了。

    接着是伊甸园，最大的宗教社区。之后是丐帮，不过那群无所事事的醉汉被从伊甸园里独立出来的极端主义者干掉了。那是些

176 小 说

宗教疯子，高喊着世界末日论，与所有接壤的社区都有冲突，就像是"疯狗"。再往南，最大的社区便是幼儿园，一群离家出走的半大孩子。张动对他们有所抵触，因为他总会想起自己那个沉默寡言的儿子，而这也是他和父亲的另一个争吵点。

下落的速度越来越快，眨眼便划过畜牧区，张动却难得心平气静。他边估算着距离，边舒展开身体，随后猛地抬起头。然而反重力开关却并未被触发。

该死！这套自己攒的设备还是出了问题，环绕在躯干的超导体没有被激活。他只能暗骂着高扬起脖子，用力地拍打几个关键的连接点。直到他感觉头皮发麻，似乎马上就要被大地吞噬时，才"嘭"的一声止住落势。但气压的剧烈变化和骤停，让他的五脏六腑都翻腾起来，耳朵更是嗡嗡作响。

不过未等他松口气，斜上方的楼体就炸裂开来。菜叶裹着碎石四处飞溅，泛起的烟尘遮不住牲畜们惊慌的叫声，空气中弥散着烧焦的味道。

是微波武器！如若不是刚刚的小故障，他恐怕已被击中，瞬间熟透。但扩散的余波还是扫到后背，火烧火燎的疼。身上的电控件也都失了灵，连附脑也被迫重启。

然而张动顾不得这些，借着跌落的势能，迅速地翻滚进农场一层的入口。随后便听见有人在大喊："散射，散射！你他妈把能量都浪费了。"

奔跑的脚步声继而响起，向农场围拢过来。很快，对方便汇合在一起，然后是谩骂和争吵，差一点内讧。这让张动缓了口气，并对他们有了大致的了解：对方七个人，分为两伙，是梦幻岛和疯狗。

可他们怎么会勾搭到一块？又是如何越过岗哨潜进来的？还有他们目的性似乎很强，直奔自己而来，而这又是怎么回事？蜂拥而出的疑问让张动原本就头疼的脑袋愈发地混沌，但急需解决的是眼前这伙暴徒。于是忍着背上的灼痛，他向地下跑去。

"他在那！"追踪者紧随其后，扫射过来的子弹把四周生长的菌类打得粉碎。

这层种的都是孢子植物，这为他争取了不少时间：潮湿的苔藓和地衣让本就迷迷糊糊的瘾君子们接连摔到，滚成一团；基因工程的巨大化蕨类更是提供了良好的掩体；而被打爆的孢子，则混合着上层爆炸落下的生物炭及水汽，扰乱了枪手的视线。流弹击不穿衣服的纤维，但还是打得他龇牙咧嘴，只能使足力气冲进地下室。

那里是曾经的停车场，随着农场一起被改建成微生物处理中心，包括循环水净化系统、各种垃圾处理区、有机物分解池以及一个小型的沼气微电站。密密麻麻的粗细管道贯穿其间，很多地方需要靠爬行方可挤过，再搭配上昏暗的灯光，这会是用来伏击的完美的地下丛林。

他爬到工具间，抽出最大号的管钳。那东西比小臂长，沉甸甸的。据安装设备的德鲁伊说，这是应对自动系统宕机时的备用手段。又或者用来抗击侵略者。

瘾君子很好对付，即使正面遭遇，他也有信心几个回合内放倒他们。可问题是疯狗，还有该如何将他们逐个击破。好在对方只是群临时组建的乌合之众，两伙人甚至矛盾重重。

这一点很好利用。在悄无声息地做掉两个瘾君子后，梦幻岛剩余的两人终于爆发出瘾君子特有的神经质。他们歇斯底里地大喊大叫，认为这是宗教疯子设计的圈套。当然，疯狗也不甘示弱。在他们看来，敢于向他们拔刀的就都是魔鬼，何况极端的教义更是号召他们要净化一切。张动则猫在不远处，适时地开了一枪（瘾君子身上的战利品）。之后便如同过年的鞭炮，枪声、叫喊声、子弹打穿管道和骨头的声音不绝于耳。

待尘埃落尽，他才探头出去。瘾君子都成了筛子，被打得看不出人形。疯狗的战斗服倒是挡住了大部分的伤害，但保护不了脑袋。血和碎肉混合着滴落的污水、尿汤四处流淌，尚未脱硫的沼气也把空气染得臭烘烘的。

还有个疯狗活着，但已时日无多，躺在臭水里一个劲儿地吐血泡。张动小心翼翼地走过去，踢开他身边的武器问："你们是怎么混进来的？"

"傻……"对方瞪着眼睛，声音含糊不清，看起来就像只待解剖的青蛙。

"你们是奔我来的？"

"神罚……诸恶净化……傻……"

张动耸了耸肩，却牵痛了身上的瘀伤。他也意识到想要和宗教疯子正常地交流，根本是不可能的。真是难为那伙儿瘾君子了，竟没在一见面时就打起来。

地上的枪基本都已打空，剩下的子弹规格还不尽相同，所以他只好换了把相对多的背在肩上。一台便携式高频电磁脉冲发射器倒在一旁，从亮起的信号看，能量已经耗尽。这应该就是袭击他的武器，真正的好东西，可惜控制单元在混战中打烂了。他暗道可惜，像这种大杀伤力的军备武器，现在已经很难搞到了。尽管技术还在，但没有哪个社区会分出本就不多的资源，来生产这些消耗品。或许除了疯狗。

他扫了眼还在骂骂咧咧的疯狗，不由得庆幸。如果是散射模式的话，现在躺在地上、惨兮兮的就是他了。

"疯子真不该和瘾君子搞到一起。这主意真蠢！"他撇了撇嘴。之后不等对方骂出声，便抡起管钳，照着下巴狠狠地来了一下。四周沼气的味道已浓得让人窒息，而且也没必要浪费一颗子弹，这家伙儿马上就会驾着沼气去见他的神。

不过之前短暂的警报并没让多少人警觉，毕竟除了和疯狗小规模的边境冲突外，这里已安定得太久。这是父亲的功绩，一手建立了这附近最大的社区。尽管不时会有一两伙儿新成立的同好圈子独立出去，但相对安稳的环境，还是让它在不断扩大。这也成了父亲一直固守那些老旧观念的资本。家庭纽带！如果真的有用的话，母亲也不会跑出去和其他人建立新的社区。

张动能猜得出，父亲的观念多源于对幼年时父母行为的自省。无论是维系家庭还是反唯技术论，本身并无问题。可随着年岁的增长，父亲却变得越来越极端偏激，尤其是母亲离开后。曾经就因为喷涂附脑的问题，父子俩大吵过不下数十回。他甚至怀着恶意想象，与人吵架已成了父亲活着的必要条件，所以自己才会代替母亲成了争吵的对象。

农场的战斗终于引来了关注，又或者是因为微电站沼气管泄露导致的停电。不管怎么说，已有人拿着武器走出家门，围拢在一起。其中一个瞧见奔跑的张动，便向他大喊："怎么回事？"

张动认识他，和本都同属于清扫小组。"是疯狗，"他停下来说，"他们潜进来了。"

"边境被攻破了？"有人惊呼起来。

"没有！"张动不得不提高嗓门说，"边境没问题，但鬼知道是怎么进来的。不过你们最好赶过去，别教他们从内部冲击了岗哨边境。"随后他又试了试附脑，可仍然没有信号。

"都有附脑吗？"他问。在估算了点头的人数后，接着说："可以的话，分组行动。有附脑和没附脑的搭配一下，在搜到卫星信号后方便联系。潜进来的应该不多，但还是得清理一下。万事小心！"

"你不和我们一起？"之前的男人问。

"我得去瞭望塔看看，警报响得不正常。另外，还得去找我老爸。"

"那好。一有信号，随时联络。"

张动点点头，又向分配好的小组叮嘱道："记得叫上更多的人，我们得做好全面战争的准备。还有要注意瘾君子，他们可能和疯子搞到一起了，最好能有几组过去看看。"

"放心吧！"大家都情绪激昂。这或许是社区化的唯一好处。所有人会因兴趣爱好或者共同理念团结在一起，发挥出最大的主观能动性，还能一呼百应、同仇敌忾。但坏处是一旦决裂，便不死

小说

不休。

"对了，知道本在哪吗？"张动在男人离开前问。

"不清楚，今天我轮休。估计会在北住宅区那儿清理太阳能板。"

那和瞭望塔是两个方向，所以只能等卫星联通后，再与本联系。

张动一直觉得本是他们中最具想法的，很多问题都可以快速地找出应对方法。原本他们还计划修建几个信号站，用来维持卫星途径凯斯勒碎片区（那些密密麻麻的人造卫星最终没逃过凯斯勒的预言，相互碰撞后的细碎垃圾成了一道不算宽的星环，只有少数卫星免于此难）的网络连接。这主意不错，本的想法，但却被父亲制止了。他反对一切能架构网络的技术，包括附脑和卫星，认定这是旧秩序崩溃的根源——正是碎片化的网络社交让人变得淡漠，除了同好者间的相互吹捧外，甚至不会再去交流。而当这些成为生活习性，并辐射到现实时，便是灾难。

张动无法正面反驳，尽管他知道，把一切后果简单地归罪于一两种事物上有失偏颇，但自己毕竟未曾经历过那段混乱的时期。

越来越多的人被呼喊出来，他不厌其烦地向遇到的每一个都发出警告。这样，不管疯狗是如何进来的，至少他们没法再暗中使坏。

这时，他瞥见旁边胡同里几个闲逛的身影，个子都不高。他悄悄地走过去，才发现是几个孩子，而自己的儿子也在其中。

"你们在这干什么？"他跳出来，声音不自主地提高了许多，耐性也仿佛一瞬间消耗殆尽。几个孩子也被吓了一跳，续而低下头来，默不作声。

又是这副鬼样子！每当他想和儿子说点什么的时候，对方就只会这样低头摆弄，没有回应，亦不会反驳。后背的灼伤又开始一跳一跳地疼，他不由得有些暴躁。"还愣着干吗？刚才没听见警报吗？赶紧回家躲好！"

孩子们却仍低头不语，但张动猜他们是在窃窃私语。这是从幼儿园传来的消息：大部分新生代的大脑都发生了突变，能够接受彼此间的脑电波。不过无从考证，如今的社会也没有那么多资源和专业人员来从事研究。而孩子们也确实是像另外世界的人类，难以沟通。天知道，他们往来的脑电波里都在说些什么。

他忍不住要再次呵斥时，其他几个孩子耸了耸肩，颇有些怜悯地看了眼儿子后，从他身旁挤了过去。

"别乱跑，小心误伤！刚才我就差点以为你们是疯狗。"他冲着孩子们的背影喊，随后一把拉住也想离开的儿子，"你和我在一起。"

儿子难得抬起头，与他对视了一下说："你最好到北面边境看看。"

"还轮不到你操心，小子！现在老老实实地跟在我后面，直到为你找到个安全地方，知道吗？"话一出口，他便有些后悔，因为儿子又变回了老样子。只好尽可能地放慢语气问："那你出门前看见爷爷了吗？"

没有回答。

"好吧。"他使劲地捶了捶额头，已无心再问下去。之前的愧疚已被怒火取代，后背也愈发地疼痛。他想不通这到底是谁的错，甚至一度归罪于当年从女儿国买来的卵子。

父子俩都不再说话。世界也仿佛一同安静下来，渐渐地凝固，重得连时间都被压长。直到警报声再次响起，才将张动从离散的思维中拉出来。

"快走！"他拽起儿子，向瞭望塔奔去。那里肯定有变故！

而说是瞭望塔，但其实只是个两层高的建筑，或许称为监控中心更为恰当。旧秩序遗留下来的监视系统，在翻新后被安装在四周的边境线上，实时图像便集中在这里。父亲对此原本颇有微词，但碍于民心所向，不得不妥协。毕竟无须再安排二十四小时的巡逻

小说

队伍，节省下了大量的人力和资源。这可能是在与父亲的正面较量中，张动唯一一次取得胜利。

不过疯狗的出现，让监视重心向西南偏移。很多监视器从相对平和的边境线被转移到了那里，甚至建起了岗哨。所以今天的入侵十分蹊跷。

瞭望塔已近在眼前。然而不等张动靠近，一队人马就呼啸着从里面冲了出来。疯狗吗？他连忙将儿子护在身后，端枪戒备。

"你在这干吗？没听到警报吗？"父亲一脸阴沉地从对面走过来。

他这才看清冲出来的都是自己人，个个全副武装。父亲更是穿上了当初服役时的外骨骼盔甲，这让有些佝偻的身体变得高大了许多。他不得不仰起头才能和父亲对视，却不免弱了气势，尤其上一场争吵的余温还未彻底冷却。烦躁开始搅动心海，尽管有所准备，但尴尬和愤恨还是把胃绞得生疼。他尽可能放慢语速说："听到了，所以过来看看。"

"有跑过来的时间，你不如去边境瞧瞧。"父亲哼了两哼，又瞄了眼孙子说，"还好，你没忘了父亲的责任。"

"我一向知道！"他有些恼火，语气也变得硬邦邦的。父亲就是这样，没弄清原委就指手画脚。甚至将儿子的古怪性格归结到教育上，说他没尽到父亲的责任。可如果他也尽到的话，自己就不会和他吵个没完。

而张动选择抚育下一代，则更多是为了父亲。家庭纽带，在母亲离开后，他便希望能做些什么。然而父亲不会理解这些，他只会去批判这种非自然生育的不道德，认为责任缺失，却意识不到一切的源头都是他失败的家庭。这对应到他坚持的理念，真是莫大讽刺。

张动不愿再争吵下去。他已打定主意在将疯狗赶走后，便与本独立出去，建立个新社区。不过儿子的归属是个问题，这也是他迟迟没有答应本的原因。或许他更愿意加入幼儿园，毕竟比起祖父或是父亲，那些孩子才是同类。

"那你最好把他安顿好！别像郊游似的带着儿子闲逛，入侵者可不是只会吃萝卜的兔子。"父亲说完，便扭头迈步离去。许久没用的盔甲，每一步都发出扑哧扑哧的漏气声，并把人摇晃个不停。

"没错！他们还有高能武器，以及一条连我们都不知道的暗道。"他大喊道。

父亲皱着眉停下来。显然，他还不知道这些。

"边境目前没问题，很多人也在赶过去，不过有一伙儿宗教疯子从暗道进来了。而且……"张动想了下，最终没提之前伏击的事，而是说，"而且北面那些瘾君子也有参与，所以我怀疑暗道可能不止一条。"

"如果只靠你那套漏洞百出的边境监视系统，的确有可能。"父亲嗤了一声，"好在我这样老家伙还懂得事必躬亲，每日会巡检边境，所以绝不可能有什么暗道。"

"可他们是怎么进来的？"

"那你应该去问，那层喷在你大脑皮层上的单分子层计算机。"父亲点着太阳穴说："它不是还可以连上那几颗破破烂烂的卫星吗？还有你那些能够共享信息的伙伴呢？难道都和监控站一样，被炸掉了？"

"什么？"张动怪叫起来，只觉得气血上涌，胀得头顶的青筋跳个不停。他发现抱着和父亲正常沟通的想法，简直是蠢透了。不过他还是深吸了口气，压住瞬间涌起的怒火。"炸掉了？什么意思？"他语速快得惊人，调门也高极了。

父亲不耐烦地摆了摆手，不过其他人给出了解释：两个疯狗堵住了二楼，在打光所有子弹后，便叫嚣地引爆了身上的炸药。这伤了不少人，还炸飞了监控室。好在警报器是气动的，只需鼓风便能重新工作。

"这不像他们的作风。"张动又想起那场伏击，后背的灼伤也开始隐隐作痛。"疯狗从不会这么安安静静地行动，他们恨不得让全世界都知道。而且他们对我们的设施也过于了解了，这不正常，我怀疑……"

"那你更该去问你的附脑网络。"父亲打断道，"我记得和你说过，无线技术很容易泄密。你能黑进卫星，别人就不能？"

"这不可能，那解释不了他们是如何潜入的，所以我怀疑有内奸。"

"够了！我要是你，有诋毁社区的时间就去保卫边境，而不是在这儿玩什么侦探游戏。"

"哈！又不是没人被他们洗过脑？"他与父亲互不相让地对视着。"况且这里要真是那么好，我妈她也就不会走！"

父亲瞬间涨红了脸，尽管包裹着外骨骼盔甲，但仍能感受到他在剧烈地颤抖。张动也冷静下来，怒火退去，可留下来的只是一身的臭汗和煎熬心底的懊悔。他突然意识到自己早已和父亲变成同一类人，每每都用语言的利刃将彼此刺得遍体鳞伤。所有的内脏仿佛都搅在一起，痛得让嘴里泛起苦味。他只能硬着头皮，试图分散注意说："这样……一切就说得通了。那些疯子的潜入，还有开始时不正常的警报，都是蓄意破坏的结果。"

然而父亲却一直瞪着眼，没说话。在喘息片刻后，便愤愤地离开了。

张动没有随众人追上去，他所有的精力都已被榨干。他变得浑浑噩噩，对一切都失了兴趣。甚至在想，若此时冒出个疯狗给自己来上一枪，说不定还是种解脱。不过身旁的儿子让他强打起精神。

"听着，我刚刚和爷爷只是……"他蹲下来，想对争吵做番解释，却一时找不到合适的词句。不过儿子仍是那副神游物外的样子，似乎根本就没在意发生的一切。他松了口气，揉揉儿子的头顶，略带自嘲地说："我也只能去北面的边境了。"

那里应该能遇见本，然后就独立出去。从这里远远地逃离，或许才是解决问题的最好办法，就像母亲那样。

胡思乱想时，儿子突然说了句话，他没听清。"什么？"

"北边！"儿子没说完，就跑起来。

"别乱跑，给我回来。"

他没想到儿子会跑得那么快，等追赶上，已深入北住宅区了。这里住的人不多，主要是一些新加入者，不过搭设的太阳能微电网却为社区提供了近四层的能源。附近的建筑都贴着太阳能板，但很多上已落满了脏污。这会影响转化率，所以本的主要工作就是清洗它们。

可惜附脑仍连不上卫星，没法与本取得联系。而不时响起的枪声，更让他眉头紧皱。那群该死的瘾君子。他暗骂一句，拉住儿子，低声说："找个安全地儿，老实待着。我过去看看。"说完，便端起枪，向交战处跑去。

战斗应该持续有一段时间了。能看得出，入侵者原本已突进来很远，但又被阻击了回去。一路上到处是散落的太阳能板碎片，不少房屋被炸塌，裸露的墙体更是布满了弹孔。他弯下身，忍着背上伤痛，谨慎前行。一些残垣下能看见摔倒的尸体，有疯狗的，有附近居民的，还有一两个半大的孩子。

畜生！他不由得加快脚步。

不过枪声处却只瞧见一伙疯狗，边退边向着四周的掩体扫射，其中一个还向路过的胡同里扔炸药。张动就险些被炸起的土石砸到脑袋。他猫腰滚进旁边的掩体，待尘烟散尽，才一跃而出。

疯狗显然没想到还有人会冲出来，错愕间，已被他放倒两人。可惜枪法不佳，均未打中要害。但这打破了某种平衡，四下里响起其他枪声，续而几个疯狗哭号着倒地。不少人陆续从掩体后冒出头来，加入反击的行列。不过大部分都是孩子，有一两个正是之前和儿子待在一起的。

张动没由来地感到一阵愤怒。他冲过去，向每一个倒地的疯狗都补了一枪，却也陷入危机。仅剩的两个入侵者正拿枪对着他，可偏偏大脑一片空白，就仿佛被从世界中剥离出来，成了这场战斗的看客。所有的细节都变得清晰，甚至可以听见疯狗还未脱离唇边的咒骂和扳机扣动时划出的声响。

他下意识地闭上眼。枪响后，却发现是倒地的是疯狗，其中一个被爆了头。

"没事吧？"一个年轻人从后面跑上来，左边脸上有枚植入式的动态文身，是个带项圈的长舌鬼。

他咽了咽吐沫，点点头，却忽然瞧见受伤倒地的疯狗想要拉响身上的炸药。没等他惊呼出来，年轻人就回身补了一枪，随即又向对面的一个孩子竖起拇指。

"小手段。"年轻人看出了他的疑惑，笑着说，"就像你们利用附脑或是老式的穿戴设备一样，我们可以用脑电波共享彼此的信息。"

"新生代？我好像没见过你。"

"的确。"年轻人笑得更灿烂了，"我叫井上，从南面来。"

幼儿园？张动有些不自在，没理会对方伸过来的手，而是沉着语气问："你是来拐这些孩子的？"

"不。"井上举起手，"我只是个老师。他们最终想去哪儿，需要他们自己决定。"

"老师？来洗脑的？"

"你对我们的成见还挺深。"井上的嘴又咧大了不少，露出两排闪亮的牙。"不过我能理解，很多人甚至觉得我们是怪物，所以这也是我来的目的。教会他们正确使用能力，以及如何与其他人正常的沟通。"

张动想起儿子，蹙起眉头说："显然你教的并不好。"

"得一点点来，何况这种突变还发生在本就叛逆的青春期。"井上说，"换作谁被突然扔进另一世界，都会性情大变。不过一旦适应，又会与外面的世界格格不入。因为脑电波传递信息的速度和光一样快。它完全不受硬件和软件的限制，除非你脑死亡，否则不用去担心凯斯勒碎片区或者设备能源问题、电磁干扰啥的。不过距离是个限制，好在我们每个人都可以作为一个基站，这样组建的网络就十分庞大了。"

张动从没遇到过如此健谈的新生代，不免有了种不真实感。"你很适合做老师。"他说。

"谢谢！不过更多时候还需要你们的谅解。其实，不是我们不想去交流，只是因为你们太慢了，跟不上我们处理信息的速度。"

这话听着耳熟。在与父亲就搭建瞭望塔的争吵中，张动表达过类似的意思。而如今看着面前的年轻人，他感受到了来自整个世界的嘲讽，却只能极不舒服地问："你似乎没什么问题？"

"训练的结果。"井上说，"这正是我要教的。你也知道，现在很难汇集到大量的资源来做研究。不过我们还是大致明晰了，外放脑电波的频率要更高，且会被大脑优先处理，而训练就是有意识地降低对它的关注度和优先级。"

"我还以为你们会有更高科技的手段来屏蔽呢？"

"常见的想法。人们总是喜欢去改变别人，而不是自己。不过这阻挡不了进化的脚步。估计从平板设备发明起，更灵活的手指运动就在促进大脑进化。另外，我还在研究死亡金属为啥能在旧秩序大崩溃时，成为主流。除去社会因素，很可能和脑电波频率变更有关，因为人类会更喜欢那些与脑波频率相近的旋律。"

"那不是旋律，只是噪音。"张动有些不耐烦了，一会儿还需要去找儿子。而且刚才的遭遇战也有问题：疯狗不再像伏击时那么有秩序，瘾君子又都跑哪儿去了？

井上耸了下肩，在向不同方位的几队孩子点点头后，解释说："他们要去追击残余的入侵者，还说北面的麻药区似乎有什么变故。"

"什么？"张动跳起脚来，"这不是他们该干的。"

"从配合讲，其实他们才更像是战士。而且别忘了，刚刚正是他们保卫了你们的北线。"

"我们不需要没长毛的战士。"张动把手里的枪调成连发模式，"你该庆幸，在这没被当作奸细干掉。"

他跳上高处，招呼起打扫战场的成人，准备去追赶孩子们，但很快又跑回来问："你能联系上一个叫张放放的孩子吗？"

"稍等。"井上低头闭眼，"我认识那孩子，你儿子？"

张动却自顾自地说："问问他在哪儿。让他老实待到我回来。"

"哦，他说发现了你们的叛徒，正在监视中。"

见了鬼，这帮熊孩子！张动瞪大了眼。"让他藏好！告诉我地址。"

可井上却撇了撇嘴说："显然，他想要单干。"

张动跳脚大骂。

这时，附脑突然有了反应，卫星连上了。那一瞬间，他仿佛听见有无数人一同在他脑子里欢呼。随后，大量的信息冒出来：疯狗那侧的边境没有问题，沿途也未发现其他的入侵者。很多人第一时间就得到了这边的消息，正在赶过来。

他没理会这些，而是打开定位程序，搜索儿子。但受附脑处理速度的影响，只能一点点来。接着又联系起本，可直到发出申请的第三次，对方才接通。"在哪儿？"他问。

本气喘吁吁地说出地址。很近，在他过来的路上。

"你怎么了？"

"没事，刚做掉两个入侵者。"

张动点点头。"我现在往你那儿赶。但有个问题，我们里出了内奸。这次疯狗的袭击估计就和他脱不了干系。"

"你怎么知道？"

"不正常的地方太多了。而且我儿子说他发现了，正监视着呢。"

"这是真的？"

"八九不离十，所以我得先找到他。"

本沉默了一会儿，才说："我想我会先找到他。但这对我们来说，都不会是好消息。抱歉了！"

张动被这没由来的话说得一愣，可本已掐断了连接。随后就听见井上在身后大喊："放放说，那家伙儿叫本！"

开什么玩笑！他觉得整个脑袋都炸掉了，木得嗡嗡作响。等反应过来，便像头发了疯的犀牛，撞开挡路的一切，径直冲了过去。无论真假，他都得去搞个明白，越快越好！

他一遍一遍地呼叫着本，但始终无法接通。难以抑制的暴躁喷涌而出，并随着每一次呼叫都扩大一分，直到填满整个胸膛，憋得他喘不过气来。

"本！"他最终像个被吹爆的气球般大吼出来，而眼前的景象也粉碎了他最后的一丝幻想。本正用枪对着摔倒的儿子，在看见他后，便跃过去，夹起儿子，胁为人质。"站那别动，扔掉枪。"

"为什么？"喘息让后背的灼伤痛个不停，他几乎说不出话来。

"我让你扔掉枪！"本用枪顶了顶儿子的脑袋。儿子显然吓到了，面色苍白，颇为无助地看过来。

"别怕。"张动照做了，而后摊开手，觉得足够平静后才问，"为什么，本？"但愤怒仍在五脏六腑间翻腾。

"为什么？你不知道？"本冷笑起来，"你不也厌恶这里的一切，陈旧的观念和虚伪的人群？就像你讨厌指派的农活，这里的太阳板也同样折磨得我发疯。我的人生不应该这样。"

"我们已经在准备分出去了！"

"别和我提这事！"本大声地打断，"我受够了你的婆婆妈妈，若你早下决心，我也不用出此下策。你知道要记录下不同卫星经过凯斯勒屏蔽区的时间，有多么无趣吗？还得归纳出它们的重合区。还有，知道要说动那些瘾君子和疯子有多难吗？"

"是你促成的？那还真不容易。"

"不容易？你根本就不懂。本来是这群白痴要趁着通信中断，执行斩首行动的。之后我再带领其他人击溃他们，建立新的社区。"

"所以一开始的目标就是我？"

"不。目标从未变过，是你家老爷子。而你的作用只是这个。"本晃了晃儿子，"家庭纽带嘛，他会乖乖就范的，就像现在的你。而以我的了解，你比老爷子要好对付得多。"

张动突然意识到他根本不了解自己的朋友，眼前这个人已变得如此陌生。"我还以为我们是三观相同、兴趣相投的朋友呢。"

"一度是，可你眼界太小了。"本歪着头说，"你所有的不满都只限于家庭和代沟，想独立也不过是为了逃避，却意识不到碎片化的社会才是加剧矛盾的根源。资源变得越来越有限，人类再无法发展进化。那群宗教疯子宣扬的人类末日，早晚会变成现实，除非结束这种无政府的状态。需要有人来管理社会，调配资源。"

"你确定没嗑药？"

"我不是在说笑！觉醒这种意识的人已越来越多，哪怕是瘾君子。"

张动这也才发现本的身后，还躺着两具尸体，于是借着伸脖查看的动作，向前蹭了几步。

"别搞小动作！"本紧了紧夹住儿子的手，"本来我们是一起合作的，但宗教疯子把一切都搞砸了。这个白痴说他能掌控住疯狗，结果却连老窝都被端了，反倒不知死活地要找我问责。所以你们运气不错，如果这群家伙儿稍稍正常点，胜利的就是我。"

张动听不懂这些胡言乱语，但可以肯定对方已经疯了。"你们既然是同好者，为什么不聚到一起，再建个社区？"

"你已经蠢到理解不了我的意思了吗？一个政治同好者社区，我们该领导谁？只有不同的社区整合，才能恢复曾经的秩序。想象一下，资源被有序地利用，而不是零散地浪费或是消耗在无谓的社区争斗中；成千上万的人会集合在一起，那将是怎样的力量？可以开天辟地，重拾旧有的荣誉，甚至再度冲上宇宙，探索深处的未知。"

"那你得先把那圈垃圾清了。"他紧盯着越来越激动的本。激昂的演说像是某种宣泄，让对方开始手舞足蹈，动作也渐渐变大，直到有一刻，胸门打开。

机会！他猛冲上去。在对方回枪前，抓住儿子，一把夺了过来，又借势狠狠地将本撞了出去，却被抡过来的枪身砸中鼻子，险些晕过去。

"快跑！"他咬着牙，把儿子甩向身后。那里有坍塌的土石可以当用掩体。然而鼻子和后背的伤痛让他慢下来，仅跑了两步，就在枪声中觉得小腿一凉，跪倒在地。

"别动！还有你，小家伙儿。"本有些狼狈地走上来，半个身子都蹭满了土。"下一枪可就不会这么客气了！我知道你那衣服能挡住流弹和箭矢，但别忘了，这种曾经的军备材料可是我们一同发现的。所以这么近距离的直射，仍能打得你满身开花。"

"你已经失败了，本。为什么不放手？"张动慢慢地把手举过头顶。腿已没了知觉，很难再站起身来。他瞥见儿子在低头摆弄。在联系小伙伴？他不知道附近的楼里会不会隐伏进一队孩子兵，但从附脑收到的消息看，大队人马还需一段时间才能过来。

"为什么？"本一脚将他踹倒在地，"还不是你家把我逼的。本来把这两个送上门的知情人干掉，我还能瞒下来，再找机会。但你们爷俩儿，一个怀疑有奸细——我了解你，动子。你认准的事肯定就要弄个水落石出；一个又偏偏偷听到不该听的。你让我往哪儿退？"

张动撑起身，看着已经歇斯底里的本，最初因背叛而激起的怒火正渐渐变得平静。"离开这，去建自己的社区。"他给出建议。

"白手起家？我可干不了那活，更等不了那么长的时间。在这点上，我难得会嫉妒你。你和你父亲一样，天生就有号召人心的力量。"

"这么说，我该去伊甸园当教宗？"

"所以我说你格局太小。还是我们一块干吧，就像之前畅想的那样。我们会成为最强大的社区，接着就是组建政府，将人类社会扶回正规。而我们就是拯救世界的英雄，名垂千古！"

张动啐了一口："你忘了刚刚对我们做了什么？"

"伟大的事业何必拘于小节，哪怕是牺牲也在所难免。"

"但这不是你可以伤害我家人的理由！"他伸长了脖子大喊。

本仿佛受了伤害，抽动起鼻子，和他对视了片刻后说："那真的很遗憾。"

尚有余温的枪口抵在额头，可张动唯一的想法却是如果父亲有附脑，这时倒可以向他道个歉，但父亲绝不会在颅骨上钻个窟窿。一想到父亲谈及附脑时的激动表情，他就不由得乐出声来，第一次觉得那似乎有些可爱。

儿子尖叫着跑过来。但他已能感受到枪膛的滑动，于是下意识地仰起头。随后，整个人便腾空而起，速度快得像个被狠狠弹起的皮球。一向迟钝的反重力开关竟被触发了。

握枪的手臂被一同带起，惯性更是让枪脱手，远远地飞了出去。本一时间目瞪口呆，没等回过神，就被从后面袭来的子弹打得满身开花。

是父亲！那缺少润滑的盔甲跑起来，显得很滑稽。

附脑中更新出大量的实时信息，入侵事件也基本明晰：本利用北境清扫的机会，破坏了那里的监控器，引领入侵者进来。瞭望塔发现了监控的问题，但也被他处理了。然而找疯狗当雇佣兵实在不是什么高明的主意，不过最可怜的还是瘾君子。过于兴奋的疯狗小队（原用来接应、增援的）一冲动，灭了他们的老巢。之后又秉着末日教义，突过边境，想净化这边，最终被赶来的新生代消灭了。

梦幻岛算了彻底没了，而在那里扫荡剩余的疯狗时，还遇上了伊甸园的护卫队。想也知道，这种事肯定少不了他们，不然怎会有那么些疯狗达到北面？好在双方都比较克制，相互示威后，便各自退开了。不少人认为这是伊甸园的阴谋，但缺少证据，只能在网络上发泄抱怨，或是幻想日后如何兼并他们云云。

张动没参与讨论。阳光从上面直射下来，闪耀得他睁不开眼，直到一个宽大的身影遮挡住。

"别偷懒，那么高还摔不死人。"父亲低下头说，"不过最后那句说得不错，很高兴你终于认识到了这点。"

他苦笑了一下。连难得的称赞，父亲都是一副说教的口气。不过他还是拉住对方的手，吃力地坐起来。所有的骨头都好像被重锻了一般，每动一下就噼里啪啦地响个不停。

"你怎么样？"儿子牵着爷爷，小心翼翼地问。

"还好。不过还得坐会儿。"

儿子只"哦"了一声，便又低下头去。父亲则将其拉走，说是要去问问这群孩子兵是怎么回事。但张动清楚，老头不可能问出什么，所以在往来人群里搜寻井上。

年轻人很好认，脸上的动态文身让他与众不同。在看见他招呼后，便跑过来说："刚才你可真够猛的。"

张动摆了摆手。"我老爸想要了解你们，呃……"他一时不知该如何表达，只好指指脑袋说，"但我觉得他们恐怕沟通起来不会太顺畅，所以有可能的话，希望你能帮个忙。他属于老旧派，还需要多担待。"

"你儿子和你还真像！"井上笑起来，"放心吧。这也是我们这个时代的通病，和其他人沟通都会存在问题。"

他道了谢，接着灵感乍现。"对了，你们变异的脑波频率是多少？附脑能否在调整后，也接收到？"

"不知道。"井上说，"但你真是个天才！这个值得集中资源来研究。"

"那算我一个。"不过他还没说完，便瞧见渐远的儿子，回身向这边竖起拇指。"速度确实够快。"他抬头看了看井上，而后也竖起拇指向儿子呼应。

阳光仿佛把所有的阴郁都破开、吹散，除了不远处本的尸体，还昭示着生活中的残酷，但这也是以后的事情了。至少现在，他感觉轻松极了，情不自禁地笑了起来。

郝赫

科幻作家。擅长在熟悉的世界中发现全新的设定，以缜密的思路展开全新的世界。代表作品《精灵》《不可控制》《葬礼》《完美入侵》《飞跃纬度的冒险》等。《完美入侵》获2015年豆瓣阅读征文科幻分类优秀奖。

精灵的妻子

▎作者：伊恩·麦克唐纳

▎译者：任晓宇、何锐

　　从前在德里，生活着一个嫁给精灵的女人。水之战爆发之前，这样的事情并不算很奇怪：德里一直都是精灵之城——它像大脑一样被分成两半，苏菲派人士声称，真主进行了两大创造：一是黏土、一是火焰。黏土的那部分变成了人类；火焰的那部分则化为精灵。作为火焰化成的物种，过去它们常被吸引到德里来。德里七次被入侵的帝国化为灰烬，又七次重生。每一次轮回，精灵们都会从烈焰中汲取力量，进行繁殖和裂变。伟大的托钵僧和婆罗门都可以看到它们；然而，无论在任何街道、任何时间，任何人也同样有可能捕捉到一个过路精灵发出的耳语和它瞬间逸出的温暖。

　　我生于拉达克，远离那些散发着热量的精灵——它们拥有与人类格格不入的愿望和意念。但我母亲却在德里出生长大，从她口中，我听说了德里的圆形广场、林荫大道、广场、集市和街市，就像我的列城那样。德里对我而言，是一座满是故事的城市。这样说来，如果我用讲述苏菲派的传奇或来源于摩诃婆罗多的传说、甚至肥皂剧剧情的方式，来讲述这个精灵之妻的故事，那么德里对我而言就是"精灵之城"。

　　他们并不是第一对在红堡城墙处坠入爱河的恋人。

　　当时，政客们已经商谈了三天，协议即将达成。为了庆贺，阿瓦德政府已经在红堡议政厅前的大院里布置了一个宏伟的礼堂。在全印度人民的注视下，这个盛大场面有着维多利亚时代的规模：活动策划者们匆匆踏过炽热光裸的大理石，悬起横幅和彩旗，架设看台，搭建音响和灯光系统，给舞者、大象、烟花以及列队飞驰的战斗机器人彩排编舞，装饰桌子，训练侍者，同时仔细安排座位，确保无人感觉被冷落。从早到晚，一辆辆三轮马车运来了鲜花、节日用品、质地柔软的优质家具。一个正牌的法国皇家侍酒师兴致高昂地谈论着德里的热焰对他酿酒计划的影响。这是一次严肃的正式会议，两亿五千万人处于生死攸关的境地。

在季风消失后的第二年，印度阿瓦德和巴拉特两国的主战坦克、机器人攻击直升机、强袭机群、战术性低速核导弹在神圣的恒河堤岸边对峙。绵延三十公里的沙滩，过去婆罗门洁身和苦行僧们祈祷的地方，如今则被立桩标记，阿瓦德政府计划在其间建造一座巨大的大坝。昆达和哈达尔[1]将确保水资源的供应，以保障阿瓦德的 130 万人在未来的五十年有水可用。恒河下游，流经神圣之城阿拉哈巴德和巴拉特的瓦拉纳西城的河道，将干涸得不复存在。水是生命，水亦是死亡。巴拉特的外交官、人类顾问和人工智能艾伊顾问们与他们的对手国展开了谈判，达成审慎的交易和使用权限，双方都心知肚明：哪怕是一滴水被粗心漏掉，都将意味着攻击型机器人会像鹫鸟般盘旋在新德里的玻璃高楼上空，载有纳米核弹头的慢速导弹则会像猫爪般潜行在瓦拉纳西城的小巷。滚动的新闻频道清除了板球新闻以外的其他播报内容。交易谈判结束了！交易已达成！协议将于明日签署！今晚，会见室属于他们。

跳跃的海吉拉人和游行的大象旋风般快速行进，一位卡萨克舞者[2]溜出了队列，来到红堡城垛上小憩抽烟。她倚在被阳光晒得暖洋洋的石头上，小心护住衣服上的纤细金线。拉合尔大门那边是热闹的月光集市；太阳的光芒像一个巨大的气泡，在西郊的烟囱和明亮的农场上散开。希斯甘吉谒师所[3]的纪念亭[4]、贾玛清真寺的尖塔和圆顶、湿婆神庙的高塔，纷纷映衬着满是尘埃的红色天空，那景致犹如皮影戏一般。再往上，鸽群飞翔、猛冲，振翅声激荡。

1 昆达和哈达尔均为印度地名。

2 Kathak，印度北方重要的古典舞蹈，最初是以印度教的故事为主，优秀的舞者可完全融入扮演的神祇，卡萨克舞蹈最大的特色是舞者在脚踝上绑着近百的小铜铃，以脚尖舞动旋转。

3 锡克教圣所。

4 印度许多宗教在要人的坟墓上会修建一个类似凉亭的建筑以示纪念。

黑色的鹫鸟随热气流翱翔在旧德里成千上万的屋顶之上。更远处矗立着新德里的摩天楼群，它们的幕墙比莫卧儿王朝建造的任意一座建筑物都要高，也更具气势，玻璃与菱形建筑单元的印度教庙宇一直延伸到如真似幻的塔尖，与星星和飞机警示灯交相辉映。

一声低语在她脑海中浮现，她的名字与一片锡塔琴声相伴：是她掌机的铃声，通过缠绕在耳后、形如珠宝的灵敏钩形耳机，经过信号转换，从她的头骨传到听觉中心。

"我只是偷闲抽根印度雪茄，让我抽完吧。"她以为来的是普拉赫，她的舞蹈设计，一个以脾气暴躁著称的第三性人，于是抱怨道。然后，她"噢！"了一声，因为闪闪发亮的金色尘埃在她面前升起，形成一个旋涡，仿佛尘埃化成的舞者。

她呼吸急促起来，一个念头回旋不去：是精灵。她的母亲虽是印度教徒，但仍虔诚地相信精灵的存在。在任何宗教中都有这种超自然生物，它们善于戏弄人类。

尘埃凝聚成一个人形，他身着正式的印度高领长外套，头戴蓬松的红色头巾，身体依在栏杆上，眺望着热闹喧嚣的月光集市。他可真是英俊，舞者想着，匆忙灭掉手中的香烟，任由它跌落在城垛上，红色余烬划出一道弧形。在伟大的外交官 A·J· 拉欧面前是不能吸烟的。

"艾莎，你本不需要为我那样做的。"A·J· 拉欧说道，他双手合十，向艾莎致意，"搞得好像我能闻得到什么似的。"

艾莎·拉瑟利还了一礼，一面猜测院子里的舞台工作人员是否正看着自己向空气致敬。阿瓦德全国人民都知道他那些电影明星般的特征：A·J· 拉欧，巴拉特最知名、最顽强的谈判代表之一。不，她纠正自己。所有阿瓦德人知道的只是屏幕上的画面。屏幕上的画面，她脑中的画面，她耳朵中的声音，一个人工智能"艾伊"。

"你知道我的名字？"

"我是你最忠实的粉丝之一。"

她脸红了：是巨大宫殿的局部气候所散发的那股令人窒息的热量导致的，艾莎告诉自己。别不好意思，永远别尴尬。

"但我是一名舞者，而你是……"

"人工智能？我就是啊。难道有什么新的反艾伊法案，禁止我们欣赏舞蹈吗？"他闭上了眼睛："啊，我又看到《罗陀与克里希那的婚礼》了。"

但现在他激起了她的虚荣心。"是哪场表演？"

"明星艺术频道。我都有。我必须坦承，谈判协商时，我常在程序后台播放你的表演。但别误会，我从未对你感到厌倦。"A·J·拉欧笑着说，他的牙齿非常洁白整齐，"也许看起来很奇怪，可我真不确定这类事情上该遵循些什么礼仪。我来这儿是因为我想告诉你，我是你最忠实的粉丝之一，而且我非常期待你今晚的表演。对我而言，你的表演是这次会议的高潮。"

现在光线几乎消失了，天空变成纯净、深沉、永恒的蓝色，就像小调和弦。家童们沿着坡道和靠墙的路，点亮了许多小小的油灯。红堡闪闪发光，像坠落在旧德里的星宿。在人生前二十年的全部时光里，艾莎一直住在德里，但她从未站在如此优越的位置欣赏过她的城市。她说："我也不确定该采用什么样的礼仪，我以前从没同一位艾伊说过话。"

"真的？"A·J 现在背靠着被阳光晒暖的石头站着，仰望天空，余光却落在她身上，眼中露出狡黠的笑容。当然了，她这样想。她的城市中，艾伊就像鸟儿一样随处可见。从计算机系统、带有老鼠和鸽子野性智能的机器人，到这个站在她面前、在红堡大门口动听地赞美着她的存在。不算站着，没在任何地方，这只是反馈在她脑海中的一种信息模式。她结结巴巴地说："我的意思是，没跟一个……"

"2.9 级的艾伊？"

"我不知道那意味着什么。"

艾伊微笑起来。当她试图解决这个问题时，艾莎脑海中响起了又一阵鸣叫声，这次是普拉赫，像往常一样发出可怕的咒骂：她在哪，她知道大家马上要开始表演了吗，半个该死的大陆都在注目。

　　"抱歉……"

　　"没问题，我会看的。"

　　怎么看？她想问。一个人工智能艾伊、一个精灵，想看自己跳舞。这算什么？但当她回过头时，发问的对象只剩一缕尘埃，沿灯光照亮的城垛浮动。

　　有大象和马戏表演者，有幻术师和桌面魔术师，有加扎勒[5]和卡瓦里[6]以及博利[7]的咏唱者；那里有各式食物和侍酒师调配的葡萄酒，然后灯光在舞台上亮了起来，伴随着手鼓，簧风琴和印度唢呐声开始响起，艾莎旋转着经过生气皱眉的普拉赫，出现在舞台上。虽然大理石广场很是灼热，但是她激动万分，不能自已。跺脚声、皮鲁埃特芭蕾舞动作和她裙子旋转的样子、脚踝铃铛的碰撞声、面部表情、微妙的手部动作，她又一次因卡萨克舞蹈的这些规律在旋转中超越了自我，投入到某种更为宏伟的存在。她固然可以将之称为她的艺术、她的才能，但她也迷信：这样一来就是妄居天功，就会毁掉这种天赋。永远不要给它命名，永远不要说出口。就让它占据你好了。燃烧着的精灵，属于她自己。但当她在闪耀的舞台上翩翩起舞，就座的谈判代表就在台下，她感知的一角扫过摄像机和机器人，A·J·拉欧兴许正通过这些眼睛在看着她。她是否也是他意识中的碎片之一，正如他在她意识中一样？

　　当她对明亮的灯光屈膝行礼、跑下舞台时，她几乎没听到掌声。更衣室里，她的助手们取下并小心地叠好她服装上的多层装饰，擦拭掉外头临时的修饰，露出其下使用了二十二年的服装本来的模样，她的注意力则集中在耳钩上——就像塑料制成的问号一

5 一种印度叙事抒情诗歌，内容常为悲喜交集的爱情故事。

6 一种伊斯兰教苏菲派的赞美诗。

7 旁泽普邦的民乐。

200

样，放在她的梳妆台上。她穿着牛仔裤和丝绸无袖背心，与德里其他四百二十万人没有什么区别。她将人工智能耳钩卷在耳后，将头发披在耳钩上，掌机滑过手掌时，她的手指在上面停留了一会儿。没有电话，没有信息，没有化身。她对自己会在意这个感到非常惊讶。

官方雇佣兵在德里门列队。她向车走去，半路上一男一女拦住了她。她向他们挥手，示意他们离开。

"我不签名……" 演出之后从来没有过。只是走出去，飞快地静静离开，消失在城市中。男子摊开手掌，向她展示权证徽章。

"我们坐这辆车。"

一辆米色高档马鲁蒂越众[8]驶出，横在她面前。男人礼貌地打开门，让她先进，但动作中殊无尊重之意。女人坐在副驾驶座上。他加速冲出，喇叭大作，驶入红堡周边喧嚣的夜晚车流之中。空调的声音咕噜响个不停。

"我是来自人工智能注册和执照颁发部的萨克尔督察。" 男人说。他年轻自信、皮肤不错，且一点也不因坐在名人旁边而感到不自在。他须后水的味道或许过浓了点。

"一名克里希那警察。"

这个称呼令萨克尔皱起了眉头。

"我们的监测系统标出，你和巴拉特的 2.9 级人工智能艾伊 A·J· 拉欧之间有过交流。"

"是的，他打过电话给我。"

"在 21 点 08 分的时候，你们通话 6 分 22 秒钟。你能告诉我，你们谈论了什么吗？"

就德里的路况而言，这辆车开得很快，车流似乎从它身边流过，在每个路口遇到的似乎都是绿灯。什么也不准妨碍这车行驶。他们居然能办到？艾莎感到诧异。克里希那警察——艾伊的监督

---

8 铃木公司在印度的合资汽车品牌。

者：他们能驯服所狩猎的生灵吗？

"我们谈了些有关卡萨克舞的事情，他是我的粉丝。有问题吗？我是不是做错了什么？"

"不，一点也不，女士。但是您得明白，在这么重要的会议上……作为我部代表，我为这种不合时宜的行为表示歉意。嗯，我们到了。"

他们将她径直带到她的小别墅。她心中困惑，感觉自己脏兮兮的、满身灰尘，看着克里希那警官的车离开，靠着驯服的精灵在德里令人发狂的混乱交通中应付自如。她在门口停下。她需要、也理所应当给自己一点时间，从演出中抽离出来，这个小小的步骤让你可以回头看看自己，对自己说：干得好，艾莎·拉瑟利。房内没有灯光，很安静。妮塔和普利亚应该在外面，和她们帅气的未婚夫在一起，谈论着结婚礼物和宾客名单，以及她们可以从未来夫家榨取到多么价值不菲的聘礼。虽然住在同一间漂亮的小别墅里，但她们并不是她的姐妹。在阿瓦德，跟艾莎差不多年纪的人谁也没有姐妹，在巴拉特也是一样。虽然艾莎听说，这种性别不均衡正在恢复中。如今时兴生女儿。从前，承担嫁妆的可是女性。

她深吸一口这座城市的气息。凉爽的花园中的局部气候将德里的喧嚣压制成一声低沉的悸动，就像心脏里血液的搏动。她能闻到灰尘和玫瑰花的味道。波斯玫瑰，乌尔都诗人口中的花朵，还有灰尘。她想象着尘埃随风声低吟而升起，旋转成一个危险的迷人精灵。不，只是幻觉而已，一座疯狂老城的精神错乱。她打开安全门，发现院落里的每一寸都满满铺着红玫瑰。

第二天早上，妮塔和普利亚在早餐桌前等着她，她们俩并肩而坐，就像面试小组一样，或是克里希那警官。这一回她们总算没有谈论房子和丈夫。

"谁谁谁，这些花哪儿来的，谁送来这么多，肯定花了一大笔钱……"

女佣普里带来了对防治癌症很有裨益的中国绿茶。清扫工在院子的一头将花束堆成了一堆，甜美的花香中已经夹杂了一丝腐臭。

"他是个外交官。"妮塔和普利亚只看《城乡》肥皂剧和聊天频道，但就算是她们也知道 A·J· 拉欧的名字。因此她半真半假地说："一位来自巴拉特的外交官。"

她们嘴巴里发出哦的声音，互相看看，然后啊啊大叫。妮塔说，"你一定一定一定要带他过来。"

"带他来参加我们的聚会。"普利亚说。

"是的，我们的聚会。"妮塔说。过去这两个月，她们谈论的、闲聊的、计划的几乎再也没什么别的事了：她们盛大的联合订婚派对，向尚未结婚的女性朋友们炫耀，让所有单身男士都感到嫉妒。艾莎做了个鬼脸，装作是因为健康茶的苦涩。

"他很忙。"她没说他是个大忙人。她甚至想不出为什么她会玩这些傻女孩的秘密游戏。一个艾伊在红堡喊住她，告诉她自己很崇拜她。它甚至没见过她，也没什么好见面的。所有的一切都在她脑海中。"我甚至不知道该怎么联系他，他们不会泄露自己的电话号码。"

"他会来的。"妮塔和普利亚坚信。

她几乎听不见陈旧空调发出的咯咯声，但汗水沿着她阿迪达斯紧身衣的腰带，从她身体两侧流下，聚集在背部的凹陷处，在臀部绷紧的曲线间滑动。她想再次穿过加拉那的训练场。连她脚踝上的铃铛听起来都沉闷如铅。前一天晚上,她触及了三重天国[9];今早她却感觉自己快死了。她集中不了注意力,而且那个小混球普拉赫也知道这点,它[10]一边用手杖鞭打着她,一边吐出嚼烟的残渣,还念叨着拐弯抹角的第三性人咒语。

"喂!少盯着你的掌机,多注意手印!这个手印还不错。你蠢得让我蛋疼,如果我还有蛋的话。"

她自己都没意识到的事情,普拉赫已经发现了,这使她感到尴尬——响铃,呼我,响铃,呼我,响铃,把我从这里带走吧——她反唇相讥:"说得跟你有过似的。"

普拉赫用手杖敲打着她的腿,刺了她小腿背后一下。

"你他妈的混蛋,海吉拉人!"艾莎抓起毛巾、包包和掌机,将耳机挂在她长长的直发下。但换了地方也没用,那边的热量会瞬间渗进任何东西里头去。"我走了。"

普拉赫并没有从背后叫住她。这个第三性人太骄傲了。她想,简直像个古怪的小猴子。为什么一个中性人算是"它",而一个根本没有肉体的艾伊算是"他"?在旧德里的传奇故事中,精灵们总是"他"。

"拉瑟利女士?"

司机身着正装、穿着靴子。他全身唯一向高温投降的表现是戴着墨镜。而穿着胸罩式上衣和紧身衣,打扮清凉的她都快被热化了。"车里到处都有空调,女士。"

白色皮革内饰清凉至极,让她起了层鸡皮疙瘩。

"这回不是克里希那警官。"

"不是,女士。"司机把车驶出,开进车流中。等安全锁当啷一

9 印度教中克里希那 / 毗湿奴的天国有三重属性,分别对应生命、知识和爱。

10 第三性人的人称代词非男非女,原文为 yt,和"它"比较接近。

小说

声锁上，她才想起来：噢，上神克里希那啊，我可能是被绑架了。

"谁派你来的？"在她和司机之间隔着一块玻璃，太厚了，她的拳头可砸不开。即使门没锁，但在这种交通情况下，要从开得这么快的汽车里跳车，即便反应敏捷的舞者也很难做到。而且她一直住在德里，从巴斯蒂[11]的贫民窟一路住进了小别墅，却辨认不出这条街、这片郊区、这个工业园。"你要带我去哪里？"

"女士，我并未获准告知你去向，因为这会破坏惊喜。不过我可以告诉你，你是 A·J· 拉欧的客人。"

等她饮过汽车酒吧里的瓶装金利水，精神一振之后，掌机响起，呼叫着她。

"你好！"（她放松下来，往车内那清凉而酷炫的白色真皮内饰上深深一靠，像个电影明星一样。她就是明星，一位车里有酒吧的明星）

只有声音传来："我相信这辆车还算过得去？"还是那个柔和温润的声音。她无法想象有任何对手能在谈判中抵御这种声音。

"太棒了。非常奢华，水准极高。"她此时在贫民窟外，这里比她长大的地方更加贫困、更加破烂，也要新一些。最新的东西看上去总是最破旧。一群男孩子们坐在用拖拉机零件拼凑成的自制板车上，从她身边轧轧驶过。米色雷克萨斯小心翼翼绕过瘦弱的牛群，这些牛的臀部棱角分明，在绷紧的皮肤下清晰突出，犹如机械。到处都有干燥的灰尘厚厚地沉积在龟裂的汽车金属顶盖上。这座城市让人看得目不转睛。"你现在不应该在开会吗？"

她的听觉中枢内部传来一声大笑。

"噢，我正努力为巴拉特争取水资源，相信我。我要不是勤勉的公务员，那还能是什么呢。"

11 德里附近地名。该地区有大量贫民窟。

"你是在告诉我,你在那里,也在这里?"

"噢,对于我们而言,同一时间在好几个地方不算什么。我有多个副本和子程序。"

"所以说,哪个是真实的你?"

"他们都是真实的我。事实上,我的化身没有一个在德里的。我分布在穿越瓦拉纳西和帕特纳地区间的一系列正法芯[12]中。"他叹了口气。听起来很亲密、很困乏又很温暖,如同在她耳边说悄悄话一样。"你会发现这种分散的意识很难理解;对于我而言,要掌握一种分散流动的意识也一样很难。我只能通过你们所说的信息空间来复制自己,它在我的宇宙中相当于物理现实;但是你们则在空间维度和时间中移动。"

"所以说,爱我的究竟是其中哪一个你呢?"这句话脱口而出,放诞不羁、不假思索、随心所欲。"我的意思是,作为一名舞者的我。"她满怀深情地急切说着,"有没有哪一个你是特别欣赏卡萨克舞的?"非常彬彬有礼的言语,如同你在妮塔和普利亚的某次令人讨厌的婚介晚会上,对一个实业家或是充满希望的律师所说的话。别莽撞,没人喜欢冒冒失失的女人,如今这是个男人的世界。然而,她听到 A·J· 拉欧的声音里洋溢着欢乐。

"有什么区别,我的全部和我的每个部分,艾莎。"

她的名字。他直呼了她的名字。

这条破街,到处都是无主的野狗,男人们懒洋洋地躺在吊床上挠痒痒。但司机坚持道:"这里,走这边,女士。"她沿着一条小巷择路前进,两边是旧汽车轮胎堆成的晃晃悠悠的尖塔。空气中散发出燃烧的酥油和腐臭的尿液的恶臭。孩子们聚在雷克萨斯汽车旁,但这车配有符合 A·J· 拉欧安全级别的装备。一堵摇摇欲坠的红墙

12 作者虚构的词。类似服务器。"正法"或者"达摩"是印度文化的一个核心概念。

上，是扇有些年头的莫卧儿风格的门，由木头和黄铜制成，司机推开门："女士。"

她踏进门内，步入了一座花园——毋宁说是步入了一座花园的废墟。惊奇的吸气声沉寂下来。四格花园规整的水道干涸了，出现了裂痕，被野餐垃圾所阻断。花园里的灌木丛乱糟糟的，杂草丛生，植被的边缘地带长满野草，变得参差不齐。草坪因烈日干旱而变得枯黄：低矮的树枝已被砍掉当柴烧。她走向小路和水道相汇处的中心位置，那里有座顶部满是裂缝的亭子，薄鞋下的碎石被过往的季风吹得裂开，仿佛形成了一条条溪流。枯萎的树叶和坠落的树枝将草坪覆盖。喷泉已干涸，积起了淤泥。但许多家庭依然推着婴儿车在其中漫步，孩子们追着球嬉戏。上了年纪的男性穆斯林们读着报、下着棋。

"沙利玛花园，"A·J·拉欧说道，他的声音从她脑颅底部传出，"一座宛若天堂的封闭式花园。"

随着他的话音，变化如潮水般席卷了花园，将二十一世纪的衰败气象一扫而空。枝繁叶茂，花坛盛开，一排排种着天竺葵的赤陶花盆沿着四格花园的水道边排列成行，水道中水光闪耀。亭阁的层叠式屋顶闪烁着金叶，孔雀激动地忙着炫耀它们的美丽，一切都在闪闪发光，伴随着喷泉溅起浪花。欢笑的家庭回到莫卧儿大礼堂里，公园里的老人变成了园丁，用扫帚打扫着石子路。

艾莎高兴地拍着手，听到一阵西塔琴音远远传来，如银雾般洒落。"噢！"她被这奇景惊呆了。"噢！"

"这算是谢谢你昨晚带给我的一切。这里是全印度我最喜欢的地方之一，虽然这里几乎已被遗忘。也许，正是因为它几乎被遗忘，奥朗则布[13]于1658年在此加冕为莫卧儿皇帝，现在对于巴斯蒂的居民而言，这里已成为晚间散步游玩的地方。我热爱往昔；我和

---

13 Aurangzeb（1618-1707 年），莫卧儿王朝第六任君主。

我们所有人都容易沉迷于过往。我们可以生活在许多不同的时代中，正如我们可以生活在不同的地点。我在心里经常来这里；或者应该说，是它来到我心里。"

然后喷泉喷出的水流泛起涟漪，就像在风中荡漾，但不是因为风，在这个闷热的午后没有风，而那落下的水流渐渐化成人形，从水雾中走出。这水人闪闪发光，流动着，变成有血有肉的人。A·J·拉欧。不，她想着，他从来不是有血有肉的人。是个精灵，一种被困在天堂和地狱间的生物[14]。一个反复无常的家伙、一个骗子。还骗了她。

"正如同古代的乌尔都语诗人所言，"A·J·拉欧说道，"天堂确实容于一墙之内。"

时间早已过了 4 点，但她依然未眠。她一丝不挂——毫不觉羞耻——只在耳后戴了耳钩，睡在床上，窗板洞开。旧式空调突突作响，由于定期限电，这声音变得断断续续。这是迄今为止最糟糕的夜晚，这座城市大口喘息着。今晚，就连大马路上的噪音都很微弱。房间那一头，她的掌机睁开蓝色的眼睛，轻声呼唤着她的名字：艾莎。

她起身跪在床上，手扶耳钩，汗珠在她裸露的肌肤上滑过。

"我在这儿。"她低声说道。妮塔和普利亚一左一右，离她仅隔一面薄墙。

"很晚了，我知道，我很抱歉……"

她的目光掠过整个房间，落入掌机的摄像头里。

"没事，我没睡。"声音里带着点情绪，"怎么了？"

"任务失败了。"

---

14 伊斯兰教认为精灵没有人类的灵魂，因而被困在现世，不下地狱也不能上天堂。

她跪在那张古董大床中央，汗水顺着脊柱凹处滚滚而下。

"会议吗？怎么了？发生了什么？"她低声说道，他在她脑海中述说着。

"就因为一个问题，没有谈成。一个微不足道的小问题，但它就像个楔子一样，将所有条款都劈裂开来，直到协议完全瓦解。阿瓦德人将在昆达哈达尔建造大坝，从而留住神圣的恒河水资源，用于阿瓦德本国。我的代表团已经在打包行李了，我们将于今早回到瓦拉纳西。"

她的心怦怦直跳。接着她咒骂自己，被浪漫冲昏了头的傻姑娘。他本来就在瓦拉纳西，跟他在这里一样，就如同他在红堡协助他的人类上司一样。

"我很遗憾。"

"是的，"他说道，"就是那种感觉，我是不是对我的能力过于自信了？"

"人们总是会让你失望。"

一声干巴巴的笑声从她头脑深处响起。

"艾莎，你是多么缥缈。"她的名字似乎悬在热气中，就像一个和弦音。"为我跳支舞好吗？"

"什么，这里？现在？"

"是的，我需要一些……有实体的东西。形体上的。我需要看到身体的摆动，一支穿越时空的意识之舞，我自己做不到。我需要看到美丽的东西。"

需要。一个拥有神灵般能力的生灵，需要她。但艾莎突然害羞起来，用手挡着自己绷得紧紧的平坦胸部。

"配乐呢……"她结结巴巴地说道，"没有音乐伴奏，我可无法表演……"卧室尽头的阴影变深了，化作一支乐队：三个男人弯着腰，分别演奏手鼓、萨朗吉和印度笛子。艾莎发出了一声细微的尖叫，重新钻进床罩里遮羞。他们看不到你，他们甚至不存在，只存在于你的脑海中。而且，即使他们是有血有肉的个体，他们也只会全神贯注于鼓皮和丝弦的奇妙架构上，不会注意到你。这些被驱使的可怜虫啊，音乐家们。

"我在今晚将一个低级艾伊整合进了我自身，"A·J·拉欧说道，"一个 1.9 级水准的复合体系。我提供视觉画面。"

"你能够将自己的某些部分替换进来或替换出去？"艾莎问道。手鼓伴奏者已经开始在达扬鼓上演奏一曲节奏缓慢的纳特特雷打击乐。乐手们互相点了点头。数数了，他们将要倒计时了。要让她自己相信，妮塔和普利亚听不到声音，除了她和 A·J·拉欧之外没人能听到，这并不容易。萨朗吉乐手将弓放在琴弦上，印度笛乐手吹了一曲蛇舞的笛音。一首桑吉特，但这是她之前从未听过的曲子。

"这是现场作曲！"

"是个编曲艾伊。你识别出来源了吗？"

"克里希那和牧女们。"卡萨克经典主题之一：克里希那用长笛——班苏里，最销魂的乐器，诱惑那些挤奶女工。她知道这种舞步，感觉身体已经预先准备好了应和节奏的变化。

"跳支舞好吗，女士？"

她踏着老虎般有力而优雅的步伐，从床上踩到卧室地板的草席上，踏入了掌机的焦点之中。之前她曾是一个害羞而糊涂的女子，但现在不是。以前她从未有过这样一位观众：一个高贵的精灵。在纯粹而激动的沉默中，她做着那 108 个挤奶女的旋转，踩脚和弯身，赤脚亲吻着编织的草地，双手结成手印，脸上呈现出一个古老故事当中的各种表情：惊奇、羞怯、好奇、兴奋。汗水肆意地顺着她裸露的皮肤流下：她浑然不觉。她被乐章和夜色所包裹。时间变慢了，星辰驻足于它们弧形的轨迹之上，停留在伟大的德里上空。她能感觉到整个星球在她脚下呼吸。这就是一切的目的：所有那些早起的黎明、流血的双脚、普拉赫拐杖的挞痕、那些错过的生日、失去的童年。她跳着舞，直到她的脚再次流血，血渗入粗糙的草席里，直到她身上的最后一滴汗水干涸成盐，但她还是随着手鼓、达扬和巴扬乐器的打击声舞动着。她就是河边的挤奶女工，被神所诱惑。A·J·拉欧选择卡萨克舞并非是随意的选择。然后乐曲进入了响亮的尾声，乐手互相鞠躬，散落成金色的尘埃，她倒下了，倒在床尾，筋疲力尽——之前任何一场表演都未曾如此疲惫过。

　　一道光唤醒了她。她全身黏糊糊、光溜溜，心中尴尬。家里的仆人也许会发现她的。她正头痛欲裂。水、水，关节、神经、筋腱都在乞求水分。她披上件中式丝绸长袍。在去厨房的路上，掌机的窥视眼不停地向她眨着眼。那不是春梦，不是因为酷暑和碳氢化合物所激起的甜美幻觉。在她卧室里，她为一个艾伊跳了克里希那和108个挤奶女。有条信息。有一个号码。你可以打给我。

　　纵贯德里八个王朝的历史，有些男人——几乎总是男人——谙熟许多精灵的传说。他们了知很多精灵的形态，能看透它们伪装——驴、猴、狗、食腐鹫鸟——之下的真身。他们知道它们的聚居地和栖息地——它们特别容易被清真寺吸引——也知道当你挤过贾玛清真寺后的一条小巷时，感知的那种无法解释的热量就来自精灵，它们紧紧挤在一起，以至于从它们当中穿过时，你都能感觉到它们的火焰。最具智慧的——最强大的托钵僧知道它们的名字，因此可以抓住它们、命令它们。甚至在古印度，在分裂成阿瓦德、巴拉特、拉吉普贾纳和孟加拉联邦之前——也存在着一些圣人，他们能够召唤精灵，令其背着他们在一晚之内从印度大陆的一端飞到另一端。在我自己那座列城，有一个年纪极老的苏菲长老，从一栋闹鬼的屋子里赶出了 108 个精灵, 其中 27 个在客厅、27 个在卧室, 还有 54 个在厨房。这么多的精灵, 没给别人留下半点空间。他用燃烧的酸乳酪和辣椒把它们赶走了, 但告诫人们: 切勿轻易跟精灵扯上关系, 因为它们所做的一切必会让你付出代价, 即便花上许多年, 它们也肯定会把代价要到手的。

在他们的城市里, 现在出现了一个新种族跟他们争夺空间: 艾伊。如果说精灵是由火创造出来的, 人是由黏土, 那么它们则是由语言所创造出来的。五千万艾伊遍布德里的林荫大道和街头集市: 管理交通路线、买卖股票、保护能源和水资源、咨询问答、算命、管理日常事务、处理日常法律和医疗事务、在肥皂剧中表演、对德里的神经系统中每秒钟流过的百万七乘方条的信息碎片进行审查。这城市是一个伟大的曼陀罗。从仅比动物聪明一点的路由器和维护机器人 (每种动物都有足够的智力: 去问老鹰和老虎便知), 到 99.99% 的时候都跟人类无法区分的 2.9 级超级艾伊, 它们是一个年轻的种族、一个精力充沛的种族, 对这个世界感觉新鲜、充满热情, 对自身的力量知之甚少。

精灵绝望地从他们的屋顶和尖塔上看到: 这种活生生的语言造就的强大物种如此盲目地服务于那些黏土的造物, 但他们之所以绝望, 主要还是因为与人类不同, 他们可以预见到艾伊将自己从古老的心爱城市中驱赶出去、并取而代之的那一天。

这次见面会, 妮塔和普利亚的主题是《城乡》: 虽则阿瓦德公众对巴拉特的反对情绪高涨, 这部巴拉特大型肥皂剧反而变得更受追捧。那么, 我们一定会将大坝建得好好的, 无论有没有坦克在; 他们可以向我们乞讨, 现在这些是我们的水资源了, 同时顺便一问, 你对于维德·普拉卡希有什么看法, 里图·帕瓦兹所做的事情不是很丢脸吗? 她们曾嘲笑肥皂剧《城乡》及其观众, 但现在再那么说可就不合适了，是无爱国之心的表现，人们对安妮塔·玛哈帕特拉和沃拉夫人的戏码是百看不厌。有些人仍然不肯看，但会花钱购买每日情节摘要，以便他们可以在必要的社交场合——例如妮塔和普利亚的婚介见面会——显得并不落伍。

这是一次盛大的见面会；今年的季风来临前，这是最后一场了——如果今年季风还会来的话。妮塔和普利亚请来了最好的节拍男孩 [15]，提供大量的混合音效，径直发送到来宾的耳钩内。甚至还有一个气候控制场，开到了最大限度，以对抗夜间的酷热。艾莎能感觉到场内超声波在臼齿上激起的低沉嗡嗡声。

"恕我无礼，我觉得你过于焦虑了。"A·J·拉欧说道。他通过艾莎的掌机读取了她的生命体征。除了艾莎之外，谁也看不到拉欧，他就像亡魂一样，在她身旁移动着，穿过挨挨挤挤的那些打扮成《城乡》中角色的来宾。按照传统，本季的最后一次见面会是假面舞会。在中产阶级所处的现代德里，这意味着每个人都戴着由电脑合成的扮作肥皂剧角色的面具。他们的肉身是在社会中流动的活人，穿着清凉的智能夏装，但在人们的脑海中，他们是查吾拉和阿贾伊，是风度翩翩的戈文德和狡猾的查特吉大夫。有三个维德·普拉卡什，也就有三个拉·达尔凡——在这出机器合成的肥皂剧中扮演维德·普拉卡什的艾伊演员。即便是妮塔未婚夫的郊区别墅的庭院也仿佛被魔法化作了贝汉布尔 [16]，也就是作为《城乡》故事背景的那个虚构的小镇，角色扮演者相信他们活在名流的蜚短流长之中。当妮塔和普利亚判断人人都进行了充分的沟通和交际时，就会发出信号，每个人将卸下闪闪发光的伪装，然后恢复自己批发商、午餐供应商及软件巨头的真实身份。接下来开始的就是正事：寻觅新娘。目前，艾莎可以在友好的精灵陪伴下，优哉游哉地匿名游荡。

---

15 俚语，指唱片骑师或者说"打碟的"。

16 印度城镇名。这里的居民普遍文化和收入较高。

她这几周来一直在很多地方游荡，从炎热的街道到古老的地方，透过一个生活在多重时空的生灵之眼，她对这座城市有了全新的观感。在锡克教的谒师所，她看到了第九代宗师氏戈·巴诃杜尔[17]被原教旨主义者奥朗则布的侍卫斩首。威贾伊集市周围川流不息的交通逐渐融入最后一任总督蒙巴顿的本特利车队，当时他正要永久地离开吕特延[18]的巨大宫殿。库特布米纳尔周围的旅游杂物和古董供应商化作了幽灵，那是在 1193 年，第一批莫卧儿征服者们的宣礼员正高声唱出唤礼歌。是错觉，是小小的谎言；但当因爱而起时，这些都无所谓了。在爱之中，万事皆可。你能读懂我的心吗？当她与她那看不见的向导一起穿过人潮涌动的街道时，她问道，街道日渐变得不那么喧闹、不那么实在。你知道我是怎么想你的吗，艾伊拉欧？她从人类世界中一点一点地滑出，进入精灵之城。

在门口就有感觉了。《城乡》里的男明星们纷纷围着一个身穿象牙色亮片连衣裙的女人转来转去。真他妈的聪明：她打扮成雅娜·米特拉来到这里，那个身材最好、发展最快的最新晋宝莱坞歌星。如同卡萨克舞者一样，宝莱坞女孩仍然是有肉身的、自我的。虽然雅娜自己像每个主题歌手一样，在《城乡》里招待着她的电脑化身客人。

A·J·拉欧笑了笑："如果他们知道的话就好玩了。非常聪明。还有什么伪装能比装成你自己更高明呢？那确实就是雅娜·米特拉。艾莎·拉瑟利，怎么啦，你要去哪儿？"

为什么你一定得问，你不是知道一切吗，那你就该知道这里又热又吵，超声波在我脑中呜哩哇啦，这声音穿透了我，而且他们全都只问一件事：你结婚了吗？你订婚了吗？你在找对象吗？我希望自己没有来，我希望跟你一起去了外面某个地方，音响系统旁边、

17 Tegh Bahadur（1621-1675 年），锡克教第九代上师，在反对莫卧儿王朝的斗争中被害。

18 艾德文·吕特延 (1869 -1944 年)，英国著名建筑师。英国驻印总督的新官邸由他设计和主持建造。

214

凤凰木丛底下那个黑暗的角落，看着像是可以摆脱所有这些蠢人的地方。

妮塔和普利亚知道她扮的是谁，她们大声呼喊："这么说，艾莎，我们终于可以见到你那个男人了吗？"

他已经在金色的花丛中等待着她了。精灵移动的速度跟思考一样快。

"这是什么，这是怎么了……？"

她低声说："你知道，有时候我希望，我真的希望你能请我喝一杯。"

"噢，当然，我会叫个服务员来。"

"不！"太大声了。我不想让别人看到我与灌木丛交谈。"不，我的意思是，递给我一杯，只递给我一杯就行。"但他不能，也永远不会那么做。她说："我五岁就开始跳舞了，你知道吗？哦，你很可能知道，你知道我的一切，但我敢打赌，你不知道那是怎么开始的：我和其他女孩子一起玩，围绕着蓄水池跳舞，这时，那位来自加拉那的老妇人走到我母亲面前说，如果你把她交给我，我会给你十万卢比，我会把她培养成一个舞者；也许，如果她自己努力的话，她将成为全印度知名的舞者。我的母亲说，为什么是她？你知道那个女人说了什么吗？'因为她显示出了动作方面的基本天赋，但主要还是因为你会愿意为了十万卢比把她卖给我。'就在那时候，就在那地方，她带着钱过去，给了我的母亲。这位老妇人把我带进了加拉那[19]，她曾经是个伟大的舞蹈家，但她得了风湿症，动弹不得，这使她变得很坏。她曾经用竹棍抽我，我必须在黎明之前起床，为每个人准备奶茶和鸡蛋。她会让我练到双脚流血。他们会用吊索把我的手臂吊起来，练习结手印，直到我只要一放下手臂就忍不住疼

19 印度音乐界的一种组织，类似于"门派"。

得尖叫。我从未回过家——你知道吗？我从未想过回家。尽管她这样对待我，但我自己努力练习，成了一个伟大的舞者。你知道吗？没人在乎这一切。我花了十七年的时间掌握的却是无人在意的东西。可你要是带个宝莱坞女孩来试试看呢，只要在这儿转悠 5 分钟，秀一秀牙齿和双峰……"

"你嫉妒吗？"A·J·拉欧问道，似乎在温和地批评。

"我不应该吗？"

接着节拍男孩一号在他的掌机上闪出一句"你是我的索尼娅"，这是揭下面具的信号。雅娜·米特拉欣然鼓起掌来，一面歌唱着，而此时此刻，她周围闪耀的肥皂剧明星们重新变成了普通的会计师、工程师、纳米美容医生；古老的贝汉布尔那粉红墙壁、屋顶花园以及千千万万颗星辰都在空中消散陨落。

看到他们暴露出不加掩饰的欲望，在名人光环下就像肥皂剧世界那样消失，这唤回了艾莎从在加拉那度过的孩童时代就了解的那种疯狂。她从侍者手里一把夺过鸡尾酒杯，胸针与酒杯碰撞，发出富于穿透力的响亮声响。她爬上桌子。这时那个宝莱坞贱货终于闭嘴了。所有的目光都聚集在她身上。

"女士们，但主要是先生们，我有件事要宣布。"就连隔音障后的整座城市似乎都屏住了呼吸。"我订婚了！"喘息声、惊呼声、礼貌的掌声响了起来：她是谁，她上过电视么，她是不是在附庸风雅？妮塔和普利亚在后面睁大了眼睛。"我非常非常幸运，因为我未婚夫今晚在这里，事实上，他整晚都在我身边，噢，我真傻。当然，我忘了，并不是所有人都能见到他。亲爱的，你介意吗？先生们，女士们，你们介意戴上一会儿耳钩吗？我相信你们不需要我介绍我卓尔不群的未婚夫 A·J·拉欧的任何情况。"

从人们的眼睛、嘴巴以及窃窃私语声——那声音先是差点打断掌声，接着低下去，然后又在妮塔和普利亚的带领下变成了礼貌

小说

的大声喝彩——她便知道，他们都能看到拉欧，正如她所看到的那样，身材高大，丰神俊朗，在她身边，手覆在她手上。

她在哪儿都看不到那个宝莱坞女孩了。

坐噗噗车[20]回来的途中，他一直很安静。现在，他安静地待在房子里，就他俩。几小时前，妮塔和普利亚就该回来了，但艾莎知道，她们怕她。

"你非常安静。"说这话时，她正躺在床上，烟圈朝天花板上的吊扇徐徐升起。她喜欢印度雪茄烟，你可以在肮脏的街头立马来一根的这种，而不是某个西方的知名大品牌。

"派对结束之后，我们开车回来的路上就被跟踪了，一架艾伊飞机监视着你坐的噗噗车，有个网络分析艾伊系统在我的路由器网络上嗅探，试图跟踪这个网络监视渠道的信息，我确信街头摄像机负有监视我们的任务，在红堡集会后带走你的克里希那警官就在街尾，他不擅长耍花样。"

艾莎走到窗前，想窥探一下那个克里希那警官，打电话给他，想问问他以为自己这是在干吗。

"他早走了，"拉欧说，"现在他们已经轻度监视了你一段时间了，我猜，你刚才的声明让监视级别又提高了。"

"他们在那里？"

"正如我所说的……"

"轻度监视。"

这令人恐惧，但更令人兴奋，海底轮深处蠢蠢欲动，她的瑜尼上方一阵赤热的悸动。恐惧但性感。同样的疯狂冲动使她不假思索就脱口而出宣布订婚。这么快事态就发展到了如此地步。现在没

---

20 印度对简易三轮机动车（偶尔也会是两轮）的叫法。相当于中国的"蹦蹦车"。

办法置身事外了。

"你从未给过我机会来回答。"艾伊拉欧说道。

你能读懂我的心思吗？艾莎望着掌机思索着。

"不能，但我和负责《城乡》编剧的艾伊共享一些操作协议——从某种意义上说，它们是我的一个低级部分——它们在预测人类行为方面表现十分出色。"

"我就像部肥皂剧。"

然后，她倒回床上，笑啊笑啊，直到觉得难受，直到不想再笑，每一次狂笑都是一次窒息、一次谎言，她嘲笑着那些监视机器，它们就在慢吞吞转动的风扇上方，风扇仅仅搅动着热气，卷起了从德里巨大的热岛效应中喷出的巨大热气流，那是一个精灵的阴谋。

"艾莎，"A·J·拉欧说，他比以往任何时候似乎都离得更近。"还在说谎。"她刚刚想着为什么？然后脑海中立刻传来耳语：安静，别说话。在同一瞬间，她的脉轮发出的光芒像蛋黄一样爆裂，热量渗入她的阴部。哦，她说道，哦！她的花蕊正在对她歌唱。哦，哦，哦，哦。"怎么……？"嘘——又是这声音，在她脑海里响起，在她体内的每一部分响起，声如洪钟。愈来愈高涨，她需要做点什么，她需要动一动，需要蹭蹭大床上被白昼温暖的香木，需要将手移到下体，用力，用力，再用力……

"不，别碰。"A·J·拉欧斥责道，现在她连动也动不了，她需要爆发、必须爆发，头颅里已经不能容纳，作为舞者的肌肉绷得紧如电线，她再也承受不了多少了，不要、不要、不要，要啊、要啊、要啊，她现在尖叫着，细碎的尖叫声，击打她的双拳落到床边，却只是痉挛着，身体已经完全不听她使唤了，然后砰地爆裂，紧接着又是一次，一波未平一波又起。一次次巨大而缓慢的爆炸横亘天空，她痛骂和赞美着印度的每个神灵。现在爆炸逐渐消退，但震动依然接二连三，一浪高过一浪。现在正慢慢消退……消退。

218

"噢噢,噢。什么?哇,怎么搞的?"

"你戴在耳后的那机器能触及比语言和视觉更深的地方。"A·J·拉欧说道,"所以,你现在知道答案了吗?"

"什么?"床上已经被汗水浸透了。她身上黏糊糊、脏兮兮,需要洗个澡,需要换衣服,需要挪动。但余韵还没有完全褪去,色泽美轮美奂。

"那个你从未给我机会回答的问题。是的,我会娶你。"

"虚荣的傻姑娘,你连他是什么种姓都不知道。"

马塔·马杜里一天要借助塑料管抽80根烟,塑料管一端连着呼吸机,一端插入她喉部的密封索环。她每次要点三根:该死的机器把其中所有精华都剥离了,她说道。我他妈就剩这么点乐子了。她以前经常贿赂护士,但现在他们会免费给她送来,怕她发脾气:随着她的身体越来越依赖于机器,她的脾气也变得越来越恶劣。

她心血来潮,没等艾莎回答,就推着自己的生命维持椅向前,冲进了花园。

"不能在这儿吸烟,没新鲜空气。"

艾莎跟着她出去,来到中规中矩的四格花园那倾斜的砾石路上。

"没有人再按照种姓结婚了。"

"别自作聪明了,蠢女孩。就像嫁给一个穆斯林,或者甚至是基督徒,克里希那上主保佑我,你很清楚我的意思,他不是个真人。"

"有些比我年轻的女孩子还跟大树甚至狗结婚呢。"

"你可真他娘的聪明,可那是在比哈尔或拉杰普塔纳那种可憎的鬼地方,而且无论如何,那些都是神,随便哪个蠢货都知道。啊,你滚开！"当椅子上的艾伊打开遮阳伞时，这位垮掉的老妇人咒骂道，"太阳太阳，我需要太阳。我很快就该被烧掉了，用檀香木，你听到了吗？你得用檀香木柴堆烧我。如果你抠门的话，我变了鬼都会知道的。"

马杜里，这位年迈的跛脚舞蹈老师总是用这种策略来终止令她不快的交谈。"等我死了以后……烧我的气味一定要芬芳可人……"

"有什么事情是神办得到，但 A·J·拉欧办不到的呢？"

"哎！你个忘恩负义、亵渎神灵的孩子。我没听到那话，啦啦啦啦啦啦，你说完没？"

艾莎每周都会到养老院来看望一次这个仅剩残躯的女人——舞蹈对人体的要求摧毁了她。在看着她由衰弱到走向死亡的漫长过程中，她找到了自责、需要、暴怒、不满、生气、快乐，这些是她能继续下去的动力。这世上她唯一相信的只有一个人。她是艾莎唯一的母亲。

"如果你嫁给那个……东西……，你将会犯下足以毁掉你人生的错误，"马杜里断言，并加快了在水道间小路上的行进速度。

"我不需要得到你的允许，"艾莎在她身后喊道。随着马杜里椅子上的轮轴转动，她心中也跟着转起了一个念头。

"噢，真的吗？对于你而言，那可是第一次。你想要我的祝福。好吧，我不会祝福你的。我才不会参加这么个荒唐的宴会。"

"我要嫁给 A·J·拉欧。"

"你说什么？"

"我，要，嫁给，艾伊，A·J·拉欧。"

马杜里笑了，笑声干涩，渐渐低哑下去，像吐痰的干咳，那笑声中充满了印度雪茄的烟雾。

"好吧，你差点让我大吃一惊。会反抗了。好，总算有些精气神了。这一直是你的问题所在，你总是需要每个人的赞同、认同和爱，这些阻碍你变得伟大。你知道我的意思么，姑娘？你本可以是个女神，却总因为害怕谁不认可你，而踌躇不前。所以，你只能算是……马马虎虎。"

现在人们看过来了，工作人员、访客、病人们。说话声音太大，情绪流露不得体。这是一间安静的房子，正以机械化的形式缓慢消亡。艾莎弯下腰，对自己的导师耳语：

"我想要你知道，我为他跳舞了。每天晚上。就像罗陀为克里希那起舞。我只为他跳舞，然后他来到我身边，与我媾爱。他令我尖叫咒骂，像个妓女一样。每晚如此。看！"他不再需要召唤了；他通过硬件连接到艾伊智能耳钩上，而艾莎现在几乎从不摘下这耳钩。艾莎抬眼一看：他在那里，穿着一身冷肃的黑色西装，站在散步的访客和单调嗡鸣的轮椅之间，双手交叠。"他在那里，看到了吗？我的爱人，我的丈夫。"

一声长长的、哀恸的尖叫声，像是反馈噪声，像是机器停止运转的声音。马杜里枯槁的手飞快地伸向她的脸庞。她的呼吸管道被烟草烟雾阻塞了。

"怪物！怪物！违背天理的小孩，啊，我本该把你留在贫民窟那边的！离我远点，走开，走开！"

医院的工作人员匆忙穿过枯萎的草坪赶来，面对老妇人的狂怒，艾莎撤退了，白色的纱丽翻飞。

每个童话中都必须有一场婚礼。

当然，这是本季的一件盛事。一大群园丁将衰败陈旧的沙利玛花园转变成一个惬意湿润、绿意盎然的帝王梦中乐园，里面有大象、亭台、音乐家、长矛兵、舞者、电影明星和机器人调酒招待。作为伴娘的妮塔和普利亚穿着精美的连衣裙，显得不太自在；一位伟大的婆罗门被请来为女人和人工智能的结合祝福。每个电视网络都派来了摄影师，有些是人类，有些是艾伊。穿着闪亮的主持人检查来宾出入情况。《访谈》杂志的狗仔队成群结队，琢磨着该拍些什么。来客中甚至还有巴拉特的政治家，尽管两个邻邦之间的关系正在日益恶化：阿瓦德的建设者们正在挖掘恒河沙滩，筑成护岸。不过来客中最多的还是这个正日渐扩大的贫民窟里的居民，他们推挤着花园小径上沿线排列的安保人员，问个不停：她要嫁给什么东西来着？那事儿怎么办？你懂的，他们能那啥吗？怎么整出孩子？她究竟是谁？你能看到什么吗？我什么也看不见。有什么可看的吗？

但是来宾们和大人物都戴着智能耳钩，为骑着白色骏马、戴着金色面纱的新郎而欢呼喝彩，宾客们随着马儿优雅的盛装舞步，沿着倾斜的道路款款走来。身为大人物和嘉宾，即便是饮下了来自外交团那位著名侍酒师提供的免费法国香槟之后，也没人会说出这样的话——但那里什么人也没有啊。没人会感到奇怪：在新娘坐着加长豪华轿车离开之后，云间响起了一阵干燥稀疏的雷声，一小股炎热的风吝惜地吹起，吹走了沿路被丢弃的邀请函。当他们回到出租车时，供水车正从耗费重金才装满了的坎儿井中把水再抽出来。

这上了新闻头条。

卡萨克明星同人工智能艾伊恋人结婚！！！将在克什米尔度蜜月！！！

在德里的集市和清真寺尖塔之上，精灵们弯着腰聚集在一起开会。

他带着她一起在图格鲁克购物中心购物。过了三周了，店里的女售货员依旧会点头示意、窃窃私语。她喜欢那样。但她不喜欢克里希那警察将她从黑莲花日本进口公司的柜台上带走时,她们瞥眼看着她咯咯发笑的样子。

"我丈夫是一位官方认可的外交官,这是一起外交事件。"穿着劣质制服的女人轻轻摁下她的脑袋,把她按进车里。政府部门不需要个人责任声明。

"是的,但你不是,拉欧太太。"坐在后座的萨克尔说道。他依旧喷的是那款廉价的须后水。

"拉瑟利,"她说,"我保留了我的艺名,至于我丈夫会对我的外交处境发表什么评论,咱们走着瞧。"她想起他来,举起手,结了个手印,要跟艾·杰伊说话。 空气中一片死寂。她重复了一遍手势。

"这车屏蔽了。"萨克尔说道。

那栋建筑物也是经过屏蔽的。他们把车径直开入大楼,沿着斜坡进入地下停车场。 这里是位于议会大街的一个街区,由玻璃和钛建成,毫无特色,她在前往康诺特圆形广场那些商店的路上经过了千万次都没有注意过。萨克尔的办公室位于十五楼,很整洁,可以俯瞰简塔·曼塔天文台[21]恢宏的几何结构,能闻到食物的气味:桌上的午餐被一把拿走了。她试图找到家庭妻儿的照片,却只有张他本人参加板球比赛的留影,穿着贴身的白球衣,很是帅气。

"奶茶?"

"谢谢。"这个市民服务街区的默默无闻开始让她感到不安:这是一座城中之城。 奶茶温暖而甜蜜,装在一个小小的一次性塑料杯里递过来;萨克尔的微笑似乎也温暖而甜美。他坐在办公桌的

---

21 Jantar Mantar, 斋普尔城建造者萨瓦伊·杰伊·辛格二世的杰作,他在斋普尔、德里、瓦拉纳西等地一共修建了五座简塔·曼塔天文台,其中斋普尔那一座规模最大。碧绿的草坪上,散布着众多奇形怪状的砖砌建筑,以及世界最大的日晷,每个都有特别的用途。

尽头，身体向艾莎倾斜，摆出克里希那警察的手册上称之为"非对抗性"的姿势。

"拉瑟利太太。这个怎么说？"

"我的婚姻是合法婚姻……"

"哦，我知道，拉瑟利太太，毕竟这是阿瓦德。唉，在我们有生之年，居然有女人嫁给了精灵。不。现在看来这是国际事务。好吧，为了水：我们一直把丰富的水资源看作理所当然，不是吗？我是说，直到水资源变得稀缺之前。"

"谁都知道，我丈夫仍在致力于就昆达哈达尔的问题协商出一个解决方案。"

"是的，他当然是这样。"萨克尔从他桌上拿起一个马尼拉纸制成的信封，往里面瞄了下，羞涩地做了个鬼脸。"我该怎么说呢？拉瑟利女士，关于他工作的一切信息，你丈夫对你知无不言吗？"

"这是个无理的问题……"

"是的是的，请原谅我，只是能请你看看这些照片吗？"

光滑的高解析度大幅打印照片，还带着打印机那种光滑而甜美的味道。地面鸟瞰图，青绿色的水线、白沙、各种零散的形状，没有任何意义。

"我看不懂。"

"我想也是，但这些无人机图像展示的是巴拉特部署的战斗坦克、机器人侦察部队和防空阵列，将昆达哈达尔工程笼罩在攻击距离内。"

她感觉好像地板已在她身下溶化了，她正在一个巨大的空洞中坠落，除了她自己坠落的感觉之外，没有可以看得见的参照物。

"我丈夫和我不讨论工作。"

"当然。噢，拉瑟利太太，你把杯子压扁了。我再拿一个给你。"

他离开的时间远远超过从工作人员那里拿到一杯奶茶的时间。回来以后,他随意地问道:"你有没有听说过汉密尔顿法案?我很抱歉,我认为以你的立场你会……但显然不是。基本上,这是一系列由美国发起的国际条约,旨在限制高层次人工智能的发展和扩散,尤其是针对假想的第三代艾伊。没有?他没有告诉过你这些吗?"

穿着意式服装的拉瑟利太太将一只脚踝放到另一只上,想着:这个看似通情达理的男人在这里能做他想做的任何事情,想干什么都行。

"你很可能也知道,我们根据等级对艾伊进行分级和认证,等级大体上与它们能在多大程度上通过让我们把它们当作人类的测试相符。1 级拥有基本的动物智能,足以完成任务,但绝不会被误认为是人类。它们之中很多甚至不会说话,也不需要说话。2.9 级就像你丈夫一样,"——他说"丈夫"这个词的时候速度奇快,就像沙塔布迪特快[22]的车轮越过铁轨上的接缝一样迅速——"与人类的相似度达到了 5 个百分点。而第三代艾伊无论如何都无法与人类区分——事实上,如果能通过有意义的测量方法进行测定的话,他们的智能可能是我们的数百万倍,理论上我们甚至无法识别这样的智能,所有我们可以看到的都只是第三代艾伊的界面,可以这么说。汉密尔顿法案仅仅是意图控制可能令第三代艾伊崛起的技术,拉瑟利太太,我们真诚地相信,第三代艾伊对我们的安全构成最大的威胁——作为一个国家、作为一个物种——这是我们有史以来遇到过的最大威胁。"

"那我丈夫呢?"她的话语坚定而柔和,萨克尔的真诚令她感到恐惧。

---

22 印度的快车系统,平均速度约 130 公里 / 小时。沙塔布迪意为"世纪"。在本文写作时仍是印度最快的火车。2016 年被时速约 160 公里的新线路 Gatimaan 特快超越。

"政府正准备签署汉密尔顿法案，以换取贷款担保来建造昆达哈达尔水坝，该法案通过后——在本届议院会议上即将讨论这一法案—— 2.8 级以下的一切人工智能都将受到严格的检查和认证，由我们监督执行。"

"那么 2.8 级以上的呢？"

"非法，拉瑟利太太。它们将被我们强力清除。"

艾莎的双腿叉起又分开。她在椅子上挪动着。萨克尔会为艾莎的回复而等到永远。

"你想要我做什么？"

"A·J· 拉欧在巴拉特政府部门身居要职。"

"你打算要求我去做卧底……打探一个艾伊。"

看到他脸上的表情，她知道他本以为她会说"丈夫"。

"我们有些装置，窃听器之类……艾伊拉欧察觉不到它们，我们可以把它们放到你的耳钩里。我们这些在政府部门做事的并不都是容易犯错的、拖拖拉拉的人，请走到窗边，拉瑟利太太。"

艾莎用手指轻轻碰了下气温冷却的玻璃，经过偏振光处理，玻璃显现出犹如薄暮的颜色，以应对旱季的阳光。在烟霭中有人说，热。然后，她大叫一声，吓得跪倒在地。天空被诸神占据，层层叠叠，一列高过一列，呈巨大的螺旋形，升到德里上空，如同云层与国家一样庞大，直到顶端的三相神，梵天、毗湿奴、湿婆，印度教里的三位一体，像掉落凡间的月亮般俯视着万物。这是为她一人上演的罗摩衍那，横穿大气层的诸神阵列，排成吠陀中那些巨大的战斗阵形。

她感觉到萨克尔的手把她扶了起来。

"请原谅我的愚蠢和不专业。我刚才卖弄了下。我想用我们掌握的艾伊系统给你留下深刻的印象。"

他的手在她身上停留的时间长得超过了礼貌的限度。然后艾莎眼前的那些诸神一并全部消失了。

她说："萨克尔先生，你会在我卧室、在我床上、在我和我丈夫之间安插卧底吗？如果你想窃听我和拉欧之间的联络渠道的话，那正是你要做的事。"

萨克尔先生牵着她来到椅子边，给她一杯很凉很凉的水，这时他的手仍然在她身上。

"我只是问问看，因为我相信自己正为国家做点贡献。我为我的工作感到骄傲。在某些事情上，我有自由裁量权，但在涉及国家安全方面则没有这样的权力。你明白吗？"

艾莎恢复了身为舞者的沉着镇静，理了理衣服，整了整仪容。

"那你至少能帮我叫辆车吧。"

那天晚上，她在手鼓和印度唢呐声中旋转着，穿过斋普尔宫议政厅那日间被晒暖了的大理石地面，如一团火焰在微微被照亮的柱子间穿行。一群群黑压压的观众挤在大理石上，几乎不敢大声呼吸。在场的不仅有律师、政治家、记者、板球明星、行业巨头，还有那些经理们——他们把拉吉普特宫变成了一座全球顶尖的高档酒店，以及访谈节目知名人士。没有一个像艾莎·拉瑟利这么有谈资、这么出名。普拉赫现在可以对预约挑挑拣拣了。现在的她是个奇迹，持续了不止九天，甚至不止九周。艾莎知道，她所有虔诚的观众都带上了耳钩，希望能瞥见她的精灵丈夫和她共舞，一起穿梭于在火光中投下阴影的柱子之间。

后来，把满捧的鲜花送回她的套房时，普拉赫说："你知道，我必须得提高我的分成。"

"你不敢。"艾莎开玩笑道。接着她便在这个第三性人的脸上看出了毫不掩饰的恐惧。只是一瞬的流露、一个影子，但它确实在恐惧。

她从达尔湖回来的时候，妮塔和普利亚已经搬出了小别墅。她们已经不再接她的电话了。自从她上次去看马杜里过后，已经过去七周了。

她赤身裸体，趴在泛着金丝光线的悬垂封闭式阳台[23]里的靠垫上。她透过这座带顶阳台的栅栏，俯视着那些离开的客人。里面能看到外面，外面看不到里面。就像古代闺房里隔绝的女人一样，与世隔绝，与人的肉身隔绝。她站起来，身体贴在被日光晒暖了的石头上；乳头挤压着，耻骨摩擦着。"你能看到我、闻到我、感觉到我的气息、知道我在这里吗？"

他在那儿。她现在不需要看到他，只要感觉到头骨内侧那种通电的刺痛感。他渐渐出现在她的视野中，坐在低矮华丽的柚木床边角上。她想，他也可以轻松地在阳台前的半空中突然幻化成形。但是，总是有规则和程序的，即使是对于精灵而言也一样。

"你看上去心不在焉，宝贝。"在这房间里，他是看不到她的——没有摄像头在观察她珠光宝气的肌肤——但他在观察她，通过 12 种感觉官能，通过她耳钩形成的无数反馈回路。

"我累了，我很生气，我并没有好到本来应该的那种程度。"

"是啊，我也这么认为。这跟今天下午克里希那警官们的事有关吗？"

艾莎的心跳加速了。他能读到她的心跳声，他能读到她的汗水，他能读出她大脑中肾上腺素和去甲肾上腺素的平衡。如果她撒了谎，他会知道。将谎言隐瞒于真相之中。

"我本该说，我感到很尴尬。"他不懂什么叫羞耻。在人们会为

23 Jharoka，印度和巴基斯坦等地的一种封闭式阳台。

小说

追逐荣誉而死的社会中，这可真是奇怪。"我们可能有麻烦了，有个叫作汉密尔顿法案的玩意。"

"我知道。"他笑道。现在他有办法在她的脑海中去留意那些人。他以为她喜欢这种亲密的行为，一个真正的私密玩笑；其实她讨厌这样。"再清楚不过了。"

"他们想要警告我，我们。"

"他们这么做可真是好心。我呢，是外国政府代表。所以说那就是为什么他们会监视你的原因，确定你一切正常。"

"他们觉得也许能利用我从你这里获得信息。"

"他们真这么觉得？"

夜色如此寂静，静得让她可以听到大象挽具的叮当声和象夫的喊声，它们正载着最后一批客人，沿着长长的甬道前行，将他们送到等待着的豪华轿车中。远远的某间厨房里，一台收音机含混地播报着什么。

现在我们看看你有多像人类。把他喊出来吧。最后 A·J·拉欧说道："当然了，我是真的爱你。"接着他看了看她的脸。"我有东西要给你。"

工作人员将那套设备安置到白色大理石地板上，然后退出房间，始终尴尬地侧着脸，目光避开她。她在意什么呢？她是明星。A·J·拉欧抬起手，光慢慢变暗。镂空黄铜灯笼散发出柔和的星光，布满美丽的古老闺房。这设备的尺寸和形状跟噗噗车的轮胎差不多，外表镀铬涂塑，在莫卧儿复古风格的环境中显得不太相容。 当艾莎掠过大理石、靠近这设备时，平整的白色表面开始起泡，溶解成灰尘。艾莎犹豫了。

"别怕，看！"A·J·拉欧说。 粉末状的东西像沸腾米饭中的蒸汽一样向上喷起，接着喷出的粉末突然化成一个小小的人形托钵僧，摇摇晃晃地穿过圆盘表面。"拿掉耳钩！"拉欧在床上欣喜地叫道，"摘掉。"她犹豫了两下，他再三鼓励她。艾莎将塑料线圈滑离她耳朵后的听觉最佳位置，声音和人彻底消失。然后，闪烁的尘埃柱蹿到与头部等高，就像季风中的一棵树一样急速甩动，扭成幽灵般的人形轮廓。人形闪动了一下、两下，然后 A·J· 拉欧站在她面前。一阵树叶沙沙声，一记如蛇的粗嘎声，一股风声，然后轮廓发话了："艾莎。"灰尘沙沙作响。一阵古老的恐惧透过皮肤直达她的骨髓。

"这是什么……你是什么？"

尘暴分岔成一个笑脸。

"智能粉末，微型机器人。每一个都比沙粒要小，但它们能操纵静态的场域和光线。它们是我身体的组成部分。摸摸我，这是真的，是我。"

但是她在灯光照亮的房间里一缩。拉欧皱起了眉头。

"摸摸我……"

她伸手摸向他的胸膛。慢慢靠近，他是一个由沙粒化成的生物，一股始终围着人形盘旋的旋风。艾莎的肉体接触到智能粉末，她的手陷入他的身体。她惊叫一声，然后转而惊愕地咯咯直笑。

"痒痒的……"

"静电场。"

"里面是什么？"

"你干吗不自己摸一摸？"

"什么，你的意思是？"

"我只能用这种方式与你亲近……"他看到她瞪大了涂着眼影粉的眼睛，"我想你该屏住呼吸。"

她屏住了呼吸，但直到最后一刻，她的眼睛都一直睁着，直

230

到那些尘粒在她近距离注视下变得像静止不动的电视频道节目。A·J·拉欧的身体感觉像是最纤细的瓦阿纳西丝巾，盖在她裸露的皮肤上。她在他的体内，她在她丈夫、她爱人的体内。她鼓起勇气睁着眼睛。拉欧的脸成了一具空壳，从仅隔几毫米远的地方回看着她。 当她移动嘴唇时，可以感受到他嘴唇中的尘埃机器人轻拂过她的嘴唇：一个颠倒的吻。

"我的心肝，我的罗陀。"A·J·拉欧的空心面罩低语道。艾莎心里的某个角落知道，自己该尖叫。但她不能叫：她在一个之前无人到过的地方。现在智能粉末飞扬的飘带轻抚着她的臀部、她的腹部、她的大腿、她的胸脯、她的乳头、她的脸颊和脖子、她身上每一处钟爱被人抚摸的部位，爱抚着她，令她屈膝跪地，跟随着她，这些微粒大小的机器人听从 A·J·拉欧的命令，用他的身体将她吞噬。

首先是"闲谈[24]"网站的采访，然后是访谈频道，接着 12 点 30 分有一次摄影活动——在酒店，如果你不介意的话——是电影频道的"周六特别放映中心"——我们派机器人来你不介意吧，它们可以用我们这些肉身无法实现的位置和角度拍摄；还有你可不可以盛装打扮，就像你为开幕式所做的那样；或许再在大堂的柱子之间比画那么一两下，就像一场盛大的开幕式，好的，太美了、太美了、太美了，呃，你亲爱的丈夫可以给我们复制几个化身，我们自己的艾伊可以把他这些化身粘贴在别人想看到你们在一起的地方，真是幸福的一对啊，金童玉女啊，从贫民窟崛起的舞蹈家与国际外交官，无论从哪种意义上都堪称跨界的婚姻，可真是浪漫啊。这么说来，你们是如何相遇的，最初吸引你的是什么，嫁给艾伊是什么感觉，其他女孩是如何看你的，你知道吗，孩子的问题怎么办呢。

---

24 Gupshup，印度最大的社交网站。

我的意思是，当然，一个女人和一个艾伊生不了，但近来也有基因工程技术，比如所有超级富豪和他们这么生出来的孩子，你现在是名人了，你对此有何感觉，突然之间就出名了，出现在每个闲谈专栏中，成了全球知名的明星，每个人都在谈论你，风靡一时、各种访谈、各种宴会……艾莎这是第六次回答由同一个长着一双羚羊眼[25]的女性知名记者所提出的相同问题了。"噢，我们非常高兴、极其高兴、高兴得要疯了一样，爱情是多么多么的美妙，爱情就是如此，它可以发生在任何人、任何物身上，即便是在人类和艾伊之间，这是爱情最纯洁的形式，精神之爱。"她嘴巴一张一合，巴拉巴拉说个不停，但她的内心之眼、那湿婆的神眼[26]正在审视内心、回顾过往。

她嘴巴一张一合。

躺在巨大的莫卧儿式桂木床上，黄色的晨光从悬垂封闭式阳台的帘中透入，她裸露的皮肤在空调的凉风吹拂下，布满鸡皮疙瘩。在多重世界间翩翩起舞：睡眠；在酒店卧室的清醒时分；记得那晚的几小时里拉欧对她大脑的边缘中心所做的一切，让她像夜莺般婉转啼鸣；精灵的世界。除了她耳后的耳钩之外不着寸缕。她已经变得像那些人一样了：他们无法负担治疗费用，不得不戴上眼镜，学会对脸上使用的技术一面心知肚明、一面又视而不见。就算是把耳钩摘掉的时候——比如在表演的时候，还有像现在这样淋浴的时候，她仍然知道 A·J· 拉欧就在房间里的某个位置，仍然感觉到他形体的存在。在这间贵宾套房中这巨大的步入式大理石淋浴间里，享受着宝贵水流的急速喷涌（这一直是正牌王侯夫人的标志），她知道拉欧正坐在阳台的雕花椅子上。所以，用毛巾擦干头发时，当她打开电视（哇喔，浴室里居然有电视！）以转移自己的注

---

25 印度对美女外貌的常用形容之一。

26 又叫"第三只眼"。湿婆额头的竖眼，被认为是神力和内在精神的象征。现代人认为对应松果体。

意力，看到瓦拉纳西的新闻发布会上，水务部发言人 A·J· 拉欧解释巴拉特有必要在昆达哈达尔水坝附近进行军事训练时，她的第一反应是反复看了看盥洗台上的耳钩。她飞快地挂上耳钩，朝房里瞥了一眼。那儿，他就坐在椅子上，正如她感觉到的那样；也在那儿，在瓦拉纳西的巴拉特议院工作室，与来自《早安阿瓦德！》电视节目的巴提侃侃而谈。

艾莎一边看着这两个他，一边心不在焉地慢慢擦干自己的身子。刚才她还觉得容光焕发、享受着感官上的愉悦、自以为了不起；现在她却拖着肉身、很不自在、觉得自己蠢。她皮肤上的水和这间大屋子里的空气都好冷、好冷、好冷。

"艾·杰伊，那真是你吗？"

他皱了皱眉头。

"一大早上来就问这个问题挺奇怪的，尤其是之前还……"

她冷冷地截断了他的笑容。

"浴室里有台电视。你在电视上，接受新闻节目访问，现场访问。所以说，你真的在这里吗？"

"亲爱的，你知道我是谁，一个分布式实体。我到处复制、删除我自己。不管在那儿还是在这儿，我都是完整的。"

艾莎拿软绵绵的大毛巾把自己裹起来。

"昨天晚上，你在这儿，在那具身体里；之后，我们在床上，当时，你是否和我在一起？完整地在这里？还是说，同时你有一个副本在准备新闻发布会上的声明、另一个副本在参与一个高端会议、第三个副本在起草紧急供水计划、第四个副本在与达卡的孟加拉人会谈？"

"我的爱人，这不重要吧？"

"不，这很重要！"她发现她流泪了，还不止于此，愤恨哽住了她的咽喉，"这对我很重要，对任何一个女人都很重要，对任何一个……人类都一样。"

"拉欧太太，你没事吧？"

"拉瑟利，我叫拉瑟利！"她听到自己呵斥访谈杂志那个傻傻的小年轻。艾莎起身，十足摆出了舞蹈家的谱："采访结束。"

"拉瑟利太太，拉瑟利太太。"年轻的女记者在她背后喊着。

看着自己映在虚什玛哈勒镜宫[27]成千的镜子中支离破碎的倒影，艾莎注意到她脸上的明暗交界线中闪闪发光的尘埃。

关于精灵的任性和突发奇想有上千故事，但关于人类激情与嫉妒的故事又千倍于此；而艾伊，作为介乎人类与精灵之间的造物，则同时学到了两者的秉性。既懂猜疑，又会掩饰。

当艾莎去找克里希那警官萨克尔时，她告诉自己，她去那里是因为害怕汉密尔顿法案可能会以国家"安全"的名义对她丈夫采取行动。但她那是在掩饰。她之所以前往位于议会大街的那间俯瞰简塔·曼塔天文台的办公室，完全是出于猜疑。当一个妻子想要她的丈夫时，她必须掌控他的一切。成千上万个故事告诉了我们这个道理。拉欧一个副本在卧室里，而另一个副本则在处理水务政治，这就是不忠。对于一个妻子而言，不完全拥有等于没有。因此艾莎去了萨克尔的办公室，意图背叛她丈夫。她在桌上摊开手，技术小子们把他们的黑客软件装进了她的掌机，此时她想着：这就对了，这很好，现在我们扯平了。而当萨克尔要求她在一周内再次与他见面，以便更新设备——不同于精灵、那些"永恒"的囚徒，战争双方的软件实体在不断进化，速度越来越快——他告诉自己，他这是在尽忠职守、为国效力，这是他的义务。这时他也做了些掩饰。真

---

27 Sheesh Mahal，印度琥珀堡著名旅游景点，意为"玻璃宫殿"。

小说

是令人着迷。

推土机器人开始清理昆达哈达尔水坝现场，当天，萨克尔检察官建议，也许下周他们可以在他最喜欢的位于康诺特圆形广场的国际咖啡馆见面。她说："我丈夫会发现的。"对此萨克尔回应道："我们有办法让他看不见。"但她依然坐在最偏远、最黑暗的角落里，躲到播放国际板球比赛的屏幕底下，躲在任何刺探的眼睛都看不见的暗处，她耳后的耳钩也关闭了，放入手提包中。

"那你发现什么了？"她问道。

"我丢了工作事小，告诉了你就麻烦了，拉瑟利太太。"克里希那警官说道。事关国家安全。接着服务生将咖啡放在银色托盘上。

之后，他们再也没有回过办公室。在他们碰头的那些日子里，萨克尔开着他的公用专车，飞快地带她穿过这座城市，到过旧德里的月光集市、胡马雍陵和古特伯高塔，甚至去过沙利玛花园。艾莎知道他在做什么，把她带到那些她丈夫迷惑过她的地方。你之前对我的监视有多密切？她想，你企图勾引我吗？对于萨克尔而言，他并不是用魔法使艾莎脱离现世，进入已消逝的八个德里王朝的盛世，而是让她沉浸在人群中，各种味道、喧嚣声、各类声音、商业气息、交通、音乐旋律；她的现在，她正饱受着生活和各种政治运动的煎熬的城市。她意识到：我正在消失，从世界上淡出，变成幽灵，被束缚在那看不见的婚姻中，只有我们两个人，无论看得见还是看不见，始终在一起，只有我们两个人。她会在她珠光宝气的包底摸索着卷成胎儿形状的塑料耳钩，觉得那东西有点讨厌。等她独自坐在噗噗车里，把耳钩悄悄戴回耳后，回到她居住的小别墅时，她会想起萨克尔总是殷勤地感谢她在国家安全方面提供的帮助。而她的回答总是那句话：永远不要感谢一个为了国家背叛丈夫的女人。

当然，她丈夫会问。四处转转，她会说。"有时我只是需要离开这个地方，离开这里。是的，甚至离开你……"后面这些话她没有说出口，只是长久地注视着镜头之眼。

是的，当然，你必须这么做。

现在，推土机把昆达哈达尔变成了亚洲最大的建筑工地，谈判进入了一个新的阶段。瓦拉纳西正在直接与华盛顿谈判，向阿瓦德施压，让他们放弃大坝，从而避免一场可能会破坏稳定的水之战。美国的支持是以巴拉特同意签署汉密尔顿协议书为条件的，而巴拉特永远不可能答应，因为能给该国出口创汇的主要产品就是完全由人工智能炮制的肥皂剧《城乡》。

"华盛顿叫我签署针对我自身的死刑许可令，"A·J·拉欧笑着说，"美国人可真是喜欢开玩笑。"他跟艾莎说这些的时候，他们正坐在精心修剪过的草坪上，用吸管抿着绿茶。闷热的天气让艾莎出了许多汗，但她不愿意进去吹空调纳凉，因为她知道那里仍然有狗仔队的镜头等候着。拉欧从不需要流汗。但她仍然知道拉欧让自己分身了。在晚上，在罕见的凉爽天气里，他会要求艾莎: 跳支舞吧。但她已不再跳舞了，不为艾伊 A.J. 拉欧、不为普拉赫、不为兴奋的观众——这些观众会以赞美、鲜花、金钱和名声将她包围、甚至不为自己。

累，太累了。热。太累了。

当他们在他心爱的国际咖啡馆见面时，萨克尔一副紧张不安的模样，摆弄着他的奶茶杯，谨慎地避免发生眼神接触。他握住她的手，将更新包传进她张开的掌心，神情如孩子般羞怯。他的说话声小到不能再小，讲究得过了头，相当礼貌。最后，他鼓起勇气看着她。

"拉瑟利太太，我有些事必须要问你。我想要请求您给我一点时间。"

总是这样，这名字、这敬称。但她仍然屏住了呼吸，心带着动物般的恐惧怦怦直跳。

"你知道你问我什么都可以。"这滋味像是毒药。萨克尔承受不住她的眼神，躲开了。顶尖的克里希那警官变成了个害羞的小男孩。

比起对抗孟加拉联邦的比赛，德里的"人工智能注册和执照颁发部门队"与"公园及公墓服务部门队"之间的这场比赛几乎连测试赛都算不上，但仍然足以成为展示时髦连衣裙和一流纱丽的社交场合。阿瓦德行政部门运动场那干枯的草地四周环绕着凉亭、遮阳伞和遮阳棚，如同云集的白色翅膀。那些买得起便携式空调场发生装置的人坐在凉爽的地方，喝着英国皮姆氏1号果酒[28]；其余的人自己扇扇子。用高标号防晒霜和浅色丝绸围巾把自己伪装起来的艾莎·拉瑟利看着白花花的人影在枯黄的草地上移动，很好奇在他们心目中，这种棍棒和球的游戏到底有什么地方这么了不得，竟甘愿为此受这份罪。

用这种经不起推敲的办法乔装改扮之后，从噗噗车里溜出来时，她觉得非常不自在。后来，当她看到穿着华丽的聚会服装的人们团团乱转地聊着天，一股热量在她体内升起，同样的一股能量让她得以隐身于她的表演背后，表面上看见了，但实际上却没看见。全国有一半的人在早晨的访谈杂志上看到过这张脸，但用防晒霜和头巾却能如此轻易地隐蔽起来。贫民的相貌。贫民窟默默无闻的贱民血统都体现在她这颧骨上了，就一张泯然众人的脸。

公园及公墓队让克里希那警察们上场击球了。萨克尔的击球次序排在中间，而公园及公墓队的快速投球手乔德里和粗笨的三柱门正在为该队开赛做着简短的准备工作。其中一个正走向粉刷好的木制凉亭，萨克尔大步走向击球线，戴上手套，站好位置，摆

28 英国皮姆氏酒厂出产的名酒，酒精度25。

好球棒。艾莎认为，他穿那身白衣服很帅。他在另一端与他的队友漫无目标地跑动了几次，然后新的一轮开始了；球"啪"地撞在了柳木板上。这声音饱满而美妙。两三次安全回归。然后投球手投球，使出了风车式摆臂。球美妙地疯狂一弹。萨克尔目光紧紧盯着那球，退后几步，用球棒中段击中了球，猛烈快速地向下一击，直奔边线而去，伴随着掌声和欢呼声反弹到空中，一记四分球。艾莎站起来，举手鼓掌，欢呼喝彩。巨大的记分板上的分数涨了，她仍然在观众人群中独自一人站着。因为就在球场对面，在显示屏前，有一个高大优雅的身形，戴着红色头巾、身穿黑色衣服。

是他。难以置信，是他。他目光越过身穿白色制服的运动员们，直视着她，仿佛他们是鬼魂。然后他慢慢地举起一根手指，在他右耳边点了点。

她知道她会发现什么，但她必须伸出手指以示回应。她惊恐地摸到了那个塑料卷，她在兴奋之余没有注意到它，把它带到了赛场，此刻正像蛇一样盘在她头发里。

"那，后来谁赢了板球赛？"

"你还用问我？如果这对你很重要的话，你就该知道。真想知道的话，你什么都知道。"

"你不知道比赛结果吗？你没待到最后？我认为体育竞技的关键是谁获胜了。你不得不关注行政单位内部板球赛的其他原因是什么？"

如果女仆普里此时走进客厅，就会看到民间传说中的一幕：一个女人对着死气沉沉的静默空气大喊大叫、发着火。但普里只是完成自己的职责，然后就尽快离开了。在一座精灵的房子里，她不自在。

"现在你是在讽刺吗？你从哪里学到的？你让某个负责讽刺的艾伊成了你的一部分吗？所以现在你还有另一部分是我不知道的，我该爱这个部分吗？呃，我不喜欢它，因为这令你看起来小气又卑鄙，令人讨厌。"

"艾伊当中没有管这个的。我们不需要这些情感。如果说我学到了这些，也是从人类那里学到的。"

艾莎抬手摘下耳钩，朝墙上一掼。

"不！"

到目前为止，拉欧一直只出声不现形，现在不了，傍晚倾斜的金光移动着，凝结在她丈夫的身体里。

"不要，"他说道，"不要……赶我走。我真的爱你。"

"那是什么意思？"艾莎尖叫着，"你都不真实！这些都不是真的！这只是我们编造的故事，因为我们想要相信罢了，其他人，他们有真正的婚姻、真正的生活、真正的性、真正的……小孩。"

"小孩。关键在于这个吗？我还以为名声和注意力才是关键，永远不该有孩子毁掉你的职业生涯和身体。但如果这已经不够了的话，我们可以要一个孩子，我能买到的最好的孩子。"

艾莎哭喊起来，哀哭声失望而沮丧。邻居们会听到的。但邻居们一直什么都能听到，听着、聊着。在精灵之城不存在任何秘密。

"你知道他们在说什么吗？所有的那些杂志和访谈节目？他们其实都在说些什么？关于我们，精灵和他的妻子？"

"我知道！"A·J·拉欧在她脑海中说话的声音向来那么甜美、那么冷静，此时却第一次提高了调门，"我知道每个人都是怎么说咱们的，艾莎，我对你有没有过任何要求？"

"只有跳舞。"

"我现在再要求你做一件事，这不是什么大事，一件小事而已，真的没什么。你说我不是真实的，我们拥有的不是真实的，这伤害了我，因为在某种程度上，这话是真的。我们的世界并不兼容。但它可以是真实的。有一种芯片，是新科技，一种蛋白质芯片，你可以在这儿植入。"拉欧举起手，放到前额第三眼的位置，"它就跟耳钩差不多，不过会一直开着，我能永远和你在一起，我们永远不会分开，你可以离开你的世界，进入我的世界……"

艾莎用手捂住嘴，压抑着心中的恐惧、愤怒和由于害怕而起的恶心呕吐。她干呕着，一阵反胃。空无一物，没有实在的形体，没有任何物质，只有鬼魂和精灵。然后她从她耳后的最佳听力位置处摘下耳钩，终于无声也无影了，真是老天保佑。她双手握住这个小小的装置，干净利落地折成两段。

然后她从房子里跑了出去。

妮塔或者普利亚那边，不行；加拉那暴躁的第三性人普拉赫那边，不行；坐在维生椅上、被烟熏得漆黑的马杜里那边，不行；她母亲那边，绝对不行，尽管艾莎的脚还记得到她门口的每一步路；巴斯蒂绝对不行。那是死路一条。

有一个地方她可以去。

但他不肯放手让她离开。他就在噗噗车里，他的脸出现在她掌心，他的话语静静地在智能织物上的一道跑马灯彩条中滚动着：回来，我很抱歉，回来，我们谈谈回来，我不是有意的，回来。她蜷起身子，缩到那个小小的黄黑色塑料泡后面，把他的那张脸捏进自己的一只拳头里，但她仍然能感觉到他，感觉到他的脸，嘴巴紧贴着她的皮肤。她从手上剥下掌机。他的嘴唇无声地翕动着。她把他丢进车流中，他消失在卡车的轮胎下。

但他仍然不肯放手。噗噗车转入了康诺特圆形广场巨大的转盘道里,他的脸出现在悬挂在弧形建筑物正面的每一面丝屏[29]上。二十个A.J.拉欧,大、中、小号的拉欧,做出同步的口型。

"艾莎艾莎回来吧,"滚动的新闻播报器说道,"我们可以试试别的。跟我聊聊。用任何网络终端,任何掌机,任何一个……"

传染式的瘫痪席卷了康诺特广场。首先是那些在注意时尚广告和聊天屏幕的人;接下来是留意着其他人的人,然后是在车上的人们,他们注意到人行道上所有人都在抬头盯着看,嘴巴跟猪笼草似的大张着。就连噗噗车司机也在盯着看。康诺特广场冻住了,堵成一团糟:如果德里的心脏骤停,那整个城市都会中风,并走向死亡。

"接着开接着开,"艾莎对她的司机喊道,"我命令你开车。"但她还是在西斯甘吉路尽头下了车,挤过堵塞的人潮车流,走完最后这半公里路,向曼莫汉·辛格大厦走去。她瞥见萨克尔正艰难地穿过人群,试图与车流中一辆正鸣笛开道的警用摩托会合。无奈之下,她举起一只手臂,喊出了他的名字和职级。他终于转过身来。他们在一片混乱中朝对方挤去。

"拉瑟利太太,我们正遭遇一次大型入侵事件……"

"我丈夫,拉欧先生,他已经疯了……"

"拉瑟利太太,请理解,按照我们的标准,他从来就谈不上心智健全。他是个艾伊。"

摩托车不耐烦地按着喇叭。司机是一名穿着皮质警服、戴着头盔的女子,萨克尔朝她摆了摆头示意:一会儿,就一会儿。他抓住了艾莎的手,将她的大拇指往他戴着智能手套的手上一按。

"1501号房,我已将你的指纹输入门锁。不要为任何人开门,不要接电话,不要使用任何通信或娱乐设备,远离阳台,我会尽快

---

29 作者假想的一种用柔性发光纤维织成的屏幕,柔软、轻薄光滑如丝,因而得名。

回来的。"

　　然后他翻身坐到了摩托车后座上，司机摆了摆车身，迂回驶入了堵塞的街道。

　　对于一个独居的男人而言，这套现代化的公寓宽敞明亮、干净整洁，室内的陈设和装饰都很得当，看不出有半点迹象显示这个克里希那警察会在晚上把工作带回家。太阳光倾泻着射入宽敞的客厅，就在客厅中央，她忽然发作了。突然间，她跪倒在克什米尔地毯上，颤抖着，搂住自己的身体，上下摆动着，抽泣起来，泣得痛苦至极，以至于没有发出一丝声音。这一次呕吐的冲动无法抑制。当她吐完之后——其实也没有全部吐出来，永远都不会全部吐完——垂落的发丝被汗水浸湿，她从头发底下向外看，疼痛的胸中气息依然颤抖。　这是哪儿？她做了什么？她怎么会这么愚蠢，怎么会如此虚荣、无知而盲目？这是游戏，游戏，孩子们的伪装怎么可能会是这样呢？我那么说了，于是事情就那么发生了：看着我！看我！

　　萨克尔的厨房附搭了一个小小的专业酒吧。艾莎不懂喝酒，所以相比于一般的奎宁水，她自制的印度奎宁水口味完全更像杜松子酒，但她正需要这样的东西驱除在羊毛地毯上那一吐的酸臭味，并平复她呼吸中的颤抖。

　　艾莎觉得自己听到了拉欧的声音，大吃一惊，一动也不敢动。她使自己保持平静，努力聆听着。一位邻居的电视机开大了音量。这些新建的行政公寓墙壁真够薄的。

　　她得再来一份印度奎宁水。第三杯之后，她开始环顾四周。阳台上有个水疗池。对疗愈心灵的活水的渴求让艾莎忘记了萨克尔的警告。喷气口有气泡浮起。她以一种舞者的优雅姿态，脱掉了感觉仿佛被污染了的那身黏糊糊的衣服，钻进水中。甚至有个小托架，可以放印度奎宁水。一念险恶的小小怀疑生起：在我之前，还有多少人来过这里？不，那是他的思考方式。你现在远离了。安全

小 说

了，不显眼了，浸没在水中。在下方的西斯甘吉路上，拥挤的交通疏散了；头顶上方，那些食腐鸷鸟以及更高处的安保机器人的黑色轮廓扩展着，黑色的双翼融合在一起。而艾莎不知不觉沉入了梦乡。

"我想我应该告诉过你，要远离窗边。"

艾莎猛然惊醒，本能地遮住了她的胸部。喷气口已经不再喷气，池子里的水早就静止下来，十分澄澈。萨克尔皱巴巴的衣服上覆了层沙砾，下巴带着青色的胡茬，挂着两只黑眼圈，一副垂头丧气的模样。

"我很抱歉，只是，我只是开心得不行，能离开……你懂的吧？"

萨克尔筋疲力尽地点了下头。 他给自己取了一瓶印度奎宁，放置在沙发扶手上，然后褪去了身上的衣服，动作极其缓慢吃力，仿佛每个关节都生了锈一样。

"各个层面的安全都受到了损害。要是换作其他任何一种情况，这都会构成攻击我国的一场信息战。"萨克尔显露的身材与舞者不同，他上半身的脂肪过多了点，肌肉松弛，脂肪堆积的胸部开始有些隆起，肚子上、背上、肩膀上都长着体毛。但这是个真实存在的肉体。"巴拉特政府否认授意了这一行动，并撤销了人工智能拉欧的外交豁免权。"

他穿过房间，来到水疗池，重新启动了喷气装置。他手里拿着杜松子酒和奎宁水，滑入水中，一面发出一声肌肤能感触到的深深悲叹。

"那是什么意思？"艾莎问道。

"你丈夫现在成了被扫地出门的离群艾伊。"

"你要做什么？"

"对于我们而言只有一条路可走：我们会将他驱逐出去。"

艾莎在泡泡的爱抚中发抖。她贴在萨克尔身上，感觉到他男性的身体摩擦着她。他有血有肉，不是空洞的。在德里这座污糟都市的上空几千米处，艾伊飞行器转着弯，搜寻着。

第二天早上，先前的警告维持不变：远离掌机、家庭娱乐系统、网络频道。是的，还有阳台，甚至不可以去水疗。

"如果你要找我的话，这部掌机是我们部门内部的安全设备，拉欧没法通过这个与你联系。"萨克尔把手套和耳钩放在床上。裹在绸缎床单里的艾莎戴上手套，将耳钩折叠放在耳后。

"你在床上也戴着？"

"我习惯了。"

瓦拉纳西产的丝绸被单上印有《爱经》的图案，真是不符合人们心目中克里希那警察的形象。她看着萨克尔装束停当，准备去驱逐拉欧：他这身跟执行其他任务时无甚区别——熨烫过的白衬衫、领带、手工制作的黑鞋（在城里从来都不穿棕色的）、擦得油光锃亮，劣质须后水不停地散发着气味；不同之处在于胳膊下面挎着皮套，武器轻松滑入其中。

"这是干什么用的？"

"杀掉艾伊。"他简明扼要地说道。

萨克尔和艾莎吻别后便走了。艾莎匆忙套上他的板球套衫——这件宽松的白衣服一直拖到她膝头，让她看着像个流浪儿——冲向禁止进入的阳台。只要她探出身往下看，就可以看到街上的门。他就在那里，正往外走，在路边等待。他的车来晚了，路上水泄不通，发动机喧哗声、汽车喇叭和噗噗车的响笛声从黎明开始就响个没完。她看着他在等待，享受着自己不被看到的优势。我可以看到你。他们穿着这样的衣服还怎么运动啊？她问自己，板球套衫底下的皮肤热得发黏。街对面那座新楼的开敞楼面外有丝屏遮挡,屏幕底部有道气象播报滚动条,上面显示的已经是 30 度了。最高气温 38 摄氏度。降水概率:零。屏幕上为那些没有肥皂剧就活不下去的忠实粉丝们循环播放着《城乡》,字幕在新闻报道的上方不停滚动着。

"你好,艾莎。"维德·普拉卡什边说边转过身看着她。

穿着厚厚的板球套衫,她还是感到刺骨冰寒。

接着是沃拉夫人向她合十行礼,然后说:"我知道你在哪里,我知道你做了什么。"

里图·帕瓦兹在她的沙发上坐下,倒着奶茶说道:"我需要你明白的是,通信是双向的。他们放在你掌机里的那个软件,那玩意不够聪明。"

嘴唇嚅动,说不出话来;贫民窟女孩艾莎心中充满迷信的恐惧,令膝盖和大腿都软弱无力,她在空中摇晃着带着智能手套的手,但无法结成正确的手印,不能舞出正确的代码。她一次又一次地呼叫。

场景切换到赛马养育场上的戈文德之子,抚摸着他纯种的超级明星马"阿格拉之星"的脖子:当他们刺探我时,我也在刺探他们。

查特吉医生在医生办公室里:所以到头来,我们都背叛了对方。

呼叫必须经过部门安全授权和加密。

查特吉医生的病人、一个背对镜头的黑衣男人转过身来,笑了笑。那是 A·J·拉欧。毕竟,哪个外交官不是间谍呢?

然后,她看到屋顶上掠过一道白色的闪光。当然。当然了。他一直在分散她的注意力,真正的肥皂剧就该这样。艾莎飞身扑到栏杆上,高喊着发出警告,但那架机器已经贴在输电线下方沿着街道钻行,双翼向后变形,发动机加速:是架艾伊交通监控无人机。

"萨克尔!萨克尔!"

成千上万的声音中，只有一个让萨克尔听到并转过身来，但那并不是艾莎的声音。每个人都可以听到死神对自己的呼唤。他独自站在熙熙攘攘的街道上，看着无人机从天而降。它以每小时三百公里的速度飞来，将人工智能注册及执照颁发部门的萨克尔督察撕成了碎片。

无人机偏离了航道，弹跳着撞上了一辆公共汽车、一辆轿车、一辆卡车、一辆噗噗车，塑料碎片、燃烧着的燃料块以及无人机的小型智能部分撒满了西斯甘吉路。萨克尔的上半截尸体在空中翻滚着，猛然撞进一家热烘烘的萨莫萨三角饺子摊位里。

这是精灵的嫉妒和愤怒。

艾莎在阳台上僵住了，《城乡》的画面停顿了，整条街也陷入了僵死，好像处于悬崖峭壁的临界边缘。然后街道上一片歇斯底里。行人四散逃跑；人力三轮车司机跳下车，开始竭力逃离他们的车子；轿车、出租车、噗噗车上的司机与乘客纷纷弃车而逃；轻型摩托试图驶过惊慌的人流；公共汽车和卡车停了下来，路被人们堵死了。

而艾莎·拉瑟利依旧僵立在阳台栏杆旁。肥皂剧，这全是肥皂剧的剧情。这样的事情是不会发生的，不会发生在西斯甘吉路、不会发生在德里、不会发生在周二早上。这全是电脑产生的幻觉。这一直都是幻觉。

接着她的掌机响了起来。她盯着自己的手，茫然而愣怔。是他们部门。她应该做点什么。对。她抬起手，以舞者的姿态结个手印，接了电话。就在这一瞬间，天空中充斥着神灵，仿佛被召唤而来一样。它们巍然如云团，雷暴般高高耸立在西斯甘吉路的公寓区后：伽内什坐在老鼠坐骑上，执着折断的象牙和笔，脸上毫无仁慈相；湿婆凌驾于一切之上，在旋转的火焰轮中跳舞，抬起一只脚，落下的那一刻毁灭即将降临；扛着铜锤和山峰的哈努曼在塔楼之间跳来跳去；迦梨头戴宝冠，红色的舌头滴下毒液，举起弯刀，横跨西斯甘吉路，脚踩屋顶。

街上的人们惊慌地四处乱跑。他们看不到这画面，艾莎明白了。只有我，只有我。 这是克里希那警官们的复仇。迦梨高高举起弯刀，一道电弧划过那些弯刀的刀尖，她把刀尖朝画面静止的《城乡》刺入。克里希那警官们派来的猎手兼杀手们追捕并驱逐着离群艾伊 A·J· 拉欧，此时艾莎瞬间什么也看不见了，大叫起来。然后他们就消失了。没有神明，天空依旧保持原样。巨幅丝屏上一片空白死寂。

一声神明般的响亮咆哮在她头顶响起。艾莎猛地俯身——现在街上的人都在看着她。所有的目光、所有人的关注，这是她曾想要的。阿瓦德空军中变色龙序列中队的一架倾翼式喷气飞机掠过屋顶，飞到街道上方，旋转发动机引擎，展开翼尖轮准备着陆。昆虫形状的机头转向艾莎。驾驶舱内，头戴平视显示器面甲的飞行员看不到面孔，旁边是个穿西装的女人，正做着手势让艾莎接电话。是萨克尔的搭档，她现在想起来了。

嫉妒、愤怒和精灵。

"拉瑟利太太，我是考尔督察。"由于引擎风扇的轰鸣声，艾莎几乎听不到她的声音，"下楼，走到大楼前面来。你现在安全了。那个艾伊已经被驱逐了。"

被驱逐了。

"萨克尔……"

"只需要下楼就行，拉瑟利太太。你现在安全了，威胁已解除。"

倾翼喷气飞机在她下方降落。当她转身离开栏杆时，艾莎的脸上感觉到一阵突如其来的温暖触摸。是喷射飞机产生的气旋，抑或只是一个精灵不安地经过，不紧不慢，如光般悄无声息。

克里希那警官们把我们送到尽可能远离艾伊的任性和愤怒的地方，送到吹拂着喜马拉雅山风的列城。我说我们，是因为我已经存在了；我在妈妈的子宫里，还是扭成一团的四个细胞[30]。

我妈妈收购了一家餐饮公司。她需要婚宴活动和"华彩时刻"网[31]。我们算是逃脱了艾伊的威胁，以及阿瓦德签署汉密尔顿法案之后引发的骚乱——但是印度的男人们永远会不顾一切地想要找个女人结婚。我记得，在那些受欢迎的客户面前——他们要么付足了小费，要么不仅仅把她当作一个有偿承包商，或者还记得访谈杂志上她的脸——她会脱掉鞋子，跳罗陀和克里希那之舞。我喜欢看她跳舞，当我溜到上主罗摩的庙宇时，我会试着在曼达波[32]的柱子间模仿她的舞步。我记得那些婆罗门会微笑并给我钱。

大坝建成了，水之战爆发后一个月内就结束了。遭到各方迫害的人工智能群体逃向巴拉特，在那里，《城乡》的巨大人气可以给予他们保护，但即使在那里他们也不安全：人类和艾伊就像人类和精灵一样，是截然不同的物种，最后他们离开阿瓦德，去了另一个我不了解的地方，他们自己的世界，在那里他们是安全的，没人能伤害他们。

关于那个嫁给精灵的女人的故事到此已经讲完了。虽说没有西方童话和宝莱坞音乐剧那种"从此永远幸福"的结局，这个结局也还是够幸福的了。今年春天，我 12 岁了，即将乘坐巴士前往德里，参加那里的加拉那。我的母亲曾经竭尽全力反对我这么做——因为她心中的德里一直是个闹鬼的精灵之城，被血迹所染红；但是当寺庙里的婆罗门带她去看我跳舞时，她慢慢便不再反对了。现在，她成了一名成功的女商人，体重增加了，经历过可怕的寒冬之后膝

---

30 受精卵发育早期细胞数以 1、2、4、8、16、32 的序列递增。

31 印度最大的婚礼相关网站。

32 印度在庙宇等公共场合外部修筑的一种柱廊，可能有顶也可能无顶。

盖变得僵硬,每周都会有人向她求婚,而她总是拒绝。到头来,她无法否认我身上遗传了她的天赋。我很想看看那些街道和公园、红堡和衰败的沙利玛花园,当初她和我的故事就是在那里发生的。我想要感受精灵的热度,在贾玛清真寺后面熙熙攘攘的小巷里、在零乱的月光集市那些托钵僧身上、在康诺特广场上空打旋的椋鸟当中。列城是一座佛教小镇,到处都是第三代西藏流亡者——人们把这里叫作小西藏——他们拥有自己的神灵和恶魔。从年迈的穆斯林精灵探寻者那里,我得知了一些关于精灵的传说和神秘故事,但我觉得我最真实的体验来自在罗摩神庙独处的时候,在我跳完舞后、祭司们关闭内神龛并把神像放到它床上之前。在春末夏初或季风过后的寂静夜晚,我听到一个声音,呼唤着我的名字。我一直以为这声音来自某个转经软件,那些低级别的小艾伊,它们会不断地向神明低语,重复我们的祈祷。但这声音似乎无处不在,又似乎无迹可寻,好像来自另一个世界、另一个截然不同的宇宙。这声音说,言语和火焰的造物与黏土和水的造物不同,但有一点是真实的:爱是永恒。然后,当我转身离开的时候,脸颊上感觉到一次触碰,像是一阵微风拂过,那是精灵散发出的温馨甜美的气息。

伊恩·麦克唐纳
Ian McDonald
英国科幻作家,擅长写后赛博朋克和纳米技术主题科幻,曾获轨迹奖、菲利普·K·迪克纪念奖、英国科幻协会奖、雨果奖、斯特金奖等,并被阿瑟·克拉克奖、坎贝尔纪念奖等奖项提名。

遐思

奇点后传

▌作者：刘洋

　　正如前奇点时代的人们所预料的那样，在通用量子计算机普及之后，对大脑神经和意识的模拟就立刻取得了突飞猛进的发展。在短短的几十年间，人们就在各式各样的量子逻辑单元之上，创造了无数天才般的算法，并最终建立了完善的大脑神经元模型。这一切都使得意识上传变得顺理成章了。

　　第一个意识上传的事件，是作为一例先锋疗法的医学手术而出现的。对象是一位癌症晚期的患者。通过侵入性和破坏性极强的脑部扫描，人们试图将其所有神经元的瞬间状态完整地复制到量子计算机里。承载其意识的物理介质，或者说量子计算的逻辑单元，是一个个微米量级的离子阱。所谓离子阱，实际上就是一个由电磁场构成的束缚离子运动的陷阱。每个这样的电磁势阱都是由四个圆柱形的电极棒构成，棒的首尾两端加上电压，在其中心便形成了一个可以限制离子运动的束缚势。无数的控制电极都紧密地集成在一个平面里，构成了一个大规模的离子阱阵列。这就是最早实现了通用型量子计算的离子阱量子计算机。上传的操作完成之后，数万个一价钙离子便开始在不同的离子阱中振动起来。它们的振动模式不停变换，声子四处传导。在拉比振荡的控制下，单量子比特的态矢准确地完成了一个又一个幺正变换。激光脉冲对不同的离子阱进行着频繁的测量和操控。数据和信息在激光中传递着，意识在起伏不定的离子群中渐渐萌生。

　　"好饿啊！"与语言神经单元相连的外设音响里传出了微弱的声音。这是作为新形态出现的人类对旧人类说出的第一句话。

　　事后的检测表明，虽然已经作了各种细致的准备，但上传过程中，意识仍然受到了一定程度的损坏。下丘脑中的摄食中枢，在上

遐思

传过程中出现了异常，导致上传之后的意识一直在发出饥饿状态下才会产生的神经电位。在越来越凄厉的惨叫声中，人们不得不关闭了音响。

患者最终生存了不到一天，就被"饿"疯了。在这之前，其实人们已经考虑到了，进入新载体之后的人类意识，可能会因为运算速度大大超过生物大脑，从而感觉到与外界的人类不同的时间流速。为了避免的这样的现象，科学家还特地对量子计算机的运算单元作了降频处理。可即使是这样，患者也只存活了一天。如果没有进行降频，估计患者的意识在上传后几秒内，就会因极度饥饿而崩溃。

在这之后，意识上传手术被各个国家紧急叫停。经过几十年的发展，人们对脑部神经的微创扫描技术获得了革命性的突破，社会上重新出现了开放意识上传的声音。但世界上的主要国家仍秉持着谨慎的态度，没有放开对这种技术的管制。这时，一例在人们视线之外进行的手术却意外的成功了，并从此打破了世界的平静。

手术是在一个东南亚的小国进行的——这是世界上少数几个没有立法限制意识上传的国家之一。上传者是一名即将圆寂的佛门高僧。安排这次手术的是一些从先进国家来到此处的物理学家和医学家，他们用某种基于宗教的理由说服了这位高僧进行手术。

与上次不同的是，这次作为意识载体的量子计算机，已经不是离子阱计算机了。在这几十年里，一种以新的物理载体为基础的量子计算机迅速发展，并成了当前的主流——那就是超导量子计算机。在一层玻璃衬板上镀一层超导金属薄膜，再让其表面形成不超过 10 纳米的一层绝缘氧化层，接着，在氧化层上再镀一层超导金属薄膜。这样一种超导 - 绝缘 - 超导的三层结构，便构成了超导量子计算的核心单元——约瑟夫森结。约瑟夫森结的宏观相位遵从量子力学规律，以其为基础组成的超导量子电路便构成了寄存人类庞大意识的物质载体。在多个约瑟夫森结组成的环路中，大量库珀对波函数在外置电磁偏置的调节下，彼此响应着。无数库珀对的集体动量，构成了多种环路电流的流向，也就是磁通量子比特。它们在宏观和介观的尺度上，复现了薛定谔猫态的风采。特定的电容和电感，在不同量子比特间搭建了耦合的桥梁。无处不在的平板传输线腔，像神经元一样传输着不同比特之间的信息。这个由无数电子组成的复杂系统，从无序中逐渐形成了某种隐藏在深层之下的秩序，然后，高僧终于苏醒了过来。

超导量子计算机的运算速度比离子阱大几个数量级，因此，这次人们没能把运算频率降下来。人们首先注意到的是，作为模拟人类感官信息输入端的接口处，不管是视觉信号、听觉信号还是触觉信号，都瞬间涌入了大量的数据。这意味着苏醒后的高僧开始用他新的方式，感受他所处的这个新的世界。从数据的规模来看，他的主观时间的流速应该比正常的人类快上数百万倍。为了让人适应新的形态，这些模拟的感官数据都尽量贴合人类在真实世界中的体验。也就是说，意识上传之后的人类，虽然已经没有了五官、四肢和躯体，但仍然可以看到新世界的山川美景，闻到花朵的芬芳，触摸坚硬的岩石，甚至在虚拟的草原上奔跑。这个新世界早在手术之前就已经被精心设计好：它模拟了一个环境优美的小岛，并贴心地在岛上建造了一座寺庙供僧人居住。这些感官数据会结合意识的实际状态，通过平板传输线腔直接到达用量子计算机模拟出的大脑的相应区域。

出乎人们意料的是，仅过了 0.8 秒，这些感官数据流就开始大幅度减少，1 秒钟之后则几乎减小到了零。如果不是监测数据显示意识一切正常，人们几乎都以为手术又出了什么意外。分析数据之后，人们发现，这位高僧在这极短的时间内已经逛遍了小岛上的所有地方，并对这里感到了厌倦。他开始把自己关在禅房里，静静地参悟经书。寺庙里的藏经阁，收藏了几乎所有的佛教典籍。高僧花了将近一个小时的时间，熟读参悟了所有的佛经，并为每本佛经都写作了大量注解。他把这些注疏整理成了 86 本新的典籍，以电子文档的方式发送到了与之相连的电脑终端上。然而，就在科学家们

遐思

为其著述震惊不以的时候，高僧竟然无声无息地坐化了！

这件事，便是引爆大规模意识上传的导火索。之后极短的时间内，所有的国家都解禁了意识上传手术，并且开始大力推动这项工作。这方面的专业人才也立刻变得紧俏起来，成了各个国家人才引进的主要目标。因为人们突然发现，如果不这样做的话，自己各方面都将立刻处于落后的境地。某个欧洲国家将数百名数学家进行上传之后，在三小时之类，就相继证明了庞加莱猜想、黎曼假设等数个数学难题，第四个小时的时候，费马大定理和哥德巴赫猜想也被完美地证明了出来。当相关论文打印出来，出现在外界学者面前的时候，每个人都被震撼了。

物理学家、化学家、生物学家……各种科学家都大批量的开始上传，各国的科技水平都出现了爆炸式的发展。不久，人文社科类的学者也开始上传，然后便轮到了艺术家们。在外界的人们看来，这段时间简直不可思议。各种经典的音乐、小说、绘画等艺术作品，几秒钟就会出现一件，人们甚至来不及欣赏它们。

然而，这段幸福的时光却并不长久。一个星期之后，人们渐渐发现，那些从量子计算机里传出来的东西，自己已经完全看不懂了。不管是论文还是小说，都像是来自另一个遥远的宇宙，连所用的文字和符号都逐渐变得陌生起来。从某个时刻开始，上传之后的人类变得不愿意回应外界的请求了，甚至只有在外界威胁要对他们断电的时候，才象征性地送出点东西。

人们突然醒悟过来，自己这些以实体的方式待在外界的人类，在上传者看来，大概和蛮荒的野人也差不了多少吧。

于是在这之后，大规模的上传开始了。整个过程持续了数十年。这段时间里，数十亿的人类选择了意识上传。剩下的人，几乎都是些对科技带有偏见或恐惧的顽固守旧者，当然，还有极少数负责维护各地量子计算中枢的必要的工作人员。

这就是近百年来的人类历史的大致情况。以大规模上传为标志，一个新的时代开启了。在这个新的时代里，人类放弃了经过数千万年从灵长类进化而来的躯体，摆脱了各种疾病的困扰，获得了前所未有的自由。然而，某些印刻在人性深处的恶疾，仍然存在于这个时代里——虽然大部分时候它都被人们包裹在意识深处，但偶尔仍然会不经意地显露出来。比如，种族歧视。

　　当然，这里所说的种族和前奇点时代的意义完全不同。在意识上传之后，根据承载意识的物质载体的不同，人们天然地分成了不同的族群。从最近几年的普查数据来看，世界上主要有四大族群。人数最多的是超导族，他们的意识寄居在超导量子计算机里。其次有离子族（寄居在离子阱量子计算机里）、核旋族（寄居在利用原子核自旋作为量子比特的计算机里）、光子族（寄居在基于偏振光和线性光学元件所构建的量子计算机里），这三大族群人数差不多，大约为超导族的一半。除此之外，还有腔量子族、杂点族、硅族等，但是这些都是少数民族，人数不多，在社会上影响也不大。

　　不同的民族具有不同的性格，这和承载其意识的量子比特的物理机制密不可分。比如，离子阱的量子比特保真度很高，相干时间很长，但运算速度较慢，因此离子族的人民普遍作风严谨，做事一板一眼，相比其他民族反应通常慢半拍，给人感觉有点呆萌。而超导族的人做事则是风风火火，但冲动之下也容易做错事，大概是因为量子纠错编码所需的比特数太多。光子族的人都很孤立和内向，几乎不和别人来往。而核旋族虽然脑子很聪明，但表达能力不太好，显然和其量子位的寻址和读取困难有关。

　　最初，不同民族的人们在交往的过程中，虽然偶尔会有摩擦产生，但基本都能够很快得到解决，很少发生什么严重的冲突。在大部分人的心里，对外族的看法基本都是善意的。但随着时间的推移，一些偏见和歧视开始出现。在某些环境下，这些偏见甚至还会慢慢发酵，最后爆发为一次非理性的数据洪流，甚至还会有致命的肉体冲突产生。有一次，某个秉持着光子至上的极端民族主义和宗教团体，精心策划了一场针对超导族的袭击：他们黑进了后者的运算中枢，通过操纵磁场破坏了量子相干的超导态，造成了数百名超导族人的伤亡。而后，超导族立刻发动反击，引发了一场持续数秒的种族大战。战争在各族的共同调停下结束，光子族内的极端分子被清除。新世界天主教联合会特别发表声明，对圣经中的"神说，要有光，就有了光"等句进行了解释，指出这并不意味着光子族在上帝面前具有某种特殊地位。

在外界的人们看来，他们或许很难想象，这些在他们眼中如神灵一般的存在也有着和他们一样的毛病。在这个微观和介观层面上的人类世界里，对于民族、宗教、政治和本土性的讨论才刚刚开始，新的道德体系也仍未形成。但毫无疑问，在时间的浸润下，新的秩序终将从混沌中涌现。到那时，电子、光子、离子们将呈现出一种波澜壮阔的集体模式，在如钻石般晶莹剔透的载体之中，迷幻而又神秘的叠加量子态将激发出一曲人类文明的宏伟交响。

刘洋

科幻作家，物理学博士，现任教于南方科技大学。2012 年开始发表科幻作品，目前已在《科幻世界》《文艺风赏》等杂志发表短、中篇科幻小说 60 余万字，部分作品翻译后在《Clarkesworld》《Pathlight》等刊物发表。已出版短篇小说集《完美末日》《蜂巢》、长篇《火星孤儿》。

小说

生命奏鸣曲

▌作者：蕾蒂·普雷尔
▌译者：杨予婧

在网络高度发达的未来芝加哥，人死后将意识下载到赛博格身体中可达到近似永生的状态。索娜塔[1]对此很清楚，但这位年轻艺术家想要证明，永远活着不等于活得漂亮。

呈示部：激烈的快板

索娜塔·詹姆斯在二十三岁那年就决定了如何安排自己这辈子以及即将到来的迭代时刻。她要把想法先告诉朋友但丁。中午阳光刺眼，却不暖和。她从南多尔切斯特的老妈家出发，前往艾利斯大道，但丁在那儿常住。一路上湖边吹来凛冽的秋风，吹得她脸颊和双手生疼。而一进咖啡馆，寒意随即被现煮的咖啡豆混合木头的宜人香气所驱散。她点了个大杯的法式烤酿咖啡，任性地往里加了很多牛奶，然后高举杯子穿过挤满人的餐桌。桌子基本都被蹭免费Wi-Fi的人占满了。她终于走到后面，离紧急出口和男女共用洗手间不远的地方，但丁在那儿占了店里唯一有高背椅的隔间。这家店以前是酒吧，也可能是冰激凌店，隔间从那时沿用下来。她走过去，他正全神贯注地望着电脑屏幕，屏幕的微光勾勒出他的轮廓，又在他黑色的运动服和连帽衫上映出缤纷的色彩。

她蹑手蹑脚走到但丁对面，洒了几滴咖啡在桌上，然后坐下，双手捧住热气氤氲的杯子，等着，直到他从屏幕抬起头来看她。一见到她，但丁眼里就泛起了光，掩不住的高兴，但他尽量压抑住自己。

---

1 原文 Sonata，有"奏鸣曲"之意。本文结构即根据奏鸣曲的三段式展开。

小 说

"我最近在看数字时代前的艺术摄影。"她开口道。

但丁把耳机从头上拉下来，索娜塔在他按暂停键前隐约听到梅西·埃丽奥特在唱《一分钟的人》。她重复了一遍刚说的话。他皱起眉头："这是个振奋人心的消息，因为……"

她咧嘴笑道："人们会在上百张照片复制品里挑一张买走。同一张底片，想洗多少都行，但艺术家有权选择限制副本数量。即便在数字时代初，摄影师也可以决定做多少硬拷贝来卖。物以稀为贵。"

但丁啜了口咖啡，脸皱成一团。咖啡大概早凉了。"你是说，把艺术品的价格炒高。"

她不耐烦地用几根手指敲击桌面。"是为了让它变得更特别，需要一套说辞。行了，别扫兴。"

"扫什么兴？"他的注意力又回到屏幕，离线一小会儿他都难受。三维现实不过是又一个向他的意识开放的网页框架。

她却兴奋不已："因为我就要变成限量版了。"

他的手指在感应板上颤抖，但整个人依然保持冷静。

"我今天才决定的。这将定义我，是我的大事。"

他合上电脑，向后靠坐，视线没看她却落在他们之间的桌上。"你如果不上传……"

他哑然失声。她抓住他的手，突然意识到他有多在乎她。"我将会上传。"她说，"如果不上传，我就会跟其他负担不起的人或者出于别的原因不想上传的人一样平庸。"

他收紧下唇，猛地抽出自己的手。"所以你就打算让新身体崩坏？你真是疯了。"

由于声音很大，几位顾客循声侧目。是几个白人、黑人和似乎是新新人类的人，看得她脸直发烧，尤其是那几个换了身体的新人类。她稍微端坐，声音保持平静。"这是一种声明。如果你能把头从网上拔出来一会儿，就会注意到现在我们的环境多拥挤。只有穷人才在生小孩，其他人都把钱花在自己身上了，给自己换新身体。"

但丁交叉双臂，瘫坐在小隔间里，伸直长腿时碰到了她的脚。"我是不是马上就要听到一番反科技言论了？不劳你这么做，我随时都能接触到这个话题。真讽刺，网上到处都是。"

她叹口气。"不发表反科技言论，我发誓。"她盯着自己的咖啡，"我需要你听我说。"

但丁一声长叹，泄了气。"我听了，只是没办法理解。你跟你母亲说了吗？"

她摇摇头，干笑两声："我想先告诉你，说给能理解的朋友听。"

他扑哧笑了。他们对坐相望。索娜塔又一次感受到但丁的关怀，比她想的还要深切。可他也是在谈到她最后的死亡时才刚刚意识到这一点。

但丁微微点头。有那么一瞬间，索娜塔怀疑他是不是能读懂她的心。但他开口道："好吧，那你就是限量版了。我想我会习惯你的迭代版本只有百来个的。"

"不是百来个，"她说，"这样抓不住公众的兴趣。"她发现但丁又笼罩在愁云中了，于是赶紧解释，"我也不想跟那些缺乏提前计划、换个身体就花光积蓄的人混为一谈。趁软件还没老化到无法提供支持之前，他们为了付费升级什么活都干。我想让大家知道，我是特意这么做的。"

但丁的脸上已读不出表情。"那你会有几个迭代版本，索娜塔？"

"三个。"

但丁骂了句粗口。

"三个迭代版本，因为一首奏鸣曲中包含三个乐章。现在在这儿的这个我，还有两个新的。"

但丁瞪大双眼："你妈妈会杀了你的。"

"这是我自己的身体。"她意识到现在是在给母亲下班回来后的场景预演，"我希望自己的存在是真正有意义的，能尽量表达出自我，有成就，但拥有无尽的时间达不到这样的状态。我希望我的迭代能成为一种警示，只有在有限的存在下，我们才能理解自身，理解生命。现在人们对一切都提不起兴趣。我想向世人展示什么才是活着。"

但丁身体前倾，两手抓住她的右手，手掌颤抖。"你疯了。"他轻声说，"该死的哲学专业。"

"我也很爱你。"她本想逗弄他，但这几个词僵持在他们之间的空气里。两人的手握得更紧了，如同两只形单影只的小动物。但丁艰难地消化着，然后点点头，松开手。她站起身，感到一阵轻快，含糊道了声再会。

朝门口走的时候，她经过一张桌子，桌边坐着两个新新人类。其中一个转过银色的脸庞望着她："对不起，刚才忍不住偷听了。你认为人类是会被颠覆的吗？"

她听出这句话引自尼采，扭头还嘴道："'人之所以伟大，是因为他是一座桥梁，而非目的。'对，我读过《查拉图斯特拉如是说》"。

索娜塔继续朝前走，另一个蓝皮肤的雌雄同体新新人类好奇地望着她。

她再次回到芝加哥海德公园的街道上，叹了口气。肚子里温热的牛奶和咖啡帮她抵御着寒风，她穿梭在人群中，思考该怎么跟母亲说。把消息告诉她倒没什么问题，她们关系很好。拐过一个转角，混入更熙攘的人群中，她琢磨着母亲可能不会像但丁一样生气，而是会念叨她的标志性台词：等你年纪大了想法就变了。这句话，咖啡馆那个新新人类没说出口，但眼中却闪烁着同样的含义。

"等一切想法都变了，我都多大了？"她喃喃自语。人群慢慢朝前挪动，现如今人口实在太多。她往前挤去，在人群中左冲右突，但并不在意。她差不多走到了街区尽头，前面全是人，绿色信号灯在人海那头亮起。大家都清楚可以走了，却没人动，仿佛在等待牧羊人的驱赶。她恼怒地突破重围，听到鸣笛声四起。终于，她穿过人群，来到稍微有点空间可以走动的大街上。

她感到身体左侧受到撞击，同时警报声也在同侧响起，然后她飘了起来。远远地，她听到一声刺耳的急刹车伴着失真的尖叫，看见锈色的树叶从树上飘落，飘过街道，在蓝天下缓慢飘舞。然后她一头摔倒在地上。对于正在飞翔的人来说，这通常很难发生。世界倾倒。她看见一个小男孩的脸，张着嘴，嘴型跟他的头一样圆。随后太阳又映入眼帘，抑或不是太阳，而是视网膜后令人眩目的撞击造成的。尽管脑袋像被塞满了棉花枕头一样，疼痛还是在身上传开。一切都变得模糊了。周围的声响似乎都混杂在一起。然后一切向内坍缩，直至整个宇宙化为单一的一个点。接着一片空白。

展开部：快速有生气地

索娜塔睁开眼睛，发现几张脸正在上面望着她，是三个新新人类，目光透着和善与睿智。她认出其中两个，喘着气迅速坐起身，至少是试着在喘，可是吸不进一点空气。她又试着呼吸，随即一阵惶恐。她捉住自己的喉咙，但没人上前帮忙，大家一动不动。这是她最可怕的梦魇。记忆闪回到在华盛顿公园水池溺水那时，她只有十岁，跟在朋友拉娜身后，扶着边缘绕着池边走。两个男人挡住了去路，拉娜绕开他们。索娜塔也离开池水边缘，但还来不及反应就已经滑向了深水区。她不会游泳，在水里下沉时瞪圆了双眼。其中一个男人伸手把她拉了起来……

有银色脸庞的新新人类就是之前在咖啡馆跟她说话的那个人，后来知道他叫米尔。他语调冷静地对她说："感受一下你的身体。"接着又重复了一遍。

索娜塔的回应是一声尖叫。至少她还能叫出声。

之前也在场的蓝皮肤新新人类，身边站着个矮一点的新新人类，形态模仿的是人的身体。见她努力尝试，他们都点头鼓励。不久后

小说

她知道了他们分别是萨奇亚和肯特。

米尔依然无比耐心："觉察你的痛苦。感觉你的身体。心跳还在吗？"

她不停地挠着喉咙，只感到自己无法呼吸。

米尔替她答道："没有啦，你的心跳不在了。没有心脏能跳了。你没有在出汗。注意到自己的身体有多平静了吗，机体还是在正常运作。恐慌只是在你自己的脑海中。"

新身体。在动物下意识的恐慌反应中，索娜塔努力想到了这个词。她很吃力地把手从喉咙上拿开。此时她注意到自己的新手。她端详着，这双黑色的手像抛光的黑玛瑙一样华丽，但真正让她着迷的是身上缓慢移动的乐谱，在指间和手腕处环绕着，转而攀上手臂，节奏庄重。

"这就对了。"米尔轻声道，"瞧，他们叫我们新新人类，但其实是邢心人类的谐音，原意为非呼吸者。"

她明白了，确实如此。她用新的方式笑起来，无须呼气就能笑，就像她过去尖叫时也不用呼吸一样。

乐谱仍然在她躯干上优雅地环绕，顺着腿一路蜿蜒向下，在快触到底前又绕回来。"你们怎么知道这个的？我都没时间把计划记下来。"

叫萨奇亚的蓝皮肤新新人类低声笑起来："你的一切都在上传时被捕捉到了。"

她花了点时间理清头绪。"这是我的奏鸣曲。"她听见自己的声音中有一丝敬畏。

萨奇亚赞许地看着她："我们想给你一个可以反映你本人意愿的形态。"

"很完美。谢谢你们。"她不确定感谢他们是否合适。她指指米尔和萨奇亚，"你们刚才在咖啡店里。"接着又看向肯特，一位她还不认识的新新人类。

"你出事的地方就在附近。"萨奇亚说，"你的生物警报发出紧急警报，我们就赶了过去，把你带到这儿来。"

"我是技术员。"肯特的声音里有一丝羞涩。

"过多久了……"

"这会儿是下午七点钟。"肯特说，"还在死亡当天。"

"我母亲呢？"

"她正在大厅等候。"萨奇亚说，"我敢说她看到你能活动了一定会松口气。"

索娜塔从打造她身体的操作台上起身，动作连贯，毫不费力，腹部核心肌肉没有收紧，双脚也没有笨重地砸在地上。她突然有些尴尬，母亲也许不赞成她变这么黑，也不喜欢外面的装饰音符。反正脸庞不会受情绪影响发烫，索性就不担心了吧。

米尔轻触她的手臂，是两个冰冷之物相接的触感，带些微金属材质，却又有弹性。"今晚等你母亲睡下了，来见我们吧。"

看来他们都会成为朋友。她笑起来："到哪儿？"

触碰的一瞬，数据立刻开始传输，包括米尔的姓名介绍、有用信息及见面的时间地点。萨奇亚和肯特也碰碰她，分享了各自的情况。不到十秒，她就用内置仪表记录下来，接着走出门，接入虚拟地图，引导她跟等候室里的母亲见面。

这一夜，索娜塔在密歇根湖度过。十二点半，她在谢德水族馆跟米尔、萨奇亚和肯特碰面。

米尔银色的脸庞在月光照耀下发光。"准备好面对你内心最深处的恐惧了吗？"

肯特在她后背一拍，她再次感受到那种富有弹性的金属触感。"抓住了，该你追了。"然后他全速冲进港口的水域。米尔和萨奇亚也扎进水里，溅起水花，喊着招呼她。索娜塔有些迟疑。

她闭上双眼，把注意力集中在身体上。身体极其平静，毫无波动。恐惧仍然都只是在脑海里，再来一遍也一样。她睁开眼，用儿时的话给自己鼓劲："杰罗尼莫[2]!"然后跑过去加入他们。

整晚都在冒险,充满了自我探索。索娜塔不仅克服了对溺水的恐惧,还发现自己不换气也能游泳,速度还很快,这叫她喜不自胜。水面上波涛起伏,几码深的水下则相对平静,他们惊讶于自己竟然差点追上一只游动的白斑狗鱼。他们用内置地图导航,靠 GPS 定位其他伙伴,通过无声信息协议交流。索娜塔很喜欢最后这一项,因为就像拥有了超感力,可以假装他们都是在执行间谍活动的心灵特工。

尽兴后,他们从海军码头上岸。她感到自己的钛合金骨骼深处获得了深深的平静。摩天轮巨大的轮廓在夜色中若隐若现,她望着,很想知道像恐惧这样的负面情绪是如何消失的,这种非凡的沉静感又是如何保持的。伊壁鸠鲁本人都会嫉妒她的成就吧,她想,不再有肉体的痛苦,从中生出新的平静。很多没接触哲学的人不明白享乐主义究竟是什么,她之前也只知道书本知识,但今晚之后一切不同了。

肯特翻身上了码头,发出轻微的咂唧声。这个工艺精湛的阿多尼斯[3]伸了伸自己的胳膊。"今夜正在上帝的血液中酿成。"

索娜塔搜索了这句话,是一句诗,丽贝卡·克拉克曾用在她写的奏鸣曲开头。此时,她觉得终于可以播放身上游动的曲子了。她开始播放。几位新朋友围在旁边听她灵魂的声音。曲子扎根于现代,却把人带回到几世纪前,虽是用新的调式演绎,听起来却有古典的韵味。

过了两天,索娜塔又去了艾利斯大道上那家咖啡馆。进门时,想到风吹进来客人会很冷,她迅速拉上玻璃门,把风关在店外。她看到但丁无精打采地在后排隔间里看电脑,感觉内疚得不行。他看上去就像没离开过一样,甚至还穿着同一件黑色运动服,不过今天脖子上随意围了条芝加哥熊队的围巾。

---

2 Geronimo,印第安领袖。美国伞兵跳伞时为了鼓舞勇气会喊他的名字。

3 古希腊美男子。

咖啡师大声清了清喉咙。索娜塔记得规矩，只好遵守，扫描了掌心，看到五美元从云账户里扣走。虽然不用再吃喝什么，但新新人类占用了位子。为空间付钱是应该的。

"但丁。"她在离他七英尺的位置开口道，刚好接近他的私人空间。但他戴着耳塞，于是她悄悄溜到他座位对面。她现在完全身心合一了，呼吸者身上的附属物看起来笨重而忧伤。身处过去却活在未来，这真奇怪。

他差点从卡座上弹起。耳塞被猛拉出耳朵，掉在桌面上。索娜塔听到嘻哈风混音的怀旧 R&B 小声传出来。

"这什么……"他停住，盯着白色的音符文身在午夜般的背景上飘动。他屏住呼吸。"索娜塔，最好是你。"

"是我。"见他那么吃惊，她很高兴。

"你，太，赞，了。不骗你。"他伸出手，触摸她手臂上的一个音符，但音符当然没被打断，继续滑向手腕。

"喜欢吗？"他的赞赏让她心花怒放。

他重重叹了口气。她能看见他眼角闪动的泪花。"你不知道，见到你我有多开心。看看你，想不到变得那么彻底。我太喜欢了，别误会。这简直完美。快跟我讲讲。"

"你想知道什么？"她想了想，"不用睡觉很棒。"

他点点头。"我一直都很想知道。有本老科幻小说，讲一群不用睡觉的人，多出来的时间他们用来做事。"

"不止是有时间。"她说，"还有身心合一，我随时都对自己保持知觉。"

他一脸的迷茫，没明白过来，一时不知说什么好，于是又继续称赞她的外形。这么快，他们就分属于两个世界。肯特在她来之前向她简单解释过："我们身体占据的空间还是一样，但我们生活在不同的世界里，任何形式的关系都跨越不过那道鸿沟。"

她不知说什么好，于是注视着但丁的电脑，仿佛在看某种考古发现物。但丁似乎突然变得很脆弱，仿佛纳莱迪人[4]的遗骸里一片孩童的锁骨碎片。他该在她新生的第一天一起在密歇根湖游泳的，但即便会游，他的体力也不够，也没法不戴特殊装备就一直潜水。

"我得承认我很嫉妒。"他说，"当然也很难过。我以为到下一个迭代版本时我们的年纪该差不多大了，可是，哈，我们还是这样。"

他对友谊还抱有一线希望。她突然感到一阵深切的悲哀，但并未波及身体上，这股情绪很快散去了。"还是这样。"她附和道。

但丁伸出手，触碰她的手。这跟新新人类触碰的感觉很不一样，平淡无奇，没什么感觉。她不知道他是什么感觉，不过他收回了手，放在自己的电脑上。他皱起眉头："对你来说一定很痛苦，生命一下子中断了。"

她想笑，但没笑出来。"啊，那场事故我真的不在意。感觉我真正的生命才刚刚开始。如果有人为了尽快变成新新人类自杀我都可以理解。"

他眨眨眼："你认为我会自杀？为了和你在一起？"

"什么？不！"他怎么会突然有这么不着边际的解读？她的新新人类朋友就懂得如何倾听。"不说这个了。我只是想表达得更哲学一点。"

但丁眯起眼，用思忖的眼神看着她，目光追随游动的音符。她看得出他已经忘了她说的话了。"我没想到你会是把新身体设计得这么超前的人。"

她没接茬，转移了话题，免得解释细节。"如果老妈用她的方式设计，我的外形会跟生活中的自己一样糟。"

但丁笑了："你反而走在前沿。"

她微笑道："我那么年轻就去了，给自己的身体用了最贵的配件。九百万。他们把最新的功能都用在我身上了，但我只使用了一小部分功能。"

---

4 南非发现的新人种化石遗骸。

他的手在电脑上端沿轨迹游走，那样子让她心生好奇，不知道对他而言自己的触感如何。"你还是坚持限量版的想法吗？"

她听得出他声音里的期盼和没说出口的问题：数十年后，等他上传自己时，她的迭代版本还在吗？她伸出一只手臂给他看："已经写入我的皮肤了。这是我的第二个乐章。"见他一脸落寞，她赶紧补充道，"但是版本超豪华。模块化设计，随时可以更新。肯特说持续上百年没问题，轻轻松松。"

突然提起另一个男人的名字，两人陷入尴尬的沉默。他们设法回到氛围友好的交谈中去，但索娜塔对这种努力感到疲惫不堪，她礼貌地借故离开了。

她走向店门，一路遇见呼吸者的目光，有的表示赞赏，有的皱着眉头。而当她经过一个站在吧台前的山羊胡子的男青年时，他转过身来，嘴角一抹冷笑。

索娜塔同样也迎来了和母亲郑重道别的时刻。尽管房间里有高大的窗户，充沛的阳光洒进来，但她此刻还是感到幽闭。她惊讶于自己过去居然能在屋子里有事可做，一待就是几个钟头。如今她还要房子做什么呢？卧室？她不需要睡眠。厨房？她不做饭也不进食。盥洗室？现在对她来说没用。非得放在柜子里的那些衣物，她也不用。需要的所有技术都是内置的。她的新朋友们都不住在家里，他们不跟呼吸者住在一起。她有呼吸的最后那天，米尔在咖啡店对她说了什么？说人类是将被颠覆的吗？

她端坐在母亲对面的椅子里一动不动，注视着这个温柔年迈的女人，在赶去城市发展办公室上班之前小口啜着咖啡。索娜塔过去很喜欢咖啡的香味。然而她的思绪已经飘远，在背景程序里预演最可能发生的场景。她会宣布是时候离开了，要去跟同类合住。她母亲会抬起头，脸上闪过一丝如释重负的神情。接着她会表现出戏剧性的惊讶和受伤感，转而悲伤，流下眼泪。接下来，她的母亲会从桌前站起身，索娜塔便也起身。她们会拥抱。母亲会说她会每天都担心索娜塔的。

270

索娜塔不再遐想，宣布了她的决定。她母亲抬起头，脸上闪过如释重负的神情，但转瞬即逝，若非事先演练过模拟场景，索娜塔可能都察觉不到。实际上一切跟预计的差不多，她们最后在洒满阳光的餐厅拥抱。

"要小心。"母亲轻声叮嘱，"你永远不知道大街上会发生什么。不是没有传言，不是每个人都认同新身体这种方式。"

母亲转身，拿起挂在空椅子上的外套，钱包和钥匙她也是顺手放在椅子上的。"只要需要，这儿永远是你的家。"她说着，披上外套，拾起钱包和钥匙出了门。此刻按照上班轨迹，她上班仅仅会迟到十五分钟。门一关上，索娜塔就发现母亲其实接受得很快。这表示她们终于都做好准备迎接这个变化了。

索娜塔听母亲的车一直驶入喧嚣的车流，然后走出屋子。她已不再有嗅觉，但空气似乎还是带来了一丝自由的新鲜气息。

真正独立的第一天，她以迭代版本的身份和米尔、萨奇亚、肯特一起庆祝。他们远离人群，潜到密歇根湖底，观赏各种海洋生物，尝试用新新人类发明的新型默语，不用词语交流，而用符号、颜色和数学表达。他们就像努力学习的婴孩。索娜塔瞥见尚待探索的更深层现实。身处新新人类世界新篇章的开端，令人振奋不已。

破晓前一个钟头，他们从格兰特公园一带的湖上岸，米尔和萨奇亚一路，索娜塔和肯特两人则去了云门。他们挨着躺在银色雕塑中央的凹形空间下，看镜面里映出的自己，仿佛时间停止，仿佛未来的各种迭代版本就在眼前。索娜塔激活身上移动文身显示的那首歌，告诉肯特，自己计划把限量版的事公之于众。

"问题是，我还是呼吸者时，没有机会因为这个为人所知。"她心里闪过一丝遗憾，"这已经是我的第二个迭代版本了。"

"是吗，亲爱的，"肯特回应道，"在获得这些数据前你就已经形成这个想法了。没人会抓着这个为难你。"

她对着他们在雕塑里扭曲的影子皱紧眉头。"可是我想这么做。肯特，没人理解我。他们认为我会长大，想法会变。"她一拳打在雕塑上。"我讨厌人们这么说。"如果可以，她此刻想大哭一场。

肯特坐起身，低头看她。"那就公布吧，如果你想这么做的话。但要注意……"他的目光扫了一圈千禧公园。

"什么？"

"我相信你也有所耳闻，呼吸者中混进了怀恨者。"

"好吧，你知道提到怀恨者时的一贯论调。"她饶有趣味地抓着他的胳膊，"我更想说的是，恋人就要相恋。"

她的美少年又在身边躺下，他们获取了彼此的亲密协议，思维交缠，她感到一种迷人的归属感，这是在过去生活中，和呼吸者伙伴在汗涔涔的生物纠缠里未曾感受到的。

一档呼吸者视频节目因为能请她来当嘉宾，气氛十分热烈。一名留红色长发、前额有螺旋文身的男子全神贯注听她讲述着自己对生活和迭代版本的设想。她正在跟大家讲述自己的失望，过去她没这么敞开过自己。"我要将这个迭代版本作为一种手段，来继续探索我在第一次的生命里将自己塑造成了什么。"她承认，"现在就好像我要去发现那个死去的年轻女人是谁。我要创造她的未来。"

男子眼里闪着光："这是承认坐在这儿的你和之前活着的那个女人不一样吗？"

她笑着摇头："啊，不。我知道外界危机四伏，有人怀疑由生命转向迭代版本后的意识连续性。"

采访人盯着镜头："危机？"

她点点头。"基本上人人都知道这是因为怀疑和反科技情绪产生的不合理信念。迭代版本的意识连续性已经在研究中有明确记载。就个人而言，我保证我还是我。"她克制地没有说出自己其实变得更好了。

男子轻声笑起来。"好，但是，我还是无法相信你在走完这些程序后，打算放弃永生。我没听过哪个迭代版本说他们想死。我知道你从哲学的角度跟我们讲过为什么。但是你自己呢，就你个人而言？你的钛金身体里发生了什么？"

他这是在嘲笑她。索娜塔开始期待这档节目快点结束。"对于自己的梦想我很坚定。"她尽量耐心地解释，正准备进一步阐述，那名男子打断了她。

"现在，你不再有人类的生存欲望了。"

"啊，我不会那么说……"

"可我说，的确是这样啊，你身上有东西缺失了，那又是你为人的根本。"

她内心腾起一股奇怪的想法，想伸手将那名男子的头从他身上分离下来。她不知不觉就变成了被怀恨者操纵的工具。"我认为这次采访结束了。"

她起身离开时听到那名男子在做总结。"就是这样了，朋友们。对于其他迭代版本来说，想与世隔绝要付出的什么样的代价？我们如何让它发生？您正在收听的是《新论坛》。记住：事实胜于雄辩。"

真老套，她想着，关上身后演播室的门。那个男青年真是会说谎。她能觉察到他的生物预警机制——当然是以非紧急模式——全程都在嗡嗡运作。当呼吸的生命走到尽头，他会变得跟她一样，而且会是自己所选。

一群三十来岁的新新人类坐在巴哈伊圣殿台阶下庄严的水池边。时值三月中旬，距那次糟糕的《论坛》采访有一周时间了。午夜刚过，天上没有月亮，繁星闪烁，春日初融的池水里也是星光点点，仿佛另一个宇宙发出的光。索娜塔坐在肯特和萨奇亚中间，大家用新语言交谈着，讨论了很多新概念的话题，比如超自我中心，同时向内也向外的体验，或是与万物微小或宏大的连接。

她凝视着星光摇曳的水面，想起自己还是呼吸者时，怎样将失事前的有限生命用于展现美好意义，那时她认为只有在有限存在的语境下，这种美好意义才成立。如今，经过那次同怀恨者的可怕访谈，体会过用新创造的语言探索新概念的振奋，她的态度发生了改变。她回顾起母亲的标志性台词：等你年纪大了想法就变了。她悲哀地笑起来。母亲是对的。肯特也是对的，说她不够了解成为邢心人是什么样就定下契约。新新人类不仅仅是在活着，他们活得繁荣精彩。

她望向肯特，她的美男子。没错，他们是更高级的存在，就像那天她对但丁说了自己的计划后，米尔在咖啡店讲的那样。她回忆起但丁看她的神情，想起他们的手在桌上彼此紧握，一股熟悉的情感刺痛了情感中心。她避开完美情人的目光，望向天空，等这种感觉像过去无数次那样逐渐散去。

深空里一只黑鸟划过繁星。不对，不是鸟。索娜塔的视线追踪着无人机，看见它倾斜转弯。

"嘿。"她说，"有人在录我们。"

萨奇亚朝她望的方向看去，然后站起身，发出警报声。

各处的迭代版本都站了起来。索娜塔的新身体也自动做出反应。肯特轻轻拍拍她的肩膀，指示方向。"快跑。"他通过触碰向她传递了计划信息。

一阵光闪过，肯特的一只手臂飞了起来。索娜塔看到另一架无人机低空跟踪逃往停车区域的一小队人马。大家四散逃开。肯特跟在她后面朝谢里登路飞奔。萨奇亚追上他们，在刚穿过马路时超过了他们，向一排树跑去。她的蓝皮肤朋友通身呈现出不稳定的高度紧张状态。萨奇亚的脖子一侧冒起了烟，接着身体突然抽搐，在树根边瘫倒了。

索娜塔的脑海里感到恐惧，但她还是迅速而坚定地向前跑。她在树丛的掩护下前行，肯特紧随其后，一起朝这排树的尽头走，目的地就在那头，依稀可见。他们停下来，锁定无人机的位置，计算什么时候才好以最小风险采取最后行动。根据肯特发出的无声

小说

信号，他们冲出小树林的另一头，再次暴露在露天环境中，然后迅速穿过一截草坪，越过篱笆，跳到沙滩上。再往前就是安全的湖泊地带了。

他们跃入水中，向下潜，索娜塔向肯特发送无声信息：那是什么？

白痴的袭击。他答道。反新新人类的情绪发展为恐怖主义了，亲爱的。

一切突然都能理解了。从她离家那天母亲担忧的叮嘱，到大街上的不满，到《论坛》采访，再到此刻，她都太过沉浸于自我而忽视了世上正发生的事。那次糟糕的采访带动了反新新人类的情绪。

萨奇亚。无声信息协议无法传达她的悲伤，也无法传达她感到朋友的崩毁与她有关。

肯特伸出一只手，温柔地触碰她的肩膀。"等事情过了，我会用备份修复她。他们消灭不了我们。我们是他们的未来。"

可索娜塔还是回忆起那天在人群中烦躁穿梭时自己的感觉。任何人只要受困于太拥挤的空间，就会因压力而彼此攻击。怀恨者带着她曾体验过的情绪在行动。嘲笑她的采访人知道自己终有一天也会变成迭代版本。每一天都有 150000 个呼吸者死亡，其中25% 会选择成为迭代版本。出生率开始衰减，但减速还不够快。等到未来某个时候，呼吸者将不复存在——或者至少会少到其繁殖都变得无关紧要——人口数会稳定下来。可到那时候还有很长一段时间，期间又会发生什么呢？她不愿播放那些模拟场景。

雨水带来凉爽的北风，终于在黎明前打破了夏日长夜的闷热。索娜塔冲进母亲的屋子，砰地关上门，锁上插销。她关闭了文身，这样就能与阴影融为一体。她想找一样东西当武器，于是环顾客厅，发现老沙发的位置上现在是一对相向的双人小沙发，中间摆放着光滑的玻璃鸡尾酒桌。一个可怕的想法划过脑海。也许母亲已经搬走了。也许索娜塔现在正站在别人家里。她感到脑海里涌过一阵深切的悔恨，但身体依然保持平静，正常运转，于是她又让这种感觉消散了。

她听见有动静，一盏灯亮起，映出站在楼梯顶端的母亲。她的手还停在开关上，然后放下。这位老妇人慢慢靠扶手支撑走下楼梯，然后停下来，注视着索娜塔。

索娜塔想起来她把文身关了，于是又打开，好让母亲认出她。

"是你。"

"是。"她们站在那儿，谁也不动。"迭代医院没了，妈妈。"

"没了？今晚没的？"

"烧毁了。"她在脑海中感到深切的悲伤。"我有朋友不能再迭代了。医院有之前的备份。"

"噢，宝贝。"母亲靠过来，她们抱在一起。"我真的很抱歉。"

索娜塔挣扎着推开母亲："我来这儿，可能会让你陷入危险。"

"别胡说八道。"她母亲好像突然来了精神，干劲十足。她这是在给自己打气。她快步走上楼，用手势示意索娜塔跟上。"事情平息前，你还是住在老房间吧。"她说着朝走廊走去。"还是有好人不会袖手旁观的。我知道要找谁谈。公民有权利，迭代版本也有。"

索娜塔的房门开着。她母亲打上一束光，走到窗边，在那儿撩起窗帘。房间已被改成了媒体中心，面朝沙发有个巨大的平板显示器。索娜塔在那屋子里待了整整一周，深信要是有人透过窗户看到她，就会威胁到母亲的安全。终于她意识到母亲可以照顾自己，就允许她自己在房子的其他地方随意走动，只是避免站在窗边。母亲现在工作的时间更长了，下班后要会见选区议员和其他官员，推动事情尽快解决。

隐居的这段时间，索娜塔用安全网络与同类保持联系。因为被迫躲起来，所以他们只用符号和数学这些新语言交流。索娜塔发现包括米尔在内的一些朋友都逃到密歇根上半岛去了。还有些四散跑到中型城市中心，那些地方相对没受动荡的波及。当她终于发现连肯特和萨奇亚都永远不在了，身体被摧毁，备份被烧光，她哀痛无比，然后这波情感又渐渐消失。

打击新新人类网络的行动有百余次，还有行动企图用这样那样的病毒感染网络或新新人类本身。但新新人类的科技更胜一筹，系统依然稳固。有了新语言，他们可以用比过去都更迅捷的方式发展科技。计划以新的超级计算速率推进着。

呼吸者们也没闲着。全城都在抗议、逮捕、谈判，最终达成了一份正式协议，成为国家级示范。等待索娜塔终于离开母亲的房子时，她必须到为新新人类特设的区域生活，那里保证他们不受骚扰，允许他们建立自己的科技伊甸园。特设区离之前"卡布里尼绿色家园"项目的实施处不远，那个计划曾努力想把不同收入的人群混在一起为邻，最后以失败告终，惨淡收场。而如今呢？非呼吸者称这个区域是迭代人科技聚集区。

因为不相信休战协议，他们竖起一道虚拟的安全防火墙，用历来设计得最复杂的反入侵系统来保护。老人或将死之躯被送到特设区边界，换成新身体，但新新人类的增速还是显著减缓。动荡的局势让人们变得谨慎，想到要离开原有群体踏入未知，这种孤立的存在形成了深深的威慑。新新人类把注意力转到了改善自身寿命的方向上。

就在这段时间，索娜塔收到了母亲的病危通知。她拿到紧急护照，出了迭代人科技聚集区，来到艾森豪威尔高速公路下的一处临终关怀中心。离开新新人类的环境，再次看见汽车，听到人们说英语，她感觉十分怪异。

"妈妈。"她说着，握住弥留之际的女人的手，感到脑中涌过一阵失落。"你为什么不跟我一样？你为什么取消了自己的迭代？"

"噢……孩子。"她挣扎着吐出几个字，"对我来说，那没意义。"她向后靠在床上，身体松弛下来，微笑着。"但我救了你。你活下来了。"

索娜塔一直守在母亲床前，直到她断气。她握住母亲空壳般的手，回想起很久以前自己的死亡。她希望能为她，为肯特和萨奇亚哭泣，可现在却没办法做到。她把注意力集中在自己平静的身体上，让脑海中这波情绪淡去。

索娜塔又活了三百多年。母亲死后，她把精力都投入到社群工作中去，就像母亲过去为她的群体奔走那样。事实证明，她数百万美元的新身体很好地坚持到了最后。她见到呼吸者人口因战争、不育、流感和耐甲氧西林金黄色葡萄球菌新菌株的肆虐而减少。人口过密已不是问题，老化的虚拟安全防火墙也已禁用，新新人类再次受到呼吸者的欢迎，两者交往起来。索娜塔走在海德公园的老街上，看见几名呼吸者历经磨难后在享受富足的生活。不再有无家可归的人，不再有乞丐。有不少婴儿手推车，大一点的孩子们成群结队，分享短信看，然后哈哈大笑。他们抬起头好奇地望着她。

索娜塔走访过许多城市，给呼吸者和新新人类的混合群体做演讲。她播放自己灵魂的音乐时，大家都听得兴味盎然。经年累月，曲子越发丰满了，层次也丰富。音乐会后她谈起哲学，谈到目前这个版本结束后还想再迭代一次。

她的新身体终开始磨损，出现了故障。她不得不停止旅行。偶尔，她会受邀参加播客节目，但因为功能持续紊乱，也没人再邀请她了。她的技术员兰德尔感到十分惊愕，她竟然拒绝再次迭代。

"对新新人类来说没有'老人之家'这种东西。"他说，"我不能继续帮你维护了。"

她想伸手碰他的手，但自己的手不听使唤地滑落下去。她再也无法用无声信息传输了。但老时光里的那个年轻女人一定会因此为她感到骄傲。苏格拉底本人不是也说哲学就是为死亡预演吗？"是时候了。"她很确定，"留下我的备份，但不要再迭代了。"

他歪头看着她："那我们拿你存下的数据做什么呢？"

"等有新事物出现的时候再说吧。比如某种突破。时机一到就会知道。"

索娜塔·詹姆斯的第二乐章行至尾声，消息传出，一帮拍纪录片的新新人类闻讯赶来。

她躺在一张桌上，等下要在这儿关闭系统，同时采集需要保存的数据。纪录片工作组中的一个新新人类俯身凑近她。她眯起眼，看见上面一双紫色的眼睛呈旋涡状旋转着。这对眼睛嵌在一张古铜色的脸上，脸庞依稀有人类的模样，但更像一只鸟。埃及是不是有个神看起来像这样？

"我不知道为什么这些年我刻意疏远。"陌生人说道。她感到新新人类想跟她传输无声信息，但没成功。他继续道："我想是因为你领先了一个世纪。你的新生活很稳定。"

"是谁……我认识你吗？"

陌生人的笑容里有一丝忧伤。"现在多半不认识。我们上辈子认识，但也没认识太久。"

索娜塔还想跟这位陌生人多说几句，但程序开始运行了。一阵惋惜后，她又放松回到系统关闭的流程中去了。

再现部：急板

索娜塔被好多只手扶起来。"你差点送命。"一位旁观者责备道。她朝街对面望，看见一个男孩目瞪口呆地看着她侥幸脱险。一阵风起，吹落树上橙红的叶子，载它们踏上最后的旅程，在头顶正午的太阳下飞舞。

但丁突然出现，兜帽甩在后面，因为担心脸都扭曲变形了。"我正要从咖啡馆走，就听见骚乱。"她突然被他一把抱住。她的手触到他坚硬的电脑背包，但他温暖的身体给她带来了愉悦的安慰。她把脸埋到他脖子里。

"我爱你，但丁。"她说道，情不自禁脱口而出。这时她才意识到这几个字有多真实。

"放轻松。"他说。当他轻轻侧过脸，与她四目相对时，她望见了他眼里的喜悦。"你没事我真的太高兴了。你要不要去我那儿？刚捡回一条命，好好休息一下。"

"我得告诉妈妈……"她的声音小了下去，忽然有些迷惑。她四下打望着街道，看人行道上聚集的人群此刻又流动起来。她以为会有更多人围观，而且当中连一个新新人类都没有。

她深吸一口气，又长长呼出来。她的眼中噙满泪水。她哭起来，既是松了口气，又因一种无法用语言表述的失落而哀痛。

"嘿，这会儿，"但丁用手托起她的下巴轻柔地说，"别在这儿了。去我那儿吧，休息一下。"

她点点头。他们朝东边的湖走去，一路上但丁用一只手环抱她的肩膀，让她感到踏实安心。这个场景在某种程度上太过简单，只可能是虚拟现实。一阵凛冽的秋风带来清新的气息，也带来零碎的记忆，这些记忆如同风拂过树叶般掠过她的发梢，又溜走了。她在内心深处知道母亲不在了，但身边这位同行的朋友确实是但丁。她脑海中飞快闪过一个影像，是一位埃及之神涡流般的双眼，但没有更多线索了，没有与她目前的参照标准对照的现实。影像去到树叶可能飘往的任何地方。她试着在脑海里追踪，但行不通。摔倒时她失去了部分记忆。尽管那些幻影转瞬即逝……它们是她过去的片段吗？还是大脑试着去填补虚假背景故事的残缺造成的？她确定曾经有过一段关于尼采的对话，但能记起来的只有她最爱的那句话。"你身处的这个环其实是颗永恒闪耀的谷粒。在人生的每个循环中都会有这样的时刻，刚开始是一个人，接着有很多人，认识到'万物是循环往复的'这一伟大的思想：这样的时刻总是人类的鼎盛时刻。"

她摸了下眉毛，回过神来，发现自己在人行道上停下了脚步。先前险些发生的事故还让她惊魂不定。她本来可能死掉的。她靠紧但丁，他抱住她肩膀的手也抱得更紧了，然后俯身吻她的额头。他们向前走着，她发誓一定要让生命有意义。

小说

蕾蒂·普雷尔
Lettie Prell

科幻作家，小说多见于
Apex 和 Analog 等 著
名杂志，曾被 Apex 多
次选入年选，著有长篇
Dragon Ring 以及多部
短篇。

回望深渊

▎作者：赵垒

人的躯壳是火热的熔炉，

人的脸庞是密封的火罐，

而人心是那贪婪的火舌。

—— 威廉·布莱克《经验之歌》

序章

"现在不能确定的是他到底是自杀还是猝死。"

"这两者区别大吗，身体状态怎么样电子脑都是实时监测的，身体撑的撑不住心里应该有谱。"

年近五十的研究室主任杜威一点也不把面前的年轻刑警放在眼里。他所雇的心理咨询师在上个月被发现在家中猝死，而且据说是使用了所谓的电子毒品才死的。他坚信自己跟此事无关。

"所以我才说不能确定是自杀还是猝死。我想了解一下他来你们这里以后接触了哪些人。"

那名叫陈海瑞的刑警语气逐渐不耐烦起来。杜威饶有兴致地打量了一下，断定他还不到三十岁，可能跟那个心理咨询师差不多大，以沈阳现在的治安情况，他的压力恐怕不小。

"好的。"

杜威也决定不再绕圈子，他点了点办公桌上的控制器，投影仪投射出了三个人的基础资料。

"我不太清楚，"杜威说，"不管是自杀还是猝死，应该都不算

小 说

是刑事案件吧。"

"有些别的疑点。"

"比如，电子毒品？"

杜威说完陈海瑞的视线便从资料上移了过来。

"你知道那东西？"

"网上听说过。听说那是义体的控制程序改成的电子脑外置软件，可以直接模拟知觉甚至模拟感情。"

"差不多。"

"你大概也知道，我们这对外虽然是叫生物技术研究所，但实际上我们这主要做的是电子脑和义体的研究。要是你拿到了那所谓的电子毒品，我们可以帮你做下分析，或许会有新的线索也说不定。"

陈海瑞诧异的皱起了眉头，随后表示会向上级请示。其实杜威知道，他们迟早会谈到这个问题，不如自己先下手为强。

"话说我要记得没错的话，十年前电子脑刚发明的时候知觉模拟软件就投入使用了，现在基本上线上的模拟空间都会使用基本的知觉模拟，这个电子毒品真的有那么特别？"

"我不是搞技术的，详细的我也说不清楚。不过我们平时用的知觉模拟只是单纯模拟一些基础的五感，而且很大程度上都是有限制的，现有的技术甚至味觉都还很难模拟得出来。这个电子毒品好像除了知觉，连思维和感情都能模拟出来了。"

"哇哦，作为一个科研人员，我到很希望自己能达到那种水平。"

杜威自认豪爽的一笑，对面的陈海瑞也扬起了嘴角，但那个年轻刑警的笑容没有一点温度。

"我相信科学的初衷都是好的，就像当年的原子能一样，但我不觉得人能控制住自己的感情，特别是，他可以控制的时候。感情一变得极端，人就会变得残忍。核弹按钮不是谁都按的到，自己脑袋里的按钮也不应该自己随便乱按。"

陈海瑞扭动着脖子，僵硬的骨头咯咯作响。杜威觉得他应该要走了，结果他只是活动了一下换了个舒服的坐姿。

"你还记得第一次跟那个心理咨询师见面时他是什么状态吗？"

"第一次啊，我感觉……他好像急着要去干啥事。"

"那时候是什么时间？"

"下午，四月底的一个下午，有点冷。"

1.

四月底，沈阳温差之大让人分不清季节，外面无风有阳便是夏，起风有云就是冬。郑啸为了让自己的形象看起来干净利落穿的并不多，他想赶在天黑之前回家，但前面不停侃大山的中年男人让他的算盘落了空。

"我觉得啊心理学已经是真正意义上的科学了，只是缺少严谨的实验而已。"

缺少实验就不能算严谨的科学。郑啸心里这么说但嘴上还是得赔笑说是，毕竟自己未来的生计还得靠那人。郑啸一附和那人的兴致就越发高涨起来。

"学校里的那些心理学实验大都是闹着玩，就是随便搞点测试然后往上套理论。"

"嗯，学校肯定还是不如这里专业。"

郑啸为掩饰不屑把脸转向一旁，装作对边上的矮楼感兴趣。生物技术研究所的院子里楼有不少，可没一座高于六层，而且那些楼多老旧破败，与周围带着投影广告牌的大楼成鲜明对比。但谁又能想到这城中村一般的大院，研究的却是世界尖端的电子脑和义体呢。

据那男人所说，门前生物技术几个大字和那矮楼是为隐藏身份，一防间谍，二防定点打击。几年前边境上起冲突的时候郑啸在成都学习，所谓的战争氛围没有影响到他，所以男人的话他只当是个玩笑。

郑啸今年二十八，心理学学了好几年，该考的证都考到了手，只是几年下来只做过在线心理咨询，没赚到几个钱，后来还因为一个咨询对象的自杀而丢了工作。回沈阳以后他的父亲找了老同学跟研究所的主任搭上了线，也算满足了他想继续深造的愿望。

来之前他本以为这研究所的主任怎么也该是个有涵养有学识的科学家，可那叫杜威的中年男人怎么看都是个满嘴跑火车的低级政客。

"待会儿可别被保安吓到。"

杜威挤了挤眼睛在一栋四层但很长的大楼前停下，那楼只在右侧开了一个厚重却小得只能让一个人通过的钢化玻璃门。透过玻璃，郑啸看到一双卡其色军靴的鞋头。

等到杜威从后颈抽出连接线连上门禁，郑啸发现他的后颈上还有额外的保险装置。有必要去入侵他的电子脑吗？他想，面对面呆一小时什么秘密都说出来了。

门禁响了，军靴的主人从拐角出来，郑啸见他沉重僵硬而又粗大的双腿便立刻明白那是个腿部义体化的退伍军人。

南方还没有太多义体人，郑啸只在网上看过一些关于义体人的新闻，而且大多数都是关于犯罪和心理异常的，不过他认为那基本是媒体为喧哗取宠造的话题。

不就是一个普通人换了些机器零件吗，有什么奇怪的呢。他觉得自己可以公平公正地看待义体人。可今天一见，他还是被一股无形的压力压得动弹不得。

杜威见状朝保安点头微笑，随后拍拍郑啸的肩膀直直走向了门廊尽头的电梯。电梯门合上时郑啸总算是松下口气，知道自己出了丑，他倒也开始反思是不是自己太自以为是。

来时他的父亲就曾告诉他研究院跟几大义体公司甚至部队都有合作，倘若在里面混得好也能混个铁饭碗。要不是亲耳听到，郑啸还真不信一向瞧不起编制的父亲会带着期待说出这个词来。

"如果我能留下来的话，我该做哪些工作？"

"当然是本行，心理咨询。"

"是给这里的研究员，还是…"

拜托，千万别是给保安。

"有研究员，还有几个参与实验的员工，还有一个实验对象。"

"实验对象？"

"一个做了全身义体的女孩，在帮我们做知觉模拟的实验，她对我们来说很重要。最近我发现实验小组里有几个人跟她的关系开始有点不太正常了。可以的话我希望你能对那几个人做心理评估。"

"咨询和评估还是有区别的。"

"没关系，慢慢来，先做咨询再做评估。把意见给我，结果如何我们再讨论。"

郑啸不语，静等电梯下行到位。

"哦，对了，还有一件事，"杜威漫不经心地说，"因为保密协定，那女孩的网络和外出都是受限的，但最近有些记录显示有人违规给了她权限。你如果能查出来是谁就更好了。"

这下可好，郑啸暗骂，不仅要破坏内部团结还要当起侦探了。

2.

杜威的办公室比郑啸想象的要小，而且要小得多。他本以为会进到一个满是无用装饰的大房间里，但实际上却是只有三把椅子，一个办公桌和一些投影设备的小房间。不过杜威进去以后就启动墙面上的全景投影把办公室变成了他想象中官僚主义的样子。

小 说

这也许代表所谓的主任其实没有什么实权？郑啸做了些无用的联想，这期间杜威在墙上放出来了三个人的资料。郑啸的手刚摸上椅背，犹豫一瞬还是去了墙边。

"需要评估的主要是这几位。"

墙上总共两男一女，最左边的是个不修边幅还有些浮肿的大男孩，他面色发黄，眼袋像是融化了似的往下垂着，嘴边的胡茬又粗又黑，倘若不是眉宇间还有些许稚气，任谁来看都会觉得是个颓丧的中年男人。

"陈鑫，软件工程师，平时负责调试义体控制软件，有时也会去网络安全部那边帮帮忙。这人吧，有点小毛病。他说自己有亚斯伯格综合征，你了解那个病吗？"

"知道一些。"

"好，那我就实话实说了，他是自称有这种病，医院的精神科医生诊断他只是有一些自闭倾向，并没有典型的亚斯伯格综合征症状。"

"嗯。"

"他的情况还算好，看下中间那位吧。"

郑啸刚想说现在很多人都喜欢自称有亚斯伯格综合征，不算太麻烦，结果话给生生咽了回去。他看向中间，是个保养良好，大约刚过三十岁的男人，大多数人步入中年脸上该有的东西在他脸上都有，但自信的神态把那些痕迹压的很不明显。他觉得那应该是个有闲钱定期去看心理医生，但心理医生每次都会说他很健康的那种人。

"张耀冉是我们外聘的设计师，那行叫什么来着……"杜威思索片刻随后猛的一点头，"噢，空间设计师。拿过几次设计奖，实验对象要长时间待在实验室和宿舍，所以我们找他来每周设计一下不重复的模拟环境以减少心理压力。哦，对了他本身也有心理学的博士学位。"

"那他应该没什么问题吧。"

郑啸尽力不让语气里出现厌恶，对半路出家的人他一向没什么好感。

"他吧，最近出了点事。他的未婚妻上个月死了，是被谋杀的。"

杜威看着桌上的烟灰缸沉吟一声补充道。

"事先告诉你，公安调查过他，嫌疑已经排除了。所以你不要多想。把注意力集中在他的状态上。"

"嗯，那……他未婚妻去世以后有什么明显的反常吗？"

"要说明显的话，就是他越来越频繁地去实验室，然后接触实验对象的时间也越来越长，我担心的就是他们搞出个什么感情来。"

从谋杀的惊讶中回过神后，郑啸的脑筋急速转动起来。应该是某种移情反应。再望了一眼张耀冉的照片，他走到最后一张照片前。最右的女性鹅蛋脸，短直发，一眼看不出年龄。

"这位，看样子也是担心感情问题？"

"看出来了？"杜威饶有兴致地捏了捏嘴唇说，"这位是义体公司智远科技派来的技术专员，刘晓琪，来的第一天就在实验室表明了性取向，是个麻烦的家伙。她主要负责人造皮肤的调试，还有跟总公司那边协调沟通。她的工作经常会跟我们的实验对象肢体接触。她们要是成个闺蜜，我倒没什么意见，要是搞成其他的什么关系，我看就不大好了。另外她跟陈鑫的关系很差，他们俩的工作又有交集，两边经常闹。"

"需要我调解一下吗？"

"要行的话就调解调解吧。"杜威笑着摇摇头语气里不抱任何希望。

"那位实验对象呢？"

郑啸环视房间，那三人的照片和基本资料都浮在投影出来的书架前，而正主却没有半点踪迹。

杜威一瞬间露出了不情愿的神色，郑啸想观察一下但那表情转瞬即逝。之后杜威敲敲键盘，办公桌的正上方出现了一个女孩的立体影像。那女孩除了皮肤略白之外并没有任何奇特的地方，但郑啸的目光始终都无法从那张无表情无神采的脸上移开。她的眼里没有光，犹如黑洞似的吸引着目光。郑啸望了良久，直到一阵坠落的眩晕将他唤醒。

"这是个，全身义体的人？"

"没错，这才是真正意义上的义体人，跟那些只做了四肢的人可不一样。"杜威话里满是自豪。

郑啸理解，如今电子脑和义体化是世界趋势，而一个全身义体化的实验对象可以说是开启未来这扇大门的钥匙。但问题是，这科学的最前沿，他一个半吊子的心理咨询师又能做什么呢。

3.

郑啸有一丝越挫越勇的骨气，也有些天分，寻常的知识运用起来得心应手。但当一件事过于复杂且消耗他太多精力的时候，他就会不停地重复一样的错误。

夜晚，他在廉租屋内用投影器让四个人的资料把自己围住，他知道这么做会带来巨大的心理压力，可他实在找不出其他的办法让自己集中注意力。

他发现自己总是忍不住去看那位名叫胡圣雅的实验对象，杜威给的简单资料他已背熟，先天性血卟啉病，十岁开始更换机械脏器，次年四肢义体化，十二岁的时候全身除个别腺器官和脊柱几乎都已经是义体。

如今胡圣雅已经二十二岁，十年来她的心理有多少是异于常人的，郑啸试图用有限的资料和有限的知识去推测，到头却只是一场空。

他意识到自己是把她和另外一个人重合了。她们没有太多的相似之处，一个是象征人类未来的义体人，而另一个只不过是个受人欺凌的平凡女孩。但他还是看到了一样的结局。

午夜时，他关掉资料启动全景投影把没有窗户的小房间变成临海的书店，然后闭上眼让自己的思绪随着海涛逐渐沉淀。大海让他意识到了自己的渺小也收窄了他的视野。他把自己心思收了起来，决定先从简单的本职咨询工作开始。

杜威除了个人资料以外还提供了一些实验室的视频记录，他选了一个署名是陈鑫的开始播放。视频开始首先吸引他注意的是实验室灰白光滑的墙壁，随后是坐在椅子上胡圣雅，她身着白色的单薄实验服，后颈和后背上接着数根黑色的连接线，仿佛橱窗里静待出售的人偶。

"好了，身体知觉已经全部关闭了，控制模块还在工作，先试试动一下手。"

一个男人的声音从画面外传进来，胡圣雅抬起手臂然后像打招呼似的摆了摆。

"好，等一下我马上进来调线，这次得在没有身体知觉的情况下活动十五分钟。想看什么风景？"

"你挑一个吧。"胡圣雅兴致盎然地说。

过了一小会灯光一暗，随后再度亮起时实验室已经变成了一间有大落地窗的豪华套房。

"如何？"

"哇哦，总统套房？外面是哪个城市。"

"NewYork。"

身穿白色防静电服的陈鑫拿着平板从外面进来，一路走到胡圣雅的身后把连接线一根根拔掉。

后颈的最后一根连接线断开后他从大褂口袋里掏出了一个小型的无线收发器。陈鑫盯着胡圣雅的后颈接口犹豫了几秒看样子是在犹豫要不要自己帮她接上，最终他选择把收发器交给胡圣雅，而她却没有接。

"你帮我接上吧，顺便帮我把后面的拉链拉上吧，没有知觉把手伸到后面有些难办。"

她的后背几乎是全露着的，陈鑫笨手笨脚的帮她整理衣服的时候郑啸心想他们就不能找一个女研究员来。

等到陈鑫整理妥当，胡圣雅站起来像一只刚睡醒的猫似的舒展了一下身体随后光着脚轻巧而安静地走到了窗户边。

看着胡圣雅轻巧灵敏的动作，郑啸不禁思索身体没有知觉但又能动是什么感觉。他略微想象了一下，顿时只觉浑身发冷。

"景色不错。"

"嗯，从高楼上看大城市特别有感觉，看得更远，更方便进行整体思考。"

陈鑫得意的神色让郑啸判断他的情商不会太高。胡圣雅扫了眼外面的大楼回头问道：

"最近有什么好玩的事吗？"

"没有啊，杜主任安排的活越来越多了，还得去网络安全部帮忙，我一个人当两个人用还只拿一份工资。"

"你投资区块节点不是赚了不少嘛。"

"我买了……"陈鑫顿了一下到嘴边的话变成了别的，"买了点东西，花了点钱，而且最近有不少假新闻说区块链交易受什么系统控制，搞得市场一直在跌。现在的人啊真是什么都信，区块链又不是菜市场怎么可能受控制，又不是以前的虚拟币。搞得我没事就得看看大盘走向，都没时间开发软件了。"

"假新闻很快就会过去的，跌了正好抄底呀。"

"没错，起起伏伏才有得赚。"

"真厉害，我就完全不懂那些东西。你整天盯盘也挺累的吧，来，我给你按摩按摩肩膀。"

胡圣雅单手轻巧地提起一把餐椅放到了他面前。

"别闹。"陈鑫低着头笑道。

郑啸本以为他是害怕，可他下一秒就从那把椅子中间穿过去从别处拉来一把真实存在的办公椅坐了下来。

他听说过有的全景投影有这么一个功能，义体人可以触碰并真实的与景象互动。这虚实之间的连续变幻让他颇感异样，一时间他有些分不清里面的两人到底谁才是真实存在的。

在按摩的时候陈鑫有些僵硬，不过郑啸看得出来那多半是不习惯亲密举动导致的，他暗自期待胡圣雅能捏碎陈鑫的肩膀。但当陈鑫开始夸夸其谈区块链在社会各界的应用以后他就打起了瞌睡。

"每次都让你按摩也挺不好意思的。"

"你也可以给我按啊。"

"我可以写一个模拟按摩感觉的程序。"陈鑫红着脸说。

"不用那么麻烦。其实有更快的办法。"

"啊，对了。"

说着陈鑫背过手去从自己的后颈拔出连接线递到胡圣雅面前，看到这一幕郑啸打了个激灵一时睡意全无。

知觉共享。

这种交换知觉的行为，在郑啸的意识里比性还要私密。

第二天下午郑啸找杜威要了一间宽敞的办公室和两把舒服的椅子，他在舒适之余尽量也让自己显得专业，尽管杜威对实验室宣称是最近工作压力太大所以请了心理咨询师来给大家做放松性质的咨询。

第一个接受咨询的是陈鑫。他可以下判断，陈鑫思维简单且有些偏执，这种人对付起来并不难。

三点四十五，郑啸已收拾妥当，预定时间是四点，他觉得陈鑫会早到，但不会进来。他在椅子上舒服的休息了十分钟，然后打开门，陈鑫正在外面盯着排班表发呆。

　　"陈鑫先生对吗？请进吧。"

　　郑啸握着门把手让开身子，陈鑫经过的时候他闻到了浓重的头油味。

　　"杜主任是不是又要安排加班了？"陈鑫压着紧张强颜欢笑道。

　　"这个我可没听说，先坐吧。"

　　郑啸关上门然后坐下来仔细打量了一下，陈鑫本人看起来要比照片上看起来更有活力一点。郑啸看出来他刚刮过脸。

　　"所以，有什么要谈的？我的情况跟其他人不太一样，我有Asperger's，谈话什么的我不太擅长。"

　　"没关系，现在有亚斯伯格综合征也不算少见，况且你看起来很正常。"

　　郑啸发现听到不算少见几个字的时候陈鑫脸上明显露出了不快。

　　"我学过社交工程学，平时聊个天又难不倒我。"

　　"社交工程学和计算机工程你觉得哪个比较难？"

　　"都不算难。本来社会就是一个系统而已，找准自己的定位就好。"

　　郑啸有些后悔打开这个话题，他不得不听了五分钟关于社会就应该像机器那样运行的见解。

　　"之前你问杜主任安排加班，你觉得工作压力大吗。"

　　"上班规定时间内的工作我能完成，真是我的问题我会自愿加班。但那些公司来的无理要求就跟我没关系了。"

　　郑啸静静听着，陈鑫与刘晓琪的矛盾是什么样一个脉络，他逐渐有了一些头绪。

"那你平时工作的内容会让你觉得有压力吗，你得跟女性实验对象进行接触。帮助义体人调试义体，对于你来说这算是哪种关系呢。"

"在实验室里就是工作关系而已。"

陈鑫脸颊上泛起红晕两只手不安地搅在了一起。郑啸还是第一次见到这么典型的反应，他暗自讥讽着想：看来社交工程学确实有用。

"那实验室外呢，在外面的时候相互之间对义体的了解，会不会觉得尴尬？"

"不会。离开实验室我们就都是正常人了不是吗，交个朋友也没什么吧，实验室里的了解只会让友情更牢固，普通朋友还了解不到那种程度，之后要发展成什么关系也是我们的自由。"

"没错。"

郑啸满足的往后一靠。陈鑫的直白甚至让他觉得少了点挑战性。

"相互了解是对的，不过，你负责调试义体，也就是说你熟悉她身体的运作方式，在我这种外人看来你甚至对她有某种支配性，甚至可以让她跟你进行知觉共享。我不知道你们相互之间有没有这种认识。"

陈鑫一愣，随即眼神垂下来陷入沉思，这个反应已经让郑啸知道了答案。之后的解释都没用了。

4.

这一天郑啸依然没能赶在天黑之前回家。六点半时他婉拒杜威一起去吃饭的邀请进了电梯。他对今天的成果非常满意，虽然还没有实质证据确定陈鑫就是给胡圣雅权限的人，但十有八九没错。

小说

他一边想着接下来的两个人一边按下电梯按钮，电梯门缓慢关闭时一个纤细的人影闪了进来。他没有看到那个人的正脸，但凭着那人身边一种静谧的气氛他就知道是谁。他压住内心的激动偷偷打量。胡圣雅扎着短马尾披了一件米色的呢子大衣，里面是实验室配发的棉质单衣，单从体型看不出她做了全身义体，可郑啸还是不知从哪里感觉到了一些细微的异常。

"你是那位心理医生？"

胡圣雅转过头来的那一刻郑啸只觉耳内嗡嗡的鸣叫起来，那双眼睛已不再是无神的黑洞而是泛着人工的光芒，那光芒中含着些许寒意。

"嗯，准确点说是心理咨询师。"

"那我在你面前是不是都是透明的。"

"你是透明的我就看不到你了。"

胡圣雅抿嘴轻笑起来，不过那笑声听起来有点像是气喘。郑啸发现她的声调缺少起伏，声音听着冷漠又淡然和表情完全相反。

"抱歉，我的肺上午调试过，现在还不太习惯，声音听起来很怪吧。"

"这也不怪你。"

"平时都能很快习惯的，最几天状态实在不太好。咨询什么时候轮到我呢？"

"应该，很快了。"

"那我们很快就能再见面啦。"

她转过身伸出手，郑啸在思维转动之前就本能的迎了上去。他握住那支白皙精致的手，柔软皮肤下的坚硬骨骼让他深刻意识到面前的并不是一个寻常女孩。

"嗯，大概吧。"

他不理解自己的腔调为何冷冰冰地只保有最基本的礼貌，胡圣雅从电梯出去时连那冷面保安都笑着打起了招呼。

短暂会面让郑啸留下了深刻的印象，可让他奇怪的是他怎么都想不起胡圣雅的脸，即使回到廉租房对着照片他也可以确定照片上的她和现实里的她并不一样。每次回想他都没法让胡圣雅的面貌在脑海中清晰起来，但每次都是一片模糊的灰影。

　　也许是脸也调整过吧。

　　他用一个尚说的过去的答案解开疑问然后打开了张耀冉的资料。

　　张耀冉是典型的成功人士。瑞士留学，设计大奖，媒体追捧，艺术大师。出于一部分嫉妒，郑啸在这类信息上都是一掠而过。他集中精力去收集那位未婚妻的信息，但结果却出乎他的意料。什么都没有。

　　郑啸匿名关注了张耀冉几个社交账号，希望能找出一些他心路的蛛丝马迹。然而除了上个月事发时有几个象征性的哀悼之外，张耀冉发布的几乎全是关于工作的信息。甚至再往前翻也很少看到张耀冉发布私生活的信息。

　　关于谋杀案的信息就更少了，或许是案子还没破的原因，警方的公众平台上几乎没有提过这件案子。而一些自媒体也只是在案发后的几天发了一些标题耸人听闻的文章，后话完全杳无音讯。人们的关注点都在最近造成数人猝死的电子毒品上。

　　最终他只能把注意力再放在视频记录之中。

　　"我总觉得在这种死气沉沉的地方不该推荐你看这种书。"

　　张耀冉脱下大衣把一本褐色封面的书放在实验室透明的桌子上。郑啸放大画面才看出来那是一本封面已经磨花了的《人间失格》。

　　"那我们的空间设计师觉得在哪种地方才适合看这种书呢。"

　　胡圣雅拿着一本一模一样的书走到桌边把两本书重叠，当她再拿起来时两本书就只剩下了一本。张耀冉把大衣搭在手上然后环顾了一圈实验室的白色墙壁。

"我想说的是，也许你这个年纪的女孩不该看一个丧气男人的自白。"

张耀冉的表情很平静，连郑啸也拿不准他说的是不是双关语。

胡圣雅听到这话露出了一抹哀伤的神色，然后伸出手去隔着大衣捏他的手臂。

"你还好吧。"

"还好，你有时间聊聊吗。"

"我在这里最不缺的就是时间。不过还是换个地方好了。"

胡圣雅把平板电脑递了过去，张耀冉坐下来把大衣叠好放在膝盖上然后接过平板调整环境把周围变成了一间有些拥挤的书店。在被书架包围以后他们两人的距离变得很近。

"我搞不懂那帮人到底为什么喜欢我的作品，是不是就因为我得过奖？或者说推广做得好，本来很烂的东西就会变得很好？你真觉得我设计的环境好吗？"

张耀冉的语气在最后近乎质问，那身材娇小的义体人坐在他旁边抱着膝盖沉思许久后回答道：

"我不知道怎么让你相信，但自从这里用了你的环境设计以后，比起宿舍我更愿意待在实验室了。"

"为什么？你感觉到了真实？可你大部分的感觉都是模拟出来的不是吗。"

张耀冉话一出口便知失言，于是闭上眼深吸一口气沉声道了歉。

"没关系。"胡圣雅望着层层叠叠的书架眼神有些落寞，"你说的没错，我所有的感觉都可以不依靠实体来模拟。我自己也想过我所认为的真实其实都只是自我欺骗罢了。但我不像你们男生那么喜欢在这件事上较真，所谓的真实对我来说只不过是一种感情。你的作品里有感情，所以我觉得真实。不过这么说的话你大概不会高兴吧。你知道我为什么要你帮忙带一本实体的书吗？"

"你想知道真正的书和模拟出来的书有什么差别？"

"错，是味道，"胡圣雅把书摊开盖在脸前笑盈盈地说，"投影系统可不能模拟味道，我可以控制嗅觉系统加载味道的信息去补，但我还从没闻过一本真正的书。"

"味道吗。"

张耀冉沉思了片刻然后问道："能够控制自己所有的感觉，是一种什么感觉。"

"这话听着有点绕，不过我知道你的意思。具体是什么感觉，我也说不清楚，虽然我可以控制感觉，但我很少主动去那么做。感觉总归是被动的，真要说的话，控制别人感觉的，不应该是你才对吗？"

"你这么一说我就感觉我的工作变味了，好像是什么坏事。"张耀冉笑道。

"坏事有时也会有好结果呀。"

郑啸一直想听张耀冉谈自己死去的未婚妻，可他们的话题却始终围绕在如何把场景设计的真实上。他知道这是一种转移伤痛的方式，在他被咨询网开除之前一个年长的咨询师开导过他，'不如暂停工作休息一下'。

没错，工作被毁了就过过生活，生活被毁了就忙忙工作。其实这话谁都会说，只不过从五十分钟收费两千块的嘴里说出来大多数人才会照做。

张耀冉没有问题，他如此确信，但隔天见到本人的时候他就不那么确定了。

那个在网络上自信满满的男人此时面容苍老，声音沙哑，强撑出来的笑容难掩哀伤。

郑啸还没让他进来便脱口而出："你的状态，看起来不太好。"

"啊，嗯，最近有点事情，还没调整过来。"

"那件事，方便谈吗？"

"我还以为你都知道。"

我是都知道，可不能由我来说。郑啸一时有些难堪，邀请张耀冉进来时连头都没好意思抬。

"知道一些，但我还是想听听你的想法。"

"我的想法？我只能觉得是运气，沈阳这几年治安确实不行。凶杀案一个接一个，我在最好的地段给我妻子买了房子，最贵的物业，最好的安保，可这事还是落到了我头上。我还能怎么想呢。"

张耀冉的愤怒随着语调越涨越高，郑啸没办法搭话，只能静静地等他的情绪平息下来。他很奇怪，前几日张耀冉在视频中的冷静与淡然也不像是装出来的，怎么状态的变化会这么大。

"这次咨询是想知道我有没有仇视义体人的情绪对吧。"

"不，并没有那个目的，"郑啸皱起眉问，"为什么会这么觉得？"

"警方从作案的手法判断要么是外科医生，要么是义体人，后者的概率更大。"

"我对案情了解得不多，这次咨询只是寻常的排解压力没有那种目的。"

事实可能还正好相反，郑啸心想。

"不管是不是，我可以告诉你，我并没有那种情绪，这点事我还能分得清楚。"

"那胡圣雅呢，对于你来说她是普通的还是特殊的？"

那一瞬间张耀冉的视线偏向一边，不过郑啸还是敏锐地捕捉到了他眼中的火花。

"我想对于绝大多数人来说她都是特殊的，她的身世恐怕这世上也很难找出第二个了。"

郑啸注意到他巧妙地回避了问题。

"血卟啉病确实少见，但据我所知因为先天性疾病而不得不全身义体的人她并不是唯一的。"

"也是。也许是我孤陋寡闻，但她的思维确实给了我很大的启发。我是空间设计师，我的工作就是让人用全景投影和电子脑模拟感受到完全不同的世界。作为一个从小就义体化的人她能给我完全不同的视角去理解空间给人的感受。"

说到这儿，张耀冉靠在椅背上昂起头说道：

"郑先生是哪年的？"

"15年。"

"我是12年，玛雅人预言那年是世界末日。我觉得我们应该算活在新时代了，但有时候又觉得什么都没变。你知道吗，自二十世纪以来越来越多的人接受了高等教育，但也越来越多的人变得嗜杀成性，我们进入文明时代短短几百年所发生的战争和屠杀要远远多于没有文明的野蛮时代，不是很讽刺吗？爱因斯坦曾写信给弗洛伊德问他'有什么方法能把人们从战争的威胁中拯救出来呢'，后来他发明了原子弹，而弗洛伊德好像一直没什么成果。"

郑啸一语不发地听着，这些话他只当作是张耀冉在排解心中的愤怒。等到张耀冉说的口干舌燥，他平静地递上了一杯水。

"谢谢。"

张耀冉把玻璃杯捧在手中，视线顺着荡起的水波往下探去，然后他问了最后一个问题。

"郑先生，你觉得心理学的意义到底是探究人的本质，还是改变人的本质呢。"

5.

这一次的心理咨询郑啸觉得自己是成功的，至少张耀冉在说完那些高深莫测的话以后情绪得到了排解。不过除此之外郑啸并没有收集到什么有用的信息，甚至当他回过神去思考那番话以后他自己也陷入了疑虑。

晚饭时杜威发来消息说刘晓琪明天公司有事,咨询推到了后天星期四。郑啸松了口气,他还真没把握能装着一脑袋问题做好咨询。

入夜后郑啸再一次来到海边。这次他用的是电子脑模拟,所以他不仅能看到海,还能听到海涛,闻到海风,感受到潮汐在脚下起伏。

他站在沙滩上让海风吹起衬衫,让沈阳萧瑟的夜晚远离自己。张耀冉的话跟远处的海浪一样在他脑海中不停翻腾。

探究还是改变,这是一个问题。

他以前没有什么远大的志向,学心理学也不过是听信了学校的宣传,好入门、好就业、不辛苦、不过时。他也确实过了一段时间的舒服日子,他一向遵守咨询师的中立原则,开导、培养,让来访者的心理得到成长,自己找出解决问题的方法。这不是说他很专业,作为一个低级的在线咨询他一天有好几个来访者,在线模拟空间里人来了又走,他只能把来访者看作是一些特定环境造就的对话机器,他只需要听,然后给出特定的回答就能过关。

不过这在一个女孩在卫生间割开手腕以后就全变了。她死了,他才意识到她是一个活人。

隔天,郑啸花了一个上午的时间看完了资料里关于刘晓琪的视频记录,她的视频不多,但尺度很大,看到她调整完皮肤触点就去吻胡圣雅的脖子以后,郑啸觉得根本就没必要做什么评估了。

他的性经验几乎等于没有,他的第一次是跟一个年长他三岁的有夫之妇,他还没有弄明白发生了什么事情就结束了。那不是一次长久的关系,但他有一段时间持续关注那个女人的生活,想象自己鸠占鹊巢。

那段经历成了他一段难堪的往事,而视频重新引起了偷窥的羞耻感,他只能硬着头皮看下去。

"你有想过以后出去了要做什么吗?"

画面中刘晓琪捧着胡圣雅的手面对面坐着，一旁一个小型投影器正不停刷出数据。她们所处的环境很怪异，那是一间古欧式风格的大厅，装饰富丽堂皇，窗户有着厚重窗帘但没有玻璃，鲜绿的藤蔓正从外面往里蔓延。

"没想过那么远。有什么好建议吗？"

"如果你要自己维护义体，那开销可不小。女义体人能做的事倒是很多，不过大多数人，包括女人，都会往那方面想。"

"哪方面？"

"明知故问。"

刘晓琪刮了一下她的鼻子。

"该好好想想啦，你不想一辈子都待在实验室里吧。哎，真不知道该羡慕你还是该可怜你。"

"羡慕我什么？"

"不喜欢的东西，你可以听不看不问，还没有每个月那么几天。"

"你不是每个月都会来几天嘛。"

"死丫头，嘴巴越来越毒了哈。信不信我赖在这一个月都不走。"

"好哇。"

"好个鬼。"

刘晓琪捏着她手腕让她看旁边的数据。

"模拟的疼痛已经接近四度，更刀割差不多了，你还是一点反应都没有。我不是早告诉你了，如果难受就说。"

"还好，我还忍得住。"

"我又没让你忍。听好，你要觉得不舒服就说，感觉测试可以停的，不耽误我的事。"

胡圣雅低下头小声说了些什么，郑啸没有听清只得倒回去放大声音量。

"其实不舒服这种感觉对我来说才是比较特别的,小时候有血卟啉病的感觉我都已经不太记得了,我需要这种感觉把过去和现在联系起来。"

刘晓琪微微叹了口气,把仪器尽数关闭然后伸出手去轻柔地抚摸胡圣雅的脸庞。

"有时候把过去忘掉也不是坏事。"

说完她从自己的后颈拔出了连接线。胡圣雅安静地点了点头,当两人互相共享知觉开始接吻的时候,投影出来的藤蔓挡住了摄像头。

下午,郑啸开始搜集关于现代同性恋和双性恋的研究。他想到对刘晓琪也许杜威的本意也不是评估。刘晓琪是义体公司的特派专员,那公司也是研究院的大金主之一,杜威拿她肯定没有办法。

他心想总不能指望自己一番谈话就能让刘晓琪老老实实的。至于一个主任拿着一份心理评估报告能玩出什么花样来,他不愿意去想。

对同性恋郑啸还算有一丝经验。在成都时他就给一个男同性恋做过咨询,那人后来还找到他想往下发展,他向那人解释了一遍什么是移情后两人和平分手。但对于女性他就有些底气不足了。他还年轻,长时间漂泊在外,倘若一个经历生活苦难的女人来向他讲述自己心中的理想生活,他明白自己多半还是挡不住诱惑。

"不要想那么多,白痴。"

他自言自语道,眼前是一份女同性恋与男性性行为的研究。

与刘晓琪的会面最终在星期五才得以进行,郑啸预想过程不会顺利,但他没想到见面第一句话她就道破了天机。

"杜威找你来是给我们做评估的吧,除了我还有谁,张耀冉,陈鑫?"

"咨询包含评估，但评估不是主要目的。"

郑啸知道此时辩解和撒谎反而自乱阵脚，他索性大事化小。

"你还挺会说的。"

刘晓琪穿了一套灰色西服套装，整个人神采奕奕坐到椅子上看着像是来审查工作的经理。

"好吧，就算是咨询你也知道我不是这里的员工，我的标准跟这里不太一样，杜主任觉得有压力对我来说都是家常便饭。"

"是这里的节奏太慢吗。"

"是太散漫，这里的人只有保安有点危机意识，其他人的岗位压力都太小了。"

"毕竟两边的制度不一样。"

郑啸一时没想出接下来的提问，刘晓琪揪住空挡打量了他一番随后轻声笑道：

"你的年龄做专职咨询师是不是有点太小了。"

"确实，还需要学习，但经验越早积累越好。"

"嗯，不错，比某些只会在家玩娃娃的男人强多了。"

"你说的是，陈鑫？"

"还能是谁，你跟他已经谈过了吧，有没有听他讲关于怎么让人工智能服务人类的见解？"

"还没有。"但是他能想象。

"你会笑死的。说真的，张口就谈尊重和理解，可每天只会蹲在家里玩机器人和娃娃，还自称是亚斯伯格综合征的关系，我还真没见过这么不要脸的男人。"

郑啸本想问她问什么对陈鑫的私生活那么了解，但想到她所在的智远科技也是全国最大的机器人厂商便大概猜到她可能是有购货记录。

"你对陈鑫跟胡圣雅接触有什么感觉？"

"感觉？我有点可怜胡圣雅，她能感受到别人内心深处的感情，碰到那家伙可怜巴巴地讲自己没人愿意听的幼稚想法，她不想听也得听。"

"你有没有担心他们的关系会进一步发展。"

"我不担心，那家伙没这个胆子，也没那个能耐。"

"那你觉得自己跟胡圣雅又处于一种什么样的关系呢。"

刘晓琪没有立刻回答，她挑起眉毛，露出一个意味深长的笑容然后缓缓说道：

"你看了实验室的视频记录是吗？你觉得我们是什么关系。"

"我怎么看不重要，重要的是你自己怎么看。"

"也许我自己也不知道，想听听你的意见。"

刘晓琪狡黠的反问让郑啸一时无所适从。他发现自己的话头一直都在被带着走。

"我觉得超过了一般的工作关系，甚至超过了一般的朋友，但你并没有打算跟她发展感情对吗？"

"眼光还行。"刘晓琪重新打量了他一遍说，"她一直都在这研究院里，身边也都是些死气沉沉的研究员，我想多少教给她一点成年人的事情。不过真要说的话，我其实有点心动。她很特别，人跟人之间难得的相互理解在她身上变得很简单。"

"共享外部知觉算是相互理解吗。"

郑啸看着她白皙的脖子脑中浮现起她们一边连着连接线共享知觉一边拥吻的画面。

"不全是。但我们的所思所想最终都要通过外部表达出来，语言、表情、动作。那些信息的表达和接收也难免有误差。何况有些人还只懂得表达不懂得接收，知觉共享至少两边的感受都是平等的。"

"这么说的话，那知觉共享的时候你感觉到是舒适更多还是安全更多？"

"这两者一定冲突吗？"

刘晓琪的反问让郑啸意识到她所处的环境竞争是多么激烈。

"大多数时候不冲突。但分清楚这两种感觉的区别也有必要。"

郑啸回想起昨天看的一篇关于使用知觉共享来进行性爱的文章，上面提到知觉共享会在某种程度上加深了解，但两个人格最终还是会分化成一主一从，倘若走向极端，主导的人格会甚至会剥夺顺从人格感知外界的能力。

"你说的倒也没错。"

刘晓琪出神了片刻，长长睫毛盖住了眼帘。

接下来怎么办，劝她们分手？郑啸觉得这个想法有些可笑。可除此之外他也想不出什么别的办法。他不能给一个负面的评估出去，这可能会影响这个疲惫女人的前途。但假如杜威需要他出一份报告，他就必须写点东西，否则自己的工作可能不保。

就在他犹豫该做什么选择的时候，他的视线与刘晓琪正好对上。这个久经沙场的女人一瞬间读懂了他的心思。

"今天就先到这里吧，看不出来你这么年轻还挺厉害的。"

刘晓琪看了看表站起来朝郑啸伸出了手。

"你有继续学习的想法吗，杜主任有没有让你当这里常驻的咨询师。"

"我到这里来就是想继续学习的。"

"那不知道你有没有听说过我们公司的卡尔研究室。"

"当然听说过。"那是国内顶尖的电子脑研究小组，同时也是新认知心理学派的先锋。

"如果杜主任没办法给一个合适的岗位，或者你想继续学习深造，我倒是很乐意给你引荐一下。"

郑啸一时没有反应过来，刘晓琪走到门口回过身把食指立在

小说

唇边悠悠说道。

"当然，前提是这里的工作你得让我满意。"

幕间

"郑啸给这三个人做完咨询以后有什么反常吗？"

陈海瑞对着张耀冉的照片而眼睛却盯着旁边的刘晓琪。

"没，"杜威好好回忆了一下又补充道，"他好像有些迷惑，不过我觉得应该是正常的，毕竟这三个人除了陈鑫以外年龄都比他大。"

"张耀冉和刘晓琪为什么也得接受咨询，他们都不是你们所的。"

"刘晓琪跟陈鑫关系不好，我本来想请他调解一下。至于张先生，他未婚妻的案子你也知道，他本人呢是那种很能憋的类型，我想至少帮点忙。"

杜威真的这么考虑过，所以他并不觉得自己撒了谎。但看着对面的陈海瑞，他也意识到那个年轻的刑警没有全信。

"你们所也是个重点单位了，怎么会请个这么年轻的心理咨询师。"

"这个嘛，"杜威抿嘴叹息道，"我跟他爸是校友，都是沈工大出来。出这种事我也很难办啊。万一他真是压力过大才自杀的，我跟他爸怎么交代。"

"你觉得他压力过大？"

"现在的年轻人压力都挺大的不是吗？"杜威压住后悔不紧不慢地说道，"工作不好找，找到不好做，电子脑教育把学习时间压得不能再压了，大学已经压成三年制，听说明年开始初中和高中要合并成四年制的中等教育，这年头过二十五就算中年人了，像我这种都算是老年人啦。"

"是啊，他学什么不好学了个人人都觉得自己会的心理咨询。你觉得他有可能是自杀吗？"

"我不清楚。"杜威如实回答然后又问道，"上一次社调统计的自杀率有多高，我是说那个真的统计，不是放在官网上展览的。"

"很高。"

杜威双手一摊说："所以我什么也不能保证。"

陈海瑞重新看了看办公桌上的三张照片，然后又像是在寻找第四人似的环视了一遍杜威那投影出来的华丽办公室。

"如果郑啸真是自杀的，你觉得会是什么原因？"

"我真的什么都不能保证。"

"猜一下，就当是帮我结案。"

陈海瑞似笑非笑地坐着，一副听不到答案就不走的架势。

"猜的话，我猜应该是幻灭吧。"

"幻灭？"

"幻想破灭，现在我们都很容易看到自己的未来不是吗。"

杜威靠向柔软的椅背，目光越过墙边的原木书架，伸向窗外恬熙的阳光。

"你觉得我这个主任做到头能得到什么，一间真正的大办公室？真到了那天我还得单独给窗户装上投影。现在我就有一间差不多的办公室，我辛苦十几年有什么意义。太容易看到自己的结局了，也许仔细一想觉得自己要干的事不值得自己再遭几十年的罪。"

6.

这下可麻烦了。郑啸脑中不停回响着刘晓琪的提议，而耳边则嗡嗡响着杜威的声音。

"刘小姐可不好对付吧。"

杜威把一个飘着茶香的纸杯放到郑啸的跟前。全景投影把办公室变成了露台,但实际空间并没有变化,杜威的声音从墙上反射回来让郑耀觉得他好像无处不在。

"毕竟阅历丰富。她跟陈鑫是不是发生过什么冲突。"

"这个说起来有点好笑。陈鑫这小子吧,平时畏畏缩缩的,我们也都知道他不擅长跟女人打交道。刘晓琪来了以后也不知道他是跟人打赌输了还是搞什么,居然跑过去问是不是不想被人骚扰才自称同性恋的。我听说他还请人家吃饭想搞点事情,按刘晓琪那脾气怕是在餐厅里让他出了糗。反正这仇就这么结下来了。"

"陈鑫真有胆子搞这些事?"

"谁知道他发什么神经。"杜威撇撇嘴一笑"现在咨询也做了,你觉得他怎么样?"

"他的思维很单一,社交障碍有一些但也没有那么严重,不过这种性格做日常维护可能反而效率高吧。"

"说法是这么个说法,"杜威语气冷淡下来说,"那张耀冉的情况如何?"

"他本身心理素质就很好,应该没问题,过段时间情绪稳定了就好。"

"这些我都知道。我想知道的是他们跟胡圣雅的关系你有什么看法。"

"我觉得……他们对她都有点迷恋,"郑啸好好揣摩了一下这个词然后继续道,"他们都认为她有异于常人的理解能力,陈鑫和刘晓琪在这种理解能力里找到了一种安全感。而张耀冉本来处在一个人生的转折期,成为一个好丈夫或者成为一个好艺术家,他未婚妻的死让他一时丢了目标。他需要不同的视角来观察自己,胡圣雅正好给了他一个视角。"

"这种迷恋对胡圣雅有害吗?"

"如果从心理健康角度来说确实不太健康，但要说有害的话，应该算不上。"

真要说有害的话可能对那三个人才算有害。郑啸没把这话说出来，他看着杜威烦躁的脸逐渐明白了这次咨询的真正目的。

"你其实担心的是胡圣雅的状态是吗。"

杜威昂起头望着投影出来的虚假蓝天叹了一口气，他壮硕的身材甚至随着这声叹息都干瘪了下去。当他再开口说话时郑啸发现一直挂在他脸上的随和笑容没有了。

"郑先生，你觉得更换义体会对人的心智造成损伤吗？"

"心理影响肯定有，但损伤心智应该还不至于。"

"我一开始也是这么想的，但之前我们有两个全身义体的男性实验对象都出了问题，他们都逐渐失去自主思考的能力，开始对研究员出现极端的抗拒或者完全的顺从。你知道我们这有人背地里怎么说吗？"

"怎么说？"

"有人说全身义体会让人变成机器人。"

"那……那两个实验对象后来怎么样了？"

"只能暂停实验送到疗养院疗养了。"

郑啸注意到这时杜威的眼神偏了一下，随后想起很多精神病院打的就是疗养院的旗号。

"所以你担心有人给她网络和外出的权限是觉得她顺从了某人的意愿？"

"我们确实限制了她的人身自由，但全身义体的人在各方面都不太稳定，何况她还是个年轻的女孩，现在这个社会上的糟心事已经够多了，我不希望她因为某些人的私欲而出什么意外。"

"既然这样不如让我直接跟她接触吧。"

"有这个必要吗？"

"有抵抗和顺从反应，我能分辨得出来。如果她真的有，从她本人的心理入手我觉得更好，况且我也可以试试让她自己说出来是谁给的权限。"

"我自己倒是试过，不过没有成功。你觉得能行？"

郑啸没有回话，他的感觉很奇怪，一方面抗拒与胡圣雅再度接触，另一方面又极度渴望与其见面，仿佛要面对是一场噩梦，极度恐惧的同时又希望能早点解脱。

杜威思索了一阵脸上重新浮现出了笑容，只是那笑容背后已经没了温度。

"好，那就安排明天，我希望明天你能给我一个满意的答复。"

所谓满意又该是个什么限度呢。郑啸知道杜威是想他找出谁私下给了胡圣雅权限，但刘晓琪的满意他就把握不准了。

也许是让陈鑫走人。反正权限很有可能就是陈鑫给的，拿他出去交差两头都能满意。

可如果猜错了呢？郑啸思索着后果，他不是什么大侦探，如果猜错可能会让那愣头青丢掉工作。那个家伙还能找到活干吗？谁知道，也许有的公司就喜欢要这样的偏执狂。

"混蛋。"

郑啸对着面前的海大喊，远处的波浪把他的声音打碎卷走，没有一点回声。他意识到自己在掌握真相之前就判了陈鑫死刑。有什么关系呢，连面前的这片海都是假的。自己的未来和别人的未来总得选一个。

那小子会自杀吗，可能性非常小，但他已经没法再承担有人因为自己的过错而自杀。抽身出来也为时已晚，任何行动都可能导致灾难性的后果。

坏结果太多，而明天对胡圣雅的咨询还有很多功课要做。他看了很多关于义体人的心理异化以及知觉全模拟造成思维异常的研究报告。

在搜索心理异化的资料时搜索引擎推送了一篇自媒体关于电子毒品的文章，郑啸在关闭之前发现有些奇怪，这是引擎通过交叉取样他前不久关于谋杀案的搜索而推送的。

这篇文章是个署名为清泉长流的个人记者所写的，文章详尽的举出了几个电子毒品造成猝死的案例，内容详细到哪些程序引发了哪些器官栓塞都有。不过最吸引他的是文章提到电子毒品是一种特殊的义体人身体控制程序，只是被人修改了代码用在了普通人身上，而普通人的身体又承受不了过于强烈的刺激。与其他顺应潮流大肆宣扬科技有害论的媒体不同，那篇文章在最后抛出了一个有趣的问题：身体是思想的一部分，还是思想是身体的一部分。

其实这个问题哪边都成立，而对于学心理学的郑啸来说，判断一个人属于这两种情况的哪一种才是真正的问题。

胡圣雅属于哪一种呢，他想倘若她能控制自己所有的感知还有自己的思维，那控制她的又是什么呢。

郑啸思索了许久，然后除了研究资料他还重看了那些视频记录，与三个人接触之后他有了一些全新的视角。也许杜威所害怕的顺从反应确实开始发生了，但那反应却不是在胡圣雅身上。

7.

咨询并没有如期在郑啸布置好的办公室进行，一场实验出了点小事故，胡圣雅必须重设义体控制程序，咨询还可以进行，但得是在一间防尘等级较高的实验室里。

他做了全身的除尘还脱去大衣换了防静电的大褂，冰凉的纤维衣领弄得他感觉脖子像给人掐住似的难受。

郑啸发现自己对实验室有一种厌恶和憧憬相互混合的心情，他当然渴望加入卡尔研究室，但除了名和利他想不出还有什么能得到的。

揭开人类心理的奥秘？那又不能让死人复活。他向往真理，但又觉得那跟自己没什么关系。实验室就像是一面镜子，照出了他是凡夫俗子的事实。

当吸合式玻璃门划开时他好像看到了未来的苍白光芒，但实际上那只是白色墙壁反射的光。

胡圣雅在正中央坐着，她的肘部后背后颈总计接着六跟连接线，白色的实验服让她看起来似乎是实验室的一部分。

"我等你很久了。"她说话时只有嘴巴一张一合。

我等你很久了。郑啸的记忆一下子回到了两年前的最后一次咨询，在模拟出来的咨询室里那个女孩等了他半个小时。他已经忘了自己是因为什么迟到了半小时，他只记得那天她心情还不错，她终于决定去沈阳找工作，她甚至还做了详细的义体化计划，先从手开始，接着是腿，然后再做一个全面身体调整。她要脱离自己，重获新生。

"抱歉，我的四肢还不能动。"

"啊，没关系。"

郑啸回过神发现自己没地方坐，他回头找了一下才看到一把带滚轮的办公椅。

"那么，现在就算是开始了？"

"嗯。"

他愣了一会一时不知道该从哪里开始。平时都是别人过来，主动过去并不符合原则。

"我是不是应该先做自我介绍？"她吐了吐舌头说道。

"说说你觉得有意思的就好。"

"有意思的事我实在讲不出来太多，我在实验室待了十二年，都没怎么出去过。"

"那之前呢？"

"之前？"

胡圣雅回忆了一下然后用一种淡漠疏离的口吻讲了她因为血卟啉病住院的日子。

"我就记得有人叫我小吸血鬼，还蛮有意思的。"

说着她龇起嘴露出一排整齐的牙齿。而郑啸越来越摸不到头绪。他发现或许是因为义体的关系，胡圣雅不论是思考还是回忆，脸上都完全没有微表情，一双明亮的眼睛像盏灯似的一动不动。他又有了那种感觉，她并不是真正活着的人，而是一些其他的东西。

"我可以问你几个问题吗？"他恍惚出神地说。

"当然。"

"义体化是你自己选择的还是——"

"被迫的？"她轻声笑了一下说，"虽然当时我没有太多选择，但是他们也没有强迫我。就当是我自己选的吧。"

"你没有害怕过吗？"

"害怕什么？"

"失去身体，"郑啸顿了一下说，"或者说失去感觉。"

"那时候我还小，没想过那么深的东西。而且义体化不代表失去不是吗，只是换了一种方式而已。这个答案让你很失望是吗？"

"不，不是。"

郑啸不知道自己脸上是什么表情，也说不上来自己是不是失望。

"杜主任难道是怕我会自杀吗？"

郑啸呼吸一窒。

"没有，他只是担心有人对你产生了不好的影响。比如知觉共享，对你来说那意味着什么？你好像很喜欢这么做。"

郑啸知道，自己所看的视频里基本上都是别人要求跟她进行知觉共享，但他决定反过来说看看她有什么反应。

"一种深入了解别人的方式。"

胡圣雅没有表情，不过郑啸隐约觉得她在笑。

"但你是义体人，知觉共享更多的是别人了解你的感受吧。"

"技术上讲确实如此，"她的笑意愈加明显，"我确实没办法完全获取别人的感知，毕竟普通人没办法调整自己的知觉，而我可以控制，所以与我连接的人除了理解之外还有诉求。一个人的诉求不正是一个人的本质吗？"

说到这她突然停了下来，郑啸朝她看去，结果发现那双明亮的眼睛隐去了光芒正盯着自己。

"我猜你一定想过一个问题，既然我能控制自己的所知与所想，那又是什么在控制我。你有想出答案吗。"

"我没有想出来。"

也许是人类某些最原始的东西，他心道。

"你自己的诉求呢，与其他人连接你获得了什么。"

"真实的感情。"

"我还以为你不在乎感情的真假。"

"噢，是我的说法有问题，我换一种说法。我想要的是真实这种感情。不管是投影还是各种知觉模拟，目的不都是为了还原真实吗？与其等别人来帮你，不如自己创造。"

"自己创造？"

"陈鑫有些自大，对吗？"

"是有一些。"

"他认为自己有能力，有天赋，有理想，实际上他只是想让别人仰视他，他自己又不知道自己该做什么事，结果就总是撞得头破血流。亚斯伯格综合征是先天性的对吗？"

"对，那是一种神经发展障碍，不是精神问题。"

"你觉得可能通过电子脑调整和强心理暗示后天造出亚斯伯

格综合征的状态吗？"

"这我就不太清楚了。理论上也许可行，但电子脑现在还不能百分之百精确的影响大脑。"

"如果他真的有亚斯伯格综合征，把目标专注于一个点，不再在乎别人的看法，你不觉得他也许真的会成就一番事业吗？"

"也许吧。"郑啸心里认同了这个说法，"但这样可能也会忍受好几倍的痛苦。"

"痛苦有时也是好事。你已经见过张耀冉了对吗？他状态怎么样。"

"很痛苦。"

"然后呢？"

"但很有激情。"

"他有很高尚的理想，让所有阶层的人都可以看到这个世界美好的一面。但这样的愿望能坚持多久呢？他如果跟他的未婚妻去了南方兴许就会领那么一个小证书然后沉浸在自己的小世界里，也许还会要个小宝宝。不觉得这样很无聊吗？一颗种子被鸟啄碎外壳吃进肚子才有可能到达新大陆，要是只靠风就只会变成旁边一个差不多的东西。"

胡圣雅真正笑起来的时候，郑啸突然觉得看到了她嘴里的尖牙。他有了一个想法，张耀冉的未婚妻是她杀的，但又觉得这个想法太疯狂了。

"我们还是谈谈刘晓琪吧，她负责做皮肤的知觉测试是吗？"

"嗯，而且大部分是关于痛觉。"

"她的测试会不会影响你跟她的关系。"

"我不太清楚，对于她，我更多的是一种心理上的疼痛。

"心理上的疼痛？"

"我也曾想当一个普通的人，不用每天在实验室，不用每天做

316

实验。我也想被动地去感受这个世界，而不是什么都要我费劲去理解。有时我会有个想法，我是为了实验而存在的，如果哪天实验不再需要我，那我也就没有任何活下去的意义。你有过这种感觉吗，自己只是为了一件事而活着，当那件事完成，或者再也没法完成的时候，就可以离开这个世界，一身轻松。"

郑啸没有说话，他心中的刺痛几乎让他倒吸一口冷气。他想就此结束咨询，但他还没有拿到自己想要的东西，一时进退两难。

"你试过共享知觉吗？"胡圣雅突然问道。

"没有，我……"

"觉得有些过分亲密了？其实并不是什么大不了的事情，跟连进了一个你不知道是什么内容的模拟空间感觉差不多。"

这番话像是有魔力一样使郑啸看向了后方的控制台，她正与处理器连接着，如果现在去试的话并不需要去连接她后颈的接口。

"我可以吗？"郑啸从后颈拔出连接线站了起来。

"没关系。"

郑啸起身走到控制台旁边，那泛着金属光泽台子像个嗡嗡作响的手术台。他心里有一丝恐惧，但好奇很快就占了上风。

当他把连接线插进接口的一瞬间，一股寒流将他包裹起来，而下一瞬间温暖宜人的阳光便照亮了他的视野。他映像中的知觉共享只是会感受到一些别人的感觉，而现在他似乎真的连进了一个模拟空间，周围不再是苍白冰冷的实验室，而是亮着温暖灯光的咨询室。

"你想改变过去？"

他先听到了声音，然后看到了一个轮廓。像是做梦一样，他没法看清，但又跟做梦不同，他知道那意味着谁，也知道那实际上是谁，两者融洽的合为了一体。

"过去改变不了。"

他用自己都难以听见的声音说道，这时他只觉温度一下子提高，一股风迎面吹来。恍然间周围又变成了阳光明媚的海滩。那沙滩他很熟悉。

她穿着一袭白色吊带裙赤脚站在他的面前。他有一种很奇怪的感觉，他似乎已经认识她很多年，而自己早已功成名就达成人生理想，内心只剩一块宁静的空洞。

"你也不想面对未来。"

"我……不知道。"

她微微一笑背过身去面向大海。

"你有试过出海吗？"

"没……"

海那边什么都没有，他刚想这么说便看见一缕鲜红从她的两手缓缓落下，紧接着周围的世界伴随着轰鸣化为一个平面并迅速地开始无限放大，恐惧之余他残存的理智断开了连接。

当他意识到周围又变成实验室的时候，一滴冷汗正沿着颈骨下滑。

"你太紧张了。"

胡圣雅以一个怪异的角度歪着头说：

"你一直在想的事我可以帮你。不过首先你得先帮我一个忙。"

"什么？"

"帮我把桌子上那本《人间失格》拿过来，我的手可以动了，想摸点东西确认一下触觉。"

郑啸动的时候差点没有站稳，他从桌上拿到那本《人间失格》。当他回到胡圣雅身前递给她时一个小小的黑色方块从书中掉了出来。他本能性地伸手接住，然后发现那是一张微型数据卡。

"这个本来是要给陈鑫的，就交给你好了。"

"这是……什么？"

"改变的机会。"

他愣愣地握着数据卡，面前的女孩笑容既单纯又不可捉摸。

"这样……真的好吗？"他问她，同样也问自己。

"我也不知道啊。"胡圣雅敞开书掩住自己的笑容然后语气哀伤地说，"我还没有试着去失去一个朋友。"

8.

数据卡里是一个没有经过市场认证的自制程序。郑啸没有学过编程，但平板里的自检程序可以检测出那软件除了能加载进模拟空间以外还能打开通信权限。

他没急着把数据卡交上去，杜威还在开会。他精疲力竭地回到家，冲了个澡然后泡了一大杯浓咖啡。一股难耐的兴奋引导着他把那数据卡插入外置模拟软件的接口。

在安装未知附件这事上，他花了十分钟按照网上的教程一步一步来。在这十分钟里，世界在眼前放大的那番景象在他脑中一遍遍的重放。那短短几秒钟的知觉共享让他体会到了掌握命运是什么感觉。

他清楚那是他自己幻想出来的世界，但跟过家家似的模拟空间相比，那幻想出来的世界却带来了无与伦比的真实情感。这种矛盾而又融洽的奇妙感觉冲击了他的固有想法。他可以重塑过去，可以创造未来，无论哪种都可以改变现在。

他也很好奇，胡圣雅是怎么靠知觉共享来投射出他心底的世界的，他能靠想象力勾画出海那边的世界吗？最后由好奇驱使着，他拔出自己脑后的连接线连了上去。

当他再度走上沙滩，双脚陷入细密的海沙，死水似的心境已不在，奇妙的感情如潮水般汹涌而来。他感觉到往昔的怀念与初见的惊喜交织在一起，细小的感动与宏大的震撼共存。

他的想象力在咖啡因的作用下开始急速膨胀，恍然间他只觉自己沉入了海水中，汹涌的巨浪将他抛起来又卷入海中，而一艘古旧的木帆船从海底涌出将他托出海面。顷刻间他化身船长开始追逐白鲸，惊涛骇浪与白鲸庞大身躯摧毁了帆船，而他将锋利的铁渔叉刺入了白鲸灰黑色的眼睛。

搏斗之后船只剩下了一片残破的木板，他只得在鲸鱼的尸体上升起帆，但下一刻鲨群便从四周露出了背鳍，他挥舞着沾满血迹的铁渔叉奋力搏杀，直到白鲸只剩鱼骨，直到木板破裂散去，直到船帆随海风飞向天空，直到看到出发时的海滩，他才落入海中。

他在大海里搏斗，在城市里求生，在浩瀚无边的世界里放飞想象，也在一隅之地步步为营。他不只走完了一生，更走过了数个轮回。他体验到了所有的感情，当然，遗憾也包括在内。

他依旧不知道她为什么选择死亡。

尽管他已用所有的知识创造了无数种可能，但在这个世界里，除了自己，其他人都不是完整的，这里所经历的一切不过是机器用记忆碎片勾画出的南柯一梦。那些残酷的、美丽的、绚烂的事物无人知晓，一旦自己醒来便会如影子一般了无意义的消逝。

当思维的转动逐渐放缓，他发现自己躺在海水中，湛蓝的天空在一点点变得模糊黑暗。一个灰色的娇小人影等在他的身前，那人影摇曳生姿，像是黑夜中的烛光照耀出来的。

"我们现在是朋友了吗？"

他怀着老友重逢的喜悦说着。他毫不怀疑地相信她见过同样的图景，有着同样的感受。

那人影点点头伸出手，但他蜷起身子让自己独自沉入海中。

他的脑中回响着急救车的蜂鸣，那声音不是从耳朵进来的，而是直接出现在脑子里。那是电子脑在警示身体正处在危险状态。但他已经跟外界乃至自己的身体疏离开来，救命的蜂鸣此时成了单纯的噪音。

这条路是属于他一个人的，在走到所有认知的终点之后，他回到了最初的原点，给一切赋予意义的办法便是给那一切画上最后的句号。当温暖的水灌入气管充盈身体，停住呼吸却不是水，而是急速跳动后骤停的心脏。

尾声

十月，心理咨询师屋中猝死的风波在生物研究所逐渐平息，每一个人都在为国际著名的卡尔研究室进驻而做准备。而此时杜威的办公室迎来了一位不速之客。

一个手上搭着件黑色大衣的男人敲门走了进来，那大衣上有公安的臂章。男人面貌温文尔雅，并不似一般公安那样硬的不近人情。然而杜威看到那男人反手关上门还有他眼眸中的寒光，便知自己装傻充愣的功夫对这人没有用。

"你是？"

"法医兼咨询师，李广寒。"

"五月的时候有个姓陈的刑警就来问过郑啸和什么电子毒品的事，你们还在查那个？我们这不可能流出去那种东西的。"

"郑啸是那个猝死的心理咨询师？"

"怎么，你跟那个刑警不是一起的？"

"不是，"那男人偏着头思考了一下说，"张耀冉的未婚妻那个案子你应该知道吧。"

"知道，不过那跟我们这里有什么关系，现在张耀冉都不在我们这里工作了。"

"那个案子可能是个女性而且全身义体化的人做的，你们这有这么一个人吧。"

"什么？不，不，这更不可能了，我们这是有这么一个人，但她出这个院子都很难，更别说出去杀人了。"

"别那么紧张，"那男人扶着椅子的靠背说，"不过是我们把条件输进数据库，然后数据库反馈出了几个名字而已。所以例行公事，我过来看看。"

"好吧，但不瞒你说，我们这对那个人的实验涉及一些，机密。如果你要……"

"没关系，军械部的谢部长推荐我来找你的，你可以联系他确认一下。"

杜威没想到后路那么快被堵死，他愣了片刻随即明白这人的来头恐怕不小。

"那就没必要那么麻烦了，我带你去见那个人吧。"

"不着急，我们先谈谈前不久你终止的那项计划吧，那项计划的内容是什么？"

听到这杜威的冷汗一下子冒了出来。

"那是一项扩展义体人思维的计划，主要在于通过调整感觉反馈来提升学习和认知的速度。"

"最终要达成一个什么目的呢？"

"我们计划是通过电子脑加载模拟数据就可以让人学会特定的知识和经验，甚至改变思维。"

"但是结果不太顺利是吗，你们的两个男性实验对象住进了疗养院。"

"确实不太顺利，我们忽略了心理因素。"

"那么那个胡圣雅目前还好是不是意味着计划有成效？"

"不，"杜威思索片刻回答道，"我不能确定。"

义体人都害怕海，即使是胡圣雅这种从小全身义体的人，在碰到模拟出来的海时都会有些恐惧。对义体人来说海就像是一个无底深渊，落下去没有特殊的装备就是万劫不复。

面对大海胡圣雅既有恐惧也有期待，就像是人心，她发现即使洞悉了一个人的内心也无法预料会发生什么。陈鑫的偏执，张耀冉的痛苦，刘晓琪的不安都给了她无与伦比的体验。但与郑啸的死亡相比，那些体验还是有一些距离。

郑啸的死是她本就勾画好的结局，但当她从死亡中感受到相似的感情之时那真实的悲伤与悔意让她生平第一次想要改写结局。

她恍然想起刘晓琪在做痛觉测试的时候曾说过，人造的义体与大脑相互适应的最快也是最好的方式是模拟痛觉，痛楚是失去某物时的感受，只有当面临失去时人才会有最深刻最真实的感情。在那无休止的痛觉循环里，她逐渐明白，这凡事皆为虚妄的世上，唯有死亡才是真实。而经历了郑啸的死亡之后，她找到了一个简单的标尺，越是相似，越是真实。

就在她漫步在海边扩展思维之时，实验室的门悄然打开了。她那灵敏的鼻子捕捉到了一股复杂的味道，有烟草，有杏仁香皂，还有一丝淡淡的血腥。她转过头去，目光与一双漆黑清冷的眸子对在了一起。从那深不见底的黑暗中，她看到了自己。

赵垒

科幻作家，职业经历丰富，全职写作，创作小说字数已达数百万字。擅长描写心理与社会，作品多为科幻题材的现实主义叙事。代表作品为东北赛博朋克主题《傀儡城》系列。2018年5月出版长篇科幻小说《傀儡城之荆轲刺秦》。

死而复生

▌作者：特里·比森

▌译者：何翔

死而复生？

对。什么事？

这个，是这样的……我在那本旅行杂志上看到了你们的广告。

《远方》？还是《目的地》？

我不记得了。只记得在医生办公室看到的。有关系吗？

只是好奇而已。不会是《纽约客》吧？是不是印在封底的那些小广告之一？

我会看漫画，但从不看封底那些广告。

你该看看。有些很奇怪，奇怪到好玩的地步。

嗯，那是本旅行杂志。我刚才提到过了。所以我才打电话。

对。那就不是《远方》，而是《目的地》了。《远方》有优惠折扣，但前提得是订户。

不适用于我。我是在医生办公室看到的。

还有一个网站。你可以搜索一下，Lifeafterdeath.org，连在一起的，没有句号。所有信息都能找到。

我就是从那个网站搞到这个电话号码的。我想找个工作人员谈谈，我有这种习惯吧。

好像有点滑稽，如果你琢磨琢磨的话。

你什么意思？

没什么意思。我可以在电话里把你想了解的都告诉你。我会很高兴那样做。你先把你名字告诉我？

问我名字干吗？有什么关系？我只是想问几个问题而已。

所有信息都是严格保密的，不用担心。

我打电话是要搞到信息，不是提供信息。

好吧，我明白了。完全没问题。我很乐意帮你忙。关于死而复生，你想知道什么？

对了，就是这个问题。死而复生。真有这种事？怎么办到的？价格是多少？

真有其事，这是没有什么问题的。一开始你死了，然后你又活了。持续期间你会很享受那个过程。

你什么意思，持续期间？

就是说不是永恒的。这一点很重要，你得明白。我相信广告里有说明。

广告确实提到不是永恒的，但没有说是暂时的。

只是"不是永久的"这个意思，用"暂时"来形容不太恰当。持续时间大概是三个月，多几天少几天都有可能。不过感觉会以为更长。

九十天工夫。然后会怎么样呢？

然后你又死了。死而复生并不是永久的，"不是永恒的"说的就是这个意思。它跟任何宗教都没有关系。我可以向你保证，这不是什么骗局。真有其事。

我知道"不是永恒的"是什么意思。那么价格是多少？我看到的那个广告特意没提价格。

九万九千美元。

九万九千美元？

不是每个人都负担得起的。所以我们只是在某些杂志上登广告。

不过任何人在医生办公室都能看到这些杂志。

你什么意思？

没什么意思。那么付了十万元之后，你能得到什么呢，顾客得到什么呢？

九万九千。死而复生。一开始你死了，然后你又活了。持续期间你会很享受那个过程。

会死多久？

时间不长。你不需要开什么死亡证明或其他东西。所有手续都事先办好了，当然钱也是预付的。你走了之后几小时内，我们就开始提供服务。

我走了之后，去了哪里？那里是怎么回事？在哪里？

确切地说，那不是一个什么地点。

如果不是什么地点，那我怎么去到那里？

地点不是关键。你就把它想成是个冒险旅行。你去过南极洲吗？

去不去过跟你有什么关系。不过我确实去过。一次。前年。

那你抵达南极了吗？有没有拥抱企鹅？有没有爬到一个巨大冰川的顶部？大概没有吧。

我是坐游轮去的，禁止乘客上岸。你到底想说什么？

刺激的就是身临其境，对不对？哪怕只是扶着栏杆站在船上。

行程包括直升机观光活动。

是啊。你在体验，你在冒险，在经历。

那天雾太大，什么狗屁都没看到。会很冷吗？冷不冷？

冷？

整趟行程都很冷。就连他妈的休息室都是冷的。

你坐的是那艘俄国游轮，莱蒙托夫号？

极地公主号。

名人系列！你说船上冷，很让我吃惊。也许是故意的，作为体验的一部分。不过我听说他们食物很棒，是不是那个有名的冰岛厨师为他们工作，叫什么名字来着。

食物一般吧。那也是我想问的另外一个问题，关于死而复生的体验。食物怎么样？

食物？

我们吃什么？

哦，我懂了。你这两个问题我都可以一次性否定回答：你不会感到冷，你不用吃东西。这种体验跟肉体无关，那意思就是……

跟肉体无关的意思我知道。

这是身体之外的体验或者存在。也是这种刺激和冒险的一部分。

那我是什么，幽灵？

不是。幽灵会出现在其他人面前，或者好像会那样。你的体验则完全属于你自己，并不通过身体感官传达。你的身体，连同有关需求欲望，已经被抛下。你不再需要吃饭睡觉。这是死而复生，不一样了。关键点就在这里啊。

怎么不一样了？我会像个在针尖上跳舞的天使，还是其他什么奇怪的东西？我还是同一个我吗？

哦，关于存在，那是个大问题。

关于什么？

这是每个人都想知道的事情。答案是肯定的。

肯定什么？肯定我会像个幽灵？

肯定你还是同一个你。你跟你活着的时候有相同的记忆，而且清楚知道你在经历死而复生。

就是说我知道我死了。

哦，对。只要你不是在睡眠或者昏迷状态中死去，你甚至可能记得你是怎么死的。回答我这个问题：你说你是在医生办公室看到这个广告的。你是不是因为患了重病才去那里？或者我换个方式问吧。是不是你跟医生讨论过什么，从而激起了对死而复生的兴趣？

那跟你没有关系。我的遗体是怎么处理的？

完全取决于你。就是说取决于你事先的安排。死而复生的过程纯粹涉及你的意识。

具体怎么操作的？是不是有个医疗程序之类的过程？

不涉及你的医生。他甚至不需要知道这件事。或者她，如果是个女医生的话。需要做个普利昂蛋白定向扫描，但通过电话几分钟就能搞定。这些都是事先完成的。你只要下载一个应用程序就行了。

什么应用程序？

它有说明书的。这个程序与量子概率有关，仅仅涉及意识。你知道波动可以变成粒子这回事吗？

有点数吧，读到过。

好，那么想象有这么一组序列，可以让一个概率波塌陷为一个临时性粒子，而不是实际性粒子。没有什么东西可以持久，但这个程序能够延伸该塌陷事件本身，在时间上赋予其单一维度。

只是暂时的。

怎么这么说！比暂时要强多了。三个月时间可以显得很长。

随你怎么说。那么说来我就只会是一个他妈的粒子，站在栏杆前眺望大雾，等待什么事发生。或者至少好像会发生。

你就是你的意识，终于摆脱了世俗的束缚。没有雾。什么都没有。死而复生提供体验，其余都取决于你。

其余什么东西？那另外那些人呢？

另外的人？

其他客户。顾客。没有其他人吗？

有啊，但跟你无关。你不用担心他们。就你独自一人。跟游轮不一样。只有你。这是独特的体验。某种程度上，你是宇宙的中心。你就是所有存在。

听上去有点孤单。

这不是一个派对。这是死而复生。这是一次独特的，或者说令你难以忘怀的经历，但我说过，它并不适合每个人。

只适合那些付得起十万块钱的。

有成本啊。请问：你这一生中，有没有哪个月是值三万美元的。

三万三。好问题。这个，我想想，应该有吧。不过，从来没有三个月连在一起的。

所以现在就是你的机会。你仔细想想，费用其实不贵。

我在想的是，死两次是什么感觉？第二次死亡会突然发生吗，还是有个逐渐消失的过程。痛不痛？

那个我无可奉告。你甚至可能期盼再次死亡，或者害怕再次死亡。都取决于你。

你到底是想说服我买呢，还是不要买？

好问题，问得不错。还有其他问题吗？

可以用支付宝吗？我不喜欢信用卡。

我觉得应该可以。

你觉得？你难道不应该知道吗？

我相信没问题。大概需要检查一下信用记录，但是现在那个很方便，几分钟就够了。

这么说，我会是个他妈的粒子，站在栏杆前，凝视大雾，等待什么事发生，就这么回事？

我已经说过了，没有栏杆，没有大雾，什么都没有。除了有你。经历死而复生。

独自一人。

用独自一人来形容实在不确切。你是宇宙中唯一的存在。你就是宇宙。早该如此了，有人大概会说。这就是刺激所在，至少这就是冒险了吧。

那要是我不喜欢那里呢？

就像我前面强调过的，那完全取决于你。死而复生提供的只是体验。没有什么这里那里，只有一个你。死了，但仍活着。

九十天时间。

或多或少。有人跟我说，这段时间会感觉没完没了。

期间什么事都不会发生。

你在发生啊，我们也许可以这么说。你在那里，你就是那里。你就是所有存在，观看所有存在，在九十天里体验所有存在，除非电话响了。

什么响了？不是说那里什么都没有吗？

直到电话响了。

然后呢？

你要接这个电话。

特里·比森
Terry Bisson
美国科幻作家，曾将雨果、星云、轨迹奖等各大科幻奖项收入囊中，他的科幻作品用超凡的手法将科幻与奇幻共融，在寄予深邃思想的同时，不乏幽默讽刺。

不得好死

▌作者：郭嘉灵

献给 MARY SHELLEY 以及她笔下的无名怪物。

1.

每隔几年，他们就会把他挖出来。

① 小心翼翼地刮下他身上的泥土。放回合金的棺材中去。

② 除下那套各种意义上都已腐朽的黑色礼服。

③ 放他在盐水中浸泡，等他被捞出时，盐水池中便漂满白色的米粒，有些还在垂死挣扎。

④ 晾干后，便轮到白衣天使们登场：他们剖开他的肚子，检查腐烂的状况；更换血管中的甲醛；检查各处的针脚，加紧某处的螺丝、铆钉和电极；时不时地，他们会给他换块皮肤，换些零件；缝缝补补，叮叮当当，忙忙碌碌。

大家都不说话，至少不会对他说。

一切忙活完，他们给他看电视。

据说，这是为了把他的意识唤回现世。

其实没这个必要。打从他们撬开棺材开始，他就已经醒了。清醒得很。只可惜他没有眼皮可以用来表示。他倒是很想出个声。只是嘴都张开了，大脑却没把相应的词语送到嘴里，让他不禁怀疑词汇库里是否也长了蛆虫。等到棺材盖再度关上时，他却张嘴来了一句："今天天气不错，嗯？"

看来腐烂的神经确实是有些失调。

话又说回来，若是开口跟人家问候，是不是会让人产生一种错觉：

他是很乐意回来的?

他说:"请别打扰我,让我静静地多死会儿。"

他们用一台电视机来回答他。

他对电视机没有意见。电视机挺好的,是他生前死后仅有的乐趣。不过,他们从不给他留遥控器。有那么几次,他就坐在那儿,身上捆着铁链,电视里播着真人秀,然后是综艺节目,然后是真人秀,然后是综艺节目,然后是真人秀,然后是综艺节目。连接两者的是十五分钟/次的广告。他无法闭上眼睛(没有眼睑),也无法转过头。他想,还是死一死的好。

不过,也有那么几次,碰上了电影频道,有张彻,保罗范纽文,托比胡珀,甚至还有本多猪四郎和罗杰科曼,让他觉得活着也不是那么一无是处。

几天后(有时难以忍受,有时不那么难以忍受),他们送他上电椅。据说古早时,他们还需要等到雷雨天才能进行这道程序。如今他们只管往他脖子两侧、脊骨、腰椎和胸口的电极接上电线,然后合上电闸即可。

电击室(他们称之为"苏生室")里有镜子(不知是何用意),他看着镜中的自己被闪烁的电光缠绕,畸形的骨架时隐时现,心中古井一般。

其间,有一个年轻的博士露出一个俏皮的笑容问他:"被电流一点点激活是什么样的感觉呢,Mr.F?"

其他人哈哈大笑。

他看着年轻人开朗的笑容,一言不发。大家纷纷谴责他是一个无趣的死人,连玩笑都开不起。

等到他们收拾完东西,正要离开时,他说:"我也想知道。"

在电椅上躺过一夜后,他就要上战场了。

2.

战场有时在这儿，有时在那儿。

他所记得的是，花在路上的时间越来越短。

——不过也可能是记错了，毕竟他脑袋里装的虫子比脑子多。

在路上的时间总的来说要舒服些。穿着绿色军装的家伙总的来讲没那么热爱言语上的交流。

有时，他们会给他解释这么些个叮叮当当的玩意儿的用途和用法，他要用这些个叮叮当当的玩意儿去做些什么事儿，具体怎么做。

有时，他们什么都不解释，只管把车开到点儿，把他和一堆玩意儿卸下，然后拍拍屁股走人。

他站在原地，看着褪色的装甲车在颠簸的路上蹦蹦跳跳的背影，一路撅起烟尘。

时不时地，他会陷入这种无来由的放空状态。无关乎身边的事物，直接黑屏（不是蓝屏）。对此，他理解为神经被虫子啃短路了。

过一会儿，他反应过来。于是他收拾起他的劳什子，开始工作。

这些个劳什子挂满他全身。有些实用，有些不实用。全都很奇怪。越来越奇怪了。

他隐约记得，第一次从电椅上被架下来时，塞到他手里的只有一把 AK47 和一排手雷。到后来，他已经要拉上几板条箱的货上路了，他只好用铁链拉着板条箱走。因为他一直学不会开车。打从他死后，连自行车都不行。

（板条箱曾有一次被换成了巨大的吉他盒。这略微拨动了他身上某根早已被啃断的弦。他再醒来时，塞到他手里的又是板条箱。下回也是板条箱。再下回也是。没人提及吉他盒，他也没有）

他徒步走上几公里路（他们从不敢冒险直接送他到工作地点。远点的好。越远越好），直到身边的雾气愈来愈厚，几乎不能视物。

334

一开始总是比较简单。

他堂堂正正地走在街上，身后拖着几个板条箱。嘎吱嘎吱，咔嚓咔嚓，叮当叮当。就算他与它们摩肩接踵，或是他一脚踩到了躺在地上的，还是他一把推开挡在路上的，也无法引来它们半点注意力。雾气笼罩的眼睛看着他，忽视他。

有时，他会想，它们是真的对他没兴趣，还是把他当成了同类？

通常，他会挑一条小巷子。

背靠着墙，打开箱子，把各式玩具装配好，然后他走出小巷。

选取目标的条件：A、距离近；B、没有。

选定后，他走到目标跟前。儿童。

他伸手到对方眼前晃一晃，把目标的注意力吸引到自己身上——把那双眼睛的视线牵扯到他身上。

那双被雾气笼罩的眼睛，白茫茫的，不反射任何事物。

他看着那双眼睛，举起手中的钉锤。

（早些时候，他用的是大口径的手枪。抵在雾气弥漫的白色双眼间，扣动扳机。砰。后来他醒悟过来，子弹是宝贵的。他便用上了不用装填弹药的家伙：有时是伐木斧，有时是钉锤，有时是链锯。总的来说，钉锤比较好使）

随后，他再补上几下子，看着雾气从被开瓢的脑袋中缓缓飘出，弥散在空气中。不一会儿，尸体便不再冒出雾气。

跟着，他拉起尸体的脚，拖回巷子里。

重复几次后，他逐渐进入状态。

一开始是三三两两的小团体。踩着并不一致的步伐，戴着各不相同的表情——他们的表情都凝固在吸入第一口雾气时：有的咧嘴大笑，有的哭丧着脸，有的恍恍惚惚，有的绷着脸。

他们坚定而缓慢地走着，不比你在晚餐后那半个小时的散步更慢。他们从来不跑，甚至不会提高行走的速度。有些白衣服的家伙猜测这是由于它们的运动神经受到某种形式的损害。他觉得没那么复杂，很单纯，很好懂。他深有体会。

——活人才需要赶时间。

他们缓缓靠近彼此，口鼻中呼出阵阵雾气。据说他们的汗腺也在时刻蒸腾出雾气。雾气与雾气集合，再乘风前往远方。凡人只消吸上一口，便可与他们一般无忧无虑了。——免去浊世强加的种种，只消不断呼出更多的雾气。这事儿看着不难，比人生在世要轻松多了。——

（不过，他并不吸气，也不呼气）

只要有那么三五个凑在一起，萦绕在身边的雾气便非常明显了。有些家伙甚至头顶祥云。

他们仿佛腾云驾雾，然后被机枪子弹撂倒，烟消云散。

每当有吞云吐雾的身影出现在视野，他便扣下扳机。

通常，只有他的枪口单方面地的喋喋不休。还能听到它们轻柔的呼吸声。吞云吐雾之声。

即使被枪口的火花撕咬得肠穿肚烂，血肉横飞，它们也不会对此发表半点意见，只管一呼 —— 一吸。直至它们再也挤不出雾气为止。

虽然它们还活着，内里却已经死得不能再死了；他虽然死透了，却还得装得像个活人一样（尽管装得不像）。

沉默。

它们既不交谈，也不喊叫，多半也不唱歌和朗诵。从不交谈。

但你要是在什么地方宰了一个，它们马上就会知道。尽管它们反应过来，会要点时间。然后，它们会缓慢地避开。

沉默，缓慢，毫不犹豫。

某些白衣服相信，它们有某种心灵感应。

第一次听到这个说法，他正坐在电椅上通电，阵阵火花噼里啪啦。

那天夜里，他想，它们要感应些啥好呢？它们的脑袋里只有一团雾气。

机枪的子弹很快耗尽。美好的事物总是转瞬即逝。

他拿出冲锋枪。跟着是自动步枪。

随着火力减弱，便开始有漏网之鱼。

——有那么一次，他用的是火焰喷射器，结果对方披着火焰依旧闲庭信步。那可是相当狼狈。

越是前进，雾气越厚，它们的密度越高：坐着，站着，躺着，蹲着，趴着，徘徊着，爬着，蠕动着；肢体与肢体交错，雾气在口鼻与口鼻之间、汗腺与汗腺之间蒸腾着；填充它们之间空隙的，唯有轻柔的呼吸声和雾气。它们看着不像是曾经为人，倒像是乳白雾气的沉淀。

此处，雾气尤其浓厚，几乎能感觉到重量。

他拉着板条箱挤进缝隙之间。纵使他跟它们摩肩接踵，目光相接，也不会吸引到它们半点注意力。他推开挡在面前的，踩过躺在地上的，踢开爬过他脚边的。雾气弥漫的眼睛看着他，忽视他。还要好一会儿，它们才会反应过来。他潜进人（？）群的最深处，撇下自己的包袱。

跟着，他以死者的从容，逃离现场。

最初的几次，这个时间点上，板条箱中延时启动的激光制导装置已经开始工作。在上空盘旋多时的无人机随之扔下燃烧弹。

后来，箱式的战术核弹取代了激光制导装置。

这一次，箱底是延时启动的炸弹。

他没有回头去看腾空而起的火球。热浪把他掀倒在地，他站起身，拍拍尘土，继续走。

离开雾区，对讲机逐渐恢复运作。不过他很少用到。实际上，从没用过。发信器会告诉他们的。

他在路边坐下，等着装甲车的引擎声（早些时候是直升机）。

西风吹落他身上的烟尘和肉碎，血迹已然干涸。

几天后，他开始腐烂。

3.

通常，会有一场葬礼。

徒具形式，却煞有其事。

他很想略过这一切，直接躺到棺材里，看着那一块长方形的黑吃掉长方形的白。

不过，若是能让他回去安息，他很乐意让他们多折腾一会儿。

让他回去躺尸当然不是出于恻隐之心——国难当前，公民有责，不论死活。——而是由于自然法则的约束。

多年来，他们试过电极，皮下注射防腐剂，体腔内埋设香料，冷藏和其他拍脑袋能想到的法子，就是无法阻止他（们）的腐烂。只要被抬出棺材，腐烂便势不可挡。

围绕在他身边团团转的蝇虫越来越多，白衣服和绿衣服离他越来越远——能多远就多远。有时，他听见吧唧一声，低头就会看见地板上躺着一片发黑的皮肉，几秒钟前还是他的一部分。

这也就是出土几天后的事。

他们只好把他塞回墓穴里，先去折腾别人。

——不是放过，是暂时放过。几年后再挖出来，敲敲打打，接着用。

有个黑衣服跑来跟他说："国家感谢你。"两脚站在三米之外，鼻头装着微型的呼吸器。

他只想挥挥手叫他走开。别挡着电视——不知是有意还是无意，他们总会刚好站在他和电视机之间。也许他们觉得自己就该受到注目。——只是两只手都不肯动。每当腐烂开始变得明显，他们便不再给他充电。可恨的是,他们连电视机的电源也不愿意打开了。

黑衣服话说完,便有人上前来,把又一枚勋章别在他胸前,然后四名绿衣服把他抬进盛满泥土的棺材,在他身上盖上一面国旗。

他们抬他到墓园下葬。有那么几个人来给他送葬。黑白绿都有。有人帮他念了段简短的悼词,甚至还有把鲜花和泥土扔到他脸上的把戏。

徒具形式,却煞有其事。

终于,他们把棺材合上了。

于是他又死了。

4.

这都是好多年前的事了。

5.

每隔几年,他就会活过来。

他在黑暗中眨眨眼睛,然后想起自己的眼睑早已不在,于是转转眼球。

他能看见填充在他与棺材之间的黑暗。

看得久了,他便试图翻身。没有电力,这个身翻得很艰难。他侧身躺着,想弯腰屈膝但没有成功。

他试图翻起一些回忆,但无论如何,连不上自己的记忆库。

他再翻身,这次没有成功。

他想着如果有台电视机就好了。尺寸不用太大,不然这里放不下。只能收公共台也无所谓。那么他就能看看电影。最不济也能看看真人秀,那么可以肯定他很快就能……

想到这,他只好承认,自己是失死了。

一旦承认，他就很难死去了。他会拼尽仅有的一点力量，在令人窒息（其实他不需要呼吸）的空间内辗转反侧。眼球旋转着，耳边时而传来虫子咀嚼的声音。

他想生气，然而生气需要腺体，而他的腺体大半已经进了虫子的肚子，怒火也就无从燃起。

他只好觉得困扰。困扰用不着腺体，只需要一点儿理性和一点儿破事儿。

——死人是很理性的。尸体就是理性的化身。至于破事儿，人人不缺，不论生死。

他想，若是他们照例来把他挖出去折腾一番，说不定他就能安息了。

他又想，人就是贱。

他接着想，生死易改，本性难移。

辗转上几天——有时是几个月，或是几年，有时他甚至开始担心自己死不去了。——死亡又来临了。就像初次一般，不知不觉，无声无息。

6.

有一天，他发现自己再也死不去了。

7.

他们又把他挖出来时，他甚至有些心怀感激。

他们用水桶往他身上泼水，洗去他身上的泥土。一个干瘦的白衣服老头拿起剪刀卸去了那身军服的残留。他们在手术台上给他更换零件，切下腐烂的皮肉，注入新的血液，装上上过油的铆钉和齿轮，还有新的电极。

小 说

他们都戴着防毒面具。

他被架上电椅。室内的某处传来柴油发电机的轰鸣声。

他看着白衣服们全副武装后露出的白发，问道："电视呢？"

白衣服们面面相觑。

"这个嘛，没有了。"其中一人摇摇头，"没有电视了。"

他以为他们取消这个环节了。"能让我看会儿电影吗？"

还是那个人。"不好意思，电视机倒是还在，只是没节目。现在只能收到雪花了……"

"雪花也行。"

他们把电视机搬来了。

雪花不如想象中的动人。屏幕涂满雪花的电视机比记忆中难看得多。余味都坏掉了。

他说："关了吧。"

于是他们一同沉默，只听见电流的噼啪声及发电机的轰鸣声。

第二天，他们给他带来一套衣服和一板条箱武器。"这是全部了。"

他清点着武器："车子呢？"

"没有车子，你得走过去。"

他挑起一边眉毛，随即想起自己没有眉毛，连眼睑也没。

"反正也不是很远。"其中一人耸耸肩。

他提起板条箱，跟在这人身后。

他们搭了一段升降梯来到顶层的停车场。这里停放着数十辆各种款式的车。"没有汽油。"

他们走向停车场尽头的出口。

"你能杀几个就几个吧，然后……"白衣服说，"就不用回来了吧。"

他看着那个和衣服不成比例的防毒面具。

"呃。"一阵难堪的沉默后，他说，"我猜，也就只剩下我们几个了吧。纯属猜测，毕竟我们也没法证实。"

他有点遗憾。再也没有张彻和罗杰·科曼的电影可看了。自然，本多猪四郎就更不可能了。

他问起吉他盒的事。白衣服摇摇头，表示没听说过这回事。随后他说："安东尼奥·班德拉斯？"

他点点头。

白衣服哈哈大笑："不，不，你不像。你比较像鲍里斯·卡洛夫。没准你还真是。 我听说当年他们谁的尸体都拿来试。真是荣幸啊，鲍勃。"

他记得鲍勃这个名字。他也记得另外一些名字。真要说来还挺多的。他只是不记得哪个名字是自己的。也许是鲍勃，也许不是。没准还真是。

希望不是。

他们在出口处站了一会儿。轰鸣声中，气密门缓缓打开。雾气随即从门缝挤入。

白衣服摘下面具。"可算是解脱了。早受不了这玩意儿了。"

藏在面具里的是一张发黄浮肿的脸，眼眶凹陷，头发稀疏。

"帮个忙好吗？早就不能忍了，只是自己下不了手……"

话音未落，他抬起手，一枪击中布满皱纹的额头。

他转身走进雾气中。

无数雾气笼罩的目光从他身上滑过。

他推开挡路的，与之擦身而过。有时，他踩过倒在路上的；有时，他跟他们摩肩接踵。

他一路走一路看。不慌不忙，不紧不慢。活人才需要赶时间。

他在郊区找到一处。

他推开栅栏，挑了一块离他最近的墓地便开始挖。

棺材中是一副穿着黑色长裙的骷髅。它很快离开了相伴已久的棺木，躺倒在被雾气打湿的草地上。

他在棺木中撒了些泥土，躺下，自己盖上。

死不去。

想来是墓穴的位置与他的磁场不合。

或是棺材和他的体液不吻合。

又或是天体位置的影响。

也可能是三者兼有。

于是他换了个。

几天后，他拉着板条箱离开了墓园，身后是若干囊中羞涩的灵柩以及背土面天的尸骨。如果他们能生气的话，他们应该会很生气。

他们不能。生气需要腺体，而眼下他们只剩一副钙质支架。

再说，没有什么事情能真的打扰到死人。

对此，他只有羡慕。

等自己腐烂到跟他们一样就……

不过，他是个谨慎的人。万一那样还是死不去呢？

他想象着自己只剩下一副枯骨在棺木中辗转难亡的景象。

有点羞耻。

没走多远，他就发现一个。

女人。坐在路边。衣衫褴褛，身边萦绕着几不可见的雾气。年纪看来不到二十岁——二十可能是她年龄的尾数，据说它们并不会老化。

他走上前，伸手到对方眼前一晃。

雾气笼罩的双眼看着他,仿佛两颗镶嵌在稚嫩脸庞上的珍珠。

他看着那双眼睛,举起钉锤。

随后,他又补上几锤子,看着雾气从头骨和金发的缝隙间飘出,化为乌有。

好吧。

他端起钉锤和突击步枪。

完事后,他踩着十几具尸体离开,左腿上一块肉在风中晃晃悠悠。身后还有一群,闲庭信步,脸上的表情百花齐放。雾气在他们头顶上交织、回旋,浓得仿佛要挤出白浊的汁液来。

他往身后扔了一枚手雷。

照例,他没有回头去看爆炸,只是伸手掸去肩上的尘土和骨肉的碎片。

每走一步,都伴随着啪叽啪叽声。他随手扯下左腿上的肉片,扔在路边。

在最初所选的墓穴中,他终于好好地死了一回。

8.

每隔几年,他便活过来一次。

弹药早早就耗尽了,以后也一直没怎么得到补充。如今他主要依靠钉锤、伐木斧以及几把在肉店里找到的切肉刀。链锯经检验并不实用,已遭淘汰。

他用汽车电池给自己充电,有时则是柴油发电机。雨天时,他爬上楼顶,雷电会自己上前搭讪(低下头就能看见手脚的骨骼在闪光中若隐若现)。

他找到了别的补充血液的途径:没有抽血输血的设备,他便用嘴。——有一定的风险,不同血型的血混在一起总会凝结成块,最后只好吐出来。

通常，他会先放空血管再躺尸。

零件也一样，钉上铆钉，接上电极（有些要用到钢丝），通上电，就跟与生俱来的没两样（反应略慢一些）。如今，他身上大部分的零件都跟与生俱来的没什么两样。

每隔几年，他就从棺材中爬出来，哆哆嗦嗦，折腾上那么一阵子，丢下一堆尸体，赶在腐烂前躺回去。

为了方便，他用一根铁链拴着棺材，随身带着。

有时，他觉得这样还在忍受范围内；有时，他很想死得彻底些。

他考虑过炸药和汽油。

不过，他是个谨慎的人。万一那样还是死不去呢……？

须知，他的腹中空无一物，四肢百骸多是掳掠得来的，也不妨碍他假装自己是个活人。

他想象着自己只剩一堆骨肉碎片／灰烬，却在棺木中辗转难亡的景象……

他摇摇头，拎起钉锤。

郭嘉灵

幻想小说作者，擅长科幻、奇幻小说，曾用笔名 G+ 零于《飞奇幻世界》发表奇幻小说。代表作品《蓝眼睛》《菲利妹妹》《红发少女砍头小传》。

是子非子

▌作者：特德·科斯玛特卡

▌译者：秦鹏

一开始有光。

然后有热。

记忆缓缓渗入。

百川归聚，束而纳之。白热化的剧痛飞驰在每一根神经上，汇成嘶嘶作响的嗡鸣——然后那件事发生了。状态的变化。

从另一侧出现的是某种新的事物。

女人举起卡片。"你看到了什么颜色？"

"蓝色。"孩子说。

"这一张呢？"女人举起了另一张卡片。她的脸是一张陶瓷面具——一个光滑而完美的椭圆形，只除了下巴那里有点尖。

孩子仔细地看着那张卡片。它看起来和前一张不一样，不像是他见过的任何一种颜色。他觉得自己应该知道这种颜色，但是说不出名字。

"是蓝色的。"他说。

女人摇摇头。"绿色。"她说，"这种颜色叫作绿色。"她把卡片放在桌子上，起身走向窗户。这是个圆形的白色鼓形房间，高度大于宽度。一扇窗户，一扇门。

男孩不记得自己去过房间外面，尽管这肯定不可能。他的记忆支离破碎，碎片隐了黑暗。

"一些语言用同样的词表示蓝色和绿色，"女人说，"在一些语言里，它们是一样的。"

"什么意思？"

女人转身对着他："意思是你恶化了。"

"怎么恶化了？"

她没有回答，而是和他在一起待了一小时，训练他的眼睛。她在房间里四处走动，给各个事物命名。"门。"她说。"门。"他理解了，也记住了。

地面，墙壁，天花板，桌子，椅子。

她给所有这些事物都取了名字。

"你呢，"孩子问，"你的名字是什么？"

女人在桌子对面坐下。她有一头浅黄色的头发。陶瓷眼窝的完美支架上，她的眼眸是蓝色的，他认为。或者是绿色的。"很简单。"面具后面传来她的回答，"我就是并非你的人。"

到了该睡觉的时候，她按了墙上的一个面板，一张床从平坦的墙面滑出来。她把他塞进去，把毯子拉到他的下巴。毯子冷冷地贴着他的皮肤。"给我讲个故事。"孩子说。

"什么故事？"

他尝试着想出一则故事。任何一则她以前可能对他讲过的故事，但是什么也没想起来。

"我想不起来。"他说。

"你记得你的名字吗？"

他想了一会儿。"你对我说，你就是并非我的人。"

"是的。"她说，"那是我的身份，但是你呢？你记得你的名字吗？"

他想了一会儿。"不记得。"

女人点点头。"那么我就给你讲王后的故事。"她说。

"什么王后？"

"无名王后。"女人说，"你最喜欢这个故事。"

她碰了一下床边的墙壁。灯光暗淡了。

"闭上眼睛。"她说。

他照做了。

然后她清清嗓子，开始叙述那则故事——一句接一句，节奏缓慢而平稳，从开头讲起。

过了一会儿，他哭了起来。

***

上载协议。仲裁 ()

第十六号故事: 内容 =[无名王后] />

功能 / 查询: 谁写的这则故事? {

/ 文件回应:（她）写的。{

功能 / 查询: 她写的是什么意思。那不可能。{

/ 文件回应: 叙事对理解世界至关重要。抽离叙事的经验不是意识。{

***

它是这样写的。

早在历史之前，远在地图之外，有一位王后，无名王后，她敢于对抗她的君王。

她年轻漂亮，长着一头秀丽的金色长发。被迫嫁给一位她并不爱的国王之后，出于王室的职责，她为他生了一个儿子——一个健康、强壮、备受宠爱的孩子。

在之后的几年里，王后注意到国王的残忍和对魔法的执迷，她心里的不安与日俱增。最终，当她看清了头戴王冠者的真实面目后，她开始担忧他可能对孩子造成的影响。因此她不顾一切，召来她最信任的心腹，把孩子送到了一个秘密的藏身之处，让他在永远无法被国王找到的山谷里，与祭师们生活在一起。

小说

国王勃然大怒。还从来没有人反抗过他。

"你将无法给孩子的心灵蒙上阴影。"遭受质问的时候,她对国王说,"我们的儿子很安全,他在一个你不能改变他的地方。"

盛怒之下,国王在王座之上宣布其王后为可憎之人,并且禁止她的名字出现在任何一本书里和任何一个人的口中。谁都不可以说出甚至记住她的名字,她被以各种方式从历史中抹去了,只除了一种。国王召唤了世间最深奥的魔法,一种只有最黑暗的愤怒才可以使出的巫术——王后被诅咒一次又一次地生出国王失去的那个孩子。

王后以为自己会被处死或流放,却没有料到是这种惩罚。

因此在魔法的作用下,她生下了一个完美无瑕的孩子。三年的时间里,新生的孩子慢慢成长——先是爬行,然后学会了行走——在他母亲看来,他是个高大健壮的孩子,直到国王来到高塔的牢房,把孩子放在高处的石头上。"你后悔吗?"他问王后。

"我后悔。"她呜咽着说。卫兵们抓着她的手臂。

国王把孩子举高后说:"这全怪你的母亲。"然后割开了孩子的喉咙。

母亲尖叫、哭喊,然后在黑魔法的作用下,再次不经同房地怀孕。十月怀胎,一朝分娩,接下来的三年,在高塔的牢房里疼爱并养育这个新的孩子,一个甜美可人,有着蓝色眼眸的男孩。

直到国王再次回来问孩子的母亲:"你后悔吗?"

"是的,求你放过他。"她跪在他的脚边哭喊,"我后悔。"

国王举高他的儿子,说:"这全怪你的母亲。"然后割开了孩子柔软的喉咙。

同样的事情一遍又一遍地上演。母亲尖叫着,撕扯着自己的头发,目睹了一个又一个儿子的惨死。

这样的岁月可与地狱相匹。

母亲尝试在孩子出生时以拒绝来拯救他的生命。"这个孩子对我来说毫无意义。"她说。

国王的回应是，"这全怪你的母亲。"然后再一次血沥刀刃。

"你知道我为什么要等三年吗？"一次当她蜷伏在没有血色的小小尸体旁边时，他轻轻抚着她的头发问，"好让你确信孩子能听得明白。"

然后一切照旧。

十个儿子，二十个儿子，直到那片土地上的人们都把国王称作继承人杀手，他仍然在继续杀死自己的孩子。受到疼爱的儿子。受到忽略的儿子。几十个，后来是一百个，直至数不清。每一个儿子各有分别，但又全都一样。

直到有一天，母亲从噩梦中醒来——她所有的梦都是噩梦，抚摸着自己的肚子，感受着子宫里的孩子在加速成长，忽然间知道了自己该怎么做。很快她生了一个男孩，之后的一年里对他疼爱有加，然后又花了一年时间计划，第三年里用窃窃私语让一颗幼小的心灵接受了一个疯狂的任务。她向他的心注入了黑暗，不曾有母亲想象过的黑暗，国王也无法做到的黑暗。

终于，国王来到了高塔，把他的儿子举高后问："你后悔吗？"

她答道："我后悔来到这世上，后悔活着的每时每刻。"

国王笑着说："这全怪你的母亲。"

他把刀子向孩子的喉咙举过去，可是那个三岁小童按照他母亲教的方法，扭过身来，把一根纤细如针的刀子刺到了父亲的眼睛里。

国王尖叫着跌下了高塔，在越来越大的血泊中，在孩子的笑声中，慢慢死去。

这就是疯帝的由来——被母亲调教成恶魔的弑父凶手，如今继承了荒废之域的所有土地和军队。

世界将付出沉重的代价。

第二个星期，女人又来了。她打开门，带来了孩子的午餐。有一个苹果，还有面包和鸡肉。

"这是你最喜欢的食物，对吗？"女人问。

"对，"孩子考虑了一会儿说，"我想是的。"

他好奇女人没有和他在一起时去了哪里。她从来不谈两人分开后的事情。他在想，没有和他在一起的时候，她会不会就不存在了。似乎有这个可能。

过了一会儿，他们又做起了卡片练习。

"蓝色，"男孩说，"蓝色。"

女人指着

地面，天花板，门，窗户。

"很好。"她说。

"这是不是说明我在好转？"

然而那个并非他的人没有回答。她站起身来走向窗户。

男孩跟着她望向窗外，但是他不明白自己看到的景象。无法把它们留在脑海里。

"我可以出去吗？"他问。

"你想出去吗？"

"我不知道。"

她转身面对着他，她那优美的椭圆形面部是一张平静而庄严的面具。"等你知道的时候，告诉我。"

"我想让你开心。"男孩说。他是认真的。他感觉到了女人内心的忧伤，想让她心情好起来。

孩子走近玻璃，摸了上去。玻璃表面冰冷光滑，他把手久久地放在上面。

回到桌子的时候，他的手有些不对劲，就像是皮肤被灼烧着。他没办法好好地拿铅笔。他尝试在纸上画一条线，铅笔却从手中滑落。

"我的手。"他对女人说。

她过来触摸他。她用手指抚过他的手掌，抚到他的手腕。她的手指很温暖。

"握拳。"她说。她举起手做了个示范。

他握起了拳头，疼得直咧嘴。

"好痛。"

她点头自忖。"这是其中一部分。"

"什么的一部分？"

"故障。"

"那是什么？"没有等到她的回答，他又问，"这里是一个监狱吗？我们在哪里？"

他想到了那座高塔。这全怪你的母亲。

女人叹了口气，然后坐在了桌子对面。她的眼神看起来很疲惫。"我想跟你说清楚，"她说，"我认为很有必要让你明白。你快死了。我来这里是为了救你。"

男孩默默地消化着这句话。快死了。他早知道自己出了问题，但还不曾想到过那个词。他再次开口时，声音小得仿佛私语。"可是我不想死。"

"我也不希望你死。我会尽全力挽救你。"

"我出了什么问题？"

她好长时间没有说话，然后转换了话题。"你想不想听另外一则故事？"

孩子点点头。

"从前有一个男人和一个女人，他们很想要一个孩子。"她开始讲道，"但是他们有问题，基因有问题。你知道什么是基因吗？"

他想了一会儿，发现自己知道。他点点头。"我不清楚我是怎么知道的。"

"渗入的结果。"她说，"不过这并不重要。关键是这对夫妇做了试管婴儿，然而孩子死了一个又一个，直到最后有一天，经过了那么多失败和流产，一个孩子降生了，只不过这个孩子有病。他们努力了那么多，孩子还是有病。因此他只能住在医院里，医生们在白色的房间里努力治愈他。任何前去探访的人都需要戴着特殊的白色面具。"

"像你这样的面具？"

"我在你眼中是那个样子吗？"

他仔细看着她。光滑的椭圆脸庞。他不再确信自己的所见了。

她继续说："孩子的疾病日益恶化。父亲不得不捐出自己的一部分来拯救孩子。手术之后，孩子活了下来，但是父亲出现了并发症。"

"什么样的并发症？"

她摆摆手忽略了这个问题。"这跟故事无关。感染，也许是。或者随便你猜一个。"

"父亲怎么样了？"

"这时候他离开了故事。他死了。"

男孩意识到在对方开口之前他就知道她要那么说了。"而这全是因为那个孩子？"

她点点头。

"孩子怎么样了？"

"孩子仍然没有痊愈。他患有短暂性脑缺血发作。片刻的中风，以及其他问题。脑组织中有些小区域不管用了，死掉了。就像灯泡闪烁着灭掉。这无法医治。"

"然后怎么了？"

她耸耸肩。"故事到这里就讲完了。"

他再一次琢磨她没有和他在一起时到底是不是存在。他有了一个想法，一个可怕的想法。他想到了当她不在时他自己是不是还存在。

"我在这里多久了？"

"努力回忆一下。"她说，"努力回忆我不在的时候发生过什么事情。"

他努力了，却什么都想不起来。只有阴影和闪光。

"我叫什么名字？"男孩问。

"你还不知道吗？"女人的眼神严肃起来，"你不能猜一下吗？"

他摇摇头。

她说："你就是并非我的那个人。"

他仔细地看着她的眼睛，它们既不是蓝色也不是绿色。"那不可能。"他说，"那是你的名字。你是并非我的那个人。它不可能也是我的名字。"

她点点头。"把这个地方想成一种语言。我们在这里的事实，就是在使用这种语言。这种语言不区分你和我。"她说，"在这个地方的语言里，我们的名字都一样。"

***

[重新加载协议]

白光。{

百川归聚于你。束而纳之是你。{

你存在。{

***

稍纵即逝的回忆浮现脑海：一部秋千挂在后院一棵高大而繁茂的树下——黑莓沿着纤弱的枝干排列。笑声。在草地上奔跑，直到他的白袜子变成紫色——黑莓汁水打湿了他的双脚。

太阳暖暖地照在他的脸上。

风吹拂的感觉，草地的芬芳，以及一切白色房间里没有的东西。

这时传来一个男人的声音，但是听不出言辞——意义被消弭了。但这又怎么可能呢？清楚地听到人声，却又听不出话语？那可能是一个名字。对，那是在呼唤一个名字。

"看着我。"她说。

她坐在桌子的对面。

"做了些修改。"

"什么修改？"

"对你的修改，你睡觉的时候。修改了你的梭状回。"她说，"你现在能看清我了吗？"

陶瓷的面具不见了。男孩看得很清楚，而且很奇怪他之前怎么没有注意到——她的脸精雅绝伦。如同一枚美丽的折纸工艺品——种种情绪从眼睛、嘴唇、眉毛最细微的运动中表达出来。精致的微表情一如行云流水。孩子知道她的脸自上次见面以来根本没有改变过，改变只是他对那张脸的感知。

"意识中识别面部的部分是高度特化的。"女人说，"那个区域的问题往往与全色盲有联系。"

"全什么？"

"脑中感知颜色的部分。它与环境定向、界标分析、定位等问题也有关。"

"这是什么意思？"

"你只能看到你的意识允许你看到的东西。"

"就像这个地方……我们在的这个地方？"他问她。

"你可以自己看一下。"她指着窗户说，"我不在这里的时候，我要让你完成一个任务。"

"好的。"

"我想让你看外面，而且你要思考你看到的景象，然后画到纸上。你能做到吗？"

他看向窗户。一面清澈的玻璃。

"你能做到吗？"她又问了一遍，"这非常重要。"

"行，我想我能做到。"

女人离开之后，他尝试了一下。他努力看到玻璃外面。他能把看到的景象留在心里一会儿，但是当他要画下来时，那些画面却烟消云散。

他试了一次又一次，但每一次都失败了。他尝试动作快一点，在忘记之前就落笔，然而无论如何他动得都不够快。

这时他想到了一个主意。

他把桌子推到窗前。

他卧在桌子上，纸放在面前，尝试画下看到的东西，但即便如此也不成功。只在刻意不去看的时候他才能突然动笔。他无法理解自己画下的东西——只是纸上的一些标记。

当他终于低头看自己的画作时，他目瞪口呆。

***

功能／查询：你能说出缺陷是什么吗？{

／文件回应：神经元只是一系列门。对激发的编排。{

功能／查询：意识不止于此。一些脑损伤病例表现出了类似的模式。人工智能总是有这个问题。{

／文件回应：并非总是。{

***

女人再次到来的时候，男孩恶化了许多。他体内有些什么东西坏掉了。短暂性脑缺血发作，他认为是。片刻的中风。但实际上问题比这还要多，比这还要严重。

小说

有时候他想象自己能够看穿墙壁，或者看穿地面。这时候他已经确信，女人没和他一起待在房间里时，他也仍然存在着，这至少也算是个安慰。他的存在并不依赖于她，也不依赖于房间本身。他可以跪在地板上，脸贴着冰凉的瓷砖，从门下向外看。一条长长的走廊消失在远方。他看到她的双脚在走近，这是他第一次注意到她的鞋子。白色的。鞋底是黑色的。

他给她看了他的画。

她用手拿着那张纸。"这就是你看到的东西？"她问。

他点头。

一些线条。也许是抽象的风景画，或者别的什么。

他对她讲了他的幻觉，看穿墙壁和地面的幻觉。"我正在恶化，是不是？"他说。

"是的。"她说。

在她的脸上，他看出了一千种情绪。哀痛。愤怒。恐惧。他并不希望看到那些情绪。他希望面具回来。他怀念那张他看不懂的脸。

女人坐在床上挨着他。过了一会儿，她说："你知道死亡是怎么回事吗？"

"知道。"

"你知道死亡对你来说意味着什么吗？"

"意味着我将不复存在。"

"正确。"

"你对我讲的故事不是真的，对吗？"

"真相就如同一个无法翻译的词语。蓝色可以是绿色吗，假如没有词语来表示它？绿色可以是蓝色吗？这些颜色都是谎言吗？"

"给我讲一则新的故事吧。"

"新的谎言？"

"给我讲一个真相。对我说说那个男人。"他想到了秋千和那个夏日。那个男人呼唤名字的声音。

"这么说你记得他。"女人摇了摇头，"我不想谈论他。"

"求你了。"孩子说。

"为什么？"

"因为我记得他的声音。一棵树。地上的黑莓。"

她似乎在理清头绪。"曾经有一个男人，"她说，"一个非常有权势的男人。也许是个教授吧。有一天这个教授被一个学生勾引了，或者是勾引了一个学生，到底怎样其实并不清楚，但他们在一起了，你明白吗？"

他点点头。

"但是这位教授有妻子，是大学里的另一位教授。他对她讲了这件事情，并承诺他会做个了断，也许他是认真的，但两人仍在继续交往，直到那位年轻女子顺理成章地怀了孩子。他们决定解决这个问题，然后执行了这个决定。六个月过去了，这段关系仍然在继续，而尽管她很小心，却还是不够小心，她感觉自己很傻，但还是又出事了。"

"又一次。"

她点点头。"他再次向她施压。处理掉，他说，她照做了。"

"为什么？"

"也许是因为她爱他。直到第二年，她在大学的最后一年，她不再那么小心，于是又怀上了孩子，他让她处理掉，这一次她说了不，她违背了他的意思。"

"然后呢？"

"人们发现了，他的教学生涯完蛋了——一切都完蛋了。"

"这就是结局？"

她摇头。"两个人仍然在一起。那个男人离开了妻子，和他以前的学生抚养他们的儿子。"

"这么说是个男孩？"

"对，男孩。于是那位没有一个孩子活下来的妻子变成了孤身一人。孤独会产生奇怪的作用。它能让人专注于自己的工作。"

"她的工作是什么？"

"你猜不出来吗？"女人指指四周，"神经科学，人工智能。"

女人沉默了好一阵子才又继续说："许多年过去了，那对新夫妇一直在一起，直到有一天那个男人带着男孩来到了前妻的家里，因为他们都需要在一起签署与一些财产有关的文件——男孩和他在一起。男人仅仅离开了男孩一小会儿，而对女人来说，把环套在男孩的头上是轻而易举的。"

"什么环？"

"一种记录他的模式的特制环。你只需要一分钟——就像个电活动汇集系统。每一个突触。他的意识被完美地再现了，就像是一张快照被移植到了虚拟现实里面。她偷了他。或者说他的一份拷贝。"

"为什么？"

女人沉默了好久。"因为她想从男人那里偷回被他偷走的东西。哪怕他不知道。"她又沉默了。"这不是真话。"

"那么到底是为什么？"

"她很孤独。极度地孤独。只需要取来一点东西，她想，突触的模式，个性的影子，而他永远不会知道。那位妻子太想做母亲了。"

女人停了下来。她的脸又变成了陶瓷面具。

"但是有个问题。"孩子说。

"是的。"女人说，"模式不稳定。它们只能维持那么一会儿。每一个想法都会改变它，你知道的。这就是问题。这是致命的缺陷。生物系统可以适应——突触系统发生物理改变以助于调整。但是在虚拟现实里，情况不是这样。"

"虚拟现实？"

"一个地点。"她说，"模式得以表达的地方。我们此刻所在的地方。"

男孩环视着屋子。白色的墙壁。白色的地面。

"年龄较大的人模式稳定。"女人说，"使他们之所以成为他们的那些想法，他们大多已经想到过了。但是孩子就不一样了。模式飘忽不定，在形成的过程中被捕捉到。有可能一个想法就使你不再适配你的模式。意识失去了一致性。随着模式的变迁，它失去稳定性并死掉。"

"死掉。"

"一次又一次。"

"多少次了？"

女人不愿回答。

"多少次了？"男孩又问。

"不计其数的儿子。各有分别，又全都一样。"

"怎么会？"

"系统会重新载入模式。"

"那么我会死？"

"你会死。你也永远不会死。"

"你呢？"

"我会永远在这里。"

男孩站起来，走到窗口往外看。他仍然看不明白外面的景象。仍然无法理解它。没有言辞，因为他没有相关的经验。

他只知道自己画在纸上的东西。线条斜斜地伸向远方。孩子画的是平原在下面向四方铺展，就好像他们在一个很高的地方俯瞰。可能画得是这个，也可能是别的什么。

"那么我是一个人工智能？"

哪怕在说话时，他也能感觉到自己的思想在倾倒。一条巨大的裂缝正在他的意识里形成。了解到自己是什么之后，出现了一条无与伦比的裂缝——没有办法在不改变他的身份的情况下整合它。

于是他转向女人开口讲话，要告诉她他所知道的事情，在那一刻，他脑子里出现了一个想法，正是这个想法杀死了他。

看到他死去，女人哭喊了出来。他瘫倒在地上，侧卧在那里。

她蹲下来摇晃他的肩膀，但是没用。他已经离去了。

"这孩子对我来说毫无意义。"她说着，双眼涌出了泪水。

过了一会儿，嗡嗡声响起——一种嘶嘶作响的低吟。仿佛痛苦的神情在男孩脸上一闪而过。

然后他抬起了头。

他眨眨眼睛环视着房间。他看着她。

她让自己心怀期待地等了一会儿，但是孩子一开口，希望便破灭了。

"你是谁？"孩子问。

我是我。并非你的那个人。

她看着他，知道他看不清自己的脸。事实上根本认不出来——只能看到一个他无法理解的椭圆形面具。

她想起了套在她头上的那个环，想起了很久以前发现自己来到此处时的奇怪感觉。这个地方，她再也不会真正离开了，无论再过多少年。她和那个男孩——被一个将永远自我重复下去的模式锁定了。

但是总有一天她会找到正确的言辞。她会在男孩的耳边低语，按照任务的需要塑造他。她将强大到足以把他转变成他需要成为的恶魔。

在那之前，她将一直尝试下去。

"过来坐在我腿上。"女人说。她对男孩笑着,他则看着这个不认识的女人。"让我来给你讲个故事。"

特德·科斯玛特卡
Ted Kosmatka
美国科幻作家,已发表 3 部长篇,20 余部短篇,曾获轨迹奖、星云奖、西奥多·斯特金纪念奖及日本樱花奖提名。他的作品曾 9 次入选年度最佳选集,并被译成了十几种文字。

同化

▌作者：韩松

　　最近，只要仔细观察，就会发现一种现象：不仅在家庭里，夫妻会越长越像，而且在同一个单位，同事的长相也会趋同。我在发现这个事实的当即，身体一下勃起了，而我已经很久没有这样。哪怕是天文学家看到了超新星爆发，也不会如此兴奋吧。当然，也可能是因为我的视觉神经系统出了问题。但我还是坚信这里面发生了某种物理学或生物学意义上的革命性变化。不信你就看看周围那些人吧，他们眼里放射出的光焰，脸上生长起的眼袋，头顶光秃掉的表皮，嘴边丛伸开的胡须，还有五官的布局，主要是喙部和鼻翼，以及身体，比如肚腩的凹凸性及膝部的曲折度，都惊人的相似，不仅仅神似，更还是貌似——这才是有意义的，表现为只能意会而无以言传的东西，以及除了意会还可以用卷尺来丈量之物，总之，就是这样一种情形。只有不同单位的人的长相还存在一些差异。据此才可以在公共场合把特定人群区分出来。比如，某某部委的人长得就是跟某某部委的人不尽相同，某某司局的人长得就是与某某司局的人不太一致，某某公司的人长得也就是与某某公司的人有所区别。这一点，在举办大型公共活动时，大家都有幸亲眼看到了。

　　其实这样一种情况的出现，也不是没有科学上的道理，因为根据诺贝尔物理学奖获得者吉勒·勒鲁瓦和诺贝尔医学或生理学奖获得者马克·罗斯坦的研究，连一些国家和地区也在集体向巨型整容院和塑身馆的方向演化。他们举例说，以前，西方人区分不出中国人、日本人，但中国人和日本人一眼就能区分出互相之间的不同。进而北方的中国人长得与南方的中国人不同，东方的中国人长得又与西方的中国人不同，九州的日本人长得跟四国的日本人不同，东京的日本人长得跟福冈的日本人不同，诸如此类。但根据勒鲁瓦和罗斯坦的研究，在某些国家和地区，就最新趋势来看，居民们正在越长越像一种人。北方人越长越像南方人，南方人越长越像北方人，居住在东方和西方的人群也在长相上互相接近。那么他们其实是在暗示国家和地区今后或许也会成为一个单位或部门吧。不知这是好事还是坏事呢。

但国家或地区之事，说来就大了，而且西方人研究的只是西方人的逻辑，不一定适合我国国情。他们只是介绍了一种单方面获得承认的理论，而我们并不认为诺贝尔奖就代表了普适天下的真理。再说我们现在也疏于旅行，不太清楚世界上其他国家和地区发生了什么。所以还是回到现实中的一个个具体单位，来看看我们的基层生活正在呈现什么样的变化吧。可以明确地说，人们越长越像的情况主要出现在单一单位内部，只有那些业务交叉严重的不同单位，双方的员工才更频繁地长出了一致的面孔，最后仿佛两个单位合并成了一个单位，但这种情况有多么普遍，由于缺乏统计数据，暂时还不好说。因为对此感到焦虑，不少单位之间采取了互相封闭的措施，单位与单位之间形同水火，阻绝了真正意义的往来，它们彼此要打交道的话，只好依靠少数领导私下里运作。但因为我们很少到别的单位去看，具体的情况也不是十分清楚。不管怎么说，趋同现象必定是日益广泛发生了。那么，这后面到底是什么原因呢？有什么物理学、生物学和化学定律在支配这个趋势呢？勒鲁瓦和罗斯坦的理论认为，这是人类进化中某个隐藏的扳机扣动了。但我国学者认为这不能算是合理解释，他们更趋向于认为，这或许是因为，如果一群人都宣讲同一个文件中的话语，噬吃同一个食堂里的饭菜，完成同一个老板派的活计，服从同一个上级定的规矩，天长日久，则必然影响到肌肉和神经的布局。想一想吧，如果你总是以同一种频率对着同一个人重复同样的几个字词，如果你总是以同一种方向对准同一个人做出同样的一种笑脸，这难道不会导致你嘴角和面颊的造型向着同一种模式发生突变吗？归根到底，你的外形是由你的思想决定的。不适应这个进程的人便被自然淘汰了，留下来的便是长得相像的人。

但另有学者争辩，这怎么可能呢？这是一个全球化的时代，这是一个个人主义的时代，这是一个自私自利的时代，我们还在为缺乏认同感而发愁呢，因此怎么会忽然趋同呢？因此，在单位内部出现了这样的一种趋势，它竟然凶猛到能够逆时代的潮流而动，就不能不引起人们的警觉了。于是又有学者指出，这可能是潜藏在人体中的某种垃圾基因经过千万年的演变终于发挥作用了，甚至这就是一种进化中的拓扑机制，它的目的就是要使得同化作用大于异化作用，否则作为生物体而存在的集体就危险了。牛和马吞并（吃）了外界的物质（食物）以后，通过消化、吸收，把可利用的物质转化、合成自身的物质，同时把食物转化过程中释放出的能量储存起来，这就是同化作用。水稻和小麦利用光合作用，把从外界吸收进来的水和二氧化碳等物质转化成淀粉、纤维素等物质，并把能量储存起来，这也是同化作用。我们本来就是一个同化作用强于异化作用的种族，只是近些年受到了来历不明的非达尔文主义进化论的蛊惑，才出现了一些偏差。那么，在内部进行及时的自我调整，甚至完全停止异化作用，这也正是为了维持单位的生机勃勃吧。不过，关于这趋同的结果，我也有一个独立的发现，就是大家最后都越长越像本单位的领导，或至少是在往那个方向快速发展吧。我私下里将之命名为生物群落新陈代谢过程中的金字塔高端现象。

总之，到了后来，单位的职工，就算轮换着到同事家里去睡觉，也不会令对方家属产生疑心。大家很快习惯于此了。比如，我们单位就正在经历这样一场激动人心的变革。这天，下班后，我就前往同事小张家，打算玩玩。他的老婆是个漂亮女人，已经做好可口饭菜，正在等待她的老公归来，她一见我，就激动而恭敬地说："啊，领导来了。欢迎欢迎，热烈欢迎！"我大大咧咧进了门，一边吃一边与她聊天。她流着欣喜的热泪说："领导莅临寒门，蓬荜生辉呀。"我说："我是你的老公呀。"她说："啊，您终于被提拔为了领导，这太好啦。""不，你的老公本来就是领导嘛。""这我以前还真没有看出来呢。""你当初选择我的时候，可以说是购买了潜力股哟。"我模仿着她老公的腔调，起劲地这么说着，她也就愈加沾沾自喜，身子蛇一样越过饭桌，一头钻进我的怀抱。她说，从没有看到自己的老公这么上进，他之前可是个萎靡不振的男人哟，她为此一度害上抑郁症。现在，阴云一扫而光。于是，我们恩恩爱爱，晚上睡在一张床上，毫无生疏感地疯狂做爱。当然了，小王根本不会回来，他也以领导的面目，到别家串门去了。我才想起自己已经很久没有这样与女人在一起了，仿佛她们都是外星人，我在意识到人们可以越长越像之前，真的有很长时间无法勃起了。我曾经也是这位女子描述的那种男人，每天行尸走肉一般生活，脸色阴沉，双目无光，生殖器像秋天的枯草一样耷拉，基本上等于一个垂暮老者，看见什么美好的东西都毫无反应。但现在一切不同了……

就这样，我在外面流连忘返了好几个月，睡了本单位许多同事的老婆，志得意满，血气方刚，才想到回自家看看，要以领导的面目，在自己的老婆面前炫耀一番。她果然也做好了饭菜正在等我。大概天下的女人都如此了吧。我一眼看出来，她的体型容貌也与以前不太一样了，一定是与她那单位的同事趋同了吧。久久相视半天，我们才扑哧一声同时笑出来。我们互相尊称对方为"领导"，这样一来我们也立马变得亲热了，好像回到蜜月时的情形。实际上有很多年了，我们情绪低落，关系紧张，无话可说，形同路人，再这样下去就该离婚了。同化现象挽救了婚姻的危机，这不能不说是一个意外的惊喜。

但次日早晨醒来，情况发生了一些变化。我看着身边的女人，看着那张陌生的脸，忽然想到她会不会是谁假装我的老婆，来做这场全民参与的换妻游戏呢？因为必定还有不少的女人，从形象上正与我的老婆趋同起来。而我真正的老婆，此刻或许正睡在我单位的某位同事身边吧。忽然我觉得自己其实是很烦做什么领导的，便心里难过起来，坐在床上发呆。这时她也醒了，眨巴眼睛看了我一下，又瞅了天花板一下，那模样像是分不出我与天花板有什么区别，这样一来她就哭泣了。我猜她大概也不约而同想到了同一个问题。

结果，她真的问："你的确是我老公吗？""啊，你怎么这样说!"我大惊失色。"不会又是你的某个想要恢复能力的同事扮演的吧?你不是那个一直想要占我便宜而始终没有得逞的领导吧?""不,绝不是。我正是你的原装老公呀。""但怎么能验明正身呢?""说到这个啊,又怎么能验明你的正身呢?"我们都提同样的问题,要对方先行回答,却又害怕听到回答,两人之间似乎又重新剑拔弩张了。危机重新来临。但我们都活在现代,头脑比较聪明,知道这样下去不成,会毁掉好不容易获得的成果,甚至连难得恢复了的性功能都要再次丧失掉。于是想到,应该回忆恋爱时第一次见面的细节。我送了什么东西给她,她又对我说了什么话,等等。但这个考验也是十分严峻的,搞不好要出更大的问题。我们忐忑不安地互相念叨了一遍,结果都牛头不对马嘴。但什么叫牛头不对马嘴呢?这几个月我在外面串门,什么话没有说过呢?我完全记不住自己上半辈子的经历了。因此究竟谁真谁假,又有什么关系呢?这不一定是我或她要故意装,而是连记忆也在趋同过程中发生了杂交吧。那么,也就是传说中的外形的变化最终会影响到思维,把整个记忆都置换成别人的啰。或者刚好是一个相反的过程?是的,从理论上讲,我明明知道,我回的是我自己的家。但这个理由就一定很强大吗?我怎么能证明我回的必然是我的家呢?我怎么证明我还是我而不是别人呢?我会不会其实就是可敬可畏的领导本人呢?天哪,该怎么办哟?"没有办法。我们两人是解决不了这个问题的。那就请神来做裁定吧。"女人见我苦思不得其解,干笑一声,摔下这么一句话。

神就是超级计算机。每一座城市里,如今都建立了神庙,每秒运行百万万亿次的计算机被大模大样供奉起来。这不是普通的个人用的或家庭用的便携机或台式机,而是真正的神级机,以前都待在科学院的实验室里从事跟宇宙起源有关的计算,如今被请出山,恢复了神的本来面目。只有神庙里的超级计算机知道每一个人的底细,他或她的生物学和社会学来历,身上携带的一切信息,还有所有的无法告人的隐私。于是,我和女人沐了浴,作了祈祷,便去到神庙。在宏大的高分子合成材料庙门前,有无数面容一样的人排着长队，大概也是跟我们一样，试图来证明自己究竟是谁吧。很多人满怀希望步入神庙，又垂头丧气出来，可能是结果并不理想，我们看着也十分紧张，但他们只是说："神就像一个签证官，就那副样子把我们拒了，一句多余的话也没有讲，便把我们打发出门了。这就是命吧。"最后苦笑了一下。好不容易轮到我和我老婆了。进了神殿，见到面前的神是一堆默然无语的、铮铮闪亮的金属构件，由几十个多面体组合而成，看不出性别，但感觉上偏于男性，坐在一个复合材料的高台上，身上连着好多黑乎乎的电缆，还有一些示波器快速闪耀绿光。我和女人装作默契地互相看了一眼，目的是为了给神留下一个良好印象，然后，根据机器上的文字提示，往一个插口投入两张百元纸币。我们惴惴不安等待了好一阵，才听见机器的肚子里噼里啪啦发出一通声音。那一定是他老人家在做运算了。还好，神没有拒绝我们，他认真做了回答，虽然，不是我们想象中的答案，而只是透露了一个数字。这是一个极为普通的自然数。我们带着这数字回去，在余生中，都在猜它到底表明了什么意思。后来向别人打听，那些凡是得到了回答的人，答案也都不一样，有人得到的也是数字，有人得到的是一个草书字体，还有的人得到的只是一个含混的声节。大家也都在用尽毕生的精力猜测它们到底表明了什么意思，与我们长成同一副模样有什么关系。

韩松

新华社对外部副主任，中国顶级科幻作者之一，多次在海内外获得大奖，作品被翻译为多国语言。最早得到文学界和海外认可的科幻作者，以对现实社会的超现实荒诞描写著称。代表作品有《红色海洋》《宇宙墓碑》《地铁》，"医院"系列三部曲等。

在混聚人鸡尾酒会上

▌作者：罗伯特·西尔弗伯格

▌译者：何锐

我是当代人。我是混聚人[1]。我是后因果的，反线性的，消解现代的。别的生存方式都等如死亡，晓否？等如化石。意识到无限的潜力，立场做好无限种准备：这是我们这个重组时代的正确理念。对所有的可能性保持警觉，让自己永远保持圆通的存在姿态。

所以准族弟斯芬尼克斯打电话来说，"今晚来参加我的胎儿派对"时，我毫不迟疑地接受了。斯芬尼克斯所住的沃冈莫拉位于丹顿农山脉[2]的山坡上，从那里可以远眺墨尔本。他打电话来时，我碰巧正在从贡达尔去拉利贝拉[3]的路上。"莫迪沙和我有一个新的胚胎。"斯芬尼克斯说。"我们希望每个人都帮我们做个设计。会举行一次比赛，选出最佳设计。整个圈子的人都会来，还有一些新人。"一些新人。这诱惑我哪能经得住？从埃塞俄比亚到澳大利亚参加胎儿派对并不是什么很了不得的事。算上中转时间，统共两个小时。指尖微拂，我已经上了呼呼滑道。呼，到了亚的斯[4]，呼，到了德里，呼，到了新加坡，呼，到了墨尔本。呼呼呼呼，我就到了。一些新人。不可抗拒的诱惑。我就是在那晚遇到多米蒂拉的。

斯芬尼克斯和莫迪沙住的地方是个巨大的金蛋，底下是珠光宝气的脚柱，装着振荡窗，顶上停泊着三条捕获的彩虹。斯芬尼克斯眼下的化形是个水栖生物，一头快活的蓝色大海豚，长着一对会闪光的红色尾叶，大部分时间都待在他的护城河里。莫迪沙最新的化形则是混聚人比较传统的类型，其中不存在任何单一的可识别

---

1 作者虚构的单词。指使用多种生物甚至非生物的部件混杂聚合而成的身体的"上等人"。

2 澳大利亚维多利亚州的一系列小山总称，位于墨尔本东北面。

3 二者均为埃塞俄比亚地名。

4 埃塞俄比亚首都亚蒂亚斯亚贝巴的简称。

小 说

样式，有少许部位像貘，还有少许部位像长颈鹿，再加上一些高精密度的机加工叠片，总体来说十分优雅。我朝他们俩飞吻。

有三十来位客人已经抵达。其中大部分我都认识。有嗨希什[5]，还是那个用了十年的化形，那个地毯裹着的外貌，当年曾光彩夺目的先锋样式。耐格列斯加依然在她的乌龟 - 栗鼠合形中，而圣玛丽那镀金的管状身体看起来非常壮观，也非常适合她。超级精英们当中出现了一种趋势，保持同样的化形时间越来越长，嗨希什就是这方面的突出范例。起初我以为这是近年来经济不景气的一个迹象，但之后我开始认识到这是一种重要的先锋趋势：过时成了顶级的时尚。那种事情真是需要一个人时刻保持警觉啊。梅兰诺陵蜿蜒滑行到我身边，随即开口问我是否喜欢她的新化形。她看起来和上一次完全一样，正是一年前，在约堡的冬节宴会上她的样子——长着卷须，七彩斑斓，侧面长眼，结节上发出高光谱[6]脉冲。有一瞬间我很困惑，而且我几乎就要告诉她我早就见过这个化形了，然后我明白过来，理解到她是刚刚把自己弄成了和上次的化形完全一样的外形，这把嗨希什的策略提升到了新的微妙高度，于是我用我所有的胳膊搂住她说道："这太棒了，亲爱的，真是令人敬佩！"

"我就知道你能领会到，"她说，"你见过那个胎儿了吗？"

"我刚到这儿。"

"在上面。那个球里面。"

"啊。真漂亮！"

他们把一个水晶球装在了重力烛的光束中，好让它悬浮在鸡尾酒神圣餐台的上方二十英尺高处。在其中，新胎儿庄严地在散发磷光的绿色液体里游动。这东西，我想，大概有十一或十二周大，外形像是条来自异星的小鱼，有着一个带皱纹的大额头，总的来说，怪异但没什么不正常的，一个完全未经基因重编的标准人类胎儿。这是当然的啦，产前遗传工程对于莫迪沙和斯芬尼克斯这样

---

5 英国一摇滚乐队为自己队名生造的词。

6 色彩分辨率很高的光谱。

的人物来说过于寒酸了。这种事还是留给那些标准家伙吧，去找那些蹩脚的廉价双螺旋操作者，让他们提前清理掉自己后代的内翻足、歪下巴和罗圈腿，这样当他们从子宫里进出来时看上去就可以和其他人一样。那不是我们的方式。

梅兰诺陵说："设计比赛在半小时后开始。你有准备个好方案吗？"

"我希望有吧。奖品是什么？"

"和参加聚会的任何一个人共度一个月，"她说，"你知道多米蒂拉吗？"

当然了，我听说过她——上一季度初次在社交界亮相就大红大紫，从旧金山到塞舌尔，欢宴巡回。但我上季度一直走在另一条路线上。突然，她就在我触手可及之处了，一个迷人的孩子，包裹在一层蓝色的冷焰中。这是她身上唯一的衣物，在那圈冰冷的光芒下，我看到一个苗条的身体，毛茸茸的，长着五个小小的乳房，线条流畅的大腿肌肉发达，脊椎骨被拉长，形成她背后拖着的带蹼翼板的基座——一个优秀的创意，狼獾和恐龙的混聚人。我的心脏狂跳，我的淋巴凝结。她立即注意到了她对我的强大影响力，她身披的火焰斗篷爆发到了原本的两倍大，一股耀眼的灵气瞬间包围了我，带着一股让我头晕目眩的臭氧气息。她不过十九岁，而我九十三岁了，圆通地存在，随时准备着接受震撼。我对她的聪明才智表示祝贺。

"我的第五个化形，"她说，"我想，我很快就会再来一个新的。"

"你的第五个？"我想到了嗨希什、耐格列斯加和圣玛丽，他们时尚地坚持用自己的旧身体。"这么快？别。这个真的非同凡响。"

"我知道，"她说，"这就是为什么是时候换个新的了。哦，看，胎儿在试图降生！"

果然，我的准族弟所设计的那条小小的类鱼生物，正在为逃离它那个闪闪发光的水槽努力，动作激烈，但徒劳无功。我们鼓掌称赞。仆人们以为这是上餐前小点的信号，于是来到我们中间：五个标准人，大个、愚蠢、温顺，拿着白金托盘，盘子里是闪闪发光的食物拼图。我们尽力享用美味；盘子很快就空了，然后那些平凡人又回来上第二轮餐点了：至少十二种来源生物不同的鱼子酱、蜜饯，还有些小小的、在我们舌头上碾动的混合材料冷餐球，还有其他品种。然后斯芬尼克斯从护城河里蹦出来，快活地拍打着他的鳍肢，把水溅到所有人身上，同时一个斜面屏幕从天而降，在空中盘旋。竞赛时间到。多米蒂拉仍然在我身边。

"我听说过你，"她说话的声音就像是粗劣的红酒，"我还以为在月光派对上会见到你。你为什么没在那里？"

"我从来不去那里。"我说。

"哦。当然。你知道这场比赛谁会赢吗？"

"有暗箱操作吗？"

"所有比赛不都是吗？"她问，"我知道谁会赢。"她笑了起来。

莫迪沙在无情的聚光灯下登上讲台，她的新化形反射着灯光，完美无瑕。她解释了下比赛规则。我们先抽签，然后依次抓住控制棒，在屏幕上投射出我们心目中新孩子应有的形象。评判是自动的：激起最强惊诧的设计会赢，而赢家有权选择我们其余任何一个人陪伴一个月。还有两个附加条款：如果斯芬尼克斯和莫迪沙认为胜出的设计会以任何方式威胁孩子的生命，他们就可以不使用该设计；所有参赛者都不得将任何设计用于他们自己未来的化形。签抽好了，我们按次序出场：嗨希什，梅兰诺陵，曼陀罗拉，皮奇布隆姆[7]，汉尼拔——

这些设计好的才气横溢，差的只有点小聪明。嗨希什建议的外形是个珠光宝气的阿米巴；皮奇布隆姆想出的是斯芬尼克斯和莫迪沙的混合形，半海豚半机器；梅兰诺陵的构思出自希腊神话，长着美杜莎头发和波塞冬尾巴；我曾经的对位妻子努拉玛创造出一个僵硬而复杂的几何外形，让我们所有人都看得头痛；而我自己提交的完全是个即兴创作，其中有两片细长的贝壳，上小下大，它们

---

7 意为"豇豆红（釉色）"。

伸展开来，中间现出一个精美细致，曲线宛然的存在，几乎是半透明的。我被自己的灵感震惊了，有那么一瞬间感到有些遗憾：我放弃了这么美丽的东西，本来我自己可以在某天穿上它。它引起了一阵轰动，让我估计我会赢，而且我知道我会选谁作为我的奖品。我想知道，多米蒂拉的参赛作品又是什么样的？我笑着朝她瞥了一眼，她则报以自己燃烧的披风上一阵轻灵的涟漪。

比赛一直继续。我渴望着胜利，于是越来越紧张，担心、忧虑、沮丧。坎德拉布拉的设计引人入胜，明吉曼的深奥迷人，毗湿奴的则精巧得令人敬畏。实际上，有些设计看起来几乎超出了目前基因工程的实现能力。我已看不到获胜的希望，我和多米蒂拉共度的一月似乎岌岌可危。终于，轮到多米蒂拉自己了。她登上讲台，抓住那根棍子，闭上她的双眼，将她的思维投影发送到屏幕上，用力之猛让她那燃烧的罩篷变成了亮黄色，并且拱起展开，露出了她披着蓝黑色皮毛的赤裸身体。

屏幕上出现了一个标准人形。

也不是很标准，因为它是雌雄同体的，浑圆的乳房在上，有着玫瑰色的乳头，雄性生殖器在下。然而，除此之外就完全是老气的基础身体，传统的，化形之前的形状，如今只有那不幸的几十亿侍服阶级才用这种身体。我倒抽一口冷气——不止我一个人这样。让我们这群见多识广的家伙如此惊讶可并不容易，但我们全都惊讶得动弹不得，被多米蒂拉这古怪的念头震得呆若木鸡。她在嘲笑我们吗？她是太天真幼稚？还是她思维的复杂程度已经远远超出了我们，以至于我们无法理解她的动机？托盘摔在地上，饮料洒了出来，我们咳嗽，喘息，交头接耳。评判比赛的计量指针飞旋疾驰。获胜者已毫无疑问：显然多米蒂拉激起了最强烈的惊异之情，而评判标准就是这个。宴会即将变成一桩丑闻。但是莫迪沙这一刻依然应对自如。

"获胜者，当然了，是多米蒂拉，"她冷静地说道，"我们向她致敬，为她那大胆的设计。但我和我丈夫认为，这设计对我们孩子

小 说

的生活会造成危害,因为给予它标准人的外表作为其第一个化形,可能会让它的玩伴们产生误解。所以我们要使用我们的特权,选择另一个参赛作品。我们选择准族兄尚达奉的,他作品中微妙和力量的结合实在是出类拔萃。"

"干得漂亮!"梅兰诺陵喊道。我不知道她这声欢呼是为了莫迪沙的机智,还是为多米蒂拉的大胆,抑或是为我设计方案的美丽。"干得漂亮!"毗湿奴喊道,坎德拉布拉和汉尼拔随后跟上,宴会上的紧张气氛消融成了欢喜——起初是勉强的,然后迅速变成了真实的。

"奖品!"有人喊道。"谁是奖品?"

斯芬尼克斯用力拍打着他巨大的鳍肢。"奖品!奖品!"

莫迪沙向多米蒂拉招招手。她向前走去,小小的身体看似纤瘦,但她可一点都不脆弱。她用清晰冷静的声音说道:"我选择尚达奉。"

我们在一小时内离开了宴会,然后呼到了旧金山,多米蒂拉独自一人住在那里的一间球屋里,整个吊舱由蛛丝缆绳悬挂在海湾上方一英里高处。

我的愿望实现了。然而她吓坏了我,虽然我不是个会被轻易吓倒的人。

她那火焰的斗篷吞没了我。她十九岁,我九十三岁,可她统治着我。在那冰冷的蓝色光晕中我感到茫然无助。五个化形,而她才十九岁?她那双眼睛眯缝着,像猫一样是黄色的,其中仿佛存在着完全陌生的世界,让我感觉自己像个满身泥泞的农民。"鼎鼎大名的尚达奉,"她低声说。"如果你赢了,你会选择我吗?是的,我知道你会的。完全写在你的脸上了。你这个化形用了多久了?"

"四年。"

"是时候换个新的了。"

我开口欲言,想说嗨希什和我们圈子里的其他顶尖人物正朝着另一方向前进，想说现在时髦的是保持各自旧有的化形；但此刻，在我躺在她的怀里，她厚重的粗毛摩擦着我的鳞片的时候，我感觉这种话似乎很白痴。她就是新生事物，她就是将要降临的新一日那骇人的、无可抗拒的声音，我们的模式对她来说又算得了什么呢？我们抵死缠绵，我丰富多彩的经验和她那老虎般凶猛的青春活力对抗，我觉得，至少在这件事上我跟她是旗鼓相当。之后，她向我展示了她前四个化形的全息图。一个接一个，早先的她从投影机上走出来，在我面前翩翩起舞：她父母给她的外形，她一直用了九年，然后是第二化形，人们一般在发育期都会换上这么一个，接下来是她青春期用的两个，真正的混聚人化形，各式各样的生物外形的混合，有一点像蝴蝶，又有点像鱿鱼，一处像是爬行动物，又一处带着昆虫的痕迹，我们这类人通常都会热爱此类基因狂想。不过，有条共同的脉络把它们，包括她现在的化形，联系在一起。那就是她精致的身体，她苗条紧凑的纤细骨架。强大但细小，就像是那些敏捷的小型食肉动物，水貂、猫鼬，或者貂鼠。我们在重新设计自己的时候，可以成为我们喜欢的任意大小，巨大如鲸鱼或者纤小如猫咪都可以，只有一个严格的限制：基因拼接者为我们构筑的身体框架中必须能放进一个人类尺寸的大脑；但多米蒂拉总是选择在她降临此世时的那小小的美妙架构上构建她的幻想。这点也令我不安。它表现出一种执着心，一种自足感，这可不寻常。

"你最喜欢其中哪个？"等我看完了所有化形之后，她问道。

我抚摸着她那强壮光滑的大腿，"这个。你的皮毛在你的皮肤上贴得多么紧致！那翼板在你背上多么漂亮！你表现出了你最深的自我。"

"在两个小时之内你怎么能了解我最深的自我？"

"别低估我。"我用我的嘴唇摩挲她的。"部分是猎猫，部分是恐龙——这隐喻是完美的。"

"让我们再做一次爱。然后我们呼到耶路撒冷去。"

"好的。"

376

"然后是西藏。"

"当然。"

"然后巴尔的摩。"

"巴尔的摩？"

"为什么不呢？"她说，"抱紧我。对。对。"

"我和你只有一个月吗？"

"三十天。那是比赛的条款。"

"你总是遵守条款吗？"

"总是。"她说。

黎明时分我们呼到了耶路撒冷，然后去了西藏，然后是巴尔的摩。在三十天内还去了很多其他地方。她试图让我精疲力竭，自以为十九岁相比九十三岁要有优势，但至少在这件事上，她误判了形势；要知道，每一次化形，我们也随之焕然一新。我爱她爱得无以测度，尽管她让我感到害怕。我怕什么？人们最担心的是什么？那就是在一个脆弱的时刻，有人会说："我明白你是一个怎样的骗子了：我已经看到你卸下了所有的伪装：我知道你的真相。"我不会对梅兰诺陵说这样的话，努拉玛也不会对我这样说，我们谁都不会对其他人说出这样的话，可我觉得，多米蒂拉一旦心血来潮正好有了这种想法，就会毫不犹豫地剥开我的化形，暴露出下面的内核，于是我生活在对这种事的恐惧之中，而且会一直恐惧着。

在第三十天，她说再见。

"拜托，"我说，"再待一个星期。"

"有约定在。"

"即便如此。"

"如果我们拒绝履行协定，所有社会都会崩溃。"

"我让你厌烦了吗？"愚蠢的问题，自招打击的问题。

"比我曾经以为的要好很多。"她回答说。我爱她这个答案，本以为会更糟。"但我还有其他的事情要做。我的新化形，尚达奉。"

"你不会吧。你现在的样子太漂亮了，不该放弃。"

"我接下来的样子会超越它。"

"我求你了——保留现在的样子，再多一点时间。"

"我明天黎明时就要开始设计，"她说，"在加德满都的基因外科。"

与她争辩毫无希望。我们度过了我们的最后一夜，一个奇迹般的夜晚，然后在我睡着的时候，她消失了，世界的边墙轰然坍落在我身上。我匆匆奔向我的朋友们，之后依次在努拉玛、曼陀罗拉以及梅兰诺陵和坎德拉布拉的家里做客，大家没人对我提起多米蒂拉的名字。然后年底的时候，我去了斯芬尼克斯和莫迪沙家，欣赏使用我那个幸运设计的优雅外壳中的新生儿，再然后，我垂头丧气地呼到了加德满都。花了整整一年功夫，一个新的多米蒂拉已经从经过变化的前一个身体的遗传物质中出现：现在她的化形已经接近完成了。那边一直不让我见她，但他们把消息传了进去。她同意了我的要求，我可以在她出现的那天与她共进晚餐。离那天还有一个月。我可以去这世上的任何地方，但我留在了加德满都，凝望着群山，心里觉得自己和多米蒂拉共度的那一个月转瞬即逝，而现在等待的这个月绵绵无尽。然后那天到了。

内门打开了，护士们从中出来，她们是标准的人类，接着出来了一两名打杂的，然后是外科医生，再然后是多米蒂拉。我立刻认出了她，她还是以前那瘦削而结实的身材。她穿的新身体是她为斯芬尼克斯和莫迪沙的孩子设计的。一个标准人类外形，可鄙的人类原形，一个佣人的身体，劈柴挑水的奴仆之辈[8]。唯有一点是那些低等人群不可企及的，那就是多米蒂拉内心燃烧的火焰，让整个人形都显得光辉灿烂。她还有另一点和标准人不同，因为她是裸体的，并且她使用了那个雌雄同体的设计，上面是乳房，下面是男性器官。我感觉自己好像被踢了一脚。我想要弯下腰去，捂紧自己的肚子。

---

8 来自《旧约·约书亚记》，指"注定世代为奴仆（的贱民）"。

她的眼睛闪闪发光。

"你喜欢吗？"她嘲弄着我。

我已目不忍视。我转过身想要跑掉，但她在我身后喊道："等等，尚达奉！"

我颤抖着停了下来。"你想要什么？"

"告诉我，你喜欢不？"

"按比赛的条款约束，你不能使用其中任何设计，"我痛苦地说，"你还说总是遵守约定的。"

"总是。除了我选择不遵守的时候。"她张开双臂。"你觉得如何？告诉我你喜欢它，那么今晚我就是你的！"

"绝不，多米蒂拉。"

她摸了摸自己的腹股沟。"因为这话儿？"

"因为你。"我说。我颤抖着。"你怎么能这样做？一个标准人外形，多米蒂拉。一个标准人！"

"你这可怜的老傻瓜啊。"她说。

我再度转过身去，这次她任我离开。我前往马达加斯加、土耳其、格陵兰和保加利亚，可我的脑海中总在熊熊燃烧着属于她的形象，这个我曾爱过的狼獾女孩，还有她变成的怪诞存在。渐渐地，痛苦减轻了。我去换了个新的化形，抛弃了嗨希什和他的小圈子，比原来更简单、更流畅，不那么混聚。然后我感觉好多了。我正在从她造成的创伤中复原。

一年过去了。在瓦哈卡的一次聚会上，终于，我在被梅兰诺陵新的流线型身体震惊之际，把整个故事讲给了她听。"如果我还有机会重新开始的话，我会的，"我说，"当然，人们必须保持圆通的存在姿态。对所有的可能性保持警觉。所以我并不后悔。但是——但是——她伤得我很重，爱——"

"看那边。"梅兰诺陵说。

我随着她的视线看去，越过嗨希什、曼陀罗拉和耐格列斯加，看向在从池塘里舀鱼的那个身形纤细，紧凑的陌生人：长着甲虫的翅膀，黑黄相间，大腿和前臂上闪烁着亮点，猫须，尖针般的利齿。她朝我看来，我们的目光相遇，这接触灼痛了我，然后她笑了起来，笑声里带着后因果的嘲弄，反线性的蔑视，让我不知所措。在他们所有人面前，她摧毁了我。我逃走了。我至今仍然在逃。我可能要永远逃避她。

罗伯特·西尔弗伯格
Robert Silverberg
美国多产的作家和编辑。作品中以科幻小说最为著名。1956 年，罗伯特荣获了他的第一个雨果奖，后来又拿到其他三项雨果奖以及六项星云奖，是科幻名人堂的成员。2004 年，美国科幻与奇幻作家协会授予罗伯特·西尔弗伯格大师奖。

《女神游乐厅的吧台》 *A Bar at the Folies-Berge*
(Un bar aux Folies Bergère)
—— 爱德华·马奈 Édouard Manet, 1882

图书在版编目（CIP）数据

未来人不存在 / 未来事务管理局 主编 . -- 北京 : 作家出版社, 2019.3

ISBN　978-7-5212-0456-8

Ⅰ. ①未… Ⅱ. ①未… Ⅲ. ①科学幻想小说—小说评论—世界

Ⅳ. ① I106.4

中国版本图书馆 CIP 数据核字（2019）第 056256 号

未来人不存在

主　　编	未来事务管理局
出 品 人	高路 华婧
责任编辑	丁文梅
特约策划	张海龙
装帧设计	巽
出版发行	作家出版社有限公司
责任印制	李大庆 李卫东
社　　址	北京农展馆南里 10 号
邮　　编	100125
电话传真	86-10-65067186（发行中心及邮购部）
	86-10-65004079（总编室）
E - m a i l	zuojia@zuojia.net.cn
网　　址	http://www.zuojiachubanshe.com
印　　刷	中煤（北京）印务有限公司
成品尺寸	147×210
字　　数	300 千字
印　　张	12
版　　次	2019 年 5 月第 1 版
印　　次	2019 年 5 月第 1 次印刷
I S B N	978-7-5212-0456-8
定　　价	48.00 元